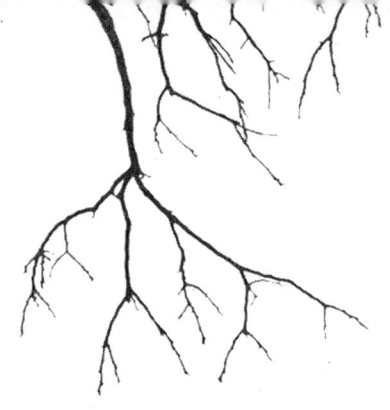

爱情
不是一个味

殷谦 著

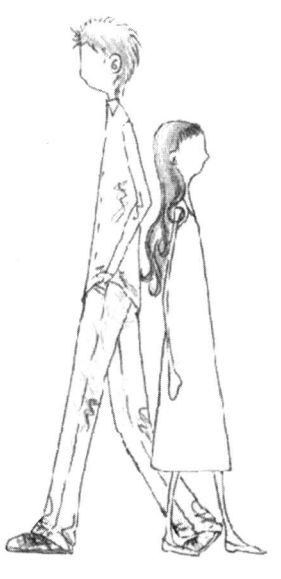

如果说《幻城》是"80后"文字的领军之作，那么我可以说《爱情不是一个味》就是"90后"文字的代言之作。
——鲁迅文学院院长　白描

美好与丑恶，残酷与道德，人格与尊严的较量，这部小说值得一读。
——香港凤凰卫视主播　陈鲁豫

重慶出版集团　重慶出版社

图书在版编目（CIP）数据

爱情不是一个味 / 殷谦著. —重庆：重庆出版社, 2012.10
ISBN 978-7-229-05742-8

Ⅰ.①爱… Ⅱ.①殷… Ⅲ.①长篇小说–中国–当代 Ⅳ.①I247.5

中国版本图书馆 CIP 数据核字（2012）第 219800 号

爱情不是一个味

AIQING BUSHIYIGEWEI

殷谦 著

出 版 人：罗小卫
策　　划：中鑫华文
责任编辑：王　灿　朱小玉
责任校对：郑小石
封面设计：韩东坡

重庆出版集团
重庆出版社 出版

重庆长江二路 205 号　邮政编码：400016　http://www.cqph.com
三河市灵山装订厂印刷
重庆出版集团图书发行有限公司发行
E-MAIL : fxchu@cqph.com　邮购电话：023-68809452
全国新华书店经销

开本：710mm×1000mm　1/16　印张：17　字数：270 千字
2012 年 12 月第 1 版　2012 年 12 月第 1 次印刷
ISBN 978-7-229-05742-8
定价：32.00 元

如有印装质量问题，请向本集团图书发行有限公司调换：023-68706683

版权所有，侵权必究

自 序

无悔的青春

殷谦

也许,青春是一个梦想。缠绵爱情、新潮衣衫、舞厅、劲歌曲、咖啡座、美容厅是青春岁月的一部分;然而,人们常常以为这就是青春的全部。

还有多少青春在孤独、悔恨中度过呢? 青春时不时地让我们感到一无所有。向往中的未来,在我们心中可触、可感、可思、可念。成功常常意味着青春的失去,仿佛它们不共戴天;我们拥有青春,却不能为此而感到幸福;我们获得了幸福,却为此而付出了青春。岁月悠悠无情。

为什么留给我们那么多美好的"过去",在孤独寂寞中才备感回忆的珍贵? 我们不愿消沉,在人类历史的交响曲中,我们渴望做一个合格的鼓手,以青春做一个神采飞扬的亮相,那些在生活中随时出现的阻碍我们的东西,使我们习惯于寻求振奋;在感到疲劳时,我们也不妨做一次小憩,整理行囊,洗濯灰尘,修饰面容,以对过去的回忆,立块里程碑,然后继续前进。

孤独能使我们体验自己。

蓦然回首,扬起手表示友谊。寻求理解,在前方有先行者。在后面有后来人,我们是人类历史延续的一环。

我们做了些什么呢? 也许我们只是走,没有留下任何遗产,也许我们只写下了个人感情历程。

我们不必为此妄自菲薄。

这是我们最初的期许——创造这份青春,建设这份青春。

在未竟之旅中,我们总是想证明自己的存在,证明自己的价值,总是急于要去实现的太多,当我们直接进入这种一贯被别人传说得很伤心的生活,才发现我们的热情总换不到应有的理解,我们的等待和默许总是换不到我们应有的爱情,这个季节一直多雨,我们的伞总是撑不到晴天。我们即使勤勤恳恳地劳动也无法在汗水中拯救每一个夕阳;我们即使在这片最熟悉的天空下生活,也很难找到自己的辉煌。当我们的船行驶在苍白的海面,当我们沾沾自喜是这孤舟中理所当然的船长,狂风乍起,我们才深深地了悟自己是那么的无助,那么的脆弱。我们始终找不到沉默是金的海岸,我们的灵魂被自己所占据的领域压抑得奄奄一息。为此我们失去好多的梦想,好多无法寻找回来的梦想。

我渴望我的痛苦不会静止,但求我的心能够征服它。当我们如此坦然地面对过去忧伤的历程和现在的处境时,命运又安排了我们另外的道路——寻找自己。

在很少有人真正关心和理解并正视我们的时候,我们必须关注自己,关注自己的历史和未来,我们必须保持我们心灵中最优秀的感悟不被遗忘,我们必须花费一些时间去野草中、麦地中,去崎岖的路上峭壁上寻找自己,去寻找我们自己那一份最爱,那一份最真。并握紧自己的手成为自己精神的主宰。

我们只能在精神与智慧中寻找我们的价值,在爱与恨之间确立我们的存在,所以我们不用再埋怨过去迷惘中的泅渡了,我们的心灵只有受到煎熬,才能变得成熟,才能拥有我们的生活试验所产生的心灵最珍贵的东西。

2011 年 6 月 12 日于太原

目 录

No.1　爱情手机 / 1
No.2　狼狈初恋 / 4
No.3　羊吃了狼 / 8
No.4　单纯的思维 / 12
No.5　第一次追"哑女" / 18
No.6　考试 / 21
No.7　怎么认识紫鹃的 / 24
No.8　去南三舍做客 / 27
No.9　讲故事 / 30
No.10　伤心的别离 / 33
No.11　陈子超给我的情书 / 35
No.12　北京的思念 / 39
No.13　新学校风波 / 40
No.14　"穷小子"妹妹 / 44
No.15　爱的表白 / 49
No.16　棒打鸳鸯 / 51
No.17　脆弱的抗争 / 54
No.18　今天是"愚人节" / 57
No.19　再见了，北京 / 61
No.20　与爸妈为爱"谈判" / 63
No.21　若涵的离去 / 65

No.22　倒霉的日子 / 68
No.23　再遇紫鹃 / 70
No.24　算命先生 / 75
No.25　四个人的约会 / 78
No.26　莫名其妙 / 79
No.27　与狗共舞 / 82
No.28　趁机牵手 / 84
No.29　爱情是自私的？ / 86
No.30　转向思维 / 88
No.31　我是赢家 / 90
No.32　笨小孩 / 93
No.33　失恋的孩子 / 94
No.34　偷情 / 96
No.35　第一次同居 / 98
No.36　禁果之诱惑 / 99
No.37　爱情的"味道" / 100
No.38　作家梦 / 103
No.39　虚惊一场 / 105
No.40　年龄不是问题 / 107
No.41　担心的事 / 109
No.42　一封信 / 112

No.43　突来的变故 / 113
No.44　出门见"喜" / 115
No.45　五个人的元旦 / 117
No.46　我的情感底线 / 119
No.47　爱情就像放风筝 / 122
No.48　第一次 / 124
No.49　暗示 / 126
No.50　宣泄 / 128
No.51　是退出还是弥补 / 129
No.52　对方是否爱自己 / 132
No.53　她讲道理吗 / 133
No.54　紫鹃的生日 / 135
No.55　错误的吻 / 136
No.56　找打的女孩 / 138
No.57　我怕我会疯 / 139
No.58　真的好烦 / 141
No.59　小龙女和杨过 / 142
No.60　女人如钞票 / 145
No.61　相思很苦 / 146
No.62　可能她太小了 / 148
No.63　为什么总要赌气 / 150
No.64　到底该怎么办 / 152
No.65　"赵押司"是我爹 / 154
No.66　也许…… / 156
No.67　与未来岳母通话 / 157
No.68　夜晚的思念 / 159
No.69　又一封信 / 161
No.70　痛苦 / 164
No.71　我的生日 / 166
No.72　第一次出远门 / 169
No.73　在深圳 / 172
No.74　邻家女孩 / 173

No.75　不要折磨我 / 174
No.76　美璇的死 / 175
No.77　祸不单行 / 177
No.78　紫鹃骗了我 / 179
No.79　堕落一念 / 181
No.80　往事 / 182
No.81　谁的衣服？ / 185
No.82　心潮拍岸 / 186
No.83　想起若涵 / 188
No.84　紫鹃是袖子 / 190
No.85　忘记你可能吗 / 192
No.86　你会背叛我吗？ / 194
No.87　为什么总怀念过去 / 196
No.88　佳明，与紫鹃有关 / 198
No.89　你想让我伤心吗？ / 201
No.90　急切的盼望 / 203
No.91　曾经感动过 / 206
No.92　能不能不打人？ / 209
No.93　死了都要爱 / 211
No.94　再一次别离 / 214
No.95　反复无常 / 216
No.96　讨价还价 / 218
No.97　欲罢不能 / 221
No.98　拜见"丈母娘" / 223
No.99　高阳的情感危机 / 225
No.100　事出有因 / 227
No.101　什么时候长大？ / 228
No.102　"坐歇"座谈会 / 231
No.103　分分合合的日子 / 232
No.104　互联网时代 / 234
No.105　帅哥抱抱 / 236
No.106　继续观望 / 239

No.107　西陵"幽灵"／241
No.108　闯祸天使／244
No.109　贱女孩／247
No.110　命运／248
No.111　为什么会是这样／250

No.112　到底谁冰清玉洁／252
No.113　他太老实了？／253
No.114　怎么管好老婆／256
No.115　期待紫鹃真正长大／258

No.1　爱情手机

"我们学校不算小,上课吃饭都得跑。虽然老师认真教,但我听来是玩笑。食堂打饭给太少,害我整天吃不饱。吃不饱来学不好,可是高数又得考。TMD,监考太严没得抄,搞得我是好烦恼。QTM,烦恼烦恼快走掉,让我好好睡个觉。睡觉却又睡不着,想听音乐又太吵。算了,干脆去澡堂洗个澡。没想到,嘿嘿,洗澡还要掏门票。没办法,只好回到寝室打电脑,抽烟喝茶瞎胡聊。仔细想,日子正在飞快跑;细思量,春花秋月何时了,我们都是笼中鸟。"

……

瞌睡虫最贪恋的清晨被一阵干枯的歌声破坏。我揉揉眼睛翻起身坐在床上,睡眼蒙眬地搜寻唱歌的人。终于找到了,是龙刀,他正蹲着马步、仰着头,稍有点长的头发垂下来,像卫生间里那支快退休的拖把头。

"大早晨的你发什么神经?"我有气无力地说。

"我在吊嗓子,你明知故问。"龙刀听我醒来,收拢马步,挺直腰。

"你在吊丧吧,妈呀,你那声音可真够雷人的,我梦中以为谁要被砍了。"我开始穿衣服。

"今天周末,你起那么早也没用。"龙刀笑笑说。

"哦?你怎么现在才说,我内裤都穿好了。"说完,我停止了动作又倒头睡下。

"晕死,真成小四了,还裸睡……"龙刀奸笑一声去擂沙包。

新学期新本子。高三果然高也,不仅高而且偏。

中午,我竟然成功地抢了一次饭,可后来听说高一还没反应过来,只能吃稀饭馒头,心中不忍,于是决定不再抢饭。看着那些分不出是高二还是高一的一张张脸,不知不觉地发现高中已经升到了头,忽然发现我们从不关心楼上是什么,已经记不起关于军训、值周、学农的事情了。什么都还行,就是食堂远了点,天气热了点,教室高了点,事情多了点。

班主任已经换成老夏了,或许是我把班里的自觉性吹得太高,也或许是我对二中还不太了解,夏老师晚自习竟然还没有出现。听龙刀说要上游泳课,我心里有点别扭。我们——至少我不是柏拉图式精神恋爱的倡导者,只好向上苍祈祷,千万别让老夏教体育了!说到老师,我觉得化学老师巨乐,讲起课来表情和语气都很夸张。

昨天回家,想起紫鹃了,因为爸爸妈妈都在场,不敢明目张胆给她打电话,索性就用从电影《手机》里葛优老师那里学来的绝招,蹲在马桶上打手机。刚拨了电话,紫鹃在那边喂喂地叫着,我怕爸妈听到,就对着话筒悄悄地说:"紫鹃——是我——"重复了三遍,结果她还在电话那头猛喊:"喂!喂!"我觉得紫鹃就是故意的。我急了,就大叫:"紫鹃!"话音刚落,我就觉得冒失了,结果把妈妈给惹上了,站在厕所门前喊:"磊磊,怎么啦?是不是厕所没纸啦?妈给你拿哦!"我慌忙喊:"妈不用了,厕所有纸啊。"妈妈止步,埋怨说:"这孩子,那你大叫什么'纸呢'!"我无语,慌张中起身,结果手一滑,手机掉马桶里了,戴上胶皮手套打捞半天也没打捞上来,只好打开电脑问百度。

进入搜狗网搜了一下,兴奋起来,原来手机掉进马桶有很多解决之法,其中不乏一些名人大腕支着儿。睁大眼睛看美国总统布什支的着儿,他说:"我们将轰炸所有厕所,然后出动地面部队搜索每一个马桶,我知道这是一个长期的战争,务必要将手机找到。"我晕,这是什么答案啊,总统很无聊,竟然开国际玩笑。失望!

接着滚动,看看赵忠祥老师的绝招吧:"在一望无际的马桶里面,突然蹿出一只手机,这只受伤的手机在马桶里面挣扎着。然而大自然是残酷的,这只手机终于消失在茫茫的下水道里。"我揉揉眼睛,敢情我这是一只生物手机?

好吧好吧,接着看吧。嘿,还有广告给支的着儿呢,人人都说广告骗人不靠谱,我倒要看看对此事件它如何忽悠我。定睛一看,这么写着:"今年过节不掉机,要掉就掉马桶里。"喝了一口茶,差点没喷出来,我发誓永远也不看广告了。

嘿!还有冯大爷冯巩支着儿呢,此人一向在幽默中见智慧,那就看他的招数吧:"以后对着马桶就可以说话了,多方便啊。"靠,不就一个破手机嘛,至于精神分裂吗?

再接着滚动,还好,有星爷的高招儿:"手机加马桶果然有搞头,哇靠,里面还有一坨屎。"咦,可真够恶心的!不奇怪,这家伙经常搞得人吃不下饭。

有点失望了,我心想,这些当官的和娱乐圈的人一样,都不靠谱,打捞手机这样的事情,还是要坚持科学发展观,问问科学领域的专家吧。

终于找到一化学老师的绝招儿,我想他如果不靠谱,那就没救了。结果一看,果然方法科学:"请往马桶里放盐,手机会慢慢浮上来的。"OK,立即行动!我溜进厨房,偷出一袋盐,然后倒了一把放进马桶,亢奋地等待手机浮上来,结果等了几分钟也不见动静。难道是放得少了力度不够?我索性把半袋都倒进去,趴在马桶上观察变化,还是不见效果。也许还要加大力度,手机是个铁疙瘩,半袋盐怎么有能力让它浮上来呢!于是我干脆把剩下的盐全倒进去了。眼巴巴地等了半小时,还是没有看到奇迹的出现……

我很生气,甩掉袋子,继续回到百度搜索有效答案。这一回"砖家"的话我也不听了,直接找服务商吧。我的是联通,那就看看联通的办法:"为了公开测试CDMA的语音质量,我们决定在马桶里接听您的来电!"我一看就晕了,这联通真幽默,为了挣钱,这服务好得过头了吧。算了算了,直接找手机生产商,他的办法应该是最直接最有效的。我的手机是摩托罗拉的,我一看就地被雷到了,"摩托罗拉"竟然说:"手机,掉给你看。"……

唉!我看还是有困难找警察吧。结果一看警察的话,更不靠谱,全是废话:"有困难找警察,请打110,注意不要用手机打!"

我只好在绝望中放弃。

第二天一大早,爸爸上厕所,进去还没两秒就提着裤子走出来,瞪着眼睛问我妈:"这厕所怎么一股咸菜味儿?"

妈妈一脸纳闷,盯着我问:"磊磊,你大便没冲?"

我挠着头说:"怎么会……"

匆匆来到学校,一天没什么事。上午麻烦了龙刀跟紫鹃说晚上一起走。

太多的事情不知道应该先做什么后做什么,等理顺了,时间却呼呼地过去了,剩下没做的事情竟然全是学习。

每天繁忙而无聊的课程拉远了我和紫鹃之间的距离,很远很远。我有太多的话要和她说,问她,告诉她,却没有机会,没有勇气。

听着夏老师在讲台上讲那无聊至极却又永远解不出答案的数学题,我又想起了紫鹃。我想她在游泳课上会喝几口水,想她今天下午的节目会不会演砸。我知道这个时候她肯定在教室里用功,她一定不会无聊到想起我。对于她我是可有可无的,我不知道在她心里我是什么位置,或许她不愿和我走得太近,她总是把自己的生活安排得满满的,不给我留一点空间。

到晚上了,紫鹃还是那个样子,我不开口她就不说话。我赌气没有看她的节目,虽然听说她蛮上镜的。吃饭的时候,她们班的两个女生在后面谈论班长看紫鹃弹琴时的眼神,我有些难受,还有点不知所措。虽然这些我早就知道,而且的确没什么,但就是不愿亲耳听到。我痛苦地活着,每天都在劝自己要相信她,要相信我们的爱。

No.2 狼狈初恋

在这个时冷时热没有自由的大"监狱"里,不知不觉地竟也熬过了两年,两年真的很快。今天下午竟意想不到地去打球,这不值得奇怪,不过逃了一节政治课,这一点也不像我。游泳游得身心疲惫,碰到了龙刀,他已经开始厌倦那个梁婧,真是身在福中不知福。今天中午见到高阳了,他回来找梁婧,爱情的力量还真是伟大!那已经是很久很久以前的事,转眼三年了。今天碰到了陈子超,和她打了个招呼,还挺客气的,真的挺好笑。

在那个晚秋的暮霭
我无意迷失于你的锚地
迷失于一个关于风的故事
从此,我成了一株孤独的树
独立夜空
听月光弹碎琴声
醉我沉寂的心底

太阳在高空挂了数日,不知哪来的金风赶走了暑热,迎来了秋天的收获,太阳失踪了,也许去做客了吧。秋天让我想起了高一时经历的故事,那是我伟大而惨烈的初恋。

记得那是八月十五的前几天,人们正忙碌着做"人情交易",我好羡慕那些成双成对的情侣,便在慌忙中为自己起草了一封"信",托好朋友周刚给了邻班的那个我仰慕已久的靓女,信上我没敢署名,仅仅写了"三石"二字,我觉得这个名字不错,她看了一定会被这个名字所吸引,自然就会……我开始得意起来,做起了白日梦。

就在我高兴之时,忽然听周刚沮丧地对我说,那个靓女把我的信交给了老师。

我本来还处在兴奋状态中的心就像断了线的珠子落了一地。我不知怎么办才好,心里开始恐慌起来,我想过逃避,离开这个可恶的地方。这时,上课铃响起,我匆忙回到座位上,总觉得自己安全了,可又一想,万一老师找上门来怎么办?万一老师告诉校长我不就完了吗?万一全校的同学都知道了那还得了?我越想越害怕,身上的鸡皮疙瘩像春天的桃树、杏树、梨树,你不让我,我不让你,都开满了花赶趟儿。

此时,我恨不得把自己杀掉,我的眼睛不由得想找星星诉苦,于是扭向窗外。忽然,该死的眼睛看见了她的班主任正向办公室走去。这一刻,我的五脏六腑好像失控了。我预感会有一场或大或小的暴风雨降临到我头上,突然被压得喘不过气来,我迫不得已趴在桌子上,我怕别人看到我的脸,我怕……

夜自习就这样在漫长缥缈的想象中度过。

铃声一落,我就逃之夭夭了。今天总算过去了,我开始后悔写这封情书,为什么我又一次没有专心地学习。唉,我后悔了,我睡不着觉,又开始没头没尾地胡思乱想。

对了,我怎么这么糊涂呢?真是多虑了。他们根本不会知道我是谁呀。知道我叫"三石"的没几个人,我像是酒后初醒一般,一下子回过味来,这才算松了口气,可心里还是有些说不出的难受。

第二天,不知怎的就下起了雨,我还是掩饰不住内心的恐慌,怕别人认出我。这时,我忽然想起了雨伞。它完全可以挡住别人的视线,把我安全地送到目的地。我来到自己的座位上,就没有了再出去的欲望。

我无心地乱翻书,突然在里面发现了一张纸条:"三石,展信 happy！不识朋友真面目,只缘身在此情中。很乐意与你成为好朋友,静候佳音！——开心小豆"

她长得小巧玲珑的,还真有点像小豆。可是,看着她的信,想着昨天的事,我的心还是像没有着落的无头苍蝇。可是,她的美貌与才华深深地吸引着我,使我不能自拔。到了晚自习,我还是忍不住内心的激情,给她回了一封信:"小豆,展信佳！你是否把信交给老师看了?我的心流浪一夜仍未还,请速说明白把信盼！——伤心后悔的三石"

她回信:"三石,展信更 happy！一切全是个谜,那是我故意向老师请教问题,老师一时答不出,就去办公室找答案。唉,你男子汉大豆腐(开个玩笑)不会这样胆小吧！真的不好意思。对不起,请原谅。——调皮小豆"我看完信这才恍然大悟,真有点丢身份,是我多疑了。唉,我不该把事情看得那么复杂,一切都应该随意,我紧张的心像没风的湖总算恢复了平静。

5

后来的几天,我俩秘密地联络着。从信的内容可以看出,我俩遥远的心在慢慢地向一个定点靠拢,就在八月十三日那天,我俩都有了约会的念头。她选好了时间:八月十三日下午放学,地点:学校南边的小河边。

可是,我还是有点拘谨。因为这是我第一次与女孩约会。

放学之后,我偷偷地藏在离约会地点不远的草丛里。

我默默地等待着她的到来。不一会儿,远处有三个女孩的身影向约会地点走来,我有些紧张,但心里甜甜的。我被幸福的曙光压着低下了头,心里想着美事。近了,近了,我听到了轻盈的脚步声。于是,我小心翼翼地抬起了头……怎么搞的,不会是我的眼花了吧?怎么会是她的班主任?她怎么来了?她是怎么知道的?我脑子又乱了。

本来我想给她个惊喜,可现在只得按兵不动。直到她们撤了,我才悄悄地溜回学校。

到校后,我马上起草了一封十万火急的飞鸽传书:"Dear 小豆,你好!不见你踪影,却见你班主任准时到达了约会地点。你什么意思?请速回信。——for your 三石"

我开始怀疑"小豆"到底是谁,里面到底有没有什么阴谋。我似乎有点担心,就在这时,回信通过周刚又一次飞到了我的手中,我急忙打开信:"三石,好!我按时地赴了约,可是没见你的踪影,你到底守不守信用?我有点生气了。八月十五日中午'蓝风网吧'见。如再不见人,那就散了吧!——生气的小豆"

看完这封信后,我有些后悔,原来担心是多余的,自己不该回来这么早,也许她也看到了老师,所以晚一会儿才去的,爱情的力量使我不得不相信她。我发誓到那天一定给她个惊喜,不会再让她失望了。

匆忙之中,约会时间到了,我怕她再生气,于是早早地来到了约会的地点。来到这儿,我忽然又看到了她的班主任,我心里一股紧张感不由燃起。我怕她看出什么破绽,只有假装上网,几个小时过去了,网吧里的人都走光了,唯独我和那位老师还丝毫没有走的意思。我向门外瞅了瞅,还不见"小豆"的踪影。我开始有点着急,可又怕走了之后,见不到她。万一她生气怎么办?我又忍了忍,专心地在网上聊天。

就在这时,"小豆"忽然在我的 MSN 里输入了一条信息:"三石,我在这儿等得好着急,你怎么还不到呀!——着急的小豆"……我才恍然大悟,一切都是她班主任的阴谋,原来她……我开始想溜,可是被她看了出来。

"你就是三石吧?"班主任盯着我说。

6

"不……不……我不是……"我说话吞吞吐吐,我又一次后悔了。天哪,我多想消失在此时此地啊!

我还是被她叫住了,我彻底被骗了,而且骗得一塌糊涂。

我的第一次爱情就这样灰飞烟灭了。我开始恨她,没想到我的青春第一次萌动竟是如此狼狈不堪……

回忆之后是战栗,那个让我不寒而栗的爱情。

早起看生活,什么都没看到,眼皮沉重,肌肉松弛,精神委靡,只想听着音乐,美美地睡一觉再把所有的事情好好地 Think 一下。

天哪,这几天都是怎么过来的?病了,真的病了,鼻涕流得像直饮水,而直饮水机却坏了。无奈,每天都没有学习的状态,也不是在想紫鹃,不知道自己在琢磨些什么。但现在,我需要的不是爱,而是休息。每天这种生活让我疲惫。

依然早起,依然什么都看不见,而且也嗅不到,因为鼻塞了。听着 It's been raining since you left me,吹着晨风,坐在教室后面独自地反省,却越发地想睡了。

课表换得不知所云,整个世界都不知所云。语文课上大谈八股三段论,更是不知所云。想到要评选二中十景,第一景恐怕是小湖边的男女同学正常交往了吧。高阳最近的状态也不好,不知该怎么劝他,因为我比他还要差。

想感受雨,却没有;想感受风,却又是一个喷嚏。心跳犹如阻尼振动,越跳越平静,就像一潭死水上刮过阵风,没有波纹,只有腥臭。死水却一动不动地对风说:"我坚韧,我坚持原则……"有时候坚持原则并不是件好事。有人说:"你有必要把爱情说得那么美好吗。"那个人不懂爱情的魔力。当魔鬼为他得到的一个灵魂感动的时候,我也觉得幸福。因为那个灵魂是我的。

当一只书虫被捻死在书中时,它一样是幸福的。我不明白在大力宣传普通话的同时,我们为什么还要围坐在一个喇叭前,听着一种西方列强用于同化我们民族文化的语言。

病入膏肓,真的是病入膏肓了,一下午就这样睡过去了。吃药,却是甜的。良药苦口,那么甜药能治病吗?会不会像人血馒头一样?头疼,腿疼,鼻子疼,连耳朵里的一小片净土都像追赶最后一班福利分房似的,不失时机地疼了起来,而且是钻心的。或许受到的伤害太多了,已经不知道什么叫反抗,剩下的只有疼。

最近得出一个结论:早上身体比较瘦,因为我从宿舍外的栏杆里钻出来了!

生活就是生活,与任何电视书本都无关。

No.3 羊吃了狼

自己都在纳闷,竟然开始发奋了,而早起的作文中也写出了此种心声。

身体状况巨草,全部都在痛,虽然"福利分房"已经结束。第一天实行了自己的新作习制度,到了第三节课竟然不困!看来昨天下午的一大觉起了中流砥柱的作用。

就在翻开本子的一瞬间,大腿猛烈地抽筋了。今天体育课本想在教室学习,结果还是去打球了,并且还崴了一只脚。于是又一个很好的理由,又一节政治课没上。妈妈送来了被子、衣服还有哈密瓜,和龙刀一起去取的。电脑送修了,一切比较顺利,一切的不顺都体现在了身体上,决定明天或后天好好地睡一觉。饭后又到篮球场去燃烧多余的脂肪,忽然想起"红牛"还没有喝。今天和她说没上政治课,似乎有些反应,但没有表现出来。作业多得不知道该写哪一科,干脆全都放掉。

我的心就像风中的小草摇曳不定,偶尔还有人踩上一两脚,那是像我一样对"勿踏草坪"视而不见的人。一棵狗尾巴草,可以任人发泄,消除烦恼,熄灭怒火,用不了多久,自己也会被烈火烤干。

空旷的教室,空得不能再空了,都忙各自的去了,如果龙刀在,肯定又有六个人旷课。降温了,冷,冷得不能再冷,穿着妈妈送来的衣服,裹得严严实实的。但是夹杂着雨点的风,依然呼呼地吹进我的心里,于是,裹得更严了。萧条,无法更萧条。每个人的心里都不知道在念什么经,更不知谁才是最拽的。

我和高阳完全是"一拍即合",没有人会想到我和他能成为好朋友。单是刚报到时的装束就让人把我们划分到了不同"阶级":他上身穿无袖大背心,下身穿哈韩式可以扫地的休闲裤,摇头晃脑地听着MP3,一副陶醉其中的丑恶嘴脸。而我则是白色T恤、蓝色牛仔裤,手里拿着一本小说,一脸阳光的纯情少年。

很不幸,我默默地看了八分二十九秒的那个美女终究没有走过来,反倒是高阳一屁股坐到了我的旁边。

我对他说:"知不知道你很烦?"

他取下耳机对我说:"兄弟,下次说人坏话的时候记得问问人家的MP3是不是开着的。"

让人大跌眼镜的是,我和高阳从此居然成了好朋友。我也开始穿着大背心,慵懒地穿着拖鞋,敲着饭盒跟着高阳满校园晃荡。

当我遇到陈子超的时候,才明白爱是什么感觉。可惜她总是骄傲地昂着头从我面前走过,目不斜视,除了那次地上躺着十元钱(当然是我放的)。当我把一百部日韩偶像剧的台词对她背完的时候,她说了一句很有深度的话:"别人说男人的话十句有九句不能相信,如今我从你身上深深地感觉到,男人的话十句都不能相信。"

我被打击得垂头丧气。

高阳听说我的遭遇后,万分同情,他紧紧地握着我的手说:"大家好才是真的好,你放心,我一定对你进行特训,让你变成那个出色的磊磊花道。"

我感动得说不出话来,我就知道他就是那个流川枫。

然后高阳又诚恳地对我说:"磊磊同志,你说咱俩到哪里吃饭好呢?"

那天,流川枫吃了我一百七十八元,吃完饭,他打着饱嗝对我说了句警世名言:"男人的甜言蜜语最大的敌人不是女人的耳朵,而是自己的胃,当你说着肉麻兮兮的情话还能让自己的胃不抽筋的话,你就成功了。"我马上掏出笔记本记了下来,并且在这句话的下面还加了五个星星和一行小字:"此话值一百七十八元人民币!"

梁婧成了高阳的女朋友,她生日的前一天下午,高阳拉着我上街买了几十把蜡烛并神秘地说:"今天我就教你什么是浪漫。"

晚上高阳先给梁婧打电话,语气深沉地说:"梁婧,对不起,我爱上了别人,我们分手吧。"

梁婧在那边惊讶地问:"不会吧?你耍我呀?我们天天在一起,你怎么可能有机会认识其他女生呢?"

高阳用参加追悼会时的语气说:"对不起,我家里人在家给我介绍了个对象,我们分手吧。"

然后高阳潇洒地挂了电话。

我崇拜地看着他,高阳挥挥手说:"小子,跟我来。"

我们在梁婧的宿舍楼下用几百根蜡烛摆了一个巨大的心形,然后在中间摆出一句斜体的"I love you!"我跑前跑后把蜡烛全部点燃,顿时摇曳的烛光映得高阳油

光满面,连那双小眼睛都显得神采飞扬。高阳坐在烛光中间,轻轻地弹着吉他,唱起了大嘴巴的那首《爱不爱我》。伴随着高阳深情的歌声,越来越多的女生宿舍打开了窗户。

这时梁婧跑下楼,站在一大片橘黄的烛光前,眼睛红红的,等高阳唱完,就一下子扑了上去,捶着他说:"你真坏,让人家哭了一下午。"

高阳微笑着把一束鲜艳的玫瑰递给了梁婧,两个人紧紧地拥抱在一起。女生宿舍传来雷鸣般的掌声。

高阳挽着梁婧走了,临走甩下一句话:"磊磊,等会儿把摊收了,蜡烛留着晚上回去打牌。"我羡慕地看着他们远去的身影,喃喃地说:"真是浪漫呀!"

我坐在高阳坐的板凳上,抱起吉他,开始弹奏自创的小调,旁边工地上拴的一头拉沙的毛驴嘶叫着应和我的乐曲。我突然有种想唱歌的冲动,便扯起喉咙开始唱:"姑娘送我一朵玫瑰花……"

正当我陶醉的时候,楼上闹哄哄的,二楼的几个女生温柔地对我说:"大哥,求求你不要唱了,我们有心脏病!"

三楼的一个女孩叫嚣着:"小子,你要是再唱我的洗脚水可就泼下去了。"

两分钟后,陈子超下楼拉起我开始跑,我紧紧地握着她的小手跟着她。

当我们气喘吁吁地跑到操场的时候,她转过头,残忍地对我说:"我只是不想你在那里丢脸了,你喜欢我什么,我改还不成吗?"

我没有说话,慢慢地回头,漫无目的地走开,远处的那头毛驴还在不停地唱歌,泪水禁不住夺眶而出。

这时,突然有人从后面抱住了我,贴在我背上小声地说:"傻样,我逗你玩呢。"

我顾不得把眼泪擦去,转身紧紧地抱住陈子超。

深夜回到宿舍,高阳一脸严肃地坐在床上等着我,他义正词严地问:"我的吉他呢?我的蜡烛呢?还有我的板凳呢?"我一拍脑门,完了,完了,全忘记了。

高阳看着我说:"看在你知道错的份上从轻发落,从明天开始你请我吃一个星期的麦当劳算是赔偿我的吉他。然后下一个星期开始请我吃一个星期的肯德基,算是你终于在我坚持不懈的教导下追上陈子超的谢师宴。"

我拿出一把水果刀,塞到高阳手里,大义凛然地说:"你一刀杀了我吧。"

高阳没有杀我,我还好好地活着,只是他不再叫我磊磊,改叫"白眼狼",而我开始叫他"羚羊",那是非洲广袤大地上随处可见的漂亮聪明的动物。

只是,从来都只听说狼吃羊,而我这只"狼"却被这只"羊"吃得死死的……

小时候,我有尿床的毛病。为此,没少挨父母的打骂,有时甚至被罚站,在屋中央熬过隆冬的漫漫长夜。苦恼而又羞愧的是,这毛病一直持续到我上高二。

那一年的秋天,我读高二,入学时,我们要搬进新宿舍,于是高阳为我占了一张靠窗的上铺。当时,我连学校里上下双层床铺都觉得有趣,睡起来特别香,自己尿床的毛病早已置之脑后。

记得第一个学期冬天的一个晚上,天气十分寒冷,北风呜呜地吹打着窗户。睡至深夜时分,梦中的我,径直走入厕所放肆排泄起来,不待尿完,猛地惊醒,伸手一摸,我的天!床铺湿了一大片,仔细倾听,尿液还一滴一滴往下铺滴,睡下铺的高阳却毫无感觉。

黑暗中,我羞愧难当,想到明天早上被同学们知道当做新闻传播时的情景,更加惶恐,心里又急又恨,真想这个耻辱的夜晚永远不再天亮。

辗转反侧、焦虑不安中,曙光终于来临。

学校的起床铃声骤然响起,沉寂的寝室变得喧哗起来。

"哎哟!"下铺的高阳一声惊叫。

"怎么了?!"几位邻床的同学不禁问道。

此时,我将头深深地埋在被窝里,心里暗暗叫苦:"完了,等同学们耻笑和数落吧!"

然而,意料之外,只听高阳回答:"没什么,老鼠把我的被子叼到床底下去了。"

几句笑话后,同学们各自忙着穿衣、洗漱、整理床铺,桶和杯子碰撞的声音与各种嘈杂的谈话声交织在一起。此时我如释重负,心里对高阳的感激无以言状,但我仍然不好意思起床。

直到早操铃响,高阳问我:"还不起床?要做操了。"

我用被子蒙着头瓮声瓮气地回答我不舒服。

待寝室的同学都出去后,我乘机探头朝下铺一望,只见高阳的被单早已拆下泡在桶里。就在我犹豫坐起来准备起床的时候,同学们已经下早操了,我赶紧又躺下。这时,只见班主任和高阳走了进来。

糟了,难道高阳向班主任报告了?好吧,我干脆闭上眼睛等待难堪。

"小磊,好点了吗?"班主任伸手摸着我的头温和地问。

我一阵惊异,只是"嗯嗯"地点点头。

接着,班主任又对高阳说:"等会儿你陪小磊到校医务室去看看,有什么情况报

告我。"此时，不知为什么，我的鼻腔一酸，眼泪不争气地涌了出来，是羞愧，是难过，也是感激。

事后得知，做早操时班主任点了人数，是高阳为我请了假，说我生病了。周刚也在一旁证实。

从那天起，我和高阳调换了床位。说来也怪，此后，尿床事件再也没有发生过，而且我和高阳成了非常好的朋友。在这最后的一学期中，我们也没有发生过任何矛盾，我尿床的丑事也没有第三个人知道，使我在同学面前始终以一个健康、优秀的面貌出现，保持了我做人的自尊和自信。

No.4 单纯的思维

天空像我一样，想哭却哭不出来，只能靠打呵欠时挤出的几滴眼泪来过过瘾，挂在玻璃上像一颗颗廉价的珍珠，是那种港产的。而新世纪的"9·11"带来的除了人眼中落下同样的珍珠外，是否也会带来一场揭示人类丑恶嘴脸的战争。

我始终没有哭出来，而天却真正地哭出来了。

雨打在玻璃上，从窗户往外看，出现了一个破碎的，不再那么完美的世界。

一天一天过得还真是快，转眼又到了夜晚。黑夜从不试图去撕裂什么，它只是默默地侵入，默默地渗透，直到所有地区都在它的管辖范围之内，它就满足了。然后它无声无息地逃走，把所有的地盘拱手让人。而黑板却不是这样的，以白色为首的各色粉笔都在不懈努力，试图抢到更多的地盘，而都被黑板以无形的黑色吞噬掉了。

黑夜总是以白昼来结束，而黑板的终点还是一片漆黑；黑夜与白昼总是相持不下，而黑板却始终掌握着大权；黑夜有再多的灯光照着它也还是黑的，正如黑板上有再多的色彩，它终究是黑板。

一夜无睡，真的一夜无睡。

听张杰的《何必在一起》。

天亮了，阳光很明媚，虽然已经到了秋季，但还是有些热，到处还是一片欣欣向荣的景象。马上就要离开了，不知应该高兴还是悲伤，但无论如何还是要离开这里的。

一眨眼高三已经过去一个月了。今天又看了以前的照片，怀念当时的幼稚。但我想我们携手走了这么久，人越来越少，难道，难道我们就真的走不好这一年吗？我们的梦想，我们的前途，难道都要停留在这一年吗？不会的，不可以！我们的前途是光明的，我们的梦想一定会实现的。

　　夜，又降临了。是的，无声无息地来了。我还在想着拼搏，却又不行动，身上的每寸肌肤都充斥着懒惰的情绪。二中是一个大染缸，也是人才的摇篮。它的的确确、完完全全改变了我，我已经不再是那个我，我是另一个我。原来的那个我还活着，活在另一个地方，一个没有黑板和黑夜的地方。The summer is over!

　　最近和家里的关系不是很好，看来近期买 MD 不太现实了。周末的时间也被闲书消磨掉了，今天去书城，辛凯在那里售书，人真的很多，不知道是音乐的魅力还是他个人的魅力，已经到了我正式割舍音乐和 Hip-Hop 的时候了。也许吧，我不知道，但至少这个夏天已经结束。

　　我的心又摆到了黑板前，在心中，黑板上方的墙面上还贴着"淡泊明志，宁静致远"，不知道为什么，那颗已经淌不出血的心脏总感觉那个冰冷的世界要回来了。

　　在二中这个大染缸里，一个个善男信女捧着被教师视为仇敌的恋爱专家的爱情信条。

　　天空又忍不住哭了出来。

　　饭后，教室里静静的，一种让人觉得恐怖的宁静。每个人最快乐的时光是因为有另一个人的陪伴。心中的潮气渐渐涌了上来，让浑身都能感觉到湿，当孤独的风吹来时，湿就变成了冷。独自一个人站在风雨中，享受着孤独的宁静，只有心灵深处蹿上来一阵渺茫而清晰的声音："你依然在这里等着她……"用一颗心等待另一颗心，至少也要等到风停了为止，而风停后，孤独又要到哪里去寻找？正如晨曦下花瓣上的露珠，似眼泪，似水晶，可以让人们在其中忘掉一切。

　　包括爱人与自我。

　　马路上依然喧闹，但愿天堂里没有车来车往。

　　现在是凌晨六点，远处山后边的那片红霞遥远而清晰，让我明白了纸是包不住火的，太阳是美景的缔造者，也是终结者。

　　考试作文也下来了，紫鹃说分数还应该再高些。也许吧，我觉得我已经江郎才尽。脚又扭了，估计伤到了骨头，钻心的痛。已经是遍体鳞伤了，不知道自己在做什么，不知道自己在说什么，只剩下无奈。

　　高考真的提前了，不知是福是祸。

　　这是一个什么世界？我向四周看，只有那近似昏暗的冰兰，那片片的猩红已被人们用泪水洗净。那只无辜的生灵也不知道被葬到何处去了。

　　我用整颗的心去爱紫鹃，她却装作不知道，跑开了。

　　于是，心死了。紫鹃对我微笑，我视而不见，而心却像脚腕一样疼，深深的，持久的，钻心的。那嚣张的世界似乎已经散去，却发现它又无处不在。我该用我的全部生命去等待。至于等待什么，等得到等不到，无从得知。

　　这个世界要把人逼疯了。

　　一个黑夜，是的，纯粹的黑夜。因为停电，整个二中笼罩在黑暗之中。漆黑的夜，温雅的夜。大家似乎都过了快乐的一节课，但黑暗中孕育了多少危机，没人知道。在这每天待得都已经乏味的地方，又多了一些值得回忆的东西。龙刀趁着黑暗，对着邻班大声喊出了我们男生的心声："张澜澜，我爱你！"

　　又是黑漆漆一片，又是大家围坐在一起，又是我的脚不好，又是老师坐在紫鹃的旁边。我没有刻意地去她的身旁，是运气把我带到了那里。我依然轻轻地握着她的手，微笑地看着她，看她被黑暗吞噬剩下的轮廓。爱的感觉是那样的奇妙，它存在我的心中。不管她有什么缺点，她都是最好的，但是心靠得并不近。

　　来电了，忽然，我开始讨厌光明。它把一切照得那么明显，我们之间的距离也逃不过。于是有生以来第一次寻找黑暗。

　　去听另一类人说Love。一群一直在混却混得一个比一个惨，最后混出小港一霸的人。除了这一切，我是完全幸福的。

　　我太希望别人了解我了，所有的秘密都以我的嘴为突破口，争先恐后地向外涌。于是我又投靠了光明。灯还亮着，也许我真正需要的是一个自己，一个真正的自己，去拼搏，去后悔，去哭泣，去反省。正如我不知道今天过后会发生什么，只是希望每年都有改变，不要再像一年前一样。

　　单纯有时也不是件坏事，或许我们并不单纯，只是幼稚。单纯，鸟！别人的事和我没关系，我为什么要去管？为了爱付出一切，值得吗？

　　从没觉得自己与社会已经这么近了，恐怖？！

　　可怕？人疯了！什么是爱？它在一个人的生命中能占多重？而名声又占多重？被人唾骂又怎样？没有自尊又如何？动物一生只是生存、交配、繁衍。植物呢？它们也是生命，含义更缥缈，它们会有爱情吗？能一直凝视着对方，或是只能一生守候，是幸福,是痛苦?而人,活着或者说生命的意义在于何方,爱又占多少?人们视与自己格格不入的行为为变态,同时又歌颂这个那个。终于发现信仰很重要,生命又算什么?总想试图改变自己,或好或坏,成功过吗?发誓不改变,而又不断为环境所变,失败过吗?

天堂中不会有秘密与变态,所以我选择沉默,改变。

高阳问我拉着她的手,有没有当初的感觉。是啊,当初的感觉!高阳说他会不惜一切弄到她想要的,为了爱。是啊,为了爱。我们到底在干什么?

天蓝着,是的,蓝天。已不再那么迫切地需要电了,唯一还能用电的地方,就是老师们从不在乎的电铃。白色蛮不错的,很纯洁;而夏老师呢?也不错,只是很烦人!我开始哼着自己改写的歌《老师,放过我吧》——

"上帝会保佑我的,同桌会关照我的,考试之前我一切都有,可是考试时总是相反,作弊的人数很多,而我只是其中一个,然而老师却偏偏找我,这样子绝对是不公平的。心里太清楚了,根本不算什么,心里太清楚了,根本不算什么,其实学校里又有谁没作弊过。老师啊,放了我吧,一把年纪了,还管他那么多。我是很可怜的,如果被处分,档案会有污点的。老师啊,放了我吧,我什么都不会说,我这样的结果,全都要怪你,是你逼我做的,考得太难!"

昨晚梦到陈子超了,很甜蜜。

我们手挽着手在雨中,那是夏夜的雨,温暖、潮湿。绝非今夜的雨,冷酷、绝情。

还记得陈子超初三第一学期的时候。初三是我最消极堕落的时期,我几乎没有任何理想,整天浑浑噩噩地重复我简单得没有一点颜色的生活。因为陈子超的"超级秀逗",我才慢慢恢复活力,我觉得她能引起我注意是因为那天早晨,我和同学们一起无聊地翻着课本,心早就不知道去哪里了。

"报告!"随着一声巨响,我和同学们都被惊得忙向教室门口望去。门口站立着一个人,头发凌乱,衣衫不整,左手拎包,右手的烧饼还没来得及吃完,留下一个月牙。经多双眼睛辨认,最后得出结论:这正是本班头号"超级秀逗"陈子超。

漂亮的李芬老师站起身,摘下眼镜看了一会儿,大概还没明白,又戴上眼镜看了一会儿,然后脸色严肃起来。被李芬老师"赏赐"了一个白眼的陈子超,被罚站在教室门外半小时。陈子超忙向众位同窗求救,没想到众位同窗竟无视她那双哀怜的眼睛,没有一个人站起替她求情,她生气地朝我们做着夸张口形,挤眉弄眼,根据她

的口形我判断出她是说:"本是同班生,相煎何太急。"我本来是想表演一段英雄救美,可我担心李芬老师怀疑我有意包庇,李芬老师毕竟是班主任,而陈子超是我的同桌。看大家如此绝情,又碍于李芬老师穿过镜片的那束咄咄逼人的眼神,她愤愤地退出门口,狠狠地咬了一下手中的烧饼,然后雕塑一样站在门口,直到第一节课的下课铃声响起,她才得以赦免,撅着嘴巴回到座位上。

上午第二节课是英语自习课,陈子超就开始以各种理由换位子。英语本发下来,如雪漫天飞舞的陈子超刚要当场作诗一首,掀开自己的作业本,我和她同时看到英语老师给她的批语是"字距太大"。老师龙飞凤舞的大字,占了大半张。陈子超眉头一皱,心生一计,只见她在本子上奋笔写下几字。我问她写的什么,她笑笑不做声,然后做完两道英语自习作业,交上去了事。

第四节是陈子超最头痛的历史课,面对历史考卷,她被搅得晕头转向,眼一眯便搭上了周公的车。还没眯一会儿,就被我掐醒,心中不爽,摆出一副吃人不吐骨头的样子。我害怕她冲动,忙做可怜状,用手指了指面前,她这才看见戴眼镜的马老师正笑眯眯地望着她:"你来回答这个题目该选哪一项?"她根本就没看题,是哪个题目还不知道呢,忙向我求救,我的脚实在被她踩得疼痛,因为她是站着的,我是坐着的。咬牙切齿的我也怕被老师盯上,就赶忙帮助她,于是用声波传出"B",没想到陈子超挪开脚,条件反射地脱口而出:"老师,应该选D项。"全班哄笑,陈子超不知所措,面红耳赤,忍着愤怒从1数到10,再从10数到1,才压制住想掐死他们的冲动。为了不让她嫁祸于我,我忙伸手点一点考卷,陈子超一瞧,眼睛都亮了,她悄悄说:"My God!原来这道题目只有三个选项啊……"

那天我被她的这些糗事笑到肚子疼。

下午,屁股还没来得及和椅子亲热,陈子超便被英语老师请进了办公室,我大感不解。大约两节课后,陈子超回来了。我问她发生了什么事,陈子超说:"挨K的感觉实在不爽,我被K了整整一小时四十分三十六秒。"我暗暗佩服陈子超耐力够强,问其缘由。阿芳从容地掀开作业本,只见陈子超在英语老师的批语下加了一行字:"你的字距更大!"原来如此!我才明白她那天在作业本上写的什么,于是转过身偷笑了好一阵。

陈子超顿了一下说:"其实被K这么长时间,四肢麻木不说,最难忍受的你知道是什么吗?"我问是啥。她叹口气说:"呼吸困难!"我想办公室那么大,老师并不多,怎么会呢?见我不解,陈子超解释说:"老英say(说)了那么多,O(氧)被吸完不说,办公室还充满了CO_2(二氧化碳),我怎么会呼吸顺畅呢,我相信众位老师一定也深有同感。"

陈子超"委屈"地说完，做深呼吸状，又补充一句："下次挨K，我一定事先作好准备，得带个氧气瓶。"我当时就被雷到了。

晚自习课上，陈子超仔细回想，越想越生气，双手握拳，愤恨地捶桌子，身子向后倾，椅子的前腿翘起，后腿却再承受不住她的纤纤身材，众目睽睽之下，陈子超连人带椅与大地来了一次亲密接触。我赶忙搀扶起她，为了不让她被同学们戏说，我索性一边扶她一边大声说："对不起，我不是故意的。"这才避免了一场讥笑。

陈子超感激地看着我，那眼神和我第一次碰撞的时候，我的心就如小鹿一样跳起来了。

而夏天，已经离我们远去了。

时间一如往昔地继续着，少了对学农的期待，会考的决心；多了感情的挫折，高考的担心，而去年"十一"去黄山也成了珍贵的记忆。这就是成熟的感觉吗？很奇妙。

中国男足出线了？手气可真好！为此专门作了一首词，配上《伤心太平洋》的调子唱了起来：

"足球真的残酷吗？或者输球才是可悲的，只有进球的人是焦点，欢呼喝彩永不息。进球真的困难吗？或者犯规才是可怕的。难道上场就很容易吗？左盼右盼进球呀，往前一点有前卫，退后一步是后卫，带不了，传不好，不能随便射，对方后卫还真烦人。我等的机会还不来，我传的球没人睬，如果我追你还带，如果我铲你还不明白，铲铲断断担架抬上来，你们只好换人再来。黄牌还未平息，红牌又来侵袭，那球门好有诱惑力，成功的时刻啊，一定神奇。"

又是雨夜，我决定独自回去。

那个男孩已不再相信雨会给他和她带来什么。

看到几个女生在跳舞，《Only One》。心静不下来了，是《Only One》，越看越心碎，说不出的悲伤、痛苦与失落，只好开着MP4一遍又一遍地放着那首歌，像冬夜的晚钟。挖掘出的，是联欢晚会时的记忆。我最爱的舞蹈和歌曲，被几个乳臭未干的小女生跳成那个样子，令人难以想象，更验证了喝"决明子"之后会排毒养颜一样。努力想使自己静下来，进入学习状态，用另一种心态观察这个再熟悉不过的世界。

去走了高一的那条路，回忆了高一所有能回忆起的事情，也有许多已经想不起的事情。那真的是过去的事情，剩下的已经成为心底最美好的回忆。虽然毕业时又会有一大部分成为过去。但至少不会忆苦思甜了，因为我身边有她陪伴，已经满足。

时间真的可以冲淡一切吗，我不懂。所有的事情看起来都是巧合，会不会是上天注定？注定我们要出现在彼此的生命中？

平庸的生活让人感到疲倦，也许人类最大的财产就是贪心，也许它也会使人类走向灭亡。正如肉需要指甲的保护，而指甲却又不时刺到肉一样。将来，不远的将来，这一切都会成为为了忘却的记忆。

早上五点半，天空依然一片昏暗，看不到早上的晨曦，让我不由得怀疑今天是不是阴天。这个世界上，男人是不是都要为了女人放下自尊？至少，我身边的男人一个个都活得好累。

任何波澜不惊的事情总能给人以灵感，因为条件反射已被打破。

我站在黎明前的黑暗中，和一个受同样伤害的男人一起从栏杆中爬了出来，与其用心去期盼黎明，日出。但，但却被告知今天阴天，如果我是一个女生呢？我是否会为一个男生付出这么多？

太阳出来了，天亮了，不见晨曦。

No.5 第一次追"哑女"

还是回忆。

初三第二学期的第一次模拟考试，我因为往地上扔了一片擦过鼻涕的卫生纸，就被监考老师逮住了，当场没收我的卷子。

无奈，只好闷着头，拿出练习本写写画画。在大家都快交卷的十分钟前，我灵感一来，改写了一首弦子《天真》的歌词。陈子超看到了，笑得前俯后仰，说我有当歌星的才能。

无须过多的言语
默默地
跟我走过雨季

用彼此的眼睛
呢哝
让紧握的手
成为永恒

我像往常一样,在市唯一的一座还像点模样的书店翻捡着书看,来了多少人,去了多少人是从不旁看一眼的。一群令我生厌的花裙子在我眼前飞走之后,我舒了口长气,刚要向左移步,一位亭亭而立的少女吓了我一跳。面前突然出现的少女有着沉鱼落雁之容,在她面前我想留个完美的印象。

我的手顺着她微凸的前额在书架上拿下一本我不想看的书,我的胳膊如在暖炉前伸展般惬意。

她下意识地把头向后一躲,退一步,转脸,向我只是微微一笑。

也许,生活中有些事不需要说话,只要一个表情就够了。很多正常人把说话也当做一种多余的包袱,我想少女绝不至于这么早就洞穿我的秘密,只要我稳住阵脚,她大概是不太可能发现庐山真面目的。于是,我也朝她歉意般地一点头,便又装模作样地埋头看书,目不斜视。

一阵少女的清香掠过,凭感觉我知道她已经挪动地方了。

我把书放回原位,就势寻找到她,她又站在另一个蓝色书架前。

她穿着蛋青色的连衣素裙,背着深绿色的坤包,扎着一束黑色的马尾辫,脚上蹬着一双白色的高跟儿羊皮凉鞋,任何男人看到这背影都会产生异样的梦想。

我又悄悄移向她,装作是无意识的。我的脑海里出现了这样的景象:柳眉、凤眼、俊鼻、红唇的仙女飞落纱裙,翩翩融进晨光中的清泉里,似游似飞,美不胜收。

我疑心她发觉了我的不轨之思,她顺手拢了一下挡在眼前的头发,一仰头白了我一眼。

我的心似乎咚咚地要跳出来,为稳住情绪,我就近又随意拽出一本书,很是认真的样子翻看着。翻一会儿,放进去,又拽出一本;又翻一会儿,又放进去,又拽出一本……到后来,我只是放进去,拽出来,两眼什么都看不进去,真有些心烦意乱,还有点莫名的气急败坏。就在我放进去、拽出来,无心也不敢正视她的时候,我碰到了她捧着书的手,犹如触电一般,一股热流通遍我的全身。

她仍只是微微一笑,退一步,让让我。

我极力掩饰着自己的内心世界,想平稳地走过她的面前,可腿不听使唤似的难

以正常抬起来,左腿颤动一下,我便大稍息般斜站着,手也发慌,拽出一本书倒把另一本书带到地上。

她蹲下去帮我把书捡起来,走到我跟前将书放进书架里。我很近很近、很细很细地看到她的脸,与印度姑娘的脸形有些相似,但比印度姑娘清秀俊俏,更加迷人,两个酒窝更是平添了几分姿色。她的手上正在翻着的是一本南怀瑾的禅书,不知怎的,刚才的那种难以平静的心情一扫而光,我很自然又讨好般地换了一本和她手上一样的书,向她点点头表示谢意。

她还是只微微一笑,便退回原位,保持着原有的站姿翻看着南怀瑾的禅书。

啊,多么美丽而动人的姑娘啊,也许今天出了这个书店,我们有可能永远也无缘在一起了,茫茫人海,谁又能遇到谁呢!

我发现她也偷看了我一眼,不知道我有没有魅力也搞乱她的心。

为了表示我对她看的书有着浓厚的兴趣,我交了钱把书买下了,这是我到青苹果书店第一次买下的书。收钱的小姐有些惊诧,但我不敢做声,似乎没看到小姐的表情,不知不觉中又盯住了那个她。

她把书合上,从坤包里掏出钱,也要买下这本书。

真没办法,谁让我不敢说话呢?多想把我手中的书送给她啊!我知道,我们的见面就要结束了。我后悔自己书买得太早了,若还是和她站在一起翻着同样的书,她也许……我有点自作多情了。她兴许一走出书屋就会忘掉我这个人,然而对于我来说,只要一进青苹果书店就会想起她,甚至在以后的一段时间里,也难以忘怀。

姑娘来交钱了,我害怕尴尬的场面出现,便有点逃跑似的出了青苹果书屋。这家书屋是很别致的,书屋的题匾上有俩苹果,一大一小,一青一红。

也真是鬼使神差了,走出书屋,我又不知该向何处而去。我停住脚看书,似乎这本书特别吸引我。

她出来了,我感觉她要对我说什么,但她始终没有开口。我把书卷在手里,悠闲地托着下巴,眨眼望天。可是,我还是耐不住美丽的诱惑,又侧过头来看,不想她竟然和我照了个全面儿。

她高挺的胸脯上那样醒目地戴着一枚白色校徽:X市聋哑学校。

原来是一个聋哑姑娘!我的心战栗了。

她没有笑,目不斜视地在我面前走过,留下个高傲的荷花般美丽动人的背影。

果然被我预言中了,从那以后我再也没有遇到过她。

No.6 考试

第一次模拟考试推迟到二月份。我好像一下子虚脱了一样,搞不清我到底在等什么。早上有个梦,其中两地天堂地狱般的对比被夸大,梦到哑巴姑娘,梦到高阳,梦到紫鹃。

明晚和龙刀出去借架子鼓,听说陈子超也要去,心里……今天过敏,于是就把觉补足了,全力攻英语。运动会,会和去年有所不同吗?

回家睡觉后又出来了,陈子超没出来,也好,不然怎么去紫鹃那里呢?玩得不错,这几天上午逃课回宿舍睡觉也很爽,就是把学习耽误了。我和紫鹃之间终于可以用亲密来形容了。一切按部就班地发展着,平淡,却有意义。

当爱成为往事时,我期望,我们之间没有距离。而爱又是什么?没有爱何谈往事?半年后,我会爱她吗?会的。

坐着、站着、踱着,不知道自己在干什么。但爱涌了上来,占据了大部分的时间。初恋,算吗?还是应该叫"爱情 Windows 7"?一切都在 Windows 7,却又体验不到什么。也许这就是一切?So?

心像风中的杂絮,漂泊不定。风吹向东,就飘向东,一整天无所事事,平淡至极。

龙刀的生日,他受伤的日子,全部的痛在这天降临在他的头上。中午,湖边,艾丽,一切似乎在梦中,一个真实的、残酷的梦。为什么受伤的总是男生?这个生日,十八岁的生日,他会永生难忘。而一年前的今天,在武汉二中的宿舍里,抢那几个女生送的鸡蛋,然后又玩对三句半的游戏,听着从众人嘴里说出的"他们的莉莎",读那该死的报纸"一次——性生活——补助",还有那搞笑的学农总结。也许现在我是最幸福的,但流着鼻涕喊着"我是世界上第三幸福的人"的感觉已经不在了。

一切,在今夜凝固。

十六岁的最后一夜,即将告别花季。这一年全部都印在了本子上,一年只有一次的生日,会不会连着两年留下相同的遗憾呢?希望不会,这一年,充实的一年,不管感受是怎样的相同或相反,时间它的确是已经溜走了。

我们一同走向灯前,我用分班前的目光打量着紫鹃,打量着学校,而这回要消失的却是我。

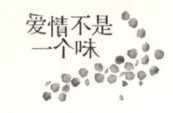

今天走出花季了,这本本子在我手中也整整一年了。回想去年的今天,一个人冷冷清清的,受到的打击难以想象。今天还能在武汉过生日,满足了。

回想这一天的开心,早起开心,上课开心,一切都很开心。吃蛋糕、喝可乐,和紫鹃散步,一切真的很开心。

走也罢,留也罢,一切都只能罢了。无论如何,我和武汉要了结了。朋友也要走四方了。悲凄又怎样?一切不会因为我刮出的彩票是三条腿的驴而改变。

看着紫鹃在我身边,抬起脚,放下脚,一步一步随着我走,一切的爱又回来了,而一切即将改变了。我徘徊着,彷徨着,不知道在等什么。而学习状态,真正的never be changed(从未改变)。

A lovely day(可爱的一天),太阳在外面照射着,把一切照得亮得刺眼,让人想出去享受一下阳光的温暖。当你真的走到室外,等待你的则是刺骨的寒风——降温了,一切在她的意料之中,或许只是因为有听天气预报。

考试终于临近了,真的近了。而离开就在考试的正后方了,十一月,不知如何去面对,只好去逃避,去忘记。从没有想过可以自豪地说:"我是武汉二中人。"一切的语气中,只有自豪。我会记得我们一起幸福的日子,我会穿着校服,带着回忆上路。忽然想到二中出去了多少人,差我一个吗?于是我决定离去。

天总是阴沉沉的,心中却是平静的,这与前段时间的平静不同。表面平静,心里却乱作一团。天早早的黑了下来,因为它知道有人想看星星。

我又找不到学习状态了,音乐使人昏昏欲睡,而一切都凝在了令人窒息的空气中。我以为我可以把一切封存在心底永不忘记,随时可以泛起。但心就好像一个大沙漏,底端的不断地被忘记,顶层的又不断涌起。尽管隐秘,还是被人看穿了我的心思。徘徊在现实与回忆中,也许我真的需要上周五的那个梦激发我的学习斗志。一切即将变成梦,梦都不一定有那么的美好。我觉得,不会有人梦到我,也许紫鹃会?一切,随风飘成梦。

第一天考完了,像龙刀的脸一样的糟烂。

最后一道答辩题我答不上来,突然想起我改的歌词,索性无聊地写在卷子上——《我为考试伤》:"眼看我的书桌剩下紊乱的书本,体验到了青年一下子变成老人,我在你的身上看到自己所有的悲伤,在被人打扰之后学会该怎么打扰别人。以为把你丢掉而得多少快乐,谁知道只换来更多惨痛的代价,如果只是为了贪图一些甜蜜的时光,是我太愚蠢还是你太难,我为你伤神。复习到十一点还没搞定,数学、英语、物理、政治,一个都不能少。我为你熬夜,还是没有一个好结果,数不清的考卷对我来说,都像一张白纸。我为你熬夜,却还是不能考个及格,数不清的考卷对我来说,只是一堆废纸。"

晚自习漫长得令人厌倦,于是前面一排都卧倒了。想象以后不会有机会再上晚自习了,阵阵凉意。事物是运动的,我却想睡。今天听了陈子超的话,我觉得我真的堕落了。

陈子超一脸微怒,双手叉腰,问我:"你以为我的感情是肥皂泡,你想吹破就吹破?"

我说:"什么肥皂泡,我也没吹过。"

陈子超撅着嘴说:"哼!当我不知道是不是啊?"

"知道什么?"我反问。

"你要我还是要紫鹃?"她眼睛恶狠狠地看着我。我不知道该说什么,陈子超要玩真的了,她真的爱上我了?我可没有考虑过要和她发展爱情,要说有感情,那也不过是友情。

不知道该怎么说,就索性不说,这个时候,我的任何一句伤害她感情的话都将是一把锋利的刀子。我低着头,看我的阿迪达斯鞋。

"不要酱紫啦!我不问你了,我不愿意看到你酱紫。"她嗲声说。

我有点害怕了,我是不是真的堕落了?我发誓,从没想过高中还没有毕业就搞三角恋爱,我发誓我是善良的,我是懂感情并且珍惜爱情的。

第二天考完了,不仅没从草堆里钻出来,反而陷得更深了,放眼望去,全是糟烂得还不如龙刀脸的草。一下午打篮球,晚自习竟然安下心来看点东西了。昨晚积攒已久的泪水终于夺眶而出,哭得很痛快,今天下午被子还没干……

考完了,用龙刀的话,这几天发春。

也许是真的想开了,也许是自欺欺人,心冷了。

吃晚饭的时候竟然有想喝酒的冲动。

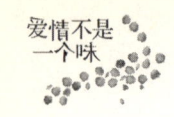

No.7 怎么认识紫鹃的

中午和紫鹃在一起,静静地坐在一起,或许只是看起来吧。看她静静地趴在桌子上,静静地睡着。心里很乱,什么也没看进去。距离很近,却又感觉很陌生。这就是我发誓要用生命去爱的人吗?

阳光缓缓地照着,气温依然很低。

我不知道　何处是终点
何处是归宿
只是　与风雨为伴
我不知道　黑夜是否降临
人生几度有几秋
只是　默记同我一起跋涉的小树

孔子曾经说过:"唯女子与小人难养也!"小学时期的我是颇欣赏这句话的,在年幼的我眼里,那些唧唧喳喳的小丫头都是又胆小又爱哭又吵闹又小气还笨笨的。

那时候在男生中最流行的娱乐活动就是欺负女生,我们经常在一起打赌怎么才能弄哭某个女生,比如向老师冤枉女生甲上课讲小话,或者在女生乙的座位上涂胶水,要么就是把女生丙和丁的辫子绑在一起……反正是无恶不作,一个个简直都成了欺负女生的高手。英明神武的老师见到这些恶行当然不会置之不理,那次我就被叫进办公室训斥了半个钟头,最后他说:"小磊,现在你该知道了吧,用木棍敲女生的头是不对的!"

我于是很惭愧:"对不起,老师我知错了,但我当时实在找不到别的东西啊。"

很久以后,我在一本杂志上看到这么一种观点,说小学时大多数男生都有欺负女生的暴力倾向,其实只是想引起女生的注意,且往往越是对哪个女生有好感就越是欺负她最狠。

看上去蛮有道理的,于是我开始绞尽脑汁回想当年到底对谁最凶残,结论只是年幼的我十分博爱啊。

佛教达摩的话或许可以这样说："山下的女人是老虎！"初中时期不知道为什么开始害怕起女生来，倒不是怕她们把我吃了，只是对男生和女生之间的事多了点想法，于是有种莫名其妙的紧张，像偷了什么东西藏在心窝里似的怕被人发现。那时候班上一部分女生开始亭亭玉立，我们这些毛头小子在她们面前讲话普遍不敢直视，不然的话轻则心慌气短面红耳赤，重则六神无主语无伦次。

记得有天班上搞大扫除，我清理墙角弄脏了手，一个挺可爱的女生居然提着水壶过来主动要求帮我倒水洗手，我像个二愣子似的小心翼翼地洗着，死撑着没有幸福地昏倒过去，那时候我才知道这个挺可爱的女生叫紫鹃。紫鹃家在重庆，因为她姑姑家在武汉，并且就在武汉二中任教，为了她的前途，她爸爸就让她转学来到这里，于是我们就认识了。我常想这就是人们所说的缘分。

没想到第二天关于我俩的"绯闻"就在班上传开了，那个年纪的小朋友们最爱干这种无聊的事，没经历过什么大风大浪的我愣是给吓着了，心虚得以后一见着人家就躲。

神医华佗的话或许可以这样说："爱情它不是病，爱上却要人命！"进了高中后，发现高中时期的女孩子都成了宝贝疙瘩，这时的男生开始学会绅士风度，处处讲究女士优先。为女生跑腿甚至掏钱都在所不惜，别说是欺负女生了，就连被女生的粉拳绣腿K一顿都可以开心得几天睡不着觉。谁让女大一枝花呢，让男生们一个个撕下脸面像蜜蜂一样在后面屁颠屁颠地追逐着。

美女总是很少，爱上美女的男人总是很多，于是这世界有了战争。

我听过的最富传奇色彩的一战是高二那年，龙刀和Y中的一个大哥级人物为了争艾丽而召集两伙人在校门口的河边开战。打到最后，Y中的大哥见大势已去无路可逃，居然一个鱼跃跳下河去企图游向百米外的对岸，听龙刀说他跳水前还大喊一句："艾丽，我爱你！"只可惜天妒英才，还没游出几米，由于水性欠佳，他只好又掉头游回岸上，结果被龙刀逮住接着打……

由此可见竞争是多么的残酷，所以在早恋屡禁不止如雨后春笋般在校园各角落发展壮大的同时，也难免会出现这么一类"失恋症候群"。他们普遍表现为：上课发呆，双目无神，或强颜欢笑或借酒浇愁，还老爱拉着人缠着人强迫人听他讲那段一字一泪可歌可泣的失恋故事。

物理学家阿基米德的话或许可以这样说："给女人一个支点，她可以撬起整个地球！"进了高中之后发现世道全乱了，这里的女生一个比一个生猛，女强人一抓一大把。我在食堂打饭要是前面排着几个女生我就死活不敢插队，生怕搞不好就同时

得罪了一个主席两个社长三个部长……正所谓人间正道是沧桑,男尊女卑的中华民族传统美德在高中里算是玩完了,女生们恨不得把男生全都统治起来,她们敢在辩论赛上跟你争得面红耳赤不顾形象;她们敢在教我们做广播体操时嚷嚷着做得好就一人奖一支棒棒糖;她们敢在篮球场上假动作把你晃过再一个勾手上篮……

说到二中的女篮就让我想起有个故事是这样形容的,说是有天大家在二中大礼堂看表演,突然天花板上的灯泡坏了,有个打篮球的女生二话不说就跳起来在空中把灯泡修好了,还低头问底下的人亮不亮,底下的人说差不多了她才从空中跳下来,稳稳坐着继续看表演。从那以后二中的男生打篮球都不敢在女生面前跳了。

再扯下去就有点远了,就说我们班吧,班干部一大半都是女生,她们掌握着班上的实权,男生只有听话的份儿。紫鹃就是班长,每隔三天紫鹃就给我分任务,要帮她交篇稿子上去,还"必须"完成。我时间本来就紧巴巴的,可又不敢在她面前叽叽歪歪,只好在心里叫苦:"哎哟——紫鹃!"

真的是一年了,一年前,心里下着雨,天也下着雨。

今天也许好些,分别被推迟了。

我会用生命去爱她吗?

另一个喧闹的清晨,竟然开始晨跑了。

一天都没有见到紫鹃,心里空空的。昨天晚上听周笔畅的歌,想起了断腿的暑假、床上的复习、打电话约会等等。

已经记不那么清楚了。只记得那天她穿了件白衣服。记得龙刀和艾丽说宿舍里有蟑螂的事情,好像还扯到了分居。

一切令我心头一震,我又彷徨了,只能靠人民币来决定,结果是国徽。

心却静不下来了。我动摇了,开始怀疑我对紫鹃的感情。一切与当时,与会考后,与暑假都截然不同了。

MD,终于出了点问题,加上手表也不太好,让我怀疑最近是不是要发生什么好事情,而且应该是件大好事。不知道是什么好事让我这么倒霉,非一般的倒霉。

我被老班叫去"蹂躏"一顿。她生气地骂我:"有你这样的人吗?你做不上题就别做,谁让你写那些乱七八糟的东西了?"

"老师,那是歌词。"我无精打采地回答。

"歌词?我说你什么好?你以为这是音乐学院的试卷吗?什么狗屁歌词能给你

加分吗？你是笨还是蠢啊？"老师叫嚣着,我的汗毛越竖越高。

平时看她长发飘飘的很温柔、很贤淑,今天真让我大失所望。

我在这里也只有最后的三个星期了,希望一切能平静地过去。

曾经说过我们要永远在一起,那只是一种精神的相伴。

看着自己屋里的点点滴滴,想着已经有多少人同样伤心或悲哀地离去了,三年五载,或是一辈子。

心里踏实了点。

心很静,看来不谈学习心就会很静。想用温雅形容一切却发现气温并非温雅。

有一种感觉想放却又放不下。

静下心开始学习,开始生活。

一切的背运让我觉得我好像躲过了一场浩劫,或是天大的好运要从天而降。

人应当学会满足,学会体谅自己,学会放弃,学会平静地生活。

湖面静得能映出天上成群的天鹅的身影。不时有几个顽童从杨柳中扔来几个石头,波纹转瞬即逝。

真的调整了自己的状态,我高兴地看着自己的变化,带着一丝自豪与骄傲。也许我想通了,所以心情好;也许我的心情好,所以我想通了。除了困倦,就没剩什么别的。化学老师穿高跟鞋穿成了脚骨折,来了个老头子,眼神怪异得令我恶心。

紫鹃同意周末让我送她了,开心。

但她不会明白我为什么要这么做,没有人明白。这已经是最后的机会了。

No.8　去南三舍做客

不能去回忆了,一旦开始了,就很难再停下来。一点一滴的记忆转瞬化为洪水,哗哗地涌了出来,收不住,留下的是久久不能退去的声响。也许用不了多久,我们也会共同回忆起点什么,然后叹一口气说:"事情就好像在昨天,这么快就×十年了,时间过得太快了。"也许这就是本意的时代的创伤吧。

但回忆的确是一种享受,当我们闲下来时,可是最为昂贵的消遣。

爱情不是
一个味

窗外，阴沉沉的，突如其来的小雨使得日出和早操都无限期地推迟了，至少今天不会有了。拉开了窗，坐在窗台上，是一种高处不胜寒的感觉。风亲热地向我扑来，一个寒战。听着窗外淅淅沥沥的水声，眼前不断有一两朵水花炸开。二中除了夜里，也许从未像此时这么安静，也从未如此庄严肃穆。

水，天上真的下水了，人们高兴地给它起了一个名字：雨。正因为有了雨，才有了 Amiko 和语义的故事；正因为有了雨，才使一个男孩盲目地迷信雨会给他和另一个人带来好运，带来幸福。

一切静静地笼罩在水中，像 N 多个下雨的早晨一样平凡，一切和以往没什么两样，只是湿了点。天依然是天，楼依然是楼，人依然是人，爱依然是爱。一切都不曾改变。

雨断断续续地下着，丝毫没有要停的迹象。下得人都困倦了，中午和她在一起，反而更难过了，是舍不得吗？也许只有这个时候，我们才能见到传说中那氤氲的雾气。

我更加困倦了。

缺乏的是用来享受的时间和用来享受的事情。平凡的生活只多不少。雨终于停了下来。大地像孩子哭闹过一般的狼藉。风吹过来，好冷。让我想起了前两个冬天。那都只能用逝去来形容了。我的心依然像寒风中的小草，摇摆不定，但却不曾改变。对紫鹃我不曾改变，紫鹃应当努力啊，我是爱你的。我会在风中伫立着祈祷她的幸福。

紫鹃的出现真的使我的日子全乱了。曾经，一块靠垫、一杯咖啡、一本漫画，便是我的全部。而今天，我的生命里只有紫鹃。

不明白，这个头发不分层次、穿着毫无风格、对什么都很淡然的女孩，是怎么律动起我的心跳。一旦与她淡漠的眼神对视，我便有了一份喝完咖啡的兴奋。

我想，我就要恋爱了。

紫鹃在武汉二中南侧的南三舍。南三舍在二中享有盛名，号称"蜂猴馆"，意思是住在里面的女生是稀有动物。武汉二中男生多、女生少，女生在学校里特别受宠。

因此每到周末，光顾南三舍的男生特别多，院子里人来人往，热闹非凡。就在这里，我度过了几年欢乐的时光，至今不能忘怀。

南三舍外是用高墙围起来的，安有一扇大铁门。围墙外面有一片小树林，白天是读书的好地方，到了晚上便成了谈朋友的好去处了。二中有个规定，就是晚上十一点钟熄灯和锁宿舍大门。可树林里的小恋人们经常谈得忘乎所以,学校熄灯前的音乐也没听到。往往在熄灯以后,被关在外面的女生便不顾一切地摇铁门,"哐当哐当"的声音响彻整个宿舍,弄得大家都无法休息。有的甚至顾不上矜持的形象,翻墙而入。后来,宿舍管理员为了各位女生的安全,想了一个办法:吹哨子。以后,每到关门前,南三舍就会响起一阵阵刺耳的哨子声,督促树林里的女生回宿舍。这时我们从寝室往下看,只见一对对恋人从树林里鱼贯而出,像是埋伏了许久的游击队员听到了进攻的号声。于是,这睡觉前的哨子声便成了南三舍一道独特的风景线。

紫鹃寝室的几个同学都是第一次离开家,晚上熄灯后,在床上翻来覆去睡不着,一个同学索性哭了起来,弄得大家鼻子酸酸的。不知谁提议,反正睡不着,大家一起说说话吧。这样的卧谈会在以后的日子里便一直延续下来,谈的话题五花八门,最多的要数谈吃了。学校的大锅菜味道欠佳,口袋没钱,又吃不起小炒,唯一的安慰就是晚上躺在床上你一句我一句说着自己吃过的最美妙的东西。越说肚子越饿,偶尔还会传出一阵肚子"咕咕"叫的声音,引得大家哄堂大笑。这时,浓浓的乡愁便烟消云散了。

提起吃的,还有一件趣事。

每个学期开学时,她们都喜欢从家里带些当地的土特产。为了品尝各种食物,有时难免要用火加工,但总是提心吊胆,因为这是违反舍规的。可是面对如此可口的东西,也顾不得那么多。偶尔来了宿舍管理员,就像发现鬼子进村一样,各寝室相互通报,就差没有立起"消息树"了。

一天下午没课,紫鹃带我去她们宿舍玩。

我刚进门,她宿舍几个女同学就笑嘻嘻地站起来,脸上堆满了笑,好像是见到自家的姐夫或妹夫来家里探亲了。有个大个子女生还怪声怪气地说:"哟!紫鹃,你怎么把女婿都带回娘家了!"几个同学便哄堂大笑。

几个女生要招待我,土特产只剩下鱿鱼了,所以大家一致提议把这些鱿鱼干掉。我心里有点不舒服,毕竟第一次和紫鹃来,怎么能炒我鱿鱼呢!

要烤鱿鱼,一时高兴忘了派人去侦察便拿出了家伙——酒精炉来,金黄的鱿鱼干在火上烤得"吱吱"响,整个寝室充满着浓浓的香味。她们烤得正高兴时,对面宿舍的一位同学跑进来说"有人来了",骇得她们一阵惊慌,胡乱将炉子和鱿鱼藏了起来。紫鹃干脆就把我连推带搡塞进了床下面,然后躺在床上装作若无其事地看书。

这时,宿舍管理员便进来了,是个姓蔡的老太太,十分严厉地看着我们。

"怎么这么香?你们是不是在炒菜?"

她们一个个装作莫名其妙。"香?没有啊,你闻到了吗?"

老太太东瞧瞧、西看看,没能找出什么东西来。她们都忍住不敢笑。

大个子女生说:"蔡姨你是不是搞错了?这可能是下面小炒部炒菜的味道飘上来的。"别的同学都醒悟过来,这个说宿舍天天都能闻到这味道,时间长了倒没有感觉了;那个说女孩子怎么敢在宿舍里炒菜,违反舍规呢。老太太见她们不承认,也没办法,悻悻地走了,临走时还教训了她们几句。

刚一走,她们便欢呼起来,拿出烤好的鱿鱼,边吃边笑,不知谁说了一句:"这老太太的嗅觉可真灵,简直和猫一样。"从此她们对她美其名曰:菜猫。

即将毕业,以后她们便离开了学校,不知今后的南三舍是否还有这些规矩,是否还会有女生和她们当初一样召开"卧谈会"畅谈到天亮,是否也会像她们大胆地违反舍规还死不认账?

认识紫鹃后的日子,莫名其妙地多了些荒唐的梦,梦境的主角是紫鹃和我。在那么一片灿烂炫人的连天碧海中,阳光好像奶咖啡一般香香的、甜甜的。两个傻傻的,还不懂得爱情是什么的孩子,并肩躺在那个迷幻的世界里……此情此景,我会用记忆的框架框一辈子。尽管我还不清楚一辈子到底有多长。

赤着脚在床上扑通扑通乱跳,宽大的睡衣,随着心情渐渐膨胀。连自己都诧异为何有如此好的心情。就这样,起伏的灵魂让我感觉自己是个天使,飞翔的 Angel。

与紫鹃的初次邂逅在那个极古典、极神秘、极艺术而又有点西餐风味的烛光摇曳的咖啡吧。捧着咖啡,不经意间抬头发现了对面的紫鹃,美好的气质从她身上散发出来。我的眼球被胶住了吧,要不怎么会一动不动呢?呆呆的。

我多希望紫鹃可以就么么瞄我一下,可惜,没有。

紫鹃是个会魔法的人,一定。要不怎么刚离开她,我的心便不听我安排了呢。我想,我是中毒了,而且已经无药可救,那种叫一见钟情的毒药,已经在我身体里扩散了。

当夜来的时候,星星陪我回家。我问它们,这样是不是很傻,星星无语。

No.9　讲故事

回想我从小学一年级开始读书,一直读到高中三年级,读的书摞起来都比我高,可是我还是不长进,读的书都不知道去哪里了。记得紫鹃曾说我根本不会讲故事,所以就衬托出她特别能讲故事。

还记得紫鹃过生日的时候,来了一大群人围在一张小圆桌上吃饭,不到五分钟一桌子菜一扫而光,吃得毛干爪净。高阳和龙刀还咂嘴盯着空盘子,梁婧和陈子超望着旁边的蛋糕发呆。我并不怕她们,怕的是其余几个我不认识的女生,她们是紫鹃请来的朋友。紫鹃让大家讲故事,于是他们就讲了,而且讲得都很好,有的幽默,有的爆笑,有的悲伤,有的"杯具"。

高阳讲了一个笑话:"某语文课,老师叫我们对对联,他出了个上联:观当今时代,学生须有心上进。某同学对得超整,却被勒令写八百字检讨,一看他对的是:看现在世界,老师得无耻下流。"

大家一阵狂笑。

龙刀也不甘示弱,也讲了一个笑话:"一天深夜,我突然醒来,听到某人呓语:'翼德贤弟,扶我上马。'(三国演义)三分钟又说:'好头颅,不知谁来砍?'(隋唐演义)五分钟后道:'小李飞刀果然名不虚传!'(小李飞刀)十分钟后大呼:'异次元空间。'(圣斗士)当时我真想知道他做的是什么梦。"

大家一阵爆笑。

轮到我的时候,我却不知道讲什么。紫鹃就撅着嘴说我:"常听你说你读的书比吃的饭还多,怎么现在一个字都吐不出来呢?"我确实不会讲故事,因为我是一个没有故事的人。在大家的再三催促下,更不想让紫鹃失望,其实我知道除了紫鹃,其他人是想看我的笑话。

于是我就搜索大脑中储存的书,眼睛珠子转得比车轮还快,一边搜一边讲:"在很久很久以前,法国的《高老头》来到了《巴黎圣母院》为自己许下一个《愿望》。他希望有一天,能得到一位像《白雪公主》一样的《情人》。"

大家都笑了起来,紫鹃斜着眼问:"然后呢?"

我接着说:"然后事与愿违,《高老头》不但没有得到,反而遭到了《基督山伯爵》的沉痛打击。"

紫鹃一听扑哧笑了:"我看你还怎么编得下去,经过呢?"

我笑着说:"一天《夜》里,他来到已有丈夫的《茶花女》家讲《卓娅和舒拉的故事》。没有想到这时候《茶花女》的丈夫《基督山伯爵》突然回来,看到他们在一起就产生了误会,一怒之下雇了《三个火枪手》来追杀《高老头》,从此他开始逃亡,度过一段《丛林中的艰苦岁月》……"

大家又笑了,紫鹃没笑,反而兴趣越来越浓:"他是活该,勾引有夫之妇,再后来呢?"

我接着说:"后来他遇到了美丽善良的《简·爱》,她向他伸出了《友谊》之手,通过《庭长夫人》而得救。"

紫鹃笑笑说:"很幸运。讲完了吗?"

我说:"当然没完。经过这次磨难以后,《高老头》与《简·爱》竟然度过一个《迷情之夜》,开始了《暴风骤雨》般的爱情,终于在这个《平凡的世界》过上了有《家》的生活。"

紫鹃摆着手说:"不符合实际,人家凭什么跟一个老头子啊。"

龙刀插言说:"不一定,患难之中见真情呢。"

紫鹃说:"少妇嫁给了老头,故事也该结束了吧?"

我想了想说:"不过《高老头》没有忘记深仇大恨,他决心要找《基督山伯爵》报仇。"

"没完没了了你,哈哈……"高阳大笑起来。

"有意思,我还想听,他是怎么报仇的?"

我笑说:"经过努力,《高老头》最终在《茶馆》里杀死了《基督山伯爵》,并意外地加入了《营救总统私生女》的军队。总统为了奖励他的功绩,任命他为将军,他率领《二军师》一举攻破《围城》,成为伟大的《李尔王》,被誉为《当代英雄》,同时也为《简·爱》创造了《美妙的新世界》,过上了富裕的《物质生活》。"

梁婧笑着说:"比较现实,要换我,我也嫁,有吃有穿有钱花。"

紫鹃惊奇地说:"这就完了?"

我笑说:"怎么可能这样就完了?听《教父》说,《基督山伯爵》怨气很重,有可能成为《嗜血幽灵》,于是《高老头》很担心《基督山伯爵》的《死魂灵》突然《复活》,于是成了《沉默的羔羊》。"

"啊,怎么这样啊?晚上你别讲鬼故事啊,我可不想听。"陈子超撒娇说。

"我觉得很好,我想知道高老头是怎么化解危难的。"紫鹃说。

我笑着说:"《高老头》听说中国功夫闻名世界,于是决心去拜师,经过《一千零一夜》的跋涉,终于在《子夜》赶到《断背山》,秘密练就《宫本武藏》。回去以后,又听说《基督山伯爵》的《死魂灵》竟然《毁灭》了,他有点《失落》,但还是感谢上帝,没有让这一切成为《美国的悲剧》。"

龙刀和高阳早就捧腹大笑了。紫鹃却目不转睛地看着我,若有所思的样子。

紫鹃说:"后来呢?"

我笑说:"从此,《高老头》潜心修习《道德经》,终于成为一个《真正的人》。"

紫鹃说:"这样就完了?"

我故作无辜地说:"完了啊。难道不算数吗?"

"其实你还可以编下去的,对不对?"紫鹃的眼睛都放光了,我知道,每当紫鹃向我传递爱意的时候,也是她的眼睛最亮的时候。

"不知道,我不知道还有多少书没有被记起来。"我笑笑说。

"我觉得故事非常好,很凄美。"陈子超略有伤感地说。

"这哪是故事啊,这都快赶得上书名串串烧了。"高阳大笑道。

"有情有节,这是一个很美的故事,而且我惊讶的是它竟然是书名串起来的。"紫鹃深情地说……

No.10 伤心的别离

不知这一天是怎么过去的,到了晚上才发现时间又溜走了,只记得早起、跑操、给紫鹃刷饭盒、偷偷卸下了班里的光驱,中午和她一起在图书馆,下午打球、洗澡,才发现一天已经过得所剩无几了。些许是快乐的、忙碌的,但下来又觉得挺没劲的。安逸的生活让大家都懈怠了,已经有人谈过年的事情了,我却不知道我应当怎么度过元旦。一天过完了,心情浮躁,无所事事,心乱了。

雨后的空气特别香,雨后的太阳特别亮,雨后的气温特别低,雨后的紫鹃特别美。想想以前,让我心暖;想想以后,让我欣慰;想想现在,让我心软;想想紫鹃,让我心怜。

心伴着流星从空中划过,留下了一瞬耀眼的痕迹。而天狼星依然透着那深深的午夜幽蓝。心停摆了,祝自己睡个好觉;同样祝紫鹃。我要用剩余的时间回忆,到了那边,有思念,不要回忆。

没拉窗帘就睡着了,本以为会一觉睡到天明,半夜却忽然惊醒。看到的是传说中的流星雨,我不知道学校里现在是什么情况,但我现在已经没有力气站起来,挺惨的,独自一个人在家里忙着发烧。想起了F4的《流星雨》,这么好听的歌为什么大家都不听呢?于是只好一遍又一遍地放着,躺在床上看流星雨,祈祷她的幸福,祈祷

我的幸福,祈祷那会是同一个幸福。依旧为这一切感动着,默默地被自己的故事感动着。

　　一切就像一场雾。流星雨是美好的,雾呢?它把阳光挡在了我们的视线之外。困倦和懈怠,不知道自己为什么会这样,难道是为了她?带雾的清晨,与一年前那个一样,同样初冬的早晨,同样难受的心情,不知道怎么发泄。雾越来越大,像我灰灰的心情。但武汉的雾也是美丽的,值得记忆的。什么都在,什么都听得到,却又什么都看不到。

　　万念俱空,在走与留之间徘徊。良心已不再重要,以前所看重的一切,也将成为灰烬。背叛了自己;而煎熬的等待,也是痛苦的,也许只剩下了痛苦和愤怒。正如一个即将大去的人不对生活抱有任何信心。那为人们所看重的信念垮掉以后剩下的只有痛苦与颓废。

　　有一种日子怎么也看不到尽头,痛苦是享用不尽的,幸福是遥不可及的。不能与别人分享,只能自己挑着。人在何方?我要的幸福又在哪里?

　　真的只剩最后的一周。心紧张地跳着,脑子乱成一团。要想的太多,忽略一切的心理活动,已经调整得不错了。

　　爸爸终于下决心要让我转学到北京了,不是因为那里有我的叔叔,而是为了高考。我有点恨爸爸,为什么只剩半个学期了却让我和母校分离?为什么让我和紫鹃分离?

　　最后一周好好过,让武汉二中记住我。

　　第一天似乎很开心,挺好的。一起吃的午饭。

　　第二天有一点不开心,不过调整好了。紫鹃病了,看着她憔悴地躺在病床上,我真的不知道该说什么。她旁边的高一小女孩还很幼稚,让我想起了我们高一的幼稚时光,无忧无虑的幼稚。龙刀爬出去给她买饼干,自愧不如!晚上紫鹃好多了。

　　我告诉紫鹃,我要转学了。

　　紫鹃问我:"你会回来吗?"

　　我想了好一会儿才说:"或许会吧,不知道,但我会很想你。"

　　"你能为我留下吗?"紫鹃又问。

　　"怎么可能,我是去读书,不是去寻死。"我汗颜不已。

　　"你走吧,我有自己所爱的人,但好像不是你。"紫鹃忧伤地说。

　　我的心像被插上一双筷子,疼得抽搐。

第三天,紫鹃本来打算回家养病的,结果留下来陪我了。有点开心吧。开始不上晚自习了,找同学出去聊天。

第四天,是最后的晚餐吗?我在宿舍里开始收拾。似乎大家都知道,好像是龙刀说的。很多人来看我,我正在感动这三年沉积的友情时,背后传来两个女生的声音:"听说七班有个败类要走了?二中终于清静了。"问题是,我不认识这两个女孩,她们好像也不认识我。

最后一次晚自习,我用了三节课环顾四周,想把这一切都牢牢印在心里。

想吻紫鹃,最后时刻还是放弃了。

在家里收拾东西,竟然就要这样离开了,心中不再百感交集。高中的生活,高中的梦,一切就像泡沫一样飘向远方,破灭了。很高兴最后送紫鹃的礼物她很喜欢。泪水在眼眶中,不小心打开了随身听,是水木年华的《一生有你》,眼泪再也忍不住了。

最后的时刻,和哥们儿出去吃了一顿,很开心。龙刀送了我一顶心仪已久的渔夫帽。高阳为了喝回那自己出的二十块钱,吐了,在车上。然后我们下车,不知司机和乘客会怎么想。最后的 CS 告别赛打出了高水平。

烦躁与伤感。

我离开了生活了十七年的城市,离开了住了八年的房子,离开了认识六年的朋友,离开了恋了三年的女孩,将去另外一座城市。

No.11 陈子超给我的情书

因为有紫鹃在我身边,我的离别宴陈子超没有出现,我想她一定躲在某个角落偷偷落泪。

就在我上车的时候,龙刀一把拉住我的手,半天不说话。沉默了几分钟,龙刀意味深长地说:"磊磊,去了那边要好好的!"

我严肃地点点头。他从口袋里掏出一封信,郑重地拍在我手心里,并再一次紧握我的手,甩了半天都没甩掉。我感觉龙刀像一位牺牲前的战士,正在给我一个巨大的任务,就像托我把什么机密文件一定要转给上级。

龙刀没说话,头也不回就走了。我喜欢他这股二杆子劲儿,看背影,颇有点侠客

的味道。

　　汽车开动了,我打开了那封信,信封上明显有点点的泪痕,不用看我就知道,一定是陈子超的。颤抖着打开,仿佛她就在我身边,用忧郁的眼神望着我。

磊磊:

　　我现在想找一个人说话,我选中了你,因为你今天要走了。

　　你应该感到大大的荣幸。你别把这张信纸丢掉,我命令你!要扔也得在看完之后,懂吗?哦,见鬼,我怎么对你那么凶呢?看来我的火气太盛了,不要见怪。

　　可是他们都说我是冷冰冰的人。我没有快乐、没有笑容、没有自尊、没有思想,就像机器人,也没脾气。我是小草上的几滴露珠,迟早要蒸发,悄无声息的。

　　可是你别试图可怜我。一丁点也不行。

　　你不许在脑海中勾勒我的样子。我不会让你见到我的。我是一个丑女孩,老师不喜欢我,同学讨厌我,可是我偏偏不知自丑地喜欢上了你。我究竟怎么喜欢上你的呢,你这个虚伪的人。我真是没用,你的一举一动,在篮球场上的身影,甚至抠鼻屎,抓一下头发我都看在眼里。你有没有指着我对别人说:"看那个讨厌鬼。"我的心被伤到了。尽管别人认为我没感情,可我确实难过了。

　　你到底有没有看!我好不容易才写出来的,你不能把它扔了啊。是不是我注定失败?算了吧,没有人愿意听我说话的,我长得丑,成绩也差,怎么会有人喜欢我呢?

　　我和你在一个班,你是我看得比较顺眼的男孩子之一。不要找我,我在不起眼的角落里或者就在你的眼皮底下。

　　我有自尊的——郑重地告诉你!

　　我真是可笑。为了一个讨厌的你,我居然试图改变自己。小声地说话,安静地坐在角落里看书,上课眼睛只盯着黑板。呵呵,即使这样老师也不会放过我啊,昨天又被老太婆叫走了。可是我没有多说一句话,为的是让自己温和一些,不那么让人恶心一些。我忽然想起一句很可笑的台词:我像一只可笑的刺猬,一根一根地拔掉身上的刺。谁知道我的痛苦?

　　你知道吗?上次你看信的时候,我偷偷地看你。我是不是很卑鄙啊?

　　有那么一刻是幸福的,浅浅地弥漫。也许稍纵即逝。

　　我只想告诉你,我是珍惜的。

　　你真的对我的改变无动于衷吗?

　　我种了一盆菊花。开了。黄色的花瓣,很嫩。看到它,我会微笑,因为它对我平和地笑着。我忽然发现自己是个多么温和的人。——我说这句话,你是不是觉得可笑?

心情始终是不平静的。我知道自己的付出毫无意义,可我就是那么个笨蛋!

我抚摩花瓣,感受一种清香。这很美好。也许你是一个不错的男孩,能够把我的东西看完。你看我写得乱七八糟的"情书"有什么感受,折磨还是烦躁?或者只是粗略地瞟一眼就塞进抽屉里让它坠入黑暗?你把我的"情书"保存起来了吗?即使想把它撕掉,也别让我看见。让我微笑一会儿吧,感觉真好。

我把菊花撕裂,它叫都没叫一声,也许这是它所期望的。黄色的细小的花瓣琐碎地飞舞在半空中。阳光会从缝隙里面闪进来。

我忽然觉得自己是个孩子,敏感的。

我希望你可以闻到菊花的清香,然后露出满足的表情。

这是我第一次真心祝福别人。

我发现自己很喜欢看男孩子,会精心挑选一些有个性的。像我这样的女孩子做这种事,会不会很滑稽?

磊磊,你很像我哥。你的身材、发型,包括你的每一个动作,真的好像好像。哥对我很好,好久没见他了。真想他抱抱我。

我真的好喜欢好喜欢你。

我好恨自己,为什么要 love 上你。我好恨你,世界那么大,你为什么会出现在我的视野里。我恨死你了,你对我那么坏,我居然……

你这个浑小子!

没错,这句话是真正给你的。其实我有时候看你,觉得你是有些帅。

我第一次那么可怜自己。昨天,你竟然把我忘记了,你竟然和紫鹃在一起,你竟然把我辛辛苦苦搭建的爱之桥推倒了!我真的好痛苦。我是对你动了真情啊。

好想忘记你,可是力不从心。我不知道到底喜欢你什么,我也试着去喜欢别人,可我就是不行,你是一块巨型磁铁,我怎么也逃脱不了。你似乎从骨子里厌恶我。想到这些,我哭了。窗外的风很强劲地抽打着樟树,我看见自己的眼泪被鞭笞到空中,四分五裂。

我口渴。我是双鱼座,一直都缺少水。

你是个好男孩,我在心里是这么认为的。我喜欢看你安静的样子,那些灰尘会安逸地附在你的睫毛上面。

昨晚深夜回家,家里人也许以为我离家出走了,他们当时见到我是有些庆幸的。

爱情不是
一个味

我没有离家出走的勇气。

我为什么什么都跟你说?你又不是我男朋友,真奇怪!我从来没有想过,我会和一个男孩子发生那么微妙的关系。似乎什么都是,又似乎什么都不是。我是不会喜欢上你的,毕竟你很讨厌我。

现在班上的人大都买了毕业留言册。我也买了。我知道许多人都不情愿填我的册子。但依然期待他们笔下的话。不出我所料,他们写的都是"一切尽在不言中"、"你自己想"之类的话。你却把一张纸都写满了。你对每个人都是这样子的。希望你一直这样。

快毕业考试了,这应该是我写给你的最后一封信了。

我不能影响到你的前途啊。

信撕掉吧。

我迷恋上了碎片飞扬的姿态。

看完陈子超的信,我的心酸了,眼泪如碎片飞扬。

我心里说:谢谢你对我的信任。看你那些忧伤的句子,我忽然有种平静的感觉。一切都变得柔和起来。我从来没有想过,你会把所有心事告诉我听。你其实是一个很好的女孩,我希望你相信明天。该放弃的就勇敢地放弃吧,我和你都需要时间。

你的信我会收好的。

我也有一封回信藏在心里,也许你永远都收不到。我把它撕碎,像纯白的蝴蝶一样随风飘走,也许其中的一片会落入你粉红的梦境中。

那清清的小溪
盛有许多迷人的童话
轻轻的风中有玫瑰的舞姿
已随流水飘零
渐渐远去
一个美丽的梦就这样
简单地破碎了

No.12　北京的思念

终于到了北京,已经不再是六摄氏度了。

潮水慢慢地平静了下来,海洋凝固成一面漆黑的水镜,夏风轻轻吹过,在瞬间消失无踪。懵懵懂懂地到了十七岁,徘徊在新校园里,心里充满了惊喜,同时,也夹杂着几分惆怅。

妈妈曾说:"要做个乖孩子,北大会有你的位置,有一天,你将会摸摸北大的树,也会沿着未名湖畔的石子路缓缓地散步。"

妈妈说得对,我会好好学习,北大会有我的位置。

初秋的傍晚,别有一番韵味,夕阳留下一抹淡红,在深蓝的底幕布上,焕发出迷人的色彩,校园中的小树林里,两只小鸟在唧唧喳喳地叫着。不远处,传来琅琅的读书声,偶尔会传来几声挑逗小鸟的呼哨声,我知道,一定是那个经常到这里来的傻傻的女孩,同班的乔姬蕴在读书。

每天的这个时候,小树林是她的必到之地。在这里,我经常可以听到读书声,还有那首暖暖的歌声——《外婆的澎湖湾》。不知道从哪一天开始,小树林也成了我的必到之地,只要时间一到,我就会情不自禁地走进去,心里特别舒服,尤其是听着"晚风轻拂澎湖湾,白浪逐沙滩,没有椰林缀斜阳,只是一片海蓝蓝……"感觉像到了湖边,微风轻拂,自由自在,我就这样一直听着,一天天地听,直到那一天,我看到了一双黑亮的眸子,看到了那个淡蓝色的纸船,看到了"紫鹃"这个名字。

"今天,天空为我放晴,月亮对我绽开笑脸,月宫里的桂花树影再也挡不住我的视线。于是,我看到了我梦的一切,而你是否也有个北大的梦?"紫鹃抬头问我。

我是有个北大的梦,因为从小我妈妈就告诉我北大会有我的位置。

我更加自信地对自己说:"北大会有我的位置,因为我看到了一双黑亮的眸子。"

我突然想起了曾和紫鹃的约定,要在北大看冬天的第一场雪,我一定会陪她一起看。多少天的等候,却等来的是我来了北京,而她却还在武汉。

去年的冬天,她还和我一起在武汉看雪。当雪花落下的时候,紫鹃快乐得像个孩子,说:"我仿佛看到了未名湖里的冰和石子路上的雪花。"但是,我分明看到她眼里有忧伤划过。

紫鹃接着又说:"我很想到北大上学,但是,我已经迷失了去北大的路……我觉得永远也走不到北大去了。"我沉默,耳边只听到"曾经头饰如花般鲜美华丽,天使已像秋叶般坠落,身后是夕阳无限的灿烂……"

想到这里,我的心开始流泪了,冰冷涌上脊背。

跟紫鹃在一起,她都会给我讲"澎湖湾"的故事。她说,她的外婆生活在一个山环水绕的小村子里,"澎湖湾"是外婆家附近的一条无名小河,因为喜欢《外婆的澎湖湾》这首歌,所以她把它命名为澎湖湾。她的童年大部分时间都是在那里度过的。她说,澎湖湾里有许多小鱼和水草,那里的水清澈见底;她还说如果有机会,会带我到那个美丽的小村子里去。

时光如水,转眼间过了一个夏天,当秋风撩起了它薄薄的衣衫,当蝉鸣又一次响起,紫鹃也快毕业了。

我知道,就在这个夏天,我离开的那一天,她对我说:"鱼说,你看不见我的泪,因为我在水里;水说,我能感觉到你的泪,因为你在我的心中。"

我无言以对。因为我知道我是鱼,她是水,但是,谁又听得见茫茫河水中的那一声叹息。

我问她:"未名湖里的冰和石子路上的雪花怎么办?"

她沉默了一会儿,说:"我会永远地记在心中,我会笑着看你的双脚踏过它们。"

那一天,我哭了。她也哭了,很久很久……

夏天的相遇到秋天的相离,转眼而过。我不知道,她什么时候会来,带我去看她的澎湖湾,但我知道,她终会回来,我已经看到了她心中的澎湖湾,因为我是鱼,我在她心中。

天边,只留一点儿残星,似乎有歌声飘过耳际,这一切都不只是梦,那是澎湖湾的音乐,有一个叫紫鹃的孩子正在专心地唱着……

远方的紫鹃,你是用你的歌声告诉我,你也已经听见我的祝福了吗?

No.13 新学校风波

我从来没有认为自己是好孩子,尽管做了一辈子警察的父亲一直望子成龙。

我在叔叔的带领下,拿着转学证到北京文新中学入学了。我一直以为北京是首都,北京人应该素质很高,最起码要比武汉人有素质。可没想到,北京这所中学的一些男学生却让我对北京人的印象大打折扣。

马善被人骑,人善被人欺。这句话一点都没错,我实在是忍无可忍了,高三第二学期开学的第三天就和班主任的儿子韩大纲打了一架。原因很简单,就因为他说我和乔姬蕴同桌是为了要和她好,还说什么癞蛤蟆想吃天鹅肉之类的话。

我很生气,一拳就击碎了他的眼镜……这时,我听见乔姬蕴尖锐的叫声,当我抬头看她时,也看见漂亮的英语老师站在教室门口瞠目结舌。

第一堂英语课我被驱逐出了教室,在校长室里等候最糟糕的判决。叔叔也被请到了校长室,他对校长说:"这孩子刚从武汉来,有点不服水土,希望校长能给他一次机会,不要让他退学。"说完就老泪纵横。

"哟,这话儿怎么说的?您这不是成心吗?您是说他不服水土啊?有您这么说话儿的吗?敢情等他服了水土,打碎的可不是眼镜儿了,这眼睛珠子都掉了……"校长扶着眼镜说。我最反感北京人说话,一句话的事情,他们就非得扯出十句二十句的,啰里啰唆,黏里吧唧的,比唐僧还能说。叔叔又是抱拳,又是鞠躬,连连道歉,就差没跪下了。

校长还是网开一面,说鉴于我平日的表现还不错,不取消我的高考资格。然后责令叔叔带韩大纲去医院检查眼睛,并且说,有问题就治疗,搞不好还要负刑事责任,没问题就算了,给人家配一副新眼镜。

叔叔连连点头。

一个小时后从医院回来,叔叔说他一点问题都没有,只是破费一百多块钱给他配了副眼镜。

父亲不是轻易掉眼泪的男人,在我的记忆里他只哭过两次,一次是奶奶去世,一次是爷爷去世。我想叔叔一定和我父亲一样,也是男儿有泪不轻弹之人,只是他为了我,不得已而哭之。我在学校的恶劣表现一定深深刺痛了他的心,我为自己的冲动感到懊悔。

"二叔,这是什么事儿啊,您怎么能哭呢?"回家的路上,我问他。

"啥事儿啊?我不哭行吗?我不哭,就该你哭了,二叔看你也没那个水平。"叔叔一点儿都没生气,反而笑嘻嘻地对我说。

"二叔,您怎么还笑呢?今天看您哭,我就想至于那样吗?"我说。

"嘿,叔啊,不是真哭。"叔叔狡黠地说。

"这还不真啊,眼泪哗哗的,声音凄厉。"我说。

"你忘了吗,叔是干吗的啊,是演员啊。这演员啊,不管在哪里,要泪得泪,要汗

得汗，就那校长，我要连他都摆不平，那就不是演员了！"叔叔笑呵呵地说。

我恍然大悟，原来如此啊。

回到教室，大多数人都不约而同地向我行注目礼，韩大纲好像一直在等待我的出现，目光里满是挑衅和期待；而乔姬蕴却低头盯着桌上的一本书。虽然我有些失望，可是我依然觉得低着头的乔姬蕴是我遇到的最漂亮的女生，依然希望坐在她旁边。

乔姬蕴有时也大声说话，比如每次数学考试结束的时候，她就会提高嗓门问我："磊磊，为什么你的数学那么好啊？"

我喜欢乔姬蕴用这种崇拜的语气跟我说话，对于一个男孩来说，有什么比得到自己心仪女孩的崇拜和肯定更可贵呢？可是，当我告诉她，我很多敏捷的数学思维都来源于她的时候，乔姬蕴就有点生气，撅着小嘴转过头不再理我。其实，我并没有撒谎，自从和乔姬蕴同桌，我的学习成绩突飞猛进。可是，就在我要接受惩罚的时候，一向崇拜我的乔姬蕴居然没有抬头看我。

两个星期后，我基本上适应了北京文新中学的生活，甚至无须叔叔的叫唤就能准时在六点起床。洗脸、刷牙、喝婶婶熬的红豆粥，然后开始一天的学习。叔叔还像往常一样，吃完早饭就会去什么影视公司，婶婶要去海淀税务局上班。叔叔让我中午自己做饭吃，他说生活就像是一道数学题，有时加减，有时乘除，但目的都是为了结果正确。毫无疑问，这个结果就是我要在这里作好一切学习准备，然后骄傲地冲刺大学。

韩大纲是我在高中时期遇到的最强大的竞争对手。无论是在考场还是在绿茵场，我俩像一对前生没有了结的冤家，永远狭路相逢短兵相接。我无法不接受他的挑战，我有什么理由不出拳就自动出局呢？

已经是模考前的倒数第三天，教室里倒计时的粉笔字醒目张扬，像是示威，像是期待。韩大纲的小眼睛依然散发着咄咄逼人的光芒，乔姬蕴瘦弱的脸颊更加消瘦，身边每一个人都在摩拳擦掌磨刀霍霍。

常听父亲说，不打无准备之仗。

我赶到距离学校不远的一家书店去买复习资料。就在我匆忙挑完几本书来到收银台的时候，有个熟悉的脸庞一下子吸引了我。

我看到在武汉的书店遇到的那个美丽的聋哑姑娘了。

很明显,她也看到我了,惊讶的表情之后,是一双惊喜的眼神,很亮。

这一次,我无所适从,只是浅浅地一笑。她也笑了,浅浅的酒窝很美丽。

她大方地走到我跟前,优雅地打着手势,说哑语。我看懂了她的意思,她是问我怎么会在北京。我告诉她我在这里上学,准备高考。她听了很高兴,拿出笔,在还没结账的书的扉页上写了几个字:"我叫若涵,我们真是有缘分,你叫什么?"并且留下了她的 OICQ(Open ICQ 的简称)。我无法形容我的兴奋之情,我说:"我叫小磊。"

那天,我欣喜若狂,早就无心复习冲刺了。

和若涵相识真的有很大的偶然性,但就是简简单单的偶然性,却让我的生活从此变得绚丽多彩。就像别人所说的"缘,妙不可言!"我们也是一样。

打开 OICQ,一切就好像上帝的安排似的,一切都是那么偶然。

第一次和若涵聊天,说真的,她给我的第一印象和其他的网友没什么两样。只是她的回话速度比别人快些。但渐渐地我发现了她的与众不同。屏幕上她的每句话,就好像一个好友在你身边的问候、交流,并不像其他人那样的古板无味。若涵常常用心来写 OICQ 空间里的那些日志,用真诚的心去照亮周围的人。记得那次的聊天主题是关于网恋的,我记不清自己都说了什么。只是记得那天挂在 OICQ 上的除了我和若涵外,还有高阳在。

那天高阳好像有点反常,一脸无奈,无精打采的,连回话速度也迟钝了很多。一问才知道,原来他失恋了,梁婧和他分手了。是真是假不知道,但总觉得高阳一定很伤心,作为朋友,我说了一大堆鼓励的话,但好像效果不大。

若涵在网的那一头觉察到了我的反常,在聊天窗口问我:"你怎么了?怎么这么慢,发生什么事了吗?"我只好把高阳和梁婧的事告诉她,并把高阳和我的聊天记录复制给她。要不是若涵在一旁帮我,我是无法劝说不羁的高阳的。

若涵确实高我一筹,我说了一大堆,越说高阳越消极,而她才说了没几句,但每句都能击中要害,我把若涵的话发给高阳,沉默了一会儿后,高阳明显情绪好了起来,对我说:"爱情不能左右我的生活,我该怎么活就怎么活,放心吧。"若涵的话起到了明显的效果。

这就是我和若涵的第一次交流。很普通,但又不怎么普通,因为自从那晚起,我的 OICQ 好友名单中多了一个名字"若涵"。

我和若涵也开始了我们漫长的爱情故事。

No.14 "穷小子"妹妹

自从那天后,若涵好几天没再上线。

我脑子里很乱,无心学习,一直期盼着若涵能上线,能鼓励我好好学习,哪怕就一句,我肯定会专心复习功课。

那几天一起床,连早饭都不吃,我就去看若涵有没有在线。

可惜没有。心里有点失望,就这样白白等了几天,连晚上做梦时,也梦到自己的OICQ 敲门声响了。

一天晚上,若涵终于上线了。

这次聊天没有上次那样的拘束,多了点活泼、轻松的气氛。若涵发给我一道数学题,问"假设 1 连续加到 500,实际等于多少?"还要我在 30 秒内做完。当时我以为她想考我数学,说真的我也真笨,竟然会上当,去学高思那样用公式算答案,竟没看出那是一道 EQ 题。本以为自己答案是对的,直到若涵告诉我答案,我才知道自己想错了。真为自己的笨而感到沮丧。后来我也找了道 EQ 题回敬了她,也让她尝到了做不出的感觉。

就这样我和若涵差不多每天晚上都聊 OICQ,了解她的生活,站在她的角度体会人生的价值,聊自己的感觉,在键盘上展现的,一切都是那么自然、真实,我几乎忘记了她是一个哑女。

我是网上最受欢迎的人物。

我说我不是丑女,更不是美女,他们说只要你不是狼外婆,就够美。我说我是美女,因为我比狼外婆漂亮,他们笑,说我有个性、很另类。我说我很普通,我不会像善良的穷小子那般,进了宝库却什么都不会拿。我很贪心的,我会拿到我需要的一切,就算到饿死在宝库里也不会丢掉手上的财宝,包括爱情。

也许上帝会惩罚贪心的人。

我仍用"踏雪问梅"这个名字在网上出入自如。

若涵问我:"你的名字是不是有某种特殊的含义呢?"

踏雪问梅,可以说最开始的时候是我在网络上为自己披上的一张面皮,完全没有刻意因素的存在,只是因为性之所至。名字不过是人的代号,网名不同样也是如此吗?但是我却越来越喜欢这张面皮,因为我觉得它和我的性格实在切合。

为此我还学着网络上很多人的习惯为我的名字胡诌了首藏名诗："踏歌歌人世，雪舞舞天际；问情情何堪？梅语语空泣。"当然，此首藏名诗既有对我生活志趣的言述，也有对自己曾经经历的感慨，也算是对我网名的一种诠释吧。

其实无论你叫什么样的网名都无所谓，关键的是在你自己，你的心。网络中人与人之间的关系是最纯粹的，也是不该带任何的表演成分的。尽管很多时候我们会说网络也是个舞台，但是那演的不是别人，是真实的自己。网名是什么样的角色呢？仁者见仁罢了，毕竟大家交的是心，不是面皮。所以有时候有机会存在的话，和网络上的朋友见个面，我从不喜欢告诉对方真实姓名，我更愿意对方男的叫我踏雪，女的管我叫问梅。因为我觉得这样更真，它是属于我的，真实的我。

整整两个月，仍没有在网上找到紫鹃，我失望至极，要知道三个月能使穷小子变老，连同我的爱情一起饿死在宝库里。

我怕了，在网上到处贴满"寻人启事"。

第二天，我的 E-mail 信箱里载满了问候的话语，唯独没有她的，我删除了所有邮件，仍然等候她的话语能从网线那端爬过来。

第三天，信箱仍是满满的，还是没有她的话语，第五天……第十天，信箱里的邮件越来越少，仍不见紫鹃。

一个月后，我打开信箱，里面只有一句话："Hello，你的网名很不成熟，如同'1+1=2'一样简单。"

我知道紫鹃又回来了，第二天，她说想聊聊，但心情很糟。

"你失恋了？"我突然问。她苦笑，看着 OICQ 上我留下的惊讶的表情符，她没说话。

我很快地、好像又近乎迫切地打出了一连串的问号，又是重击感叹号。

她停顿了好久才疲惫地在键盘上敲下这段话："网络的唯一好处就是能将失败者变为成功者，我想他是穷疯了的那种人，但不包括爱情。当他在山贼的宝库里拿了财宝和爱情时，上帝惩罚了他，他丢下财宝捡起爱情想逃，却饿得筋疲力尽，要知道，爱情也是有保质期的，当他醒来，发现它已经过了期、变了味，爱他的那个女孩离开了他。但他还是偷尝了过期的爱情，又苦又涩，这就是单恋的味道！"

我在这边沉默不语。

好久，紫鹃说："知道为什么今天我的心情不好吗？因为我发现我爱的人饿昏在宝库里，又弄丢了女孩的爱情，虽然他走了，但我还在等着他。我看你的网名——踏

雪问梅,可以说那是一个理念公式,既要踏雪又要问梅,如果我把网名改成'寻花问柳',你会怎么想……"

我像是被别人撕破了虚伪的面具,露出血淋淋的面孔,又找不到东西遮掩,这足以使我疯狂。我无力地敲出一句话:"别说了,行吗?我很累!"

"对不起,我的话太激烈,刺伤了你,你的性格和你一样,遍体是尊严和面子。如果当时你肯说出自己的心里话,哪怕只有一句,我都会跟你走,但你却没有,而且很大度地祝我幸福!"紫鹃在她的话后缀着一个满脸紧张又在滴着汗珠的表情符。

"你还是找到了自己的幸福不是吗?"我问她。

"那不是幸福,是痛苦,是煎熬!"她发来很痛苦的样子的表情符。

"也许试着接受,那便不是痛苦,不是煎熬,而是幸福!"明知道自己在劝慰自己,心却痛得四分五裂,我说,"你还是好好想想吧!"

"我想现在我该想的是他为什么像缉拿凶犯一样四处找叫紫鹃的女生,而且一找就是两个月。"她突然回过来问我这一句。

我慌了,因为我还没有想好掩饰的理由。许久,我对她说:"因为他很迷信,是算命先生说他和叫紫鹃的女生在一起就不会相克!"

她笑了,说我很像他。我慌里慌张地打出一句话:"我们做兄妹好吗?"她沉默。

"我很希望有一个会讲穷小子故事的妹妹!"我发过去一个笑得很甜的表情符,也不知为什么,我心里涌起一股莫名的酸楚。

我留了叔叔家的电话,下了线。

半夜,紫鹃来了电话,可我已经睡下了。

她说出乎意料我的电话竟然不是热线。我说除了你以外,我没有给任何女同学或女网友留下电话。她在那边惊讶得哇哇大叫,说我不仅性格像他,连声音也极像,我又慌了,语无伦次地说道:"妹妹,我是你哥哥!"

她调侃地笑着:"当然,我想你一定脸红了。"

我又羞又恼,她便唱歌哄我,给我讲她的"爱情史",说她为了那个男孩改变了太多,她说我很难想象她有多在乎他。

我在电话这边哭得稀里哗啦。我说我感冒了,她嘱咐我要吃药。

"我的穷哥哥,很晚了好好睡个觉,明天网上见!"她的话轻松而自然,挂线的声音似乎都能让我感觉到她在电话的另一头是多么的洒脱,心里轻轻一颤,我在电话这边轻轻地吻了她。

我回到网上,信箱的邮件又是满载,甚至在网上到处可以看到朋友们代我发布的寻找紫鹃的 Advertising,我很感动朋友们对我的支持和帮助,我在大窗口打上"Hi,all!"的字眼,然后躲到窗后和紫鹃私聊。

紫鹃说我做任何一件事都是惊天动地,整个网络都像挖宝藏一样找一位叫紫鹃的女孩。我说因为我比狼外婆漂亮。

紫鹃大笑,然后对我说:"哥哥,你能帮我找找他吗?"

"不能!"我很肯定地回答。

"为什么?"

"因为你已经失去他了!"

"我可以试着找回。"

"可他已经受伤害了,他担心自己不够优秀、不够帅,这样你还是不会完整的!"

"没有挽回的余地?"

"没有!就像一个人犯了错被判死刑一样!"

"你好像很了解他?"

"不……不……这只是我的想法而已!"

"见面好吗?"

"不……"

"为什么?"紫鹃有点激动。

"我怕你!"

"你是谁?"紫鹃越发激动了,接连敲下几个问号。

"我是小磊!"我终于按捺不住,破口而出。

"也许是我太激动了,总把你当成他,而你只是我的哥哥。"紫鹃失望地说,她并没有觉察到,其实我已经止不住我的泪。

紫鹃真的对我很好,每天都会准时地在网上陪我聊天,还会在电话里给我唱歌、讲故事,然后会轻声说:"我的穷哥哥,很晚了,睡吧!"我就会轻轻地吻着她,然后安静地睡去,我很幸福,虽然我曾经是高傲的王子。

接下来的两天,我没有在网上见到紫鹃,我急切地有些害怕,怕紫鹃离开了我。

第三天,紫鹃来了电话,她说很想我。我问她这两天去哪儿了!她说她的男友从南京回来了。

爱情不是一个味

"你还爱着他？"

"从来没有，但他为我付出了太多，我感激他，也应该补偿他！"

"我祝福你们！"我几乎窒息得说不出话来。

"你不想挽留我吗？"

"想，但我是你的穷哥哥，只要你幸福！"

"可我不爱他！"

"你应该试着去爱，知道吗？感情是可以培养的！"

"我忘不掉我的穷哥哥！"

"那只是一个梦，也许穷小子早就饿死在宝库里。去吧！找一个爱你的人总比找一个你爱的人好，祝你幸福，忘掉你的穷小子吧，也许他不是你要的人！"

"谢谢！我的穷哥哥，你很像他！"紫鹃仍然很自如地说。

我躲在房间里偷偷哭泣，也许这就是缘分。

有缘千里来相会，无缘对面手难牵，我的白雪公主从我身边逃走了。

一个月后的平安夜，紫鹃给我发来了 E-mail。

穷哥哥：

　　我很感激你，我的穷哥哥，我找到了我的幸福，也许你说得对，找一个爱你的人总比找一个你爱的人好，我和我的男友很幸福，我会好好地爱他。至于我的穷哥哥，我希望他会幸福，因为曾经我是那么执著地爱过他，再见了，我的穷哥哥，也祝你幸福。

紫鹃

2008 年 12 月 24 日

　　我在网上延续了她的穷小子的故事从此戒网。

　　我想告诉紫鹃，你的穷哥哥就是你的穷哥哥，你没找到他，他却找到了你。为了爱情，他拼命地逃出了宝库找到了他的白雪公主，却不能告诉她，她就是曾经那个高傲的公主，穷哥哥的白雪公主逃走了，他向她招招手说再见，穷哥哥叫小磊，紫鹃……

　　直到网上的友情开始升华，我和若涵的友谊从网上走到了网下。

我和若涵的故事还在继续,我们共同谱写着美好的未来。我相信我和若涵的心是相通的,我甚至想能有若涵这样的女孩做女朋友,这一生都足够了。

若涵在 OICQ 发来一段话:"耳环是假的,不要紧,只要耳语是真的;口红是假的,不要紧,只要唇印是真的;项链是假的,不要紧,只要爱心是真的。所以我说,网络是虚拟的,不要紧,只要你是真的。"

我知道,这个时候,我已经爱上她了。

No.15 爱的表白

突然想到紫鹃生日那天我讲的故事,禁不住咯咯笑了。
其实这种美好的时光自我来北京后就已经不复存在了。

这是一间装潢得十分优雅的咖啡厅,有着一个同样好听的名字"枫叶茶吧",舒缓的乐曲悠悠地荡在每一个角落里,听得出是 Lady GaGa 的 *Kandy Life*,清清淡淡的,给人一种拢不住的感觉,就仿佛是从另一个遥远的空间里传来的,又如同是静夜里的风吹过河畔,寂寂地带一点空鸣。橘色的小灯散着暖暖的光,所有的一切,轻柔得像一个楚楚的梦……

若涵就坐在我的对面,黑发轻轻垂下来,散落在窄窄的肩上,大眼睛在咖啡袅袅升腾的热气后面,雾一样的濡湿。好半天她都没说一句话,只是默默地用银色的小勺搅拌着面前那杯酽酽的清咖,似乎想要从小小的杯子里面读出什么东西似的。

不知过了多久,我才意识到若涵是一个哑女,她是说不出话的。

我第一次经历这样一种交流,而面对面坐在这里交流之前,我们经常用网络交流,时间久了,我竟然忘记了她是个哑女。

"若涵,音乐好听吗?"我首先打破沉寂。

她微笑着点点头,看看我的眼睛,她低下头去。

我突然想到,我必须要不停地说话,否则又会陷入沉寂。

"抬起头来。若涵,你今天高兴吗?"我深情地望着她。

她微微笑了一下,白皙的颊上浮现出两个小小的梨窝,里面盛满了甜蜜,同时又略带点忧伤。

"遇到你的那一天,是我第一次在那个书店买书。"我呷口咖啡说。

若涵点点头,纤细的手指着自己胸口,然后微笑着点头,她的眼睛告诉我,那天她碰巧也是第一次。

"第二次再遇到你时,我们今天才坐到了一起,我觉得自己是世界上最最幸运的人……"我说。若涵吐吐舌,娇羞地转过脸,然后微微一笑低下头。

我没有说话。她浅浅地抿了一口咖啡,顿了顿。她的眼中是越来越浓的那种雾一般的神情,也许她回想起了我们初遇时的样子,而且沉浸在一种温柔的心绪里。

本来我想说,只要你愿意,我会用全部的感觉来爱你,单单只爱你一个人。

但我没开口,因为我怕我的唐突惊扰了她湖水一般的宁静。

"你怎么会来北京?"我问她。

她愣了一下,然后深深地望向窗外。暮色在不知不觉中笼罩了这座城市,在清爽的晚风拂过的时候,又不知有多少动人的故事静静地发生。夕阳下坠,细柳低垂,清淡的音乐如晚归的雁群,在暮霭里轻飞……

若涵从挎包里取出一个本子,还有一支粉色的圆珠笔在上面刷刷地写着,写好后推到我面前。

我看上面写着:"我妈妈病了,在天坛医院住院,我退学来北京照顾她。"

我笑了笑,把本子推给她问:"你们家没有别人了吗?为什么要退学呢,你爸爸呢?"

她很快又刷刷地写道:"爸爸和妈妈离婚,家里只有我和妈妈。"

我有点不好意思,说了声"对不起"。她马上笑笑,摆摆手示意没关系。

我终于鼓起勇气吞吞吐吐地说:"若涵,自从上次遇见你后,我也不知道为什么,总是想着你。后来我们在网络上相处了那么久,我每天都想知道你在做什么,想知道你好不好,这样我才能安下心来学习,否则就像少了点什么,心神不定……"

若涵明显羞涩了,她的头越来越低,纤细的小手握着笔头画着纸,有一点点紧张。

"若涵,你爱我吗?"我的胆子越来越大,步步进逼。

她不写字,也不看我。这时候,咖啡早已冷掉了,她纤细的手指抚弄着乳白色的杯子,大眼睛里滚动着的泪,在暖暖的灯光下烁烁地闪了一下,又悄悄地退去了。

她轻轻地摇头。

"可是,若涵,知道吗?我爱你。"我说。

她犹豫了一下,然后写道:"我是哑女,我们不可能在一起的。"

"我不在乎,我爱你,我想永远和你在一起。"我坚持说。

音乐换成了来自泰坦尼克的 *My Heart Will Go On*，忧伤的旋律深深浅浅地回荡着。她把长发轻轻地拢了拢，又甩了甩头，像是要把什么困扰着她的东西抹去，她微微地笑了笑，含着泪对我笑了笑，清秀的脸上浮现出恬静又略带点忧郁的神情。

　　"在我拥有梦的时候，我会好好地学会珍惜和把握。至于结果，恐怕已经不是我能够左右的了，我宁愿听凭自己的感觉。爱与不爱，我想我不会逃避的，不管怎样的结果我都会承受，真的，能够认识你，是我的幸福。我之所以对你说这些，因为我已经没有能力再隐藏起我的情感了，它已经迫不及待地跑出来……"

　　她轻轻地叹了一口气，我们都陷入深深的沉默之中，只有伤感的音乐在秋夜的风里默默地弥散着一抹馨香，冷掉的半盏咖啡在寂寂的灯下孤独地静默。这可能就是爱情的滋味吧，有着类似咖啡一样的情怀。音乐将我们的氛围无限放大，梦也因此变得更加具体而真实。只要有梦就总会有感动吧，浓缩一世的美丽，在生命的韶华里，那些极美却极易碎的时刻更需要用全部的心去珍藏，那些温柔的眷恋与热切的渴求，无论是已经过去还是即将来到的，都值得用整个生命去把握。

　　回家的路上，我一直在她的左边，我了解她的痛苦和无奈，所以我不想让她痛苦和无奈，也许保持距离，才是保护她最好的办法。车站到了，她望着公交车上的转向灯，而我扭过头去。

　　正要对她说"再见"的时候，她靠入我的怀中，我听不到她的抽泣声，但我可以感觉到她滚烫的眼泪。

　　繁华落尽，仍旧静静的一个人，守住一颗心，一个梦，一段在默默飘雨的夜晚才会涌上心头的往事。怀一份感念，怀一线温柔，美丽的网络带给我们的淡淡如歌的岁月，已经慢慢地写进了长长的一生……

No.16　棒打鸳鸯

　　午饭时，我拎着只鸡腿走进教室，所有人都瞪圆了眼睛——理所当然地发问了：

　　"嘿，磊子，今儿怎么吃鸡腿了？"

　　"你们猜。"

　　"一定是交嘛好运了吧！"

　　"肯定有美眉问你电话号码了！"

　　"是收到嫂子的信了吧？"

爱情不是
一个味

"要不就是出门遇见贝克汉姆,体彩中奖了!"

我提着鸡腿说:"不就一腿儿吗?至于吗?"

"嘿,什么叫'一腿儿'啊。"

"就是,跟谁一腿儿啊?"

"哈哈……"

我没理他们,埋头啃着鸡腿。心想,敢情我这鸡腿来路不明。

啃完鸡腿,准备把骨头扔出去,突然看到我的课桌上放着一朵白色的花,嗅一嗅,香气扑鼻。我欣喜地把它捧在手中,不经意间却发现晶莹剔透的花瓣上写着四个字:心亦流转!

我矜持而淡漠地抬起头,看到一双深邃的眼睛。本以为无所谓的,却突然间有一些感动。整节课被这款款的栀子花香所包围。心事,便无声地滋长。

下午没课的时候,我一个人到图书馆后面的小公园,一路追随着花香,我看到了那满树的栀子花。在午后的阳光下优雅闪烁的,却是一种旋律和一个怀抱吉他的好看的男孩侧影。我以为那样的情景是可以入画的:大朵的栀子花点缀着的幽雅小径上,身穿浅灰色格子衬衫和牛仔裤的少年把流水般深深浅浅的音符撒向天空。我怔怔地愣在那里恍若入梦,却听到一个银铃般的声音:"哇!真香!"紫鹃美丽的身影燕子般飞到我身边,调皮地把一朵白色的栀子花放到我的嘴边。我抬起头,笑笑,眼中是爱的目光……

我的心莫名地涌动着一丝无奈。

我低下头,看着手中的栀子花,花瓣上写着的字:心亦流转。

我猜想它是谁放进来的。我一个箭步跑出门外,一眼就看到了美丽的若涵。她笑意盈盈地向我招手。教室里沸腾了,女孩们双手捂着眼睛偷窥,几个男孩趴在窗子上流口水。我想,这样一位近乎完美的女孩,是几乎所有男孩的梦中情人。

我尴尬地笑笑,把手中的骨头装进裤兜。我抬手做了一个"我爱你"的哑语。她笑了,美丽得像白色的栀子花。上课铃响了,她转身离去。

课堂上,我的眉宇间就有一种甜蜜在流淌。

好不容易挨到放学。我飞奔到校门外,若涵站在夕阳下,两颊有淡淡的汗珠儿。

我们坐在栀子树下,望着那条通向公园门口的小路,整个身心都想融化在午后的阳光里。四周静悄悄的,只有栀子花的香气低低地弥漫着,像粉色的雾,散发着爱的味道。我目不转睛地盯着那条铺满鹅卵石的空空荡荡的小路。

我摘下几朵栀子花,在地上摆成了个心的形状,然后在里面用粉笔写上了若涵的名字。

太阳慢慢地向西倾斜,鹅卵石小径上出现了一对长长的影子。

"若涵,我们相爱吧。"我轻声说。

若涵点点头,依偎在我的肩膀上。

夕阳西下,我们手挽手走出小公园。长吻后离别,当她长长的身影在我的视野内消失的时候,我的心就慢慢地、一点一点地黯淡下去,一如落幕的天空。

以后的日子,每当放学后,我便会欣喜地赶到小公园,准时而隆重。只是,她不会说话。我静静地说,她静静地听。花香静静地流淌,爱情静静地飞扬。这一切,是否可以入画呢?

我花了三天的工夫画了一幅油画。用大朵妖娆葳蕤的栀子花做近景,不远处是面目清秀的男孩和长发披肩的女孩。铮铮淙淙的琴声仿佛正从男孩修长的手指间溢出。女孩的一袭曳地白裙与白色的栀子花相呼相应。她静静地托着腮,目光落在某个不知名的角落。远处的夕阳红使这一切寓静于动,充满诗意。

我对若涵说:"画的名字叫《栀子花开》。"

看得出若涵很高兴,她情不自禁地竖起大拇指。

她打手势对我说:"谢谢你,我很喜欢。"

还未来得及好好欣喜,此后我的世界开始落花流水,无限无限的悲伤将我淹没。

我不知道我和若涵的爱情究竟是怎样的轰轰烈烈,可是家里已经闹得不可开交,学校已经闹得沸沸扬扬。

爸爸在电话里咆哮:"叫你去上学还是去谈恋爱啊?你这个不争气的东西!"

妈妈在电话里哭泣:"送你去北京,就是让你去好好读书,北大有你的位置。"

二叔踱着方步笑说:"嘿,我说小磊,文新中学没女孩了吗?你怎么就找个哑女啊!你让我有点鄙视你了。"

班主任拍着桌子大喊大叫,桌子上的粉笔都跳起舞来:"早恋!你像话吗?!"

乔姬蕴努着嘴说:"早知道你吃里爬外,我就不给你鸡腿吃了,我们今天就换座位。"

只有善良美丽的若涵什么也没说,她的眼泪伴着栀子花在风中飘落。

所有人每时每刻都关注着我和若涵的一举一动,我随时都有被揭发和告发的可能。

53

深秋飘着细雨的傍晚,我在小公园又遇到了打着伞的若涵。她在离我很远的地方站住了,我只是远远地看着她,她跑来紧紧抱住我,嘶哑地哭了。雨伞落在地上,激起了我的心底湿漉漉的忧伤。

回到二叔家里,他早就举着电话等我了。

依旧是父亲的咆哮声:"你要和那女孩分开!你要专心!马上要高考了!"

我没说话,紧紧攥着话筒,想要把它捏碎。

"你怎么也哑巴啦?你看你那点出息!信不信,我去北京找你!"父亲吼着。

痛心中,我挂断了电话,心里有一丝报复的快感。

"嘿,小磊,怎么不跟你爸讲话啊?怎么啦?敢情和哑女在一起,你也不会说话啦?"二叔嬉皮笑脸地嘲讽着我。

"网线我给你掐了啊,你爸说了,以后你甭想上网,别再搞出个聋子来。"二叔说。

我愤怒地转身,飞奔上楼。

No.17 脆弱的抗争

连日来,放学后便飞奔到二叔家的方向,我不敢再看校园门外有没有若涵的影子,不敢再望公园的门口,我只能看到我那双阿迪达斯运动鞋,鞋带狂舞着,似我疯狂地起跑。

闭上眼睛,眼前都是她幽怨的眼神,我的心在煎熬中慢慢苍老。

周五最后一节课。放学后我慢慢踱着,心里想着她的样子。

习惯了看鞋带,却无意中看到了她白色的裙边。

抬头,果然是一双期期艾艾的眼睛。

"若涵……"我惊讶地叫道,心中有惊喜。她望着我的眼睛,很沉重,然后转身跑开。我伫立在风中,看她飘逸的长发,心被一根无形的线有力地撕扯着,痛得战栗。

一直喜欢听赵传的歌,低沉得就像流沙,让人在不知不觉中陷入悲伤不能自拔。

在她离开我之后的无数个夜晚,我带着满心的疼痛关闭门窗,在赵传的沙哑中点上一支烟,面对凝固的空气自言自语。我想告诉她我的迫不得已,告诉她我也难忘曾经。那一刻,我没有泪,只有恨。

我明白,当我在喧嚣的街上震惊于她眼角那一泓清泉时,我知道我已不属于自己了。

冥冥中注定我们相逢,注定我们相知,注定我们相爱,但不知是否也注定我们离开。

我想带着她离开这里,去我所在的城市,开始我梦寐以求的打工生活:每天下班回到家里,看到她温柔的脸,善良的眼睛,看到可口的晚餐,看到可以让我们相拥而坐的沙发,看到一个温馨的家。

在网吧里,我什么都不用担心,这里是属于我的自由空间。

若涵果然在线,只是OICQ头像换成了一个分裂的心。

我还没说话,她就发来一个悲伤的表情。

她说:"一周时间,我都在公园门口等你,可等不到你。我知道你开始躲避我了,我们的缘分也许到此终结了。"

我说:"我最近在复习应对考试,请你不要多想,我不会离开你。"

她说:"过两天我母亲出院,我们要回武汉去了,我们不会再相见了,祝你在北京快乐。"

我说:"你走了,我在这里就没有意义了,我也要回武汉,我要和你生活在一起,我打工,我们永远也不分开,好吗?"

她说:"不!"

我说:"为什么?"

她说:"你要好好读书!再说我也不想被婚姻束缚,因为我不能保证自己能让你爱一辈子。我更不忍看到你日后会因我而受伤!"

我说:"因为你是哑女,你永不选择婚姻?"

她说:"也许!"

我说:"也许会选择?也许不会选择?"

她说:"我是残疾人,对你这样的健全的人,我有选择的权利吗?"

我说:"当然有,就如我有选择你的权利。"

若涵沉默了,我在耐心地等待,不一会儿她好像下线了,头像变成了浅灰色。

从网吧出来,意外地碰到二婶儿,她手里提着两大包蔬菜。耳边似乎又鸣响着父亲的咆哮,我无处躲藏。二婶儿看出了我的急迫,还没有待我作出反应,她就先笑了。她让我回家吃饭。走在回家的路上,我接过了她手里的包,二婶儿亲切地看着我,她的眼神仿佛在告诉我,她不会告发我,至于二叔告发我与她毫无关系。我在心

里感激二婶儿。

还没吃饭，父亲就打来电话，二叔拿起话筒伸向我，我迟疑了片刻接上了。

"你和她分手了吗？"父亲开门见山，让我猝不及防。

"我为什么要和她分手？这和我上学有什么关系吗？"我生气了，大声说。

"你这个兔崽子！我供给你上学你就是这么回报我的？"父亲暴怒了。

"你想要我干什么？"我问父亲。

"我想让你好好读书！"父亲吼道。

"我在读书，并没有逃学。"我迎接着父亲的愤怒。

"这就够了吗？你以为这就够了吗？作为学生，你还想逃学是怎么着？"父亲吼道。

"那还要怎样？！"我的声音越来越大。

"要你和那个女孩分手！专心学习考大学！"父亲很激动，我想象不出父亲此时的样子，但我能感觉到他的急切和愤怒。

"我不和她分手，而且我也能考上大学。"我在作最后的抗争。

"你这个兔崽子！你说什么？你再说一遍！"父亲明显更怒了。

"我不和她分手，我还能考上大学，我向你们保证。"我重复道。

"那你就别上了！我供你也是白供，以后就当没你这个儿子，你自食其力去吧！"父亲大吼道，然后挂了电话。

二叔在一边看电视，但他的耳朵好像还在对着我。

放下筷子，我直接上楼。

回到学校，我不再熟悉这里的味道，一切都变得陌生了，包括老师和同学的眼神。

我很留恋放学那段路程，因为它给我带来很多回忆。

在公园的门口遇到了若涵，她在等我。我拉起她的手向远处走去，我不知道什么人的眼睛此时正在盯着我。

我们走向街头，她的目光落在了一对看夕阳的老人身上。老头儿推着轮椅上的老太太伫立在夕阳下，合成一张美丽的风景画。她的目光痴痴追随着，羡慕的表情。我明白她的意思，我愿意和她长相厮守。处于热恋中的男孩也许婆婆妈妈黏黏糊糊，但似乎热恋中的女孩也不一定是清清楚楚明明白白。虽然我毫不怀疑她对我的爱，但这份爱太过内敛太过清醒。我恨不能驾驭一双魔鬼的利爪扼杀掉她的理智。

沉默，可怕的沉默！

想到她很快就要回武汉了,我想做短暂的告别,我要让她快乐,并且将我们美好的时光,哪怕是短暂的美好一同带走。我们去郊外爬山,山不算太高,我们手拉手爬到山顶。

她打着手势用哑语对我说:"你这样拉着我让我感觉就像小时候玩过家家,爸爸和妈妈要一起去买菜,然后一起做饭给孩子吃。"

我问她:"你愿意和我一起做饭给孩子吃吗?"

她摇摇头:"我总是扮孩子。"

第二天,若涵果然没来,我想她可能陪着她的母亲回武汉了。

No.18 今天是"愚人节"

一个月以来,我瞒着和若涵的故事一直和紫鹃在网络上谈情说爱,但我心里却只有若涵。

冬天了。早上起来铁树银花,一个白茫茫的世界。

伸伸懒腰,于是赋词一首:

冬晨风光,千里薄雾,万里寒霜。听门外北风,呼呼作响,窗下残草,顿失容貌。牙膏用尽,开水断绝,欲与室友借肥皂。须暖时,看阳光普照,分外逍遥。

食堂如此多"椒",引无数饿狼竞折腰,叹强壮大哥,龙腾虎跃,瘦弱小妹,不逊风骚,一位帅男,不顾形象,只知抢饭敲破缸。俱往矣,数君子人物,还在睡觉。

"又迟到了!每次都是你!这儿可是学校,不是你家,你丫想几点来就几点来吗?这都多少次了?!"在班主任朱老师唾沫星子的轰炸下,我溜到座位上,脸红得像只大苹果。

"再迟到罚你丫一周值日!听到了吗?"朱老师咆哮着。

"他?不迟到才怪!除非冬天下雨,圣诞节变成了愚人节……"幸灾乐祸的韩大纲笑道。接着是一阵嘲笑声。

我条件反射地从椅子上蹦起来:"丫的都笑什么?迟到算什么?明天我一定比你们来得都早……"刚刚讲到关键的地方,只听道:"你丫反了?!不像话!"朱老师愤怒地打断了我。

一整天，我都在为第二天的早起下决心，作准备。而黑夜穿着礼服很快就悄然降临，看看日历，明天是12月25日——圣诞节了。

日子总是过得很快的，尤其是睡觉的时候，对我来说早起绝对是一种痛苦。躺在床上，我悄悄许下心愿：圣诞老人帮帮我，我可不想迟到，不想被同学笑话，不想……梦中圣诞钟声响起了清脆的调子，天上下起了香草冰淇淋口味的snow,snowman……

"天！又晚了！我又要迟到了！"我从床上跳起来，眼前是朱老师愤怒的脸。

穿上衣服，背好书包，就要往外冲。

二叔杀过来，堵在门口，把牙刷戳到我脸上："刷牙！"万般无奈，接过牙刷，绕过二叔就往门外溜。

就这样举着牙刷跑到班里，班里只有乔姬蕴一个人，看到我的狼狈样子，她笑得前俯后仰。惊异地看看手表，还有一分钟就上课了，我长出一口气。

"人呢？都哪儿去了？"我把牙刷塞进书包，慢腾腾地问乔姬蕴。

乔姬蕴指指对面的黑板："今天交一百元钱。"

"啊？怎么还交钱呢？"我都傻眼了。

"你昨天下午走得早，没看到黑板上写的吗？大家都回家取钱去了。"乔姬蕴翻着书说。

这时，朱老师来了。"咦？人呢？"她望了望黑板，"谁写的啊？"

话音刚落，韩大纲从门外跑进来，喘着粗气。

"怎么这么晚啊？人都嘛去了？"朱老师的脸色变得极其难看。

韩大纲小声解释："我……回家取钱去了。"

"取嘛钱啊？谁告诉你要交钱的？"朱老师目光指向了一边怪笑的郭文强。

郭文强感到不妙，解释说："我……我，老师，今天不是愚人节吗？我本想开个玩笑的，以为没人信，谁知就都……"

"嘛？愚人节？谁说的？开玩笑！"朱老师又开始咆哮起来了。

于是郭文强将手指指向还在一旁为没迟到而庆幸的我："是小磊说今天是愚人节的……"

他这一举动吓了我一跳："我？"我一脸无辜。

努力回忆，事情是这样的，前天郭文强问我："愚人节是哪一天？"

我骗他："12月25日。"本以为是个玩笑，没想到世上竟有郭文强这样的大"愚人"，他还真不知道愚人节是哪一天，并信以为真了。

这一天，我观赏了每一位同学迟到的惨相，你可以想象朱老师的脸。

朱老师好像受到了莫大的愚弄,她当着同学们的面不给我一点面子,先是羞辱我小小年纪谈情说爱,后是痛斥我无视课堂纪律,无视学生守则,无视学校制度,于是"挥泪斩小磊"——勒令我退学,并且马上叫父母来,否则开除。

朱老师明知道我父母在武汉,就算坐飞机也不可能马上来。

于是我退学了。

那天下着大雪,站在窗户前看外面雪花纷纷扬扬,一室的静谧。

含泪走出校园,走了很久很久。

路上出现一个人的身影,骑车疾驰而过,我知道是乔姬蕴。我的心顿时莫名地感动起来。这个时候竟然还有人送我。自从和若涵的事情大白于天下之后,乔姬蕴就没给过我好脸色,我们经常吵架,吵了一次又一次。有时候我就会想:为什么我们不能做一对真正的心灵相通的朋友?为什么偏要做这特定意义上的朋友呢?

她刹住自行车,手里拎着许多吃的东西。照例是我接过自行车载着她,按照她的指示来到她租住的房子。她放下东西,脱掉大衣,然后平和地冲我笑笑:"看见这么美丽的雪花飞舞,突然很想来送送你……"心中的柔情又一点一点被她唤醒,我知道她说的是真的。

我也冲她笑笑。她插上电炉笑着说:"过来烤烤吧。"我们都没有提到若涵,也没有提到经常吵架的事,一场大雪冲淡了我们之间那种微微的尴尬情绪。

我还记得初入这所学校的时候,和她之间的一点儿小故事。

上晚自习是没人管的,一次偶然逃学的时候,我跟几个同学溜出去看电影。那晚看完电影回来,几个同学非要嚷着去逛夜市,乔姬蕴因为瞌睡得要命,坚决要求一个人陪同她回宿舍。我便站出来说:"走吧,我陪你回去,明天我们还要上课。"她一看,知道我是新来的学生,于是就犹犹豫豫地看了我一眼,和一个不熟悉的男孩走路,我能想象出是一件很难提起精神的事。

那是个春天的夜晚,有点风,当我们往回走的时候,风一点一点地大起来,摇撼着树枝,这使她很害怕,脚步不由得匆促起来。她怕我觉察到她的紧张,突然回过头问了一句:"你见过风吗?"多么奇怪而有趣的话,说得又一本正经。

我笑着向她大声说:"风在空中走,我们在路上走……"

在学校谈恋爱的时光是很美丽的,我在一夜之间突然都变得文质彬彬,而且善于辞令。大多数的时候,她是理性而富有激情,而我则是盲目而又热情。校园多姿多彩的生活给了我们的爱情一次美丽的大包装。

自从与若涵东窗事发后,生活显出了它的原汁原汤。我和乔姬蕴性格上的冲突越来越大,每一次争吵,都是一次伤心的过程,吵一次痛苦就会深一层。

我要走了,要离开这所学校了,而她即将失去我这个冤家同桌。我们都感到痛苦,但谁也不愿意说出分手的话来。我知道,她和我都还眷恋着学校里的那种柔和而细腻的爱情。但我多想和她坦白地说一说:以前是以前,为什么不能把以前和现在分开来说呢?

"我还没吃饭呢。"我坐在电炉前,微笑着对她说,我今天怎么那么多的笑,带着点温和与宽容。

"好吧,给你下碗面条。"说完她就笑了起来,"拿什么下呀,我这儿早就弹尽粮绝了,好几天都在食堂吃饭。"

我沉默,陪她一起傻笑。

"知道你会说饿,你的牙刷还在书包里呢,所以我买了这些。"她指了指桌子上她带来的东西,几包方便面。

屋里很快就弥漫了方便面的味道,这样的气氛倒很像学校的生活呢。冬日长长的夜晚,我们常常饿得难以抵挡,就用电杯煮方便面来充饥,可没少到同学寝室蹭方便面吃。一边吃,一边还要抵挡四面八方众兄弟的调侃。

她拆开一包瓜子,也凑在电炉边,看我吃饭。我心中仍在想那个纠缠不休的问题:"我们如果只做精神上的朋友,肯定会比现在愉快得多。"我很快就吃完了,在学校就培养了快餐的习惯。

"这场雪,不知为什么下得人心里怪怪的。"我坐直了身子,脸色也凝重起来,"这使我想起了去年下雪时,我们曾在武汉的校园里漫游了一下午,学校广播里又一直放着《为爱痴狂》的曲子,我和紫鹃携手踏雪、唱歌,唱尽了关于雪的歌曲,那真是一段美丽又浪漫的时光。"乔姬蕴不语,听着我慢慢地讲。恍然明白为什么刚刚看到她在路口疾驰而过时,心中也曾浮起那首曲子的旋律。

"今天来,是想告诉你一件事。"她的语气变得严肃起来。

我抬起头来看她,在她眼里,我看到了真诚。

"也许我们的浪漫该换成另外的一种方式。"她慢慢地说,仿佛在考虑怎样措辞。

我对她笑了笑,用一种极柔和的声音说:"你不要说了,我明白。"然后我轻轻地将她抱在怀里向她道别。她的眼中有点点的泪光在闪烁,我的眼泪也已经流了下来。

我们都有所感动,为我们的理智也为我们美丽梦想的结束。

我们站了起来,走到窗前,雪花打在窗上掷地有声。

她回过头来问:"我们还是好朋友,是吗?"

"为什么不是?"我答得肯定而愉快。

No.19　再见了,北京

时间不多了,我就要离开北京了,莎莎是乔姬蕴的好朋友,她不希望我伤害她,最后她只想问我一句:"你从以前到现在有没有真心爱过乔姬蕴?"

"没有。"我真诚地回答。

"你真的没有吗?"

"真的,一分一秒也没有,也许在哪一秒钟曾经心动过,但很快就过去了。"我说。

"那你为什么还要和她上床?"莎莎的直言不讳让我惊讶,我有点不好意思。

"你别把话说反了,是她要和我上床好不好?那天老师发给大家避孕套以后,她偷偷地看了半天,然后就请我去她的宿舍。你要不要看看,我的避孕套还在书包里呢。我曾经对她说过我很花心,是她自己不相信的,是她自己太天真、太幼稚。我是个男人,十八岁,已经发育了,我无法拒绝那种诱惑,而我只是想玩玩而已,当时我以为她和我想的一样。"我说。

"你这个人真可怕。"莎莎没好气地瞪我一眼,走了。

"我可怕?我敢打赌,你的避孕套早就没了,而姜勇的一定在书包里!"我喊道。

我后来才听瘦子侯告诉我,乔姬蕴听着从莎莎口中源源不断转述我的话,脸色苍白得像雪。她这个没被爱过却一心爱着我的傻瓜在听到莎莎的话后脸上竟没有一丝表情,眼眶热了一下,背着莎莎,没让它落下来。

"不值得,真的不值得。"我对瘦子侯说,"眼泪本不值钱,但在某种意义上比钱更有价值。是的,不能让自己的眼泪流得毫无价值,曾经的一切在现在看来,好像都是过眼烟云,心中的痛不能言语,只想说爱与不爱,其实与我无关。"

"爱过不是错,错的只是不曾真正地懂过这份爱。"瘦子侯说。

认识瘦子侯缘于乔姬蕴的介绍,瘦子侯是乔姬蕴的干哥哥,彼此的相识似乎没有带上我所幻想的一丝诗情画意,也没有所谓的"缘"的浪漫邂逅,有的只是真实与

平凡。

后来直到我进入这个班,走向她的座位,坐在她身旁。以前从来不和乔姬蕴接近的瘦子侯几乎是每天都来我们座位前瞎侃。刚来的时候我不太爱说话,他无视于我的存在一直跟乔姬蕴聊,我总是在一旁静静地听,听他侃侃而谈,我知道瘦子侯在向我示威,要让我明白她已经名花有主了,警告我不要打她的主意。每次瘦子侯离开的时候都要恶狠狠地瞪我一眼。

渐渐地,我开始暴怒起来,我不惧瘦子侯,我向来都认为感情这东西真不是可以勉强的。于是有一天,瘦子侯得意地离开,我就悄悄凑到乔姬蕴的耳边说:"我可以追你吗?"

乔姬蕴一愣,脸刷地就红了,我似乎都听到了她怦怦的心跳声。她镇定了一下说:"别傻了。"沉默了,我总以为这样就结束了,可事实却不是。回到家,当我打开课本时看到她的纸条,心中的热流莫名地涌起,我知道自己完蛋了,她是喜欢上我了,于是我默认,因为心中还有若涵,还有紫鹃。或许没有理由,我只为那莫名的情感与冲动。

这种倒追的事情在学校里并不稀罕,所以我答应了她的第一次约会,捧着两本小说走在马路上,看见她在远方正向我招手,我微笑着走过去,一起来到北京中华世纪坛旁边的桥洞,穿过桥洞,就来到一片绿草坪。

她看见我一直拿着书,开始说话:"你也喜欢看书吗?我还以为你不喜欢看书。"

"你怎么会这么以为呢?"

"因为你上课的时候从来都拿着课本,而我们都捧着小说。"

"真的吗?我还以为自己是最不专心的一个人。"

于是有了共同语言,我们越谈越投机,越谈越高兴,时间就这样在我们愉快的谈语中悄悄滑过。

直到今天,她的梦彻底地醒了。

她红着眼圈儿,堵在我面前开口就说:"喜新厌旧,爱慕虚荣……"反正什么难听她说什么,我在一旁不停地解释也无济于事,她转过头什么也没说就走了,我呆呆地站在那里,心里很不是滋味。接下来的几天里,我们很少见面,有时碰面也不说话,她开始对我渐渐冷淡。雨夜里,我独自一个人淋着雨走在河边的小路上,滴滴答答的雨点拍打着我,亲吻着我的每一寸肌肤。

有一天,瘦子侯突然跑来我们的座位对她说:"姬蕴,你知道吗?小磊有新的女朋友了,昨天那个女孩来过学校,而小磊扔了你的鸡腿拿着她的栀子花。"听着瘦子侯的话,她的眼泪在眼眶里打转儿。当时我想我们是彻底地完了,她是那么地爱我,可我一点都不珍惜。没有人看见,昨夜又一颗流星划过墨黑的天空,没有人相信,今宵又一朵昙花绽放它短暂的笑容。

往事只能在时间的岸边流逝,永远不能阻挡我生命的航帆,因为我不能回顾我所受的伤害,当讽刺的言语已让我铭刻在心时,偶尔想起,只感慨,爱与不爱,其实与我无关。

那天我没有给二叔和二婶儿打招呼,一个人回到了武汉。

忍不住回头再一次看我生活过的地方,有一丝莫名的留恋。把这里的一切,回忆、伤痛都装在脑海中全部带走,最后一次回头。恍惚中我看到了若涵那张清澈的笑脸,我终于忍住眼泪没有让它再流下来。我很满足地笑了,坚决地转身离去……

No.20　与爸妈为爱"谈判"

我没回家,是因为我怕父亲的咆哮,以及母亲绝望的眼神,她会说北大有我的位置,我应该去那里守候。通过手机短信,我很快就联系到了若涵。若涵的手机很漂亮,但她从来就没有说过一句话。

若涵对我的突然归来很吃惊,她短信问我:"你真的退学了?"我说是的。她又接着问:"不上学怎么行,你爸爸妈妈会伤心,你是怎么想的?"我说,我想和你在一起。她好久才发过来短信:"晚上在家乐福一楼见。"我说不出的一阵惊喜。

坐在家乐福的长椅上睡觉,一直等到天黑。若涵真的来了,轻轻坐在我身边,摸我的脸。我起身笑笑,她专注地盯着我的书包。

"我不想去学校了,我受不了没有你的煎熬,他们都不喜欢我,所以我回来了。"
若涵听了眼睛里闪过一丝迷茫,她点点头,紧紧地抓住我的胳膊。
"若涵,我不敢回家,我不知道应该去哪里。"
若涵起身,拉着我就走,她用哑语告诉我,要带我去她家。

我很奇怪她家那么大的房子为什么只有她一个人。若涵告诉我,她母亲去她姨妈家里了。

我们一起在她家里做饭吃。我知道她平时在家什么活儿都不干,因为她连米在

爱情不是
一个味

哪里都找不到,可是这时她却争着干这干那。我在她身后拥住她在她耳边说:"你真像是我老婆。"她羞了,推开我去看电视。有她在身边,真的就像疲惫的旅人看到久违的灯火,什么也不顾,只求摆脱身边的孤独,哪怕只是短暂的一瞬。纵使心里明白片刻的欢愉掩盖不了长久的忧虑,但在这电光石火的心念闪动之间,体会到的便是爱了。

那一夜,我们坐在沙发上聊到深夜,她的本子上写满了密密麻麻的字,比我的作业都要多。

第二天,我租了房子,花的钱是父母的,那是学校给我退回的学杂费。

就这样,我和若涵经常住在一起,她成了我的"妻子",而且在一所特殊学校上学。

她的生日快到了,我早早就在花店订下了大捧的玫瑰到约定的地方等她。我来得太早,一个人西装革履傻子一般捧着大束的玫瑰站在街边享受路人百分之九十九的回头率,窘得我心里直盼她快点来好让我离开这里。在接受了大约五千三百六十次的注目礼后,熟悉的身影终于飘然而至,娇艳的红唇也似带露的玫瑰,轻启微合之间已让我感到丝丝晕眩。

我们去订好位的餐馆,那是一家非常有情调的西餐厅。虽然她知道我最怕刀啊叉的麻烦,可她坚持要来这里,我当然同意,至少我也不会因为用错餐具或是乱点菜单而出洋相。

我们坐在临街的窗口,窗外是一条安静的小街,可以看到这家餐馆匠心独具为了营造气氛而特意在门外铺就的一段小石子路,十八世纪老欧洲式的铜制街灯配合桌上摇曳的烛光、纯银的餐具和丝绒桌布,舞池中有乐队正奏着轻柔忧郁的蓝调。说实话,就吃饭而言,我并不喜欢这种看似罗曼蒂克的烛光晚餐,我推崇的仍是中国五千年传统沿袭下来的亮亮堂堂热热闹闹,推杯换盏觥筹交错。

看若涵文静地坐在那里吃着东西,我想起了昨晚她在本子上写的那些事。

若涵从小到大就一直生活在蜜罐里,有不错的家庭环境,小时候一场高烧夺取了她说话的权利,虽然她有无忧无虑幸福的童年时光,并且一帆风顺活了十多年,可她整个人却带着一种忧郁冷艳的气质。尽管我知道她也有快乐的时候,但我知道那是自从遇到我之后。全世界的人都在惊讶我和一个哑女的爱情,但是我不在乎,这个异于常人的独特女孩让我意乱情迷。

我约她出去吃饭,她想去城东吃涮锅,于是我们打的去城东。待到临近了,她突然又想去城西吃烧烤。我想我也确实纵容她,二话没说让司机回头去了城西。后来又怎样我已经记不清了,只记得我们最后吃的是煲仔饭。吃饭时她问我是不是觉得她很"小",我一脸无奈状摇头:"不小吧,十六岁,而我也只十八岁,从不觉得自己小。"她鼓着嘴,把一截我从不吃的芹菜扔到我碗里。那一刻,我感觉自己真的是幸福的,有什么能比看着自己心爱的女人幸福还更能让人满足的呢?

爸爸妈妈听二叔说我已经离开北京一个月了,于是慌了。

寻找我的广告铺天盖地充斥着武汉,就连我租房附近的电线杆子上都有。我也慌了。

想想爸妈憔悴的面容和疲惫的身影,我哭了,忍不住打电话过去。

爸爸惊喜地问我在哪里,我说我在武汉。

爸爸问我是不是和那个哑女在一起。我说是的,我们住在一起。

沉默了片刻,爸爸说带若涵来家里吃饭。我不知道是什么滋味,泪眼模糊。

那一天晚上,爸爸没有对我动怒,反而心情很好。

爸爸说:"你必须考大学,我给你联系好了武汉四中,你去补习吧。"

妈妈对若涵说:"我不反对你们恋爱,但是你们都很小,小磊不能辍学,如果辍学将来会一事无成,我相信你也不希望他这样。等他大学毕业,你们在一起,我们不会反对。"

若涵的眼泪止不住了。我不敢看她的眼睛,我怕看到她眼里的痛苦与忧伤,我会忍不住哭出来。可我却分明看到了背着我的若涵双肩在抽动,我不明白,为什么老天让有些人那么幸福,却对我们残忍。我想或许人生就是这样无可奈何。在刻骨铭心的伤痛里,我们依然要一步步重新开始新的生活,忍着剧痛,艰难行走。

"可我不能和她分开。"我厚着脸皮说。

爸爸想了想说:"可以,你们可以在一起,但你必须考大学。"

面对即将失学的我,父母只好妥协,条件是我必须考大学,然后再考虑婚嫁。

No.21 若涵的离去

第二天,若涵穿上了一身白色的裙装。本来就美丽、可爱的她简直就如童话中的白雪公主。

若涵拿着本子,在上面沙沙地写道:"你要好好读书,一定考上大学。"我点点头,紧紧地抱住她,她就像一位姐姐抚摸着我的头,让我感到一种久违的温暖。

我们就这么简单无忧无虑地过着。我在四中读书的事情,紫鹃、龙刀、高阳、子超他们都不知道,也许他们都以为我失踪了吧。就这样度过了整个寒假,我偶尔发现若涵看我的眼神中有一种飘忽不定的东西。

我发现自己竟对若涵产生了依赖,见不到她就会心神恍惚,我慌了。就这么小心翼翼地相处着,原以为我们会一直走下去。可是幸福总是短暂的,我曾拼命地想要抓住它,可是却眼睁睁地看着幸福从我手中悄悄地溜走,不带任何痕迹。

初八我就去四中上学了。放学回到爱巢,却不见若涵。

屋外没人。屋里没人。

我打电话给她妈妈,她妈妈说,若涵没有回家,反而问我:"不是和你在一起吗?"

等待,等待,焦急地等待。

晚上八点,还没有她的消息,我开始烦躁不安。烟灰缸里的烟头也越积越多。

不会出什么事了吧? 不不不,不可能!

天色已完全暗了下来,我一个人傻坐在黑暗中看着烟头明灭。就在我几近绝望时,门被敲响了!我冲上去拉开门大吼:"你这一整天到哪里去了?"一阵冷风夹着熟悉的声音和曼妙的身影卷了进来,她皱了皱眉,打开了窗,空气清新了许多,也冷了许多。她从衣架上取过我的外套要我穿上,我没有看她,她打着手势说:"窗开着你穿这么少会着凉的,先把衣服穿上再说。"我的漠然在这一瞬间灰飞烟灭,我怎忍再对这样一个女孩吼叫?

她拉过我的手,她的手指冰凉,我这才看到她的鼻尖也冻得红红的。我搂过她,握住她的手。她得知我一整天粒米未进歉疚得几乎掉下泪来,拉着我就要陪我出去吃饭,我说不用了,就在家里随便吃点好了。

我们相拥坐在沙发上看电视。

良久,她在本子上写道:"你不用对我这么好的,我不能回报你什么。"

我搂紧她:"这样我已经很满足了,我会尊重你的意见。"她沉默一会儿,眼神幽幽的。

她又写到:"你这样的男孩是一碗白米饭,只是不知谁能吃到。"

她把我比做"白米饭"让我吃惊,我问她:"为什么会是白米饭?"

她写到:"再好吃的东西吃多了也会腻,只有白米饭是一辈子也不会腻的。"

她停了一停,望着我的眼睛。

我没有说话,她忽然又拿起茶几上一颗巧克力比画着,然后写道:"我这样的女孩就像巧克力,看起来包装得漂漂亮亮,偶尔吃上一颗也是甜甜蜜蜜,可有谁会整天吃呢?!"

我立即说:"不,不是这样的,至少我会的。"

她摇摇头写道:"我们要是能一直这样在一起多好!"

我抚着她的长发说:"当然,若涵你嫁给我吧!"

她又摇头写道:"我是说我们一直这样像情人一样,不要结婚。"

我不知该怎样回答她,扳过她的肩,她的眼中有泪光闪烁,我深深吻了下去……

若涵将桌上的盘盘碟碟都撤走,她面前是一杯杯口嵌着一片漂亮绿色奇异果的橙汁,我面前是清咖啡,我用小勺将奶搅开,看她认真注视着我的样子。

我抬起头,看着她的眼,她说不出来声音,但还是努力地对口形,一字一顿斩钉截铁地告诉我:"你要考大学了,这几个月时间是你最关键的时候,我不能再和你一起了,我要走了。"我不太明白,她又在本子上写了一遍。

"不,你要留下来,你不能离开我!"我扔掉本子大喊道。她的眼神变得迷乱,大颗的泪滚落下来,像玫瑰上凝集的水珠滴在我心上。

第二天我意想不到的事情终于发生了,若涵她真的走了。

我曾去找过她,可她不在家,她的母亲也不在了,她的家换了主人。

那一天,我出奇地安静。没有流泪,因为我始终不相信若涵会狠心离开我,她一定会回来的。我一个人待在房间里,回忆着和若涵的曾经,看到了窗台上那盆我亲手栽种的香草。犹记得那天她送我几粒种子,用哑语对我说:"这是香草的种子,香草代表爱情,你一定要让它开出美丽的花。"我照着做了,当她看到香草紫色的花的时候,一脸很幸福的样子。我起身走到窗前,看着那香草沐浴在阳光里,紫色的花在风中摇曳。我突然有想吻它的冲动,就在我打开窗户的那一刹那,花盆被碰到地上摔碎了,看着满地的碎片,我仿佛听到自己心碎的声音……

No.22　倒霉的日子

如果说一个人注定要倒霉,那么不管他怎么努力去摆平所有的事情,但终究还是摆脱不了倒霉蛋的命运。自从若涵走后,我这一年就十分不顺,先是年初滑冰摔伤,个把月要缠着绷带上学。后来因为看到一个长得很像若涵的女孩,我就猛追她,一直追到她家门口,才发现她不是若涵。当我转身要离去时,却见一个高大威猛的女人双手叉腰,我被像小鸡一样拎起后,被她狂扇了两大耳光,然后是河东狮吼:"快滚,小流氓!"我在羞愤中蹒跚回校,后来才得知这个女人就是那个长相似若涵的女生的妈妈。对这件事我不敢声张,所以在爸妈面前我只能说是打架造成的。

再后来事更加不顺,我先后丢钱三次,损失二百五十元。又因徒步追一个背影像若涵的女生而被她的男朋友狂扁两次。再后来我遭劫一次,被劫去一百零八元,如果是普通的打劫者,我还可以忍受,让我不能忍受的是,我是被一个女生打劫了,而且还是个绝色美女。美女比我高一头,熟练地晃着手中明晃晃的刀子对我说:"帅哥,不把钱交出来我就毁你的容,将来永远都不会有女生理你了。"美女收起刀子扬长而去,我摸着瘪瘪的口袋跳黄河的心都有了。

直到上个月,不幸的事情继续在我的身上发生着,我用来和若涵、紫鹃、龙刀、高阳他们联系的唯一工具OICQ号码也被人盗了,其中还有对我仰慕已久的九十九个美女,其中有六十九个美女曾声称要与我同生共死,非我不嫁。这下好了,我的美女们一定都被那个盗我号码的人承包了。

前天最后一次模拟考试结束,家长会到来之际,我才慢慢感觉到倒霉的升级,因为我那个惨不忍睹的成绩会使我成为一个真正意义上的倒霉蛋,我像所有考砸的孩子一样,独自一人在城市的街头流浪。

到底是让谁去为我开家长会呢?谁也不行,老师这次告诉我一定要父母亲自到场。思来想去,经过近一个小时的思想斗争,我最终决定让妈妈为我完成这一光荣而艰巨的任务。妈妈最疼我了,与爸爸的语言暴力相比,妈妈只会说一句:"北大有你的位置。"

我把家长会的事和妈妈说了,她一口答应。第二天一大早妈妈就去四中给我开家长会。

我在学校的门口徘徊着,等待着妈妈出来,像热锅上的蚂蚁。

好不容易盼出来了,妈妈对我说:"小磊啊,你怎么搞的,我怎么向你爸交代呀!"

我拉着妈妈的手说:"这是模拟,真考我一定会考好的。"边说边假装流眼泪,妈妈决定为我隐瞒,不告诉爸爸。

晚上我一声不吭地吃饭,爸爸看了看我,又看了看妈妈问说:"家长会怎么样啊?"

妈妈赶忙说:"这次考得不错,前十名呢。有进步!"

爸爸若有所思地点点头,看了看我说:"小磊,不要得意啊,你要抓紧复习!"

坐在大巴里,我依然这样想,中途上来一个同班女孩,叫岳玲,一上来就坐到了我的旁边:"小磊,今天这么早啊!"

我笑说:"没刷牙、没洗脸当然早了!"我露出一排整齐的牙齿给她看。

"昨天睡得可好?"岳玲眯着眼睛问我。

"很好啊!我从不失眠!"我有点奇怪地问,"你为什么问这么奇怪的问题?"

"看你的脸色就知道你睡得不好,是不是有什么事了?"岳玲神经兮兮的。

走进校门时,岳玲突然转过身对我说:"你今天的脸色真的很不好!"

"是的,谢谢你的关心。"说完我便匆匆跑开,心想真是倒霉。

上课,做题,做操,吃苹果,打篮球,上体育课,上网……一天又过去了。

晚上爸爸和我一起坐在电视机前看球赛,电视里,三十号球员进球了。

他突然问我:"三十号球员,你进球了吗?"

我被爸爸问得一愣:"什么三十号球员呀?"

爸爸腾地从沙发上站了起来,手里紧握着一个茶杯。

"你和妈妈还想瞒我吗?三十名,一个月才三十天,你竟然考了三十名,你一天无所事事,除了上网就是追女孩,追到人家门口,被人暴打一顿,还回来撒谎说是和谁打架了,你说还能干什么,想当年……"

骂声弥漫在整个房间里,心想作为他的儿子,真是我今生之大不幸,我一动也不敢动,妈妈已经不知去向。

"你看人家岳玲多好……"

"岳玲?你怎么知道岳玲?"我问爸爸。

"岳玲知道你的成绩,她爸和我是同事,难道我不知道吗?"

我一句话也没说进了我的屋子,直冲墙角,把自己像挂历一样倒立在墙上。我生气的时候就喜欢倒立,唯有如此才可慢慢解除我心中的怨气。

关起门来上网,爸爸只允许我一周上一次网。这回我才不听呢!我愿意上几回就是几回,原来聊天的时候他们喜欢站在一边看,现在仍然喜欢站在我的一边看,可是现在我不喜他们那么做了。

上了OICQ,紫鹃在线。

我说:"今天心情很糟,我没有考好,我爸爸骂我。"

"不奇怪。"紫鹃说。

"我想离家出走!"我说。

过了很长时间,紫鹃说:"那你带够钱了吗?"

我说:"可是我现在没有钱。"

紫鹃说:"那没办法了。"

我说:"我不想上学了,他们真的很烦。我离家出走了。"

紫鹃说:"是吗?可你还是没钱。"

我下线了,我怕紫鹃突然问我在北京过得好不好,为什么不和她联系了。

No.23 再遇紫鹃

高考结束了,我无缘进入大学。

紫鹃说:"回来吧,北京不是你的久留之地。"她高二就辍学了,而且通过她姑姑的关系进了武汉女子医院实习,准备在医院工作了。她姑姑的关系正好是我爸爸的好朋友老卢的老婆,在卫生局工作。

其实紫鹃不知道我在武汉已经半年了。

于是我就在这个城市打拼。我要谋生,步入社会才发现自己在学校里学的那点东西微不足道。日子就这样过着,很快来到了年关。因为和公司的不愉快,我离职了,处理好交接工作就要搬离公司宿舍。生活很无奈,在租来的小室里,自己不知哭了多少回,而且很多时候哭着哭着就睡着了……生活艰辛,人际关系复杂,我感觉很累,不是没有彷徨和绝望,不是没有迷失方向,可我不能放弃。

租来的房子没有暖气,呼吸都看得到白汽缭绕。裹紧棉被,我很想家!

外面的鞭炮在响,我拿着电话,用装出来的喜悦告诉爸爸妈妈自己很好,和室友一起过年,这样才够特别。

"爸爸妈妈你们听,他们还在外面放鞭炮呢……"我大声说,然后把手机伸向窗外。

这个新年,我吃了一顿速冻饺子。新年还是我的本命年,紫鹃送我一条红腰带。这是我从北京回来第一次见到紫鹃。我穿了一件很旧的休闲外套,衣袖处磨损得都出了毛边,洗得惨白惨白的牛仔裤,给人一种憔悴的感觉。

生活在继续,我还得为生计奔波。

一个星期后我在中南路一家保险公司任职,薪水低得可怜。工作不好找,再继续下去有点到了崩溃的边缘。刚开始我做的是销售,工作辛苦却也充实。公司有网络,不出门的时候我是经常在线的。我和紫鹃用网络,也用手机短信,就这样不咸不淡地保持联系。

"我不习惯用短信。"我对紫鹃说,其实我是不想再想起若涵。但是后来,紫鹃偏偏只用短信。一次网上相遇,紫鹃约我吃饭,带我去吃寿司,我是吃不惯这些的,但是我没有告诉过她,从来都没有。能见紫鹃已经是种幸福,其他不重要,我知足。紫鹃和我默契地形成一种约定,就是同过周末。

慢慢地,我的工作也步入正轨,尽管工资不是很多,但也算是安定下来。紫鹃和我还是会见面,偶尔因为要见紫鹃,我会很紧张。更多时候我感觉到紫鹃不是很开心,但我帮不上紫鹃,唯一能做的是陪伴。我性格还是很敏感,遇到像紫鹃这样的女孩,我很珍惜,有的时候甚至有点害怕,害怕紫鹃突然不理自己,害怕紫鹃像若涵一样突然离去。在紫鹃心情不好的那个阶段,我是很想她的,可是紫鹃说不见就不见。

公司组织员工集体外出游玩,时间正好是我和紫鹃每周见面的日子。我玩得有点落寞,发信息给紫鹃,说想听听她的声音,之后拨电话,紫鹃就是不接电话。很长一段时间,我学会习惯。我喜欢挽着紫鹃走,然后用鼻子使劲地嗅紫鹃身上的味道,有点香。

紫鹃说我:"你恨不得把鼻涕都蹭在我的衬衣上!"

紫鹃喜欢车,可我对这些都不懂。日子是不会停下脚步的,我身边也有其他异性出现,只是感觉不再。其实我不是从开始时就如此平和的,喜欢一个人不可能如此沉静,是在经历心灵的历练后,我蜕了皮,面对紫鹃才如此坦然。成长后和紫鹃的约会变得理智。紫鹃如果有时间会带我去咖啡厅喝咖啡,会陪我一起去看东湖。紫鹃的心情也一点一点好起来,我握紫鹃的手,心里会酸酸的,然后愿意抬起自己的头仔细看紫鹃的脸,因为要永远把她记住。

这个阶段我生活还是很清贫的，紫鹃知道这个情况，要给我钱，我回绝了。自己维持生计还是没有问题的。但就怕有意外，同学从老家过来看我，那个时候我身上就只有几十元钱了，同学的突然到来，真的让我很为难，紫鹃知道这个消息后，把自己的工作做了简单安排，然后带这两个女孩去吃饭。

那天两个人都走到浑身无力才打车回家。长长的路，我挽着紫鹃，紫鹃却总是要躲开，说夏天太热。紫鹃已经不再给我挽着她的机会，或许她已经知道了我和若涵的事。

尽管在一个不是很大的公司，我工作仍旧很卖力。对于自己的未来职业生涯也有自己的规划。现在我已经不在客户部做了，而是转到了行政工作上。我还愿意写字，将自己的心情用随笔的形式写出来。我将紫鹃的名字加自己的生日给紫鹃申请了个邮箱，用这样的方式给紫鹃发文章。

日子很快就到了"十一"，举国欢庆之时，正是我的生日。收到紫鹃国庆的祝福，我没有回复。很多时候我选择站在某个地方看紫鹃，她好就够了。两个人就这样一直联系着，这段感情是对我很好的磨炼。

我约紫鹃到汉口，守着船和东湖，我喜欢这里。今天的紫鹃和我认识时的紫鹃已有很大不同——风雨过后的美丽。我抱住了紫鹃，这也是我们之间仅有的一次拥抱。

我对紫鹃说："我会站在合适的地方关注你。"

不知为什么，只要一离开武汉我的眼角总有点湿，而我又特别愿意离开武汉。我对武汉一直有一种奇怪的感觉，我不喜欢这个喧嚣的城市，不喜欢这个城市湿漉漉的天气。在武汉我真的很想北京。想着站在中华世纪坛头顶一片蔚蓝的天，挽着若涵的手穿梭大街小巷留下倩影芳踪，从那柔情的风景中幻想那柔软的爱情。

紫鹃和我就像是一杯温水，不冷不热，过了当初的沸腾阶段，但也不至于被冰冻。我说我总是很忙。说这句话的时候，紫鹃笑笑地看着我。我总是想，是不是等哪天心血来潮，就和她结婚算了？

从汉口回来的那个晚上，我心情十分不好。我在网上把我工作中的烦心事，把受了领导批评后而郁闷在心底的话全倒给她，一大段一大段。她照单全收，任凭我发泄。末了，我问她一句："你在哪里？"她说："在北京。"其实我知道她在家里。我的眉毛不自觉地挑了一下。紫鹃从来不关心我的工作，她一句："不就这么一点小事？"就可以把我顶得哑口无言。

紫鹃就像是童话中的"灰姑娘"，到了十二点头像就会消失。而我们的网聊是不是也像是在经历童话故事,过了十二点,就各自回到自己的现实生活中去,随后留下一只水晶鞋,让她知道世上还有我这个人,在十二点以前?

紫鹃住在女子医院的女生宿舍,而我在位于中北路段的一个叫做周家大湾的地方租了一间不到十平方米的房子。周家大湾是个"U"形的巷子,在这里居住着很多打工的单身男女,也有很多情侣。湾子虽然不算太大,但很繁华,每天傍晚的时候就可以看到熙熙攘攘的人流。特别是夏天,在湾子后面就是满街的小吃,我常常乘坐公交车到那里玩,每次都可以听到亲切的报站声音:下一站,周家大湾。

我和紫鹃每天在快下班的时候会打个电话,告诉一下彼此的安排,她也会告诉我她在女子医院的实习情况,两年多来已经养成了习惯。谈恋爱谈久了,对于太熟悉了的对方,往往不需要太掩饰自己,也往往失去了脸红心跳的感觉,剩下的只是习惯而已。我常常为自己的这种感觉感到悲哀,甚至有一点点的叛逆。所以当我在网上对她说"请跟我来"的时候,她说她需要理由。是的,理由,她并不想破坏自己的习惯。

我说:"理由很简单。第一,我很会做饭,我会每天做饭给你这个懒惰的女孩吃。第二,我们的农历生日是同一天,我们可以一起过生日。既节俭又浪漫,连礼物钱都省下来了。第三,也是最重要的——我们都姓赵,以后孩子跟你姓,我无所谓。"

我的歪理让她笑得前仰后合:"什么跟什么呀,连姓氏都要占我便宜。"

正在她乐的时候,我说:"我是认真的,你怎么样?"

"不好。"她笑笑说,"我能做什么呢?"

"你不用做啊,我可以养你。"我说。她沉默了。

"我不喜欢整天待在家里游手好闲,做全职太太。我甚至想象不出自己每天和油盐酱醋打交道的样子。对于这样的生活,我不但抗拒,甚至有点恐惧。"紫鹃说。

我每天坐公交车上班,总是会出神地望着窗外想些什么。想到我的话,我会不自觉地笑起来。

也不记得是哪一天了,我对她说:"你昨晚睡得好吗?我一晚没睡好。"沉默了一会儿,我接着说:"我要告诉你一件事情,你不要生气。我以前有一个女朋友,我们在一起半年,她长得很漂亮。那时的我太爱玩,不能专心学习,她也管不住我,于是这段感情在双方家长的强烈反对下结束了。"

说这句话的时候,我感到紫鹃有点儿吃醋。

紫鹃沉不住气地说:"你知道吗,我是健康风青年女模特大赛的亚军。"

我不知道她把这件事抖出来是抱着怎样一种心态,是想在我面前炫耀一下自

己,还是想证明自己并不比别人差?她甚至还告诉我,她有男朋友了。我问:"你说的是在我离开武汉去北京的时候你告诉过我的那个男孩子吗?""没错。"她很快地回答。只有这时,她才露出了一丝不动声色的得意,也许是满足了一下她的虚荣心。

我和她似乎已经从网络走回了现实,我们却显得既熟悉又陌生,在网上那种轻松诙谐的日子似乎也回不来了。网络和现实毕竟是有差距的。在网上可以一遮自己的本性,可以混淆自己的性别,可以随心所欲地谈自己的感想。但是回到现实中后,发现很多东西并不是你想象的那样,我们有很多事要顾忌,有很多人要顾忌。我和她也许就是因为这点,我感觉到了我们的疏离,在脆弱的网络中。

快过年了,工作也渐渐忙了起来,在春节长假之前总是有很多事情要完成。

在公司宿舍的落地窗前看绚丽而又短暂的烟花,一朵朵烟花在我的头顶绽放开来,似乎触手可及,但是又摸不着丝毫。零点的钟声响起,夹杂着祝福的电话。窗外烟花灿烂,我却突然很伤感。若涵和紫鹃都不在我身边共同度过这贺岁的时刻。

这世上到底是谁最爱我?而我又最爱谁呢?谁能每年都陪我看这零点的烟花呢?一滴泪慢慢渗落,这是我今年的第一滴泪。

情人节的这天还是和紫鹃以及龙刀、高阳他们在酒吧里度过。我没有送她礼物,她也没有送我礼物。这是第一个不和若涵一起过的情人节,是我在这种场合和紫鹃的第二次见面。整整一天我都很失落。还没过完年,紫鹃来了。紫鹃说,长假期间还是要多陪陪你。

我总是会回忆我和紫鹃初识时的日子。我清楚地记得我们在酒吧第一次偶遇,我穿着一件红色T恤向紫鹃走去。我在她身边坐下来时,紧张得脸一下子莫名其妙地红了。为什么当初那种脸红心跳会不复存在?为什么当初那种感觉会不复存在?时间的杀伤力真的有那么大?

当我把紫鹃这个名字慢慢淡忘的时候,她却又突然回来了。她的出现使我措手不及,我想躲开她,但还是和她鬼使神差地去了周家大湾的练歌厅,因为她找到了我。

我也记不清我们五六个人喝了多少酒,我只知道几个朋友都喝得醉醺醺的,我听见龙刀一首接一首地唱着情歌,我都不知道他歌唱得这么好。

紫鹃问我:"小磊,你知道今天是什么日子吗?"我一脸茫然地摇摇头。

紫鹃说:"今天是我们'相爱'两年零两个月,我们相恋的那天是一月十一日。"

不想知道紫鹃怎么会把这些日子记得这么清楚的,只是在她说这些的时候,我的心被什么磕了一下。趁着高阳和龙刀他们熄了灯蹦迪,在灰暗的光线下,我开始吻她的额,她的眉,她的眼,她的嘴角,温温柔柔的。当我吻到她的唇时,却变得很热烈、很霸道,深深地、深深地吻她,一次又一次……她喘着气偎在我的怀里,乖得像只猫。

在那一秒钟,她作了一个决定。

她对我说:"娶我吧,两个月之内。"

我说:"好。"只是这一秒钟,我想我是爱上她了,那一秒钟我是认真的。

在以后的网上,我和她再提起这件事时,我想我们都不是认真的。我们像办家家一样地在说这件事,轻描淡写的。我们甚至开始互相挖苦对方,很极端,可是心很痛,都有点不像自己了。

有人说,一次告别,天上就会有颗星熄灭。我是真的看到一颗星星熄灭了。我曾经看到这颗星星精神地眨着眼,我曾经和这颗星星每晚说着话,但是这颗星星的坠落是那么迅速,那么冷漠,就如若涵埋葬了自己的OICQ,也许只是为了忘记我。

No.24　算命先生

星期天,陪着龙刀去看他新交的女朋友。龙刀小时候身体不怎么健康,而且经常贫血,思维好像还停留在儿童时代,说话又不太利索,更不用说交女朋友了。突然听到他要我去把把关,看看他交的女朋友怎么样,为了朋友,我只好随他去约会。

满怀欣喜地去,竟然看到一个身形枯槁,二十二岁还自以为很年轻的女孩从公交车上下来,我发现那女孩不仅矮而且佝偻驼背,不仅如此,还带出一个恐龙一起蹭饭。那顿饭我胃口全无,郁闷啊。

想起我曾经问高阳的一个问题,我问他:"武汉的美女都死绝了吗,怎么大街上看不到?"

高阳说:"你当然看不到,她们都在车子里。"

难道现实中的漂亮美眉全都被有钱、有车、有成就的款爷,或者油嘴滑舌、衣着时尚的帅哥,或者冷漠无情、刀头舔血的酷哥给挖走了吗?一顿饭咽下,只想开溜。

忽然想起紫鹃,至少她比较单纯,而且前两次我们还一起看恐怖片,实在有趣。打电话给她,她说她发烧咳嗽。

"那我岂不是更要去了?"我对着手机喊着。

出了餐厅,我执意让龙刀送那两个恐龙,那俩恐龙真是懂人心思,也执意要我们不用送,龙刀犹豫半天,还是决定送她们一程。

如此甚好,把他们三个都甩开了。在往女子医院去的路上百无聊赖,那种自以为是天之骄子的落寞、凡尘的怀才不遇感油然升起。

说来也很巧,路边刚好有个算命先生被我无意中碰到了,因为走路不看路,我把他的签筒踢出一米远。

算命先生马上拉住我的衣服说:"看来你今天撞大运了!"

我不好意思,赔礼道歉,然后问先生:"是撞霉运了吧?"

先生的头摇得像拨浪鼓:"非也。你撞上了签筒,这就是撞大运,要知道这只签筒比我岁数还大,它是我爷爷传下来的,况且它在这里摆了整整六年,从来没有被人撞倒过,你是第一个,所以你必须得让我给你好好算算。"

我是一个相信命运的人,不假思索地径直走上前去,很虔诚地坐在他跟前。我们讨价还价一番,"卦银"终于以三块钱成交。先生对我摇头晃脑地大吹特吹一番,说我有青龙相助,明年事业会有所转机,很快就会挂印,最少也是个正科级,如果朝东走的话,还会碰到贵人相助。我半信半疑,不过心里有了前所未有的快感。

末了,我给他三个钢镚儿,抬屁股要走,没想到先生又拉我坐下。

先生正言厉色说:"小兄弟,你这个命真是好啊,这要是在珞珈山,我要收他五十块,既然咱们这么有缘,你就给个十块吧。"

我笑嘻嘻地说:"您腿脚倒很硬朗。您看这样好不好,如果正应了您的吉言,要是我明年真的遇到贵人,能让我大展宏图,我就回头再给你一百块,一千块也行啊。"

先生也是嘿嘿一笑:"哦,我已经算过了,你大展宏图之后我们就不会再碰面的。"

我们都是一笑,我又递给他两块钱。给完钱很快到医院,紫鹃正在大门口等我。这时候我猛一拍脑袋,忽然想起来:"唉!怎么就忘了请教先生我的桃花运如何啊。"

来到她的寝室,又看见一个美少女。与那美少女闲扯几句,把她手中的书拿来一看,原来是《女性生理……》。

我慌忙将书摆进她怀里说:"对不起,实在对不起。"那女孩抬臂接过书大方一笑,不过我的眉头却想打皱,一股很重的汗味扑鼻而来,不知道是她还是紫鹃没有洗澡。

紫鹃正在用电饭煲煮鸭梨,可以治咳嗽。

她歪着脑袋问我:"这么煮的鸭梨好吃吗?"

我笑笑说:"好吃。"

她也诡秘地笑道:"那你先尝尝看吧。"

作为一个男人,正是表现气概的时候,况且吃鸭梨也不是什么上刀山下火海的事。她拿出碗筷,我细细品尝。三人欢快不已,谈笑间得知那个美少女叫依婕,今天刚满十八岁。我立即提议到外面给依婕过生日,紫鹃背对她瞥我一眼,鼓起小嘴,好像有点醋意。她马上又转过身对依婕笑笑。我们在湖边点了些东西,聊了起来。

这期间龙刀打电话过来:"兄……兄弟,你今天好像不太高兴啊。"

"我现在挺高兴的啊。"我淡淡地说。

"啊……为什么啊?"他问道。我把和小护士在湖边过生日的事情一说,那边立即捶胸顿足,表示后悔莫及。龙刀接着问我那俩恐龙如何,我劝他不要再接触了,看多了人会瘦的。

他又问:"为什么啊?"

我说:"因为一看就想吐,吐多了人自然就会瘦。"

挂了电话,依婕马上问我:"什么东西看了人会瘦啊?"

"嗯?!"我惊讶,不知道如何回答。

"我正愁没办法减肥呢。"依婕笑道。

我慌忙说,我是跟朋友开玩笑说的,其实没有什么东西可以看了就减肥。

第二天上班,到上午十点来钟时,觉得很不舒服,我意识到自己发烧了。

我烧得有些迷糊,和紫鹃通电话,说自己实在是冤枉,连她的手都没碰一下,居然就被传染了,早知如此还不如一亲芳泽再得病。正所谓:牡丹花下病,发烧也风流。她支支吾吾没有应答我病后要亲她的要求,然后利用职务之便帮我找药。

我坚决不打针,从小到大就怕打针。紫鹃通过高阳把药捎给了我。我打电话向紫鹃表示感谢,顺便一聊,没想到紫鹃的病情加重了,我顺口问:"你想吃什么?我做给你吃。"

"真的?"她这么一问,我立即后悔了,却也只能硬着头皮说:"嗯,我要是实在做不到,就买给你吃嘛。"

紫鹃说:"我想吃肉泥汤,每次我生病后,妈妈都做肉泥汤给我吃呢。"

我此时已经调整心态,最近听爸爸教诲,要是自己不会做吃的,万一老婆病了、累了、气了或是回娘家了,那岂不是要饿死?那就把她当一试菜的吧。

No.25　四个人的约会

打开冰箱,找出一块肉,操刀而起。突然想起镇关西,说不定镇关西当年也是操刀为红颜的,只是没想到干一行爱一行钻一行,成了"剁肉岗位能手",带领"最佳青年剁肉突击队"在屠宰业混出了名堂,居然可以把名号上到世界名人录——《水浒传》。

妈妈闻声而至,面带疑惑地望着我。我慌忙解释:"我这是给龙刀做的,我们约好一人做一次菜给对方吃,看看谁做得好。"

妈妈没往深处想,因为我行事一向不循规蹈矩,妈妈倒是乐得我学习做菜,并亲切指导我该在什么火候、程序,放什么样的作料。我也没想到妈妈这么亲切指导是另有所图,肉泥汤刚一出锅,她立即就笑眯眯地截流一半给她老公。

我心里不舒服,就嘀咕道:"这年头吃回扣的人可真多!"

"你说什么?"妈妈端着汤回头问我,我连忙赔笑,鞠躬。

"嘿,你这个臭小子,怎么说话的你?"妈妈唠叨着端着汤出去了。

"唉,一半汤没了!"我叹道。盛汤时惊喜地发现,幸好保温壶容量有限,要不然拎着半壶汤去看病人,人家还以为是我在路上偷喝了呢。

我和龙刀来到医院,紫鹃提出要到湖边看风景,我们便慢慢散步过去。一路上我还是闻到那一股子汗臭味儿。和紫鹃一聊,才知道原来依婕有狐臭。心里不是滋味,邪念顿消,后悔起那天还请客为她过生日。不由得看了几眼正磕磕绊绊和依婕聊天的龙刀,他们聊得正欢,龙刀好像也不怎么结巴了。还从来没想到湖滨镇建设得这么快,三三两两的闲人坐在夜宵摊或一对一对分散在湖边大堤的台阶上。河面上暗流涌动,神秘的船只隐现河面,远处的灯塔在黑漆漆的夜幕里闪现一点红光。

我不由得心中有些感慨:"自己究竟什么时候才能换个活法呢?"龙刀和依婕在临河而设的夜宵摊上吃我带去的肉泥汤,紫鹃和我并坐河岸台阶上,望着河面的夜色出神。一阵河风吹来,我顿时觉得有些冷,和紫鹃对视一眼。

她说:"你冷吗?"

我微微一笑:"冷,但我怎么也不能让你把外衣脱给我啊。"我把手伸到她的胳膊下,她的胳膊和弯曲的腿之间形成了一个温暖的空间。

我说:"会不会觉得我这样太冒昧了。"

紫鹃说:"不会啊,我哥哥也这样取暖的。"

我真的觉得很暖,紫鹃有一米六四,显得很挺拔,皮肤白皙,不过没我白。

大部分女孩见到我都会羡慕地说:"啊哟,我要是有你这么白的皮肤就好了!"我也会顺势说:"不如你亲亲我,看看能不能把皮换过去。"

紫鹃却没有羡慕我的皮肤,只是默默地坐着等我说话,不知道是因为这样的情境还是别的,前几次和紫鹃接触她并没有这么腼腆,相反地,很是活泼。和紫鹃认识是在一次聚会,女生们都到齐了,唧唧喳喳的。我还和高阳私下议论,高阳问我哪个长得最甜,我觉得陈子超算是其中相貌最甜的,高阳也是我多年的好兄弟,他也说觉得陈子超长得最甜,那他就追最小的紫鹃吧,结果高阳把她约出来聚了两次就没联系了。我先是和最甜的陈子超接触,后来最小的紫鹃又和我来接触。

正和紫鹃边看风景边有一句没一句地闲扯,忽然结巴的声音隔着老远划破宁静恬美的气氛说:"好了没有,依婕要走了。"

我心中骂他不懂事,说:"她走干吗?你再和她聊两句。"

结巴磕磕绊绊说:"我……聊不到,她……不愿和我聊,要先回去了。"

我心中暗骂,下次绝不能再带他来了,我好心好意带他认识个美眉,他领不领情倒是次要,再怎么也不能破坏我的好事啊。

此时紫鹃的手机响了,是依婕打给她的。

没办法,只好送她们回去了。

就这样,我和紫鹃又单独约会了几次,基本上都是到湖边。

直到一天高阳找我说:"在家待着也实在够无聊,什么时候上街玩吧。"

我笑说:"好啊。"他打电话约好紫鹃,晚上上街。虽然我不太愿意和他一起去见紫鹃,却又找不出什么理由拒绝。

No.26 莫名其妙

又是在湖边,我现在发觉这个湖滨镇让我着了魔似的,我一个人的时候也会来这里兜风。

三个人相处实在无趣,我越来越觉得高阳碍眼。

我提议回去,高阳说:"刚才紫鹃说是要去那边看灯塔。"

紫鹃正在用手机猛聊,估计是头一次用手机,那股新鲜感还没过去吧,也许她

不知道电话费有多贵,再者就是家里很有钱,不在乎。

我睨了高阳一眼说:"她真的说了吗?"

高阳赌咒似的说:"真的,说了。"

我说:"哦,那你陪她去吧,我赶公交车回去。"

"好吧。"高阳很积极地答应着。

上了公交车后,忽然碰到高阳的前任女友梁婧。当年我还为了他们的事忙前忙后,又是找房子,又是劝和解,结果他们还是分手了。

梁婧冲我一笑,这笑中似乎有款款情意飘来。

她甜甜地说:"好久不见啊,你怎么总是不理我?"

我一愣,张口说:"啊?没有啊,我没有不理你啊。"

梁婧娇嗔道:"你都不找我玩。"

我这才明白,笑笑说:"哦,不找你玩就是不理你啊?我最近比较忙嘛。"

"是不是谈了女朋友啊?"梁婧的大眼睛滴溜溜转着。

"嗯……还没有,你呢?有男朋友了吗?"

"有了,他对我挺好的。"梁婧回答得很干脆。

那时候我和高阳、龙刀、梁婧三人玩在一起,我没少为高阳的事操劳,到最后因为梁婧和他分手,反倒怪起我们来,我们为了避嫌就只有少和梁婧接触了。不过在和梁婧接触的时候,我也幻想过和梁婧有一腿,但被自己的理智坚决地、肯定地打消了这种念头。一来那是兄弟的女朋友,道上有句话我向来很遵守,那就是"朋友妻,不可欺",对此我绝对不能有任何想法。二来欲望和爱情还是有分别的。三来梁婧小小年纪就懂得玩弄手段,让大我两岁的高阳神魂颠倒,我怕将来惹麻烦。不过仔细想来自己又为什么会对梁婧有些想法呢?高阳老早就告诉我,梁婧对我有点意思,我也感觉出来了,恐怕这也是勾起我感觉的原因之一吧。

正在遐想间,紫鹃电话打来问我:"你在哪里?"

"我在车上啊,我先回去了。高阳没和你说吗?"我有点纳闷。

"高阳?他没和你一起回去吗?"紫鹃反问道。

"没有啊,你不是说要看什么灯塔吗?高阳说要陪你一起去。"我喊道。

紫鹃有些生气,大声埋怨道:"你走怎么也不打个招呼?"

"我看你在那里打电话,没机会说啊。高阳没和你在一起吗?"我又问一次。

"没有,我们走散了呢。"紫鹃咕哝着。

"那你赶紧打个电话给高阳吧。"我说。

"不了,不了,我也回去了。"紫鹃说得有点急。

我故作关心地说:"那我让高阳打个电话给你吧。"

"不用不用,你千万别打,我不会接的!"紫鹃慌忙说。

"这……你们都走散了,他一定到处找你呢,还是打个电话给他好一点儿。"我说。

紫鹃着急地说:"你千万别打电话给他。再见!"

我正要拨高阳电话,梁婧微笑着问说:"女朋友啊?"

我一笑,说:"不是……"

紫鹃为什么不让高阳打电话给她呢?我又拨紫鹃的电话,对方关机,又连续拨了好几遍,还是关机。

梁婧眨巴着疑惑的眼睛说:"怎么了?"

我微笑说:"没什么。"

我不太想让梁婧知道我感情上的事情,又怕她追问,便和她闲扯起来。

快到公司时,电话响起来,高阳打来的:"你接到紫鹃电话了吗?"

"接到了啊。"我奇怪地说。

"怎么说?"高阳急忙追问。

我就把原话大致说了一遍。

高阳有点生气地说:"你怎么不打个电话给我?这么晚了你也放心啊?我还以为她被人绑架,或者是手机被偷被抢了呢!"

我不好意思说:"哦,我碰到梁婧了,忘了这茬儿。"

高阳顿了顿,又说:"你到家了吗?要是还没到,我们聊一会儿。"

"好,你到我们公司后给我电话。"我说。我和高阳经常晚上出来散步聊聊心事。

我们公司和交通银行连在一起,生活区面积很大。梁婧的家比较偏僻,以前我、龙刀、高阳总是送梁婧回家,这次也不例外,因为她毕竟是个单身女孩,要是出了什么事情不太好。

送到她家楼下后,梁婧忽然笑着甩出一句:"你以后要是结了婚,难保不会出轨。"

我靠!什么话啊。我心里想着,我好心好意送她回家,居然甩给我这么一句。

碰到高阳,高阳心情极度不爽。

"她居然关机!我长这么大从来没被人这么侮辱过。"高阳气愤地说。

"女人真是很奇怪的动物,就说梁婧吧,我好心送她回家,她断定我结婚后会出

轨呢。"

高阳愤愤说:"要是这样,我以后都不会去找紫鹃了,这是干吗啊,真是莫名其妙。"

"算了,其实也没什么。可能她有别的隐情吧。"我劝他说。

No.27 与狗共舞

都说"世事难预料",果然不假。如我这样颇具斗狗伟绩的堂堂七尺男儿,有朝一日竟输给一只玲珑的小白狗。

如果有人问我最怕什么动物,我会脱口而出:"狗!"

且不论黑狗白狗或是大狗小狗,我一律惧之。过去怕狗,只局限于那种长脸、尖耳、獠牙、利眼,中等身材的普通狗和与狼狗称兄道弟的大狼狗,它们"嗷嗷"的狂叫常令我心惊不已。记得上学的路上,一只被拴在屋顶上的大号狼狗,其身材魁梧,叫声雄厚有力,威震四方。第一次打那儿经过时,并不知有"狗大人"在上。正嬉戏间,忽闻"嗷"的一声,如半天里响了个霹雳,我顿时吓得魂飞魄散,骨软筋麻,接着"嗷嗷嗷呜嗷",那狗摇撼着栅栏一声比一声响亮,一声比一声干脆利落,吓得我差点当场昏死过去。

但我明白,我不会对自己如此不负责任,我必须坚持住,决不能倒下。于是心中唯有一个意念——快逃。自此,每当路过"狗大人"的门庭,总是小心翼翼,生怕惊动了"狗大人",惹它老人家"狗颜大怒"。当然,狗亦有束手无策干瞪眼的时候,这时我们应当乘机对其大欺特欺。当我还在念小学时,奶奶家旁边的大院子里养了一只"超级霸王型"狼狗,估计直立起来比我还高,大概有一米八,其凶悍勇猛自不必说,常仗着身材优势耀武扬威,称霸一方,平时闲得无聊总爱练练嗓子,每练必惊得人心跳不止,血压猛升。它练够了便趴在地上仰头望向远方,咧着嘴磨它雪亮的獠牙,喉间还发出低沉的"呜呜"声。

我总盘算着怎么杀杀它的威风,却一直只有理论而未付诸实践。那年在奶奶家里过年,兄弟姐妹都已到齐,我们白天一起放鞭炮,有一种叫做"霸王花"的炮特带劲,三枚齐发,威力惊人。我顿生一计,想用它练练狗,我们爬上楼居高临下实行空投,直射目标。可惜每投不中,"狗大人"恼了,冲着楼顶"仰天长啸",声势威猛,表现出凛然不屈的壮志。如此六七回,那狗耐不住性子,竟用它的血肉之躯叼着爆炸物人说"吃一堑,长一智",岂料"狗大人"乃"四肢发达,头脑简单"之辈,似乎嫌一只"霸王花"炸得不过瘾,抑或心存不服,竟接二连三地叼起霸王花,然后的一刹那,花儿在它的嘴中开放,它被炸得血肉模糊方仓皇逃回狗府。

次日,以我为首的"兄弟连"继续对其实行炮火攻击,惹得"狗司令"在城下又叫又跳,两眼泛出凶光却只能干瞪眼,它终因患"精神病"而惹了不少祸,每当听到巨大的响声便怒吼着出来开战,"出口伤人",那是后来的事了。再后来,它进精神病医院做了"狗支队队长",在一次群殴中光荣就义。这是我的"斗狗史"上最最光辉灿烂的一页。

我对狗的种类没有太多研究,说不清它是属于哪类的狗,只有简单作个描绘了。

今天骑着脚踏车去公司上班,遇到一只小白狗,长得跟中年巴儿狗差不多大,一身不长不短的白毛,两只香蕉皮似的黑耳朵,脖子上挂着小铃铛,给人感觉绝对文明。那天傍晚它摇着铃铛从我身后跑来时,我正将脚踏车靠在路边拉我上衣的拉链。虽说心里想着"不过一条小狗,怕它做甚",但出于对狗天生的畏惧,在它从我身边跑过去时,我仍对它行了紧张的注目礼。它就像一团跃动的雪球在前面小跑着,应该是还算可以的小狗,至少它应该不咬人吧。哪知这小浑蛋竟触电般地回转身,两只灯泡似的眼睛恶狠狠地瞪着我,仿佛一位少侠遇到了自己的"杀父"仇人。不,应该说像一支刚中箭的斑斓猛虎瞪着狡猾的射手。

什么都比不上它瞪我时的眼神,那是我见过的最凶狠的目光,其中透露着无限的野蛮与凶残。我立马认识到自己的处境有多险恶,我明白我应该做什么。于是我踏着车子向它加速,它灵活地跳在一边,接着,一场追击战全面展开,我没命地蹬着车落荒似的逃,小白狗在我脚边狠命追。虽说鄙人最终逃过了这一劫,但我十七年来辛苦攒下的脸面算是毁在这小白狗的手里了。

有句话叫做"不是冤家不聚头"。从那以后我便跟此狗三天两日地狭路相逢。有一天傍晚它正在街角埋头享用百家垃圾荟萃的满汉全席,我骑"驴"从它旁边经过,顿时怒火中烧,心里想着"兵不厌诈",何不趁此偷袭,但终因担心再次被疯狗追击于大街之上而毁了猛男形象,只得含恨离去。从此再未谋其狗面,不知它又到哪儿成就霸业去了,却给我留下了"一朝被狗欺,十年怕狗铃"的后遗症。

狗的可怕并不仅仅表现在它的凶残,即使面对一只十分温驯的狗,也千万不可放松警惕,指不定啥时候,它会搞得你狼狈不堪,只恨不能找个地缝钻进去。

犹记前年夏天去乡下舅妈家住了几天,与"亲家狗"一起出尽了洋相,舅妈家的那只狗是我有生以来见过的最温驯、最通人性的狗。我常说它有一股"灵气",这可

不是吹的,它可以从几个陌生人的稍有差别的表情中看出谁是亲戚,谁是朋友,谁跟自己没关系。它还会主动为你挡住另一只凶悍的大狼狗的追击,它能……每当我对它指手画脚、吆三喝四,然后再看着它顺从地遵照我的指示行动,且勤勤恳恳任劳任怨时,对我这个生来怕狗的人来说可谓成就感十足,自视为统治万物的神灵。

正当我飘飘然得意忘形之际,它却给了我当头一棒。为了追求一只母狗,在一个夕阳西沉晚霞缀满天边的傍晚,它趁我不留神从我身边溜出了院子,幸亏我及时发现,抄起根细细长长的橡皮筋追了出去。经过一场历时半个钟头的惊心动魄的围、追、堵、截,我终于在几次失败之后,成功地将橡皮筋拴在了它的项圈上。而"狗亲家"亦深谙"坚持到底,就是胜利"的伟大真理,并将爱情化为动力,在很有弹性、很有松紧度的橡皮筋的拉力下,依旧向前冲,我担心挣断橡皮筋弄得个"狗财两空",而不得不屁颠屁颠地跟在它后方瞎跑,距离时远时近,橡皮筋时紧时松时短时长。那是一种怎样的狼狈啊!一条变态狗用橡皮筋牵着因跑掉了一只拖鞋而一跛一拐的我窜遍了大街小巷,人家听说外面有耍杂戏的都停下手中的活,有的甚至端着饭碗出家门亲临大街免费观看这场闹剧。

面对兴致高昂的人群,我的脸一阵红一阵白,想想这烂狗也太不给我面子了,自己神经系统失调也就罢了,干吗还要连累我?!简直破坏我的形象,有辱我的尊严,对我名誉造成了极其不良的影响。我必须维护正义,除恶扬善,斩妖除魔。想到这儿,我顿时怒火中烧、义愤填膺,甩掉另一只拖鞋,大吼一声,加速向前,终于冲到了它的前面,并及时恰当地来了个一百八十度急转身,将它拦住。

"狗亲家"显然为我的威怒所震慑,喘着粗气,心惊胆战地看着我,摆在我面前的是一场正义与邪恶的较量,我狠狠地瞪着它,扔掉手中的橡皮绳,伸出右手抓住它脖子上套的项圈,用左手揪它的耳朵,用力将它腾空拎起。这大概是最精彩的一幕吧,因为在我拎着它往家里拖的时候,路边已经有不少人乐得捂嘴拍巴掌了。

晚上,我作出了一个英明的选择。

第二天卷起铺盖打道回武汉,自此对狗的深恶痛绝更进一步。

No.28 趁机牵手

紫鹃打电话给我,她表姐给她一份医院的合同,实习后就可以在女子医院上班,她问我该不该签。

我说好啊,女子医院工资还可以。下午她打电话给我,说她已经签了合同。我顺势提出该庆贺一下,不如请我喝一杯,她答应了。

到了湖边,我要了瓶绿茶。喝得差不多后我又提议,既然你请我喝茶,我就请你看电影好了,反正也好久没看电影了。我们来到电影院,只有三个人,有些闷热。放映的是刘青云、蔡卓妍演的《恋上你的床》。她就坐在我的旁边,我们似乎都有些拘谨,这不太正常,如果我们心中都很坦然就不会有这种拘谨,看着看着,忽然很想牵起她的手。

我想了半天,终于说:"你上次发烧打吊针的针眼还疼吗?"

"还有些疼。喏,你看这针眼还在呢。"紫鹃伸出手娇嗔。

我顺势拿起她的手说:"我看看。"这不是第一次碰她的手,而是第一次握她的手。第一次碰触是高阳请吃饭的那次,我给三个小护士看手相。是不是觉得这招很老土?但我看手相却比较准,可以把一个人的性格脾气说得八九不离十,而且我有个习惯,从来不给男人看手相。我第一次握住了紫鹃的手,她没有想要挣脱,相反和我的手交叉在一起,握得很紧。

她的手很潮湿。可能是天气闷热的缘故,她很想把衣服扣子解开,我鼓励她解开,并保证不偷看。她却说:"我知道你不会看,但我还是觉得不好。"

她居然相信我不会偷看,虽然我确实不会出尔反尔,但这样的心思不能说一点都没有。

正享受着牵手的心跳,电话突然响起,让我心跳又加速了少许。

原来是八婆的爸爸。他身为人民警察,对我的事情却很八婆,会忍不住和一些看似关系不错的人吹牛。

我怕他对我的事情宣扬后产生不必要的麻烦,就撒谎说:"我在街上看电影。"

我爸的声音立即变得暧昧柔和,笑说:"你和谁呀?"

我高声说:"我一个人。"

我爸立即换了一种怀疑的口气:"不是吧?是和女孩子在一起吧,是不是那个哑女?"

我的心有点抽搐,尽量忍住伤痛说:"没有。"

"你一个人看电影?"我爸显然不相信。但我要的并不是他的相信,而是他不知道真实情况,我不想这种还不稳定的感情被外界的言语左右。

看完电影后我们沿着湖边散步,准备一直走到我坐车的地方。

刚走没多久我又牵住了紫鹃的手。

两人说着一些并不重要的话,只感觉开心就好。她忽然说起高阳。

"那死胖子现在还在家玩游戏吧。虽不够勤快,但却比你还要能侃,比你会哄女孩开心。"这是紫鹃对他的评价。我自己也有同感,但我不认为我不如他能侃,我只承认不如他那么活泼。

紫鹃说:"我答应他考虑一个月的时间。"

我说:"我知道。"

"我什么时候告诉你这件事的,我怎么不记得?"紫鹃疑惑地问我。

"我记得就行。"我漫不经心地说。

紫鹃当然不记得,那次高阳被一个人丢在湖边后,回来告诉了我一些事情。

当时我们一起在龙刀家看恐怖片,我和龙刀在里屋,高阳想要牵紫鹃的手,并对紫鹃说:"如果你不说话,就代表默认。"

紫鹃却说:"我觉得有些对不起他。"

这句话一出口,我就知道紫鹃对我和她关系的认同已经不一样了,否则何来"对不起"呢?

我笑说:"我都没觉得对不起他。你又没有答应过他什么。"

和她走在路上,无法像在电影院中那样拨弄她的手指,但这也不错了。

坐在车上时,我开始考虑这些事情向谁说,最后决定谁都不说。也许这就是成熟吧。

回到家后给她打电话,她又关机了。

她后天晚上过来玩,不知道熟人看到了会怎么说。

其实我也无所谓,既然是事实,迟早会被发现,但迟发现会对两人关系的冲击要小得多。

No.29 爱情是自私的

下午我到高阳家,和那胖子谈论了许久。

他说紫鹃已经在网上答应做他的女朋友,虽然我相信高阳不会欺骗我,但我对高阳的汉字理解能力怀疑,紫鹃是不是真的答应,还是他自己会错了意。如果是他会错了意那还好说,可如果紫鹃真的是那个意思,就太奇怪了。

因为我前天还牵了她的手,她还说觉得有些对不起高阳。

看着高阳,我若有所思地说:"如果哪天你也牵了她的手,我一定会退出。"

高阳笑说:"那多没意思呀。而且照你这么说,你现在就该退出,因为那天我已经牵了她的手了。"

我笑笑说:"那不一样,她并没有答应你什么。"

"她答应你什么了吗?"高阳把我们两人的行事风格解析了一番,并说他的速度一定会快过我时,我忍不住把牵手的事情告诉他,他沉默了一会儿说:"如果是这样的话,那我们就各自为战吧。不过,我不希望因为这件事影响我们兄弟之间的感情。"

"那是绝对不会的,如果她真的是那种两头挑事的人,我一定会退出。"我信誓旦旦。

"紫鹃到底是个什么样的人呢?1990年出生的小女孩究竟有多少心思?是觉得我们两个人都不错,所以犹豫不决,还是下个套让我们俩钻进去顺便看看自己的魅力有多少?"我胡思乱想着。虽然我和高阳一致认为不会为这件事情闹翻,但绝对会在事情真的出现后尴尬。此刻我的心绪有些波动,很久没有这种波动了。

爱与被爱,本来就和猜测、迷惑是分不开的,只是事情的复杂让自己有些不适应。

下午接到紫鹃的电话,她晚上要来我这里。她问我还叫了谁,我说叫了龙刀和另一个朋友,她说好啊。

我问她要不要叫高阳,她说:"算了吧,他晚上……好像有人请他吃饭,他打电话给我的,我也不知道。"

紫鹃不想让我以为她和高阳有联系,但她不知道我和高阳的关系非常铁,几乎能谈的都谈。不知道她到了我这后,我会不会忍不住试探她一些话,估计非常难,而我又不能把高阳给卖了。

谈话中高阳曾说:"你已经陷下去了。"

不错,但我完全可以拔出来,只是会留给我很多思考。我有自己的生活重心,但这种美好的感觉我也不愿轻易放弃。

就等紫鹃来吧,看看会是怎样的情形。

No.30　转向思维

我们不会在三分钟内成功,但也许只要一分钟,生命从此不同。

趁时间还早,我打开电脑上网,这样打发时间要快些。上线后紫鹃也在线上,于是又聊了起来。

不久前,某个网站做了一个趣味性的心理调查,很有意思,问所有的女人:"《西游记》的四个师徒让你选,你愿意嫁给谁?"结果是猪八戒胜出了。女人擅长使用"排除法",她们说,唐三藏有什么好?遇事百无一用,只会念阿弥陀佛,还贪生怕死,不阳不阴,想守戒却敌不过蜘蛛精的攻势。孙悟空也不好,给人念了紧箍咒,只会给领导卖命,一翻筋斗就是十万八千里,这样的人女人哪里能管得到?这种人必然不顾家,嫁给他日子必然过得不好。沙悟净人太老实,没情调,没意思,没个性,没滋味。猪八戒有感情,会享受,懂生活,会说甜言蜜语,不安分,使人牵肠挂肚,正是时下最受欢迎的情场高手。

还真有她们的道理。以前的女人选的必是唐僧,因为他毕竟是个长相较好的白面书生,比较没有七情六欲,如今这样的男人已经失去了行情。人生的喜怒哀乐也可以因为角度不同而转向。网络上,网友们也传递着各种"转向思考"的文章。最有趣的一篇短文是:"有个失恋的人在公园里头,因为不甘心而哭泣,遇到一个哲学家。哲学家知道他为什么而哭之后,没有安慰他,反而笑道:你不过是损失了一个不爱你的人,而他损失的是一个爱他的人,他的损失比你大,你恨他做什么?应该不甘心的人是他呀。"

忽然想起再趁势追一下紫鹃,于是想让她猜谜语。

打开聊天窗口我对她说:"猜谜语好吗?"

她说:"我在上班呢,猜什么谜语!"

见我不回话,只发给她一个尴尬的表情。

她又说:"那好吧,但只能猜一个,多了我不猜的。"

我立即说:"好吧,就一个谜语,不过有点长。"我发过去:1.日月争辉;2.无头丈夫;3.称断人和;4.日渐上升;5.心口不一;6.人立衣旁;7.四犬归夕;8.雨下盖友;9.鹅鸟先飞,打9个字的一句话。

她马上就回复:"我晕,你这是9个谜语了啊,说了我就猜一个。"

我说:"这就是一个谜语,打9个字的一句话。"

紫鹃大概想了半天,发来一个"流汗的表情",说:"你这个不规范吧,你自己瞎编的吧?"

我说:"猜得出吗?"

她说:"无能为力。告诉我答案吧。"

我说:"明天你是否依然爱我?"

她说:"不爱!!!"

我说:"我也晕,这是谜底啊!"

她发来一个"尴尬的表情",说:"原来就是这9个字啊。"

我沉默。也许察觉到了我的沉默,她说:"我们来玩玩更简单的转向思考游戏吧。"

我说:"好啊,请出题,我最擅长这个。"

她说:"如果你家附近有一家餐厅,东西又贵又难吃,服务生很不客气,桌上还爬着蟑螂,你会因为它很方便,因而一而再、再而三地光临吗?"

我说:"应该不会吧。你一定会说,这是什么烂问题,谁那么笨,花钱买罪受啊?如果你是个美食家,必然觉得这种愚行不可原谅。不过,让我们换个角度来想,就会明白自己或许做过类似的蠢事。不少男女都曾经抱怨过他们的情人或另一半:品性不端,三心二意,不负责任,让自己虚耗青春,付出许多代价,又不能遵守承诺,明知道在一起没什么太好的结局,未来不会比现在更幸福,恨已经比爱还多,但是却'不知道为什么'还要与他搅和下去,分不了手,说穿了,只是为了不甘心,为了习惯,这不也和光临烂餐厅一样?"

她又说:"如果你不小心丢掉一百块钱,只知道它好像丢在你走过的某个地方,你会花两百块钱的车费去把那一百块找回来吗?"

我说:"这又是一个超级蠢问题,对不对?可是,相似的事情却在人生中不断发生。做错了一件事,明知自己有问题,却死也不肯认错,反而花加倍的时间来找借口让别人对自己的印象大打折扣。被人骂了一句话,却花了无数时间难过,道理相同。为一件事情发火,不惜损人不利己,不惜血本,不惜时间,只为报复,不也一样无聊?失去一个人的感情,明知一切已无法挽回,却还是那么伤心,一伤心就是好几年,比那段感情存在的时间还长一些,借酒浇愁,形销骨立,一点用也没有,只是损失更多。"

她接着说:"你会因为打开报纸发现每天都有车祸,就不敢出门吗?"

我说:"当然不会,这叫因噎废食。说得精确一点,应该说是因别人噎到自己就

不敢吃饭。然而，有不少人却曾对我说，看现在的离婚率那么高，我都不敢谈恋爱了，说得还挺理所当然。也有不少女人看到有关外遇的诸多报道，就对自己的另一半忧心忡忡，不也是类似的反应？所谓乐观，就是得相信，虽然道路多艰险，我还是那个会平安过马路的人，只要我小心一点，不必害怕过马路。"

她停了一会儿问："你认为完全没有打过篮球的人，可以当很好的篮球教练吗？"

我说："当然不可能。可是，有许多人，对某个行业完全不了解，只听到那个行业好赚钱，就马上开起业来了。我看过对穿着没有任何品位，或根本不在乎穿着的人，梦想却是开间服装店；从不知道电脑怎么开机的人，就想在电子股上赚钱，结果道听途说，赔了很多，却不反省自己是否有专业能力，只抱怨时不我与。"

她接着问："相似但不相同的问题，你是否认为，篮球教练不上篮球场，闭着眼睛也可以主导一场完美的胜利？"

我说："当然也不可能。可是，我有不少朋友，完全没时间管，却也努力投资开咖啡馆、开餐厅，开自己根本不懂的公司，急着把闲钱花掉，当合伙人。亏的总比赚的多，却也觉得自己只是运气不好，不是想法不对。这种笨蛋，当然也包括过去的我在内。"

最后她问："你有无限时间，长生不老，所以最想做的事，应该无限延期？"

我说："不，不，不，谁会说是呢？然而我们却常说，或常听说：等我老了，就要去环游世界；等我退休，就要去做我想做的事情；等孩子长大了，我就可以轻松了。我们都误以为自己有无限时间与体力，我们可以一步一步接近梦想，不必等有空时再打算贴近它吧。如果现在就能一步一步接近梦想与理想，我们就不会活了半生，成为自己理想中最不想变成的那种人。你出了一堆蠢问题，不是吗？但有些蠢问题，确有它的意义。人生中，每一件事情，都有转向的能力，就看我们怎么想，怎么转。我们不会在三分钟内成功，但也许只要花一分钟，生命从此不同。"

紫鹃又打过来问："你不觉得你很狡诈吗？你觉得一个人太过理智好吗？和你这样的人在一起还有安全感吗？"

我……我说不出话来了。

No.31　我是赢家

下班后，紫鹃和依婕一起来，还带了肉泥汤。我把高阳和龙刀都叫上了，都是我的铁哥们，龙刀和依婕已经认识。

五个人到漆黑的公园聊天,龙刀的调侃技术不错,可以弥补结巴的木讷。她做的肉泥汤太油腻,我们都是吃过饭才出来,都吃不下。两个兄弟十分仗义帮我吃了不少,趁着龙刀在那里讲鬼故事的同时,我把含在嘴里的肉又偷偷吐了出去,幸好没人看到,不至挨骂。

在穿越林间小路的时候我牵了紫鹃的手,她没有拒绝。

高阳说得对,如果她愿意让你牵手,是不会在乎人多人少,如果她在有人的时候不愿和你牵手,你就没戏了。看来我有戏,就连讲鬼故事时,我都蹲在她一旁和她十指交叉握着,她不怕让人看到。所以我在想,是不是由于她的年龄,使得对事情的把握不太准确。也许她也想和高阳做朋友,但高阳却通过她含糊的文字会错了意。

来到老卢家,他正在和一帮朋友剥狗皮,准备明晚烧狗肉吃。老卢是我爸爸的朋友之一,也是老相识,奇怪的是他跟我爸爸的关系并不咋样,却跟我很好,称兄道弟的。

老卢笑眯眯地问我:"哪个是你朋友?"

还没等我说话,紫鹃就抢着说:"她。"然后指着依婕。

老卢说:"哦,那你眼光真不错。"

我一听不对劲,忙说:"你是不是问我,哪个是我女朋友?"

老卢睁大眼睛一个劲儿地点头:"是呀。"

我赶忙将紫鹃的手举起说:"是她。"紫鹃笑而不语。

难道高阳真的会错了意?是否紫鹃已经真正地把我当做她心目中的男朋友?

记得一次我骑车带着她去租恐怖片,回来的路上她姐姐给她打电话,她的家乡话我只听得懂三分之一。湖北语系非常复杂,就是靠在一起,只要隔个山头,可能话就听不大懂。我隐约听到她提到我,还说自己会把握分寸。我问她是怎么个情况,她说她姐姐要我过年的时候回家看看。我们俩一阵大笑,哪有那么快就要见家长,还只是个开始而已。

在老卢家看恐怖片,我们依在一起,她一遇到害怕的地方就和我靠紧。

高阳先回去了,龙刀却抓住这个机会和依婕调侃。

这时高阳来了电话,他加班喝了点酒,心情不爽。他问我情况,我如实回答,我也不想再对他隐瞒什么,也没什么好隐瞒的。

高阳满嘴酒气地说:"我想了很久,我觉得这样很累。"

我笑着说:"这事你想了很久?"他很少为什么事情想很久,所以我听了后有些想笑。

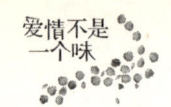

高阳叹了口气说:"我决定退出,要不然不是拖她,而是拖我们。而且老卢都已经知道,如果再有什么事情,对我们不好。"

我只是笑,不知是因为紫鹃对我的态度还是高阳滑稽的深沉。

我笑着说:"我总觉得,好像……好像……"

"好像我很可怜是吧?我没那么脆弱。如果你真的觉得我可怜,不如请我捶背、洗头、吃饭好了。"高阳笑着说。

"不不,你一点都不脆弱,你一直都是这样,显得可怜。"我急忙说。

"啊,那你就可怜可怜请我大吃一顿好了。"我们都笑了起来,毕竟我们都是成年人,不会傻到为了感情寻死觅活伤肝动火。

高阳要我对紫鹃说,他知道我和紫鹃之间的关系了,知道自己该怎么做了。

我对紫鹃说过后,她疑惑地问我:"他怎么知道我们之间的事?"

我低头说:"我刚刚告诉他的。"

紫鹃立刻问我:"……你怎么告诉他的?"

我语无伦次地说:"我就把老卢问谁是我女朋友然后我就牵你手说是你的情况告诉他了。"

紫鹃点点头又说:"那么是怎么谈到的?"

我老实地说:"他打电话问我这边的情况,我就这么说起来的。有什么不妥当的地方吗?"

她摇摇头说:"没有,我只是想知道他是怎么知道我们的事的。"

她有些怀疑高阳消息的来源,那当然,因为很多情况我和高阳已经在下午交流过了。

她蜷缩着靠在我身上,喃喃自语:"我还在想该怎么和他说呢。"

恐怖片在继续,忽然看到龙刀把头搁在依婕肩膀上,不由得疑问是依婕洗澡了,还是龙刀的鼻子有问题。难道龙刀就喜欢那个味道?不一会儿龙刀又把身子坐正来,看来他已经闻到了。

深夜一点,就我们俩在看国产的恐怖片,老卢、依婕都各自睡了,龙刀也走了。

开了空调有些冷,我们蜷缩在沙发上盖着被子。

恐怖的镜头一幕幕,我让她环抱着我,一有恐怖的镜头,我们就更亲密地搂紧。

No.32　笨小孩

第三天和紫鹃通了电话，说了说彼此的感觉。

我觉得和她在一起很舒服，也不愿考虑太多，也没有太多的激情。我要的就是这样淡淡的柔和的舒服感觉。她说感觉很甜。不知道是真是假，她说是真的，就当是真的吧。我这人虽然多疑，但又不会把很多事情放在心上。多疑只是思维习惯，而大度豁达则是心理习惯，两者不矛盾。思维上敏锐、开阔。心理上敏感却又是有选择的，有控制的。

我想要教会或者告诉她一些基本的道理，比如说选择，比如说什么样的话和事情是和男朋友分享的，什么样的东西是和普通朋友分享的。一旦你的行为或者言语没有遵守这个原则，不论你把对方当做什么样的朋友，但事实上已经是这种行为所确定的朋友了。

也许她还小，不懂。但我会慢慢教她。这对她将来面对其他人时，是有好处的。青春本来就是尝试的年龄。

我对感情很专注，但不专一。所以我想对她的要求也是如此。在一个时间段内，只对一个人投入感情。等这段感情结束后，才可以和其他人发生感情。这就是我所谓的专注，而专一则是从生到死都只对一个人投入感情。我已经没有这样做了，这是现代人很难做到的，也没有必要做到的。

一旦我发现她对我不专注，我会放弃，毫不犹豫地放弃。我不是那种死乞白赖的乞讨者，在情感上我一直是孤独的。我有两年多的时间没有情感生活，但我没觉得不习惯。这也是明天去东湖玩时，我会告诉她的，关于选择的话题。

也许和我在一起觉得很甜，也许和另一个人在一起觉得很温暖。那么，除去两个人会为此发生暴力的顾虑外，就是难以割舍的选择。但要是一直拖着，对三方都是伤害。唯独快速地选择是唯一的解决。

如果我遇到了这样的境地，她犹豫不决，我会毫不犹豫。一来没什么可惜，二来我没有精力浪费在这样的争斗中。我有自己生活的重心，有男人的事业。

紫鹃最后在电话里说："读书的时候，你很会填歌词，你给我唱首歌吧，你填的歌词。"

我想了近半小时,然后打电话过去,我就唱了一首《笨小孩》:"吵闹的球场外／有一个笨小孩／出现在星际年代／十来岁玩电脑／不怕那辐射晒／努力在高手之外／发现啊／在这里农民们不用去灌溉／钱自然会来／转眼间那么快／这一个笨小孩／又到了 CS 年代／重机枪到头来／不算好也不算坏／经过了学习年代／最无奈／他自己总是慢人家一拍／没有狙中那脑袋／他们说网络上／男不坏女不爱／怎么想也不明白／妈妈说珍惜爱／会活得很精彩／结果我没有女孩／笨小孩依然是贫穷的只剩下面包一块／只是果酱没涂上来……"

听完后,紫鹃咯咯地笑了起来。

No.33　失恋的孩子

又是在网上,这一回紫鹃却让我扮演苏格拉底和她对话。紫鹃很崇拜苏格拉底,就像我崇拜老子和孔子。

紫鹃说:"从现在开始我就是'失恋的孩子',你就是苏格拉底,明白了吗?"

我说:"听明白了。"

紫鹃发来一个笑脸:"那就开始吧!"

苏格拉底:孩子,为什么悲伤?

失恋的孩子:我失恋了。

苏格拉底:哦,这很正常。如果失恋了没有悲伤,恋爱大概也就没有什么味道。可是年轻人,我怎么发现你对失恋的投入甚至比对恋爱的投入还要倾心呢?

失恋的孩子:到手的葡萄给丢了,这份遗憾,这份失落,你非个中人,怎知其中的酸楚啊。

苏格拉底:丢了就丢了,何不继续向前走去,鲜美的葡萄还有很多。

失恋的孩子:我要等到海枯石烂,直到他回心转意向我走来。

苏格拉底:但这一天也许永远不会到来。

失恋的孩子:那我就用自杀来表示我的诚心。

苏格拉底:如果这样,你不但失去了你的恋人,同时也失去了你自己,你会蒙受双重的损失。

失恋的孩子:踩上他一脚如何? 我得不到的别人也别想得到。

苏格拉底:可这只能使你离他更远,而你未来是想与他更接近的。

失恋的孩子:你说我该怎么办?我可真的很爱他。

苏格拉底:真的很爱?那你当然希望你所爱的人幸福?

失恋的孩子:那是自然。

苏格拉底:如果他认为离开你是一种幸福呢?

失恋的孩子:不会的!他曾经跟我说,只有跟我在一起的时候他才感到幸福!

苏格拉底:那是曾经、是过去,可他现在并不这么认为。

失恋的孩子:这就是说,他一直在骗我?

苏格拉底:不,他一直对你很忠诚。当他爱你的时候,他和你在一起,现在他不爱你,他就离去了,世界上再没有比这更大的忠诚。如果他不再爱你,却还装得对你很有情意,甚至跟你结婚、生子,那才是真正的欺骗呢。

失恋的孩子:可我为他投入的感情不是白白浪费了吗?谁来补偿我?

苏格拉底:不,你的感情从来没有浪费,因为在你付出感情的同时,他也对你付出了感情,在你快乐的时候,他也给了你快乐。

失恋的孩子:可是,他现在不爱我了,我却还苦苦地爱着他,这多不公平啊!

苏格拉底:的确不公平,我是说你对所爱的那个人不公平。本来,爱他是你的权利,但爱不爱你则是他的权利,而你却想在自己行使权利的时候剥夺别人行使权利的自由。这是何等的不公平。

失恋的孩子:可是你看得明白,现在痛苦的是我而不是他,是我在为他痛苦!

苏格拉底:为他而痛苦?他的日子可能过得很好,不如说是你为自己而痛苦吧。明明是为自己,却还打着为别人的旗号。

失恋的孩子:依你的说法,这一切倒成了我的错?

苏格拉底:是的,一开始你就犯错。如果你给他带来幸福,他是不会从你的生活中离开的,要知道,没有人会逃避幸福。

失恋的孩子:可他连机会都不给我,你说可恶不可恶?

苏格拉底:当然可恶。好在你现在已经摆脱了这个可恶的人,你应该感到高兴,孩子。

失恋的孩子:高兴?怎么可能呢?不管怎么说,我是被人给抛弃了。

苏格拉底:被抛弃的并非就是不好的。

失恋的孩子:此话怎讲?

苏格拉底:有一次,我在商店看中一套高贵的衣服,爱不释手,店主问我要不要。你猜我怎么说,我说质地太差,不要!其实,我口袋里没有钱。年轻人,也许你就

是这件被遗弃的衣服。

失恋的孩子:你真会安慰人,可惜你还是不能把我从失恋的痛苦中引出。

苏格拉底:时间会抚平你心灵的创伤。

失恋的孩子:但愿我也有这一天,可我的第一步该从哪里做起呢?

苏格拉底:去感谢那个抛弃你的人,为他祝福。

失恋的孩子:为什么?

苏格拉底:因为他给了你忠诚,给了你寻找幸福新的机会。

见紫鹃不说话了,我问她:"孩子,我的回答你满意吗?"

良久紫鹃才发来一个"羞涩的表情":"老家伙,对您的回答,我非常满意,谢谢您。"

No.34 偷情

昨天我们去东湖玩。我带着紫鹃,龙刀带着依婕,高阳一个人背着蓝色背包,骑着头小木驴。

我问紫鹃相不相信这是我第一次骑摩托车载人,她说不知道,看不出来。

一路看去,一条淡黄的颜色横在湖面上,那是长江入湖形成的。靠近一些看,湖面非常开阔,仿佛这个湖面由天而至倾斜下来。王母娘娘砸吕洞宾的鞋山只能看到一个角,珞珈山的一部分横挡在一侧。在湖畔上,有些水牛吃草,另一侧,则有很多白色的大鸟,可能是国家几级保护的白鹭,有三五十只,依婕和紫鹃向那边跑去,白鹭立即群飞而起。可惜没有相机,这样的景观实在难得。

我和紫鹃牵手揽腰漫步湖畔,我忽然指着湖面说:"如果我吃了你手上的苹果后,就变成鱼人,只能在水里呼吸,不能到陆地上来,你怎么办?"

"我会准备个大鱼缸,把你放在那里养着。"紫鹃嬉笑说。

我们都呵呵笑着,我说:"好,这个回答经典。"

龙刀和依婕又去看白鹭,高阳向垂钓者问鱼。

我和紫鹃都说:"高阳好可怜哪。"

我说:"你说依婕会选择谁?"

"她跟我说过,高阳好像她以前男朋友的声音。"紫鹃说。

"你也说过,你问依婕如果在我和高阳中选一个,她会选高阳。不过现在是高阳和龙刀中二选一,好难说。"我们都是一笑。

回来的路上,她依偎着我的背。我把前天晚上想的道理告诉她,特别讲到选择的关键不是选择了谁,而是最多只能选择一个。

她看着我的眼睛幽幽地说:"我不会喜欢高阳,真的。"

回到公司里,我买了些菜到高阳家,他爷爷是厨师,可能是这个原因他才长得比较丰满。

吃完饭后,高阳、龙刀、依婕在高阳的"闺房"内玩电脑,我和紫鹃看电视。她接到个变态医生的骚扰电话,要她上网聊天。

她支吾不过答应了,却还陪着我看电视,我说:"要是他发现你不在网上,打电话过来怎么办?"

"你帮我接,就说我睡了。"紫鹃大眼睛盯着我说。

"他一定会问我是谁。"我笑笑说。

"你就把电话挂掉。"我们相视一笑。

天色渐渐暗淡下来,我还要上晚班,她也催我上班。

我抱住了她,就在高阳的客厅里和她亲吻。她似乎不懂得接吻的技巧,没关系,我会教她。我伸手越过她的胸罩,她稍有阻挠,却阻止不了我的抚摸……

临出门时,我们又在厨房相拥,忽然高阳的"闺房"有开门声,我们立即松开。

上班的路上,忽然发觉自己满脸灼热,难道因为接吻吗?不会吧,我还不至于羞涩到这个程度。

我的同事郭郭是个电脑高手,人称IT,他一看我的脸,说:"你喝酒了?"

"没有,从东湖回来就是这个样子。"我摸摸脸说。

"可能皮肤过敏,风里面夹带了花粉之类的,凡是裸露的地方都会有反应。"郭郭说。

"我说呢,我不可能会激动成这个样子,连手都是红的。"我连忙附和。

我又打电话过去给紫鹃。

中途高阳打电话来,说:"你媳妇病得好厉害啊。"

"我知道,我们已经通过电话了。你就多照顾她一下。"我急忙说。

紫鹃真是个药罐子,从那次发烧到现在,一直都是时好时坏。

今早起来,红色已经消退不少,昨天约好今天和她去湖边,我想好好教教她如

何接吻。

不过,我总有些异样的感觉,觉得有些快了,有些晕眩。

我也不知道是什么原因,总有股莫名的思绪或情绪在心中或脑际萦绕盘旋。

No.35　第一次同居

昨儿个爸爸请了市里文联领导吃饭,我也趁机把自己写的诗歌、小说之类的拿给他们,也不知道他们会不会瞧上一眼。

在酒桌上东吹西捧,爸爸很是不高兴:"你不要在那些人面前显得很有学问,他们会对你反感的。"

我忙解释:"哦,我怕要是不说点什么,他们会不仔细看我写的东西。"

爸爸瞥着我说:"他们就是干这行的,什么东西值不值得看他们心里有数。"

电话响了,是紫鹃打来的,她已经到了车站。

这次她没有带依婕过来,我把龙刀和石买都叫了过来,高阳没空。

爸爸出差了,我们在家里做饭吃。主厨是石买,大家各自弄个菜。什么拔丝苹果、肉末茄子煲、清炒菠菜、红烧牛蛙、西红柿炒蛋、奶油小白菜,还有一盆蛋炒饭。

紫鹃说她最会做蛋炒饭了,当我们把菜都做完要她做蛋炒饭时,她就赖皮说:"我不会做蛋炒饭,但最会打鸡蛋了。"

我笑道:"那好,赶紧打鸡蛋啊。"

紫鹃笑嘻嘻说:"我打的鸡蛋从来都不会破。"我凝视着紫鹃。

石买说:"算了,还是我来做吧。"石买比较会照顾自己,紫鹃却是从小被宠大的,不会做不说,还总是捣乱。拔丝苹果有点苦,糖炒的时间长了的缘故。最难吃的是奶油小白菜,就跟绅士平常的腔调一样腻人,其他的菜还可以,特别是我做的红烧牛蛙。龙刀告诉我,不是我的牛蛙做得好吃,而是牛蛙肉好吃。我们吃完以后又看恐怖片,龙刀因为既没做菜又公然批评我的缘故,罚他收拾碗筷。

我和紫鹃依偎在一起,我悄悄问她晚上是回去还是留下来。她若有所思没回答。

龙刀收拾好后就回家了,石买也要回家。紫鹃连忙拉住石买的手劝他别回去,石买看着我,我说那就别回去了,反正床多,给家里打个电话嘛。

入夜了。我让石买住另一个客房,并嘱咐他把门锁好不要出来,石买冲我坏坏地一笑。

紫鹃握着我的手,我看看自己房间的单人床说:"到我爸妈的床上吧,那张床大。"

我把房门锁好,两人都没有脱衣服躺在床上。

我的手很不安分,她的肌肤光滑细嫩让我欲火渐起,我试图解开她的衣服,她却不让我的手得逞,看不出,她的劲还挺大,我又不敢太用劲,一怕弄伤了她,二怕吵到石买。不一会儿两人已经热出一身汗来,她的呼吸变得急促。

我的脑中进行着复杂而激烈而且强烈的思想斗争:"如果她怀孕了怎么办?或者她想要和我结婚呢?管他呢,大不了结婚。"其实紫鹃人也不错,一米六四的身高,不胖不瘦,人又聪明活泼,而且她似乎很喜欢我。我又试图脱下她的牛仔裤,可她抵抗得也很顽强,并且气喘连连,也许她也在作着激烈的思想斗争。十七岁的女孩应该不会那么早就懂得性爱,这很可能是她的第一次,她害怕也是很正常的。

我的欲火陡然消失,她才十七岁啊,我这样做是不是不合适?可是躺在她的身边,万一我的欲念又起怎么办?我起身而坐,她看着我,不知道我要干什么。我把衣服收捡好,回到自己房间的单人床上躺下,有她在我身边,我肯定睡不着。

酣然而睡……感到手心一阵温热,睁开眼,她只穿了件单衣,握着我的手蹲在床头。

她轻轻说:"我怕。"就在这一瞬间,手心的温暖传遍全身,驱散了所有的欲念。

我起身,陪她一起在大床上躺下。

No.36 禁果之诱惑

前几次和她爱抚之后,她很怕和我做爱,一是怕痛,二是怕怀孕。

于是我在去中南的路上一路找安全套。特意到几个大超市寻找,记得以前在大超市里看到过,如今却像蒸发掉似的,怎么也找不着,想想还是算了。抬头看到印刷厂的灯箱广告:"除钞票外,承印一切。"正在沮丧的路途中,忽然看见一个夫妻保健的小门面,不管许多进去再说。一进去,四五个老嫂在狭小的空间里织毛衣聊天。此时已经没有退路,我故作镇定,冷冷地说:"有没有安全套?"

一见生意来了,其中一个老嫂马上起身说:"有有,这里都是,十五块的,十块的,这是三十块的。"

我随手拿了盒十五块的,说:"就要这盒了。"

老嫂赔笑说:"你喜欢这种牌子的?"

倒!我第一次买这玩意儿,居然被看成性事高手!我心里想着不作表态,交钱走人。

嘿嘿,终于到了晚上,终于可以那个什么啦。我拿出避孕套细细端详,心中窃喜。

我们躺在床上,研究安全套的安全性,好像在进行某种可行性研究一样,经历了上一次的失败后,我们都变得镇定了很多,一点也不像电视里演的那样傻不拉叽稀里糊涂地乱来。可能是我的年龄和她学医的关系。

她躺在我的怀里,我说:"今后怎么称呼你呢?叫你老婆吧。"

紫鹃点头:"嗯。"

我尽量亲密地叫:"老婆。"

忽然觉得有些别扭,可能是两人的发展速度太快,我还没有完全投入感情吧。

"我爱你。"这句话也还是不太习惯。曾经和一个比我大二十岁的女同事谈论过性爱,"男人是先有性而后有爱,女人则是先有爱而后有性"。虽然并不是绝对,但大多数情况下都是如此。

紫鹃仰头看着我说:"你会觉得我是那种很随便的人吗?"

"当然不会,但如果你又跑去跟其他的男人,我就会这么想了。"

"我不会的。"紫鹃的目光肯定,狠狠地说了一句。

"我当然知道。"我摸摸她娇小的脸说。

"我隐约听说你在北京爱上过一个哑女?怎么回事?"紫鹃突然问我。

我心里有点慌,但很镇定地说:"谁说的?"

"你别管谁说的,你就说有没有这回事?"紫鹃瞪着眼睛。

"胡扯,断无此事。"我也狠狠地说。

紫鹃笑了:"我相信你。"

No.37 爱情的"味道"

在我和紫鹃相处时,龙刀也在和紫鹃的室友依婕接触。

依婕比龙刀小三岁,而且身材曲线玲珑,妙曼无比,只可惜有狐臭。

山路清辉,我们四人走在珞珈山的一条小道上。此时龙刀一显行伍本色,一路披荆斩棘开路而去,我不由敬佩龙刀在此时的风范,当我落到依婕身后时,却也忍不住想要继往开来披荆斩棘,否则我会窒息而亡。我悄悄问紫鹃是怎么忍过来的,她说习惯就好点。我有点晕,这比芥子气好不到哪里去,她居然也能忍得了。如果我是反攻日本志愿军,一定要说服高层领导研制出狐臭毒气,既可以让敌军丧失战斗力,还可以打着人道主义的名号不杀生。自那次珞珈山之旅后,龙刀总是闷闷不乐,又不肯跟我说。

这晚紫鹃带着依婕来我这里玩,我们决定到我爸的办公室扫描珞珈山之旅的照片,之后再看《画皮》。

照片很快扫好了,四个人坐在两张椅子上,我和紫鹃自是不必多说,挤在一张椅子上,她前我后。侧目一看,依婕独自坐在椅子上,龙刀站在身后。

紫鹃说:"你站着干什么?反正椅子那么大,你就和依婕挤着坐嘛,对吧?"

"不用不用,我这不站着挺好的嘛。"龙刀赶忙说。

"别啦,你就坐了啦。"紫鹃不依不饶。

龙刀看看依婕幽怨的眼神,无奈坐下,依婕就靠在龙刀胸前,两人一言不发看着片子。

紫鹃时不时回过头亲我,我被撩拨起来,又不好影响他们,便和紫鹃到后面的长沙发上继续卿卿我我。

龙刀忽然转身说:"唉,你看那个位置空了。"依婕这才依依不舍地坐了过去。

时间遽然过去,我们送二女上车后,龙刀神情古怪还时不时和我抬杠。我心中疑惑不已,两人来到道路旁的健身器旁沉默。

我故意问他:"你到底怎么了?平常不是这个样子。到底是因为什么事?"

"没事。"龙刀平日对我颇为尊重,而今天的态度让我有些恼火。

我有点生气地说:"我们相处这么久,我有什么地方对不起你,你可以直说,但我可以肯定我没有故意做什么对不起你的事情,也许有什么地方做得让你不高兴,但我绝对不是故意的。你今天很反常啊。"

龙刀叹了口气说:"有些时候我怕她误会我,但我觉得突然这么说不好,我怕她认为我是在嫌弃她。"我这才坚信他是因为依婕才这苦恼,他又说:"她是紫鹃的好朋友,我怕说了以后会影响你和紫鹃的发展。"

我忽然幻想着依婕坐在龙刀身前的情景,忍不住笑说:"当时在办公室的时候,你是什么感受?"

龙刀也是摇头一笑说:"我当时拳头都攥紧了,幸好是关灯看电脑,要不然你就会看到我的脸涨得通红,是憋气憋的。"我们俩都忍不住大笑起来,却都是无奈的苦笑。对视一眼,又都苦笑起来。

"你当初就没察觉吗?"我笑着问他。

"有啊,可一开始味道并不大,而且以前我也没接触过这样的人,觉得找女朋友只要人好就行了。哪想到越到后来越受不了。特别天气一热,咦!就更别提了。"龙刀痛苦地说,面部表情都扭曲了。

"那你现在有什么打算?"我依然忍不住想笑。

"能有什么打算,不接触呗。一开始找些借口,慢慢不接触一段时间后就会好的。"龙刀无奈的口气。

我现在忽然明白他会对我有那么大脾气了,试想一下换了是我,饱忍痛苦之后,怎会不想找个人发泄一下,哪怕是再好的朋友。更何况他是因为我才认识依婕,而与依婕接触多少也考虑到一些方便我和紫鹃相处。

过了几日高阳听说了此事,我们三人又在晚上聊天儿。

高阳对龙刀说:"你这么突然不理人家不好吧。"

龙刀摇摇头说:"我怕她误会我喜欢她。"

高阳盯着龙刀微笑说:"要误会也是你给的,她怎么就不误会我,你看我不也是和她挺亲热的?"确实也是,高阳对任何女孩都很热情,什么亲亲、抱抱之类的话张口就来,倒不像龙刀这般注重仪态。但高阳和紫鹃就对龙刀的做派颇为反感,觉得做作。

待龙刀走了之后,高阳说:"其实这种事情自己把握一下不就可以了,何必弄成这样。你记得我们上次去东湖吗?"我点头。

他又说:"当时我让依婕在前面开摩托车,后来借口她扶龙头不稳。其实她扶龙头时双臂打开,我闻到了味儿。"我们不由得一笑。

高阳接着又笑说:"哪像他那么傻,有味道时还凑那么近。没味道时靠近点儿,有味道时离远点儿,或者站在上风口不就得了。"

我摇头笑说:"龙刀哪有你这么精明哪,要是我被那么一熏,说不定也不知道该怎么办呢。"

我们一阵狂笑:"真他妈难办。"

其实依婕只要做个手术就可以了,而且她是学医的,按理说该比我们更清楚根治的办法。但也不知道她为什么不治,我们也不好明示或者暗示。难道她只是想借着这玩意考验一下追求者是否真诚？看看究竟那人是爱她的身体还是爱她的全部？

我有时候甚至傻傻地想：爱一个人，可以不爱她的身体吗？或者说两者真的可以分开吗？

No.38　作家梦

爸爸打电话给我，说是有个叫"阳阳"的人找我。

我一听名字，阳阳？从没听说过。我平日一不拈花惹草，二不嫖妓赌博，怎么会有个素昧平生的叫阳阳的女孩找我呢？

"是哪里的，她说了没有？"我问道。

"他说他是文联的，你知道的。"老爸显然有些不耐烦。

我忽然醒悟过来："哦，是不是个男的？"

爸爸诧异地说："当然是啊。嘿！你个兔崽子，脑子里想什么呢！"

我赶忙说："哦，我知道了，就是上回你请了一帮文联领导吃饭，当时要我拜他为老师的那个人。"

爸爸也像是在回忆似的说："哦，我都差点忘了。"

打了个电话，周老师要我到他那去一趟，他有话对我说，是关于我那篇武侠小说的事情。

我一路上都在思索他可能对我说的话。

最坏的可能是，他拍拍我的肩头说："小磊啊，你不是搞文学创作的料啊，好好当你的工人吧。要是工人也当不好，就去乡下种田吧。"

最好的可能是，他热情地招待我，一副发现文坛巨星般诚惶诚恐的样子对我说："你是我见过的最有潜力的文坛新星。我已经帮你联系好出版社，以一百万把你的版权买下。"然后我会故作沉吟说："嗯，这个嘛，我得考虑考虑。"

……

一路上都在傻笑，路人都用奇怪的目光看着我。

到了周阳阳的宿舍，老爷子的房子有两层，一层住宿，一层办公，不过房子很旧，而且满屋子的书。烟头、扑克……凌乱的桌子，墙上贴满了各种山水、艺术画。我把爸爸收藏的烟酒放在门口，随他来到里间。

他很明确地告诉我，我的小说他已经看了，感觉很不错，但还有些地方不足，他提出修改意见，我认真记录。他说他一般不辅导长篇，很耗费时间精力。听他对我小说提出的意见，我觉得他对文学还是有所研究的。

先前我还有些担心他是个骗子，现在这年头骗子可多了，电视上经常上演热血文学青年被骗得血本无归的事情。只要你想要成功，不论是当作家、当歌星还是当影星，就一定会有一批随之而来投其所好的人或机构，满足你的虚荣心也满足了他们的腰包。

中途来了个印刷厂厂长，听到他们谈排版等事项，也觉得很专业。待印刷厂厂长走后，我们又谈了我的其他文学作品，谈到最后，他建议我出书。我详细地询问操作步骤。首先我得拿回去修改，待他审定后，我再拿回去修改错字，再拿到出版社印刷样本，由出版社审核后就可以出版了。

什么出版社？

WC 出版社或者是 BT 出版社。

回到家和爸爸商量这个事，爸爸全力支持我。从网上回信的情况来看，小说还是很受欢迎的。中国的武侠小说正在起步阶段，而国外的科幻电影都已经形成巨大的产业了，所以我的小说一定会有市场，而且这十年内都不会被淘汰。

坚定了信心后就给紫鹃打了个电话，紫鹃听说这件事后也很高兴，也是全力支持我，精神上的。

正高兴之余，忽然接到同事蔡俊的电话，说这次公司加工资我们没份儿。

为什么？因为我们签的是临时合同。

我、蔡俊、高阳、郭郭四个人在高阳家商谈这件事。

蔡俊说："要是当年我们转为正式员工就不会有这种事了。"

我说："这只是个开始，如果我们身份问题得不到解决，今后还会有其他不公平的事情。"

商量过后，他们一致要求我写信向公司里反映这件事。谁叫我这笔杆子小有名气呢，还是快要出书的人了。

看来人闲的时候什么事都没有，一忙起来就是一堆的事情。

也好，每次忙完后都可以和紫鹃到湖边温存一下。

No.39　虚惊一场

前两天又和紫鹃闹别扭了，有些烦，而且还不能让不相干的人看出来。

出书，为大家争取劳动权益，还有紫鹃，一时间许多矛盾集中在一起，情绪波动后，理性减弱，处理问题更容易忙中出错。这不，一不小心我又得罪她了。

她打电话给我，我正在蔡俊家和他商量上访的事情，听她在电话里嘻嘻哈哈地说："有个医生要约我逛街，哎呀，他占我便宜。"

我一头鬼火说："有别的男人约你逛街你是不是好高兴？这简直是在拿醋泼我。"

她听我这么说她，也一肚子火，电话挂断。

昨天打电话她不是不接就是挂断，迫使我不得不思考些问题。如果要我很用心计地哄女孩，我可以做到，这不是吹牛，而是对自身能力的了解。但那样我就不是把她当做女朋友，而是一个目标，或者说是可以利用的人。只有这样，才能不在乎她的一切行为，也只有不在乎她，才可能不让自己有情绪波动，而当自己没有了情绪波动后，才可能理性地分析和考虑问题。做到了理性地对待女人，才能切中要害去哄骗她，而且她会毫无察觉，只要心思够细腻。

现在我就在考虑我究竟该对她是个什么态度。如果我选择理性，就绝对不能在乎她，我能不能做到呢？……不知道，应该还能做到吧。但我的心告诉我，我不想这么做。我已经爱上了她。虽然我整体上是个理性的人，但并不意味着我的感情浅薄，恰恰相反，我的感情蕴藏在心中逐渐变深。不过，将来该如何做，还要看两人的发展，如果真的有需要，我会下定决心成为一个善于泡妞之人，但却会成为一个再无真实感情的公子哥儿。

昨晚高阳找到我，他大骂我，说他又作践了自己一次。

他在网上陪紫鹃聊天，明损暗贬自个一番，衬托出我的好处，作为报答，要我这个月把那长得像徐静蕾的女孩带出来，那是紫鹃的另一个室友。

……

妈的，刚才挨爸爸一顿骂，怪我没有做饭给他。算了，他是我爹，五十四岁还在忙工作，也不容易，我自己做得也不对。其实我也可以动手，但今天心情不佳，不愿动，就算是我错了。爸爸，当了一辈子的官，从小没了爹的爸爸，脾气大是自然的事情。

而我呢……唉……

紫鹃打电话过来说她怀孕了,问我怎么办。

听语气不像是开玩笑,她们医院有的是测孕纸。

我说:"怀就怀了嘛。"

她惊讶说:"你这么平静?"

我说:"那我还能怎么样?要么生下来,要么早点做掉。"

她一阵沉默,说:"我想做掉。"

我肯定地说:"现在生确实不合适,主要对你不好。你什么时候有空,我们一起去。"

紫鹃说:"不用了,我一个人去。"

我说:"那怎么能行?你去之前一定要告诉我,我们一起去。"

紫鹃说:"那好吧。"

当晚紫鹃又到公司宿舍来玩,碰巧蔡俊又找我商量上访的事情。蔡俊也是我的好兄弟,他身材结实,却很瘦削,是个很讲义气的人。大家一起到水果湖公园玩,依婕还带了个同乡过来。

蔡俊像一座嶙峋的山峰一样坐在石椅子上,不时地问紫鹃的情况,比如年龄啦、籍贯啦、工作啦,弄得紫鹃对蔡俊颇为畏惧。

高阳把紫鹃从蔡俊面前拉开说:"你查户口呢。"

蔡俊看见高阳和紫鹃的手牵在一起说悄悄话,蔡俊一脸严肃说:"嗨,嗨,你们这样做不对啊。"其实我倒觉得不是很要紧,因为高阳有和别人牵手的毛病,只要关系好不论是男是女他都牵。我的手就经常被他牵,走在一起他要是偶尔牵牵我的手,还会觉得挺有意思的,男人走在一起也牵手。

原本我没想太多的事情,被蔡俊这么一提醒,也觉得不太合适。忽然想起上次到公园玩,紫鹃伏在高阳背上,让高阳背着走。

我说了她,她说:"我和我表哥也这么玩,这也没什么啊。"

"也许你看来没什么,但别人可能会误会你。"我说。然后心想:也许她还小吧,不知道自己的行为哪些是应该的,哪些是不应该的。

从公园出来,我们决定去吃烧烤。依婕因为要送同乡的缘故不能来,就只有我、高阳、石买、蔡俊和紫鹃五人。来到市里最大的烧烤街,大家甩开腮帮子吃,我吃了很多烤鸡爪,高阳和蔡俊喝了不少酒,紫鹃却比平常要文静很多,可能是蔡俊在场的缘故。

　　我和紫鹃边吃边商量回去的事情。风卷残云一番,高阳因为社会经验不足,被灌吐了,边吐边打喷嚏,弄得到处都是。蔡俊喝本市档次最低的啤酒都能喝上十八瓶,高阳喝一般的白酒能喝两斤,石买也是称霸一方的酒中豪杰,结果惨败。而我已经戒酒两年了,说是戒酒,其实就是不多喝,都是多年的兄弟,他们只会在酒场子上照顾我,不会灌我的酒,我总共才喝了两瓶啤酒。

　　我提议,他们搭一辆车回家,我送紫鹃回医院。

　　蔡俊问说:"你送她回医院后回家吗?"我明白他的意思,如果我还回厂里的话,不如大家坐一部的士,既省钱又有个照应。

　　我看了看表,说:"哦,快十一点了,她可能回不了寝室,我送她到我表妹家住去。"

　　蔡俊一脸鼓励,把我拉到一旁说:"你千万不要顾虑太多,该怎么办就怎么办。我看得出紫鹃很喜欢你。如果你不好意思买那东西的话,我去帮你买。"

　　我一脸感激,真是好兄弟。但我还是要装作懵懂,毕竟我和紫鹃在一起的时间不长,万一将来不谈了,这样的事情对紫鹃会有负面影响。

　　高阳又把蔡俊拉到一旁,说:"哎呀,他都那么大人了,知道该怎么办。"

　　我们躺在床上,蔡俊打了电话过来问我情况。

　　我抚着紫鹃的秀发,说:"她和我表妹睡在一起。"

　　紫鹃满脸幸福的笑容依偎在我怀里。

　　蔡俊语调怅然,说:"唉,你呀,要把握机会啊。"

　　第二天紫鹃打电话给我,她说她来那个了。

　　我一阵欣喜,那就没有怀孕了,我还正准备费着老鼻子劲找一家离她们医院比较远的医院呢。

　　不是说用试纸测过了吗?可能医院的老式试纸过期了吧。

No.40　年龄不是问题

　　紫鹃终于把一个长得像徐静蕾的名叫洛洛的女孩带出来了,这是我多次要求的,主要是替高阳物色。

　　我们在石买家吃"霸王别鸡"火锅,众人你来我往气氛非常好。

洛洛由原先的腼腆变得大方起来,她举起酒杯说:"这里面我最大吧?"

我和高阳对视一笑,高阳问说:"你几几年的?"

洛洛骄傲而自信地说:"我八七年的。"

"哦……"除了紫鹃外众人都笑了起来。

"怎么了?不是吗?"洛洛不好意思地问。

高阳笑说:"是是是,你最大,我以后叫你洛洛姐好吗?"

洛洛正要答应,紫鹃说:"别听他的,高阳是八五年的。"

我正色向洛洛介绍说:"龙刀,一九八四年出生,老大。高阳,一九八五年出生。我和高阳一样。蔡俊,一九八六年。"

紫鹃掐了我一下,很痛。

我正色说:"我不是蔡俊。"

蔡俊和他的女朋友经常互相掐对方,把对方掐得青一块、紫一块。

紫鹃受不了我严肃的样子,生起气来。

蔡俊也租了部恐怖片来看,看完之后我送紫鹃和洛洛回医院。

趁我和紫鹃独处的时候我问她晚上怎么办,她说她先回寝室,然后再借口出来,让我先去表妹家等她。

躺在床上,紫鹃一副闷闷不乐的样子。我问她怎么回事,她就是不说,我把所想到的各种可能都说了一遍,她还是不理我,气得我独自在阳台来回走着,有时候真是搞不懂女人是怎么一回事,只能尽量让自己平静下来。紫鹃见我回到床边,又扭过身去。

我温言细语:"你到底怎么了?你不说我怎么会知道呢?"

紫鹃回身说:"如果什么事情都要我告诉你你才知道,那我要你这个男朋友干什么?"我本来很想反驳她,要是你总是没事给我挑刺,我要你这个女朋友干什么?但我没说,毕竟她还没满十七岁,而我却已经二十三岁了,有些东西不能计较。

紫鹃见我不反驳,又继续说:"为什么每次我一生气,高阳就能把我哄好,为什么你就不行?"

我又很想说让她去找高阳,可我还是忍住没说。

她忽然搂着我呜咽说:"每次你哄人只哄一半,比不哄我还要让人难受。"

我恍然、释然,说:"你早点说嘛,我哄你老半天你都不理我,我还以为你想一个人静一会儿呢?"

No.41　担心的事

我和紫鹃一起切蛋糕,只吃掉了"事业有成",另一半放那儿留给表妹吃。

因为说到了出书,虽然还没出版,但紫鹃还是偷偷给我买了个蛋糕庆祝。

这样的感觉相当好,不知怎的,我们聊到她的家庭。她有一个姐姐,当年被妈妈强行拆散嫁给了一个北方的公司老板。

我一听吓一跳,这样的老娘可真厉害。

她老娘本不想让紫鹃这么小谈恋爱,但却告诉紫鹃如果要找就找个医生,最好是拿手术刀的。

我问说:"你们家,你爸是不是没什么地位?"

"是啊,我们家我妈说了算。"她歪着头说,像个小孩。

"你妈喜欢什么,我去讨好她。"我说。

紫鹃刚要说话,我又说:"不过我现在一没百八十万的,二没一官半职,三没什么名气。"

紫鹃笑说:"那你有什么?"

"一颗赤诚的、火热的、坚定不移的心。"

我们一阵嬉闹,我笑问:"要是你妈知道你和我谈,她会有什么反应?"

紫鹃笑说:"不是打死我,就是打死你。"

"好恐怖哦。"我倒抽了一口冷气,只呆呆地瘫在椅子上。

我和紫鹃正在校对小说,WC 出版社已经把样稿寄来,要我们校对错字。我发现对方根本没有校对过,只能靠自己了。

紫鹃边吃拉面边校对,似乎被小说的情节吸引了。

"好看吗?"

"好看。"

"你以前不是说不好看吗?"

"以前只顾着想你了,哪有心思看。现在你就在我身边,所以才静得下心来看。"

心中一阵自豪,紫鹃说话真讨人喜欢。

"你两天不上班,领导会不会说你?"

"不会,我和护士长关系可好了,她们又都归我表姐管,没事的。"

我不再多问,继续修改错字。

紫鹃的电话响了起来,她一看,神色凝重起来,说:"是我表姐。"

"喂,喂,喂,我听不清,啊?什么?你说话啊。"紫鹃乱喊一通就把电话挂了。

我问她怎么了,她说:"我表姐问我在哪里,她很可能在寝室和医院都没找到我,我又不能说具体在哪里。"

"你表姐找你什么事?"

"不知道。"电话声又响起。

紫鹃又说声:"听不清啊,怎么回事。"后又挂了电话。

她望着我说:"刚才是我妈打来的电话,她问我现在和谁在一起。"

"不是吧,我们才谈论她妈的事情没多久,怎么就被她妈察觉到了呢。"心里思索道,"一定是紫鹃和我在一起的时日总是旷班,她表姐又是护理部主任,稍稍一问就能知道紫鹃上班的情况。"

电话次数越来越多,紫鹃只能接听了。

她妈妈要她回老家。

我细细思量起来,说:"你回去吗?"

"我绝对不回去。"紫鹃摇头。

"你把你家的地址、电话全都写下来。"我说。

"干吗?"紫鹃大眼睛看着我。

"以防万一,我怕你爸妈冲过来把你强行带回去。"我严肃地说。

紫鹃一听,干脆把手机关了。

到了晚上,紫鹃打电话给我,哭哭啼啼地说:"我要回去了。"

"怎么了?"我惊问。

"我妈的手摔断了,而且她说一定会让我回来的,我妈说话算话。呜……"紫鹃哭了。

"那什么时候动身?"我问。

"明天下午一点钟的车。"紫鹃说。

"我去送你。"我说。

紫鹃急忙说:"千万不要,我表姐一直在我身边,她现在不在我才给你打电话的。"

"那……好吧。明天上车后一定要给我电话,到了老家也要给我电话。"我嘱咐她。

"嗯,我知道了。"紫鹃说完就挂了。

第二天上午,紫鹃又打电话过来,她支吾了半天说:"我有件事想请你帮忙。"

"说吧,客气什么。"我说。

"不好说。"她有点难以启齿的感觉。

不好说?会有什么事情不好开口呢?我把各种可能都说了一遍,什么陪她回老家,送她上车,经常写信,照顾花草。她竟然都说不是。

我突然想起了,就说:"借钱?"她这才"嗯"了一声。

"好啊,你要多少?"我问她。

"能不能借给我五百?"她问我。

"可以啊,你怎么这么客气,到底够不够啊?"我问她。

"够了,我想回去后给爸妈买份礼物,让他们消消气。"紫鹃说。

我向头儿打了个招呼,就直奔汽车站,一会儿她会过来拿钱,这可能是她走之前的最后一面了。

等了一辆又一辆车,心中考虑着种种可能,说不定她妈妈所谓的摔断手是骗她回去的招数,那她妈妈很可能会不讲信用不让紫鹃回来。

半天工夫,等来的却是依婕,她告诉我紫鹃被表姐看得紧紧的,只好她来代劳。

当天晚上,我去参加一个同学的生日聚会。有些新面孔,其中有个女孩挺有意思,长得一脸的痘痘,还很活泼,自称是豌豆公主,可是我却没有心情理会这些。

看到她满脸痘痘,我突然想了《橘子红了》那首歌,顿生灵感,于是就改成《痘子熟了》:痘去痘又回来／去去又来来／冥冥之中／谁安排／原来本不应该／长在这地盘／结果／是悲哀／痘去痘又回来／挤挤又出来／明明无用／却还干／原来本不应该／长在这地盘／结果是无奈／好不好／坏不坏／圆不圆／扁不扁／伤了的伤心／痛了的痛苦／痘却仍然在／现在／去了前天的／今天又出来／长痘本来是／无奈……

心里美滋滋地吟唱着。电话骤响,是紫鹃。她已经到了家里,一说就哭,我劝她如果真的想哭,就找个没人的地方,不要憋在心里。

正要再多问几句,她说她妈闯进房间了。

一阵忙音……

No.42　一封信

我亲爱的紫鹃。

当我第一次看到你时,就有种亲切的感觉。当我找人给我们算命后,你说:"当你的女朋友一定很幸福。"我们第一次睡在一起,由于害怕自己会因为想要和你发生关系,干脆跑到自己床上,眼不见,心不乱。可是一种绵绵的恬淡从手心传来。你穿着一件单薄的衣服,半蹲在我的床头,可能是害怕一个人睡,也可能是想和我在一起。当时的感觉真的很温暖。这感觉消融了心中的欲望,只是紧握着你的手度过一夜。

往后相处的日子,每次见到你我都想要抱你,想要那种温暖的感觉。你也曾说:"我已经习惯你睡在我身边了。"是的,我们都已经习惯对方了。不论是起居休息,还是买菜做饭,又或者到湖边逛荡。也曾经有过几次冷战,有过哭泣,有过醋意,可那都是我们太过在乎对方并且不够成熟的原因。但谁都是从不成熟走向成熟,一切不适应的习惯都可以在相互的感情中逐渐融合。

如今我们相距五个小时车程,总惹得你泪水涟涟。一开始我还能忍住不要难过,可是还没几天,就总感到失落。离我们相聚最近的日子,你哭哭啼啼地说:"我要回去了……"当晚我们通电话时,你又哭了,今天你又打电话来说:"你不要打我的手机,手机被我妈妈没收了。如果我待不下去,你就来接我。如果你不来,我就自己回来。"

我的紫鹃呀,我怎么舍得让你难过。

今天帮你写了封检讨书,也许你父母会对你的懂事表示好感,也希望你不要太着急,如果着急可以解决问题,我会鼓动我所认识的人都为此着急。可是现实就是如此。相信我吧,相信你最爱的人吧。以我的智慧和理性,是完全有能力解决这个问题的。你的父母要你回去,无非有两点。第一,你年纪太小,怕你不懂事看走了眼,上当受骗,希望借此能够扭转你的想法。第二,他们希望女儿能有个好的归宿,就算你真的要谈恋爱,也要找个既有经济条件,又有地位,还要有发展潜力的人。这样你将来的生活才会有保障。他们的生活经验告诉他们,感情不过是一时冲动,随着时间的推移,感情不再是婚姻的基础。只有一个好的经济能力、社会地位、发展潜力,才是未来几十年婚姻的保障。

在最初相处时,我也告诉过你,你年龄还小,也许再大一点的时候,就会觉得我并不是你想象中的那么好。你总说不会的,你是不会变的。其实那一瞬间我是自私的,我怕投入的感情太多,到时会因为你的变化而痛苦不堪。而我又是那种不愿将痛苦转嫁给别人的人,是那种只愿独自承担一切不快的人。其实现在我对你的感情已经让我不敢再提什么未来,我害怕你真的会变化,真的会因此伤害我。

唉,十二月中旬我的书才可能出版,而这样的日子你又如何煎熬。我怕你会支撑不住。如果我两手空空而去,只会惹得你父母反感。

现在我只能期望老天,一切都能如我所愿。上次去周阳阳那儿,看到他和贾平凹的合影,如果贾平凹能为我的小说作序,说不定会改变我一生的命运。能改变自己命运的,除了勇气,就是智慧。而智慧是勇气的根源,我们只有把问题想清楚后,才可能真正明白所做的一切是为什么,才能够懂得如何忍让,懂得忍让是为了将来的美景。

你要牢记一条,你父母是因为爱你,才会有这种举动。而只要是爱你,我就有能力让他们或者接受我,或者不讨厌我。只要他们同意你回到这里,就算他们提出一年之内不和你来往,我也可以答应,我是个说话算数的人。不过你十有八九是不会答应。话说回来,就算你爸妈很讨厌我,你也不要和他们拗劲。除非你在这里有了独立的经济能力,但那必须有两点,第一,你能回来。这必须是不激怒父母的情况下。第二,等到你转正。其实只要你能回来,我们的行事再谨慎小心,活动少一些,甚至暂时不来往,就能够挨到明年五月份。

唉,说了这么多都不知道说了些什么。

切记,忍耐。

No.43 突来的变故

前两天写了自己的个人资料,连同这封信寄给紫鹃,让她给她妈看。

如果紫鹃的母亲真如我所想的,是个注重实际的人,那她看过我的资料后一定会有所考虑。如果她想验证的话,那就更好办了,论家庭背景,谁不知道我爹是这里有口皆碑的人物;论学识,政治、哲学、经济学、文学、器乐方方面面我都有所涉猎,不怕她来问。

已经寄过去几天了,还是没有消息。心里头空荡荡的,却又什么都很难装进去。也许我该振作起来,不去再想不开心的假设。

我由一百五十二斤,降到了一百二十二斤,瘦了整整三十斤。

资料她妈妈已经看了,今早她妈告诉紫鹃,要紫鹃自己考虑清楚。

"你自己考虑清楚。"这是什么意思呢?

最好的可能,是她妈妈看过我的资料后有些动心,再加之她大姐对她妈的怨恨或者她妈的斗志消退,所以她也无力挑刺,把选择权利交给二女儿,让她自己考虑清楚。通过她的回答,一来看看女儿的决心,二来看看女儿是否理智,再仔细斟酌,如果女儿态度肯定,她才会允许她男朋友过来见上一面,当面了解。如果不肯定,那还不如算了。

最坏的可能,她妈装作有些动心,暗中有别的操作,但这实在有些违背常情。以我的文采,如果她妈还是冥顽不化,恐怕就只有最坏的打算了。所以,紫鹃必须先肯定我们之间的关系,然后她妈才会暗示紫鹃让我过去一趟。总之,她妈问紫鹃,必然是要以紫鹃的回答做决定的条件。一定要坚决,但必须是理性的坚决,把我们的情感表达出来。既然她妈已经认可了我的条件,问她,就是看我对她的情感在紫鹃身上是种什么反应。如果既有条件,又有情感,那才会允许见上一面。

对,不论如何,起码是她妈妈对我写的材料有所动心,才可能会有这样的话语,根据女儿的肯定,暗示我们过去面谈,或者其他。但我觉得要我们面谈的可能性非常大。"你自己考虑清楚。"并不是在劝阻无效后的最后通牒,如果连劝阻都没有,就密谋棒打鸳鸯,不符合一般人处事逻辑,不过她妈对待大姐一事,也有可能使得她直接使用这招儿。目前来看,矛盾有缓和的迹象,而且并没有激化,所以我完全有机会,只要书一到手,立即可以动身。而且我也相信紫鹃的处事能力,她应该可以把握好。

刚才紫鹃和我通电话,她问说:"如果我为了你而和自己的父母翻脸,你会不会为了我放弃你的工作?"

我笑说:"好端端的干吗要放弃工作呢?如果没有钱,我们什么事也干不成,难道我上街乞讨你也愿意跟着我?"

紫鹃倔犟地说:"我愿意。我就问你,如果我为你放弃自己的父母,你会为我放弃你的工作吗?"我思索半天。

紫鹃听我这么久都没回答,她生气说:"我就知道你不会为我放弃。"

我终于坚定说:"不,我会为了你而努力,如果你真的要我放弃,我也可以放弃。"

最坏的可能性已经变为现实，她妈妈应该是因为需要照顾刚动过手术的大女儿和为二女儿联系新出路而忙不开手脚，采用怀柔政策稳住女儿。只因为承受压力过大并因为小事情的催发再加之脾气不好，终于打了紫鹃两耳光。并且逼迫她到重庆，到紫鹃姨父的外甥开的医院去工作。

十有八九是想把女儿嫁给那个人。

紫鹃再次问我，如果她为了和我在一起而同父母翻脸，我能不能为了她而放弃这里的工作。

说实话，我不敢轻易放弃，但是我出去闯荡的念头也悄然复苏。

刚刚和父亲交谈过，他并不是一味的反对。这个世界既然残酷，我的现状就不容过于乐观。

我从六岁便随父母到这个厂里，至今已有十八年，谁都不想一辈子待在一个地方。

如果我真的要决定出去，必须做上两件事，一是把我那武侠小说完成，做事绝对不能半途而废。二是"转正"的争取，必须去做。至于出去闯荡的具体操作应该问题不大。可以通过休病假的形式保住这里的工作，然后由父亲的亲朋好友给个落脚的地方，至于其他的就要靠自己闯荡了。独立生活的能力有，只需适应生活。一技之长也有，但只可能很辛苦地糊口。电脑操作能力有，只是英语方面为零，驾驶执照没有，对，这个也要列入明年的一个事项，既然要出去，资本就要充足些。

如果她过不来，我要出去。如果她过来后不提出去的事情，我也要看自己情况而定。我真的很想改变一下，我不想在一个地方待得太久。而且父亲也不是不同意，只是他也在犹豫，看他的语气，他也考虑过这样的问题。

唉，越写就越想出去。本来我就为出去闯荡而准备了五年，只要这边工作丢不掉出去试试又有什么不可以呢？至于这边的学业，也好办，视闯荡情况而定，不行就算了，英语确实该单独用功学学。

No.44　出门见"喜"

高阳在老卢的店里吃加班饭，把我也捎上了。菜还没上桌，接到紫鹃的电话。

"什么时候回来？"

"还要过几天吧。对了，我给你和高阳寄了礼物，在依婕那里，你现在去拿。"

"哦,她在哪里？"

"她现在在表妹家楼下等你,你快点过去。"

"行,我等会儿和高阳一块过去。"

"不要,给高阳的礼物没有你的好,怕他不高兴。"

我笑说:"哦,也是,他要是看到我的礼物更好,一定会抢的。"

"别忘了,你马上过去,她八点钟后还有事。"

菜上桌了,我和高阳埋头猛吃,如果依婕等得着急一定会给我打电话,我再和她重新约个时间就行了。

电话又响了,一看号码,果然是医院附近的。

"你怎么还没去？"

"……嗯？"我惊异得差点叫出声来。

"你快点过去啊。"电话那头催促着我。

真的是紫鹃的声音,我冲出店门,兴奋说:"你什么时候回来的？"

"我没回来啊。"

"还骗人,这上面有号码。"

紫鹃嘿嘿一笑:"人家想给你个惊喜嘛。"

我立马甩了高阳直奔医院。

紫鹃一看到我,还想躲起来。

我们一起到天台,我想抱着紫鹃,她总是顽皮地推开,然后断断续续讲述在老家的日子,有开心的、好笑的、难过的、失意的。她倾诉不止,我抱她不停,感觉真的很幸福。

她已经答应父母不和我谈,不管真假,只要她回来了,能熬到明年五月份转正式护士,就再也不怕什么了。

虽然倔犟,但在这个问题上她还是能够听我的,我心里头真的很高兴。至于我这批人转正的事情,我又有了一些新的思路和想法,对各个人的心理都有了些了解和分析,不过要等我的状态从高潮趋向平稳时才能动笔。

总之,一切虽有曲折,但正如哲学所说,事物的发展是螺旋式上升,波浪式前进。

果然如周老师所说,小说是由 WC 出版社出版,部分样书已经寄来。

今天是十二月二十四,我叫蔡俊一起出来,他开始答应了,后来又推托说是朋友找他玩。我心里不爽,第一他先答应我,第二那些朋友比我更重要。是谁平常点滴教他,是谁和他接触更多,我又有哪一点对不起他,那些朋友和我相比就重要到可以放弃先来后到的原则?而一个总是标榜自己把原则看得比事情还重要的人,在这种时刻怎么会放弃自己的原则呢?

我觉得自己的心眼变小了,对高阳如此,对蔡俊也是如此。

高阳问我:"你还会在同事面前唱自己编的歌吗?"

我很久没有想这个问题了,我说:"不会。"

高阳说:"你已经变了,你以前会唱的,是因为你不在乎很多事情,以自己为中心,不去考虑别人怎么看你。但是现在你会考虑很多事情,比如别人对你的看法,你在别人心目中的地位。因为你在乎,所以就会这样。"

不错,我还能做到不在乎吗?不可能了,不在乎只能是表面上的,我已经注重这些东西了——地位、名誉、利益、感情。对蔡俊,我只能放弃原有的想法,他的想法很多时候都和我格格不入,而且他已经这样对我,我还有什么好说的,确实,人大了,想法都会变,他是这样,我也是。

今天去香格里拉,有高阳、洛洛、蔡俊、依婕、龙刀,还有我"老婆"。

事情陡然变化,洛洛以前的男朋友带着一个精神病医院的医生出现了。高阳、洛洛立时不做声,没办法,我只好陪着那两人闲扯,顺便看他们的态度。洛洛前男友是一个有些思想性情柔弱的人,而那医生是个较为粗俗大气的人,聊了半天,我认为基本上不会出事。

终场时,洛洛消失,高阳消失。洛洛前男友接了个短信后也带着医生告辞了。之后我们也散了。本想和紫鹃在表妹那里过夜,不料那房子原来住的人回来了,只好作罢,不过这可是个隐患,弄不好哪天就会出纰漏。

唉,有些扫兴。

No.45　五个人的元旦

昨天和紫鹃一起吃中饭,吃完饭后她要回去洗澡,虽然扫兴,但我也无奈,她看我一脸强撑的笑容,还是决定留下来洗澡。

下午五点半她带了两个菜回来,我问起那封信的事,有没有和老家的二表姐打招呼(我的信是寄给她表姐再由她转交给紫鹃的)。

她说还没有,打了个电话过去,那边告诉她,她妈妈今天已经向武汉市出发了!

紫鹃立即回寝室等待,我则坐立不安。紫鹃用洛洛的电话告诉我,她刚才打电话到医院的大表姐家一问,她妈果然到了武汉市!

……

翌日。就在刚才紫鹃打电话过来。

"昨天我妈过来,就是因为那封信,我妈说本来还想看看你这人到底怎么样,但看你的烂字就知道你文化水平很低。而且明天上班,所以又急着赶了回去。"紫鹃说。

我笑笑说:"没事就好。"

紫鹃在电话里大骂自己的亲姐姐,听她说的那些,觉得她姐姐既任性,也十分看重自己的物质利益,居然害怕亲妹妹到未婚夫身边后,会抢了自己的位置。而且对紫鹃进行人身攻击,使得她妈妈那么心急火燎地赶过来又赶回去。虽然这样的家庭很复杂,但这样也未必是坏事。

碰到什么样的人不是我能决定的,但能及早地了解这些人就是幸运的事情了。

唉,这段时间我还能做什么事情呢?不过话说过来,这又有什么做不到呢,不过是心魔罢了。

紫鹃和我一起参加了团委举办的迎接元旦晚会。她穿着一件白色棉袄像个小公主一样,在人多的场合她很注重自己的形象,不多说话,也不许我太张扬。

坐在一起的还有几个非常要好的同学,高阳、雯雯、秀杰。雯雯提出晚上上街逛湖一直到明年。我们都积极响应。

公交车上,高阳和雯雯坐一起,我自然是和紫鹃坐一起,唯独秀杰一个人坐在那。

紫鹃轻声说:"他好可怜哪,应该给他找个伴。"

"这一时半会儿到哪去给他找伴?他有个暗恋多年的女孩,不过现在车子已经开了,也不好叫。"我低声告诉紫鹃。

我们先是去茶吧喝茶,他们嚷着要吃烧烤,我又和高阳一起去买烧烤。

途中高阳叫我买束花送给紫鹃,刚巧碰到一个卖花的,正要买一束时,高阳提出买两束,并说:"还得给雯雯带一束,就紫鹃一个人有花不太好。"

高阳这个人真是心地好,怕另一个女孩难过,所以拿着我买的花以他的名义去送,真是好人啊。

高阳送花之后,雯雯的表情是内心欣喜外露浅笑。

唱歌之后我们就去放烟花,有不少新疆小孩过来帮着点火,高阳提醒我们小心点,因为有那么一些从新疆来的小孩在内地从事偷窃行业。

烟火四射,也没看到那些新疆小孩有什么不妥之处。

紫鹃、雯雯、高阳、秀杰玩得都很开心,雯雯重提元旦逛湖,说是要逛到2012年去。我们一致同意。

长长的湖边小道干净整洁,树影婆娑于路灯之下,我和紫鹃手牵手挨在一起,高阳和雯雯手牵手,独剩秀杰一人。

紫鹃今天回老家过年。

我洗澡前感到极度寒冷,很想念她,可能我已经习惯她在身边了。事情千头万绪,也许这样的形容夸张了,但还是可以形容自己的状态。

刚才和爸爸聊天,他已经被任命为瓜类市公安局西瓜分局的政委了,他很高兴:"只要是我想要办的事,就没有办不了的。"

我也是这么想,只要是我小磊想要办的事,就没有办不了的。

No.46　我的情感底线

昨天和紫鹃通电话后,她说要在电话里面亲高阳,我坚决不同意,这是原则问题。如果她在其他方面使小性子,我可以包容,但在这个方面,我实在做不到。今天一早她打电话向我道歉,我无所谓,只要她不认为昨天的举动是对的,就算不道歉也无所谓,但口头上绝对不能说这件事情是对的。如果她在口头上也认为这件事是对的,不管她心里怎么想,我对她的看法都会改变。在两个人感情原则上,能够坚持说这样的行为是对的,无异于和别人上床后还认为自己没有错!而我对待这样的女人,就没办法把她当做自己的女朋友。

也许她会看到这封信,我也有可能面对面地和她说一遍。不过,今后如果再有类似的事情发生,我不会告诉她我的真实想法了。或者把她当做性伴侣,但我不会告诉她我把她当做什么,也许她可以感觉出来,但我绝对不会说。或者由于我受不了她在这方面的任性,而离开她。未来,就只有这么两条路。只要她还坚持在这方面使小性子的话。

我知道她只是任性,但任性也是有限度的。只要她超越了这个限度,就把我对她包容的限度打破。我和她,就像塑料袋和仙人掌,她可以刺我,但别把我刺破,否则,我们都会失去彼此。如果她不在乎我,如果她真的不在乎因为她在这方面的任性而失去我,那她就去任性吧。也许到时我们还会在一起。可是塑料袋破了,就无所谓在乎不在乎仙人掌的刺,她再也刺不痛我,我心中也再也装不下她。

写着写着,有些泪花,可能是觉得委屈:我是怎么样对她的,她心里明白得很,为什么非要让我哭呢?泪水是有限的,在为同一个事情哭过一次后,我不会再哭第二次,因为每哭一次,我的心里就漏出一个洞,她可以在这一块自由地出去,却别再想回来。我对她,有爱、信任、包容,当包容变成无所谓时,就意味着我不再爱她,也无所谓信不信任。

"求求你,别再试探我的底线了,它很脆弱,很容易破裂,经不起刺痛。"为她泪水涟涟两次,一次是她一再说分手,一次是她说要亲别的男人还认为自己没有错!难道我的这点要求都过分吗?难道她非要让我为她哭足三次才肯停止不应该的任性吗?难道非要我对她提出这样要求也变得无所谓时,她才高兴吗?

很多时候,当我在外面受委屈时,总希望她能安慰我一下,却总是忍下性子安慰她。她曾说,如果我连她想什么都不知道,我还怎么配做她的男朋友,那她又有多少时候知道我是不是难过。

很多时候,我最委屈的时候,就是我最想抱她的时候,每到此时她却总是躲闪。而当她想抱我的时候,我总是任她靠躺从不回避。也许这是男朋友应该做的,可她明白我目光慈蔼靠近她想要抱她时的渴望吗?在很多时候,我总是以一个大男人的标准要求自己面对一切,包括她。可是我所承担和面对的压力委屈无法在她那里得到缓解,还要承担她所带来的压力和委屈时,我又该向谁倾诉?到哪里去缓解自己的压力?

不是我不爱她,不是我不想承担爱她所要承担的事情,但我有时候真的很困惑。其实,在面对情感时,我也很脆弱。

我的要求并不高,起码的忠诚。我可以做得到,我知道她也可以做得到,形式和内容不可能背道而驰。当她口口声声说要亲别人的时候,我还能忍得住不难受吗?

我不知道她是因为没有尝过这种滋味而毫无所谓,还是想看看我的情感底线。

我不希望再有下次。

刚才我们又聊到昨晚的事情,聊着聊着我又发火了。可能是因为我最近心情也不太好吧,一想到一些事情就有气,所以聊到后来就很不舒服。

她突然说:"我决定了。你同不同意?"

"我明白了。"

"你明白什么了?"

"我不知道。"

"那你又说你明白了。"

"我只是猜。"

"你猜什么?"

"有最好的可能和最坏的可能。"

"你不要往最好的可能上想。"

"最坏的可能就是你想要抛弃我。"

"你同不同意?"

"有什么话回来再说吧。"

"我不回来了,你同不同意?"

"这事你考虑多久了?"

"我考虑很久了。"

"有多久?"

"两分钟。"

"真是深思熟虑呀。"

"你同不同意?"

"你认为我有选择的余地吗?"

"这么说你同意了?"

"如果你真的想抛弃我,我又能怎么样?决定权在你的手里,而不在我。我有什么能决定你爱不爱我呢?"

"谁说要抛弃你了?"

"啊?那你说你决定了什么?"

"我说,我决定不再惹你生气了。"

我心中一阵欣喜,说:"呵呵,老婆,你真好。"

"那当然了。"

她说:"如果我真的决定和你分手,你也会同意吗?"

"那我有什么办法,反正已经被你抛弃过一次,应该不会那么难受了。你知道我

当时在考虑什么吗？"

"什么？"

"我在想，难过的时候该找谁喝酒。对父母该怎么说，还是先别告诉他们，等自己恢复过来再说。如果你回过头来又找我，我该怎么办？"

"你会怎么办？"

"如果我们分开的时候，你没有跟别的男人在一起，我还有可能接受你。如果你跟别的男人在一起后，又来找我，我是绝对不能接受你。这是我的底线。我不能容忍与自己相处的女孩，中间有段时间曾属于别的男人。绝对不能原谅，无法容忍。你就一边凉快去吧。"

"哎，我们是不是在吵架？"

"啊，没有啊。"

"干吗那么认真哦？"

"我只是把自己的想法告诉你。算了老婆，这段时间我的压力也很大。每次你在工作上受气时，我都会安慰你，可是每次我受气时，到你这不仅得不到安慰，还要被你气。"

"哦，好好好，我安慰你，我安慰你。"

"老婆真好。"

No.47 爱情就像放风筝

我的女朋友喜欢动不动就发脾气，有时候实在是杠心情。

才通电话，不知道又是哪里得罪她了。我现在有个原则，电话被拒接三次，就不会再打，除非问题出在我这。不过这样一来她肯定火大。

果然，紫鹃打电话说："我们一个月不通电话行吗？"

我说："不行，时间太长了，一天吧。"

紫鹃说："不，一个月，就这么说定了，从现在开始。拜拜。"

一阵忙音……

心情一阵不爽，手头上的创作也无法进行。我是不会主动打电话过去的，我有些开始反感这种折腾。

暗自说："你折腾什么呀？我既然是你最喜欢的人，我第一次给人打洗脚水、剪脚指甲、送花,能在你在外面受气的时候让你宣泄、安慰你,能努力做你想要的一切。你还要我怎么样?没事乱发脾气,我不是人生父母养的?我爱你就一定要受你的刁难?长此下去我还要不要活了?"

有个同事曾说,结婚的标准,就是你预计结婚的生活质量是否比婚前的生活质量高,否则就不要结婚。

也许我心胸狭窄了,爱情就像放风筝,计较太多虽会有悔恨,可放纵的爱也会让天空划满伤痕。

今天和一个叔叔聊天,他问我谈朋友了没有。这个叔叔是我原先的部门主任,能力非常强,待人接物也很老到,我之所以把他称为叔叔,主要是敬佩,再加之两人都比较赏识对方。

他说:"女人很容易不知足,你越是让着她,她就越放肆,而且还不知道你的忍让是有限度的,甚至可能在公众场合不尊重自己的丈夫。"

我说:"我跟她有约定,小事她做主,原则性的事情、大事我做主。"

"那什么是小事,什么又是大事呢?很多小事的积累就是大事,原则性又是什么呢?一次两次的容忍算不算违背原则?"我目光直视他,知道他要说出自己的经验。

"你看我的老婆,原先个性也是非常强的。女人很多时候明知道自己是错的,但就是要你向她认错,看你在不在乎她。一次两次还可以,要是多了,你在家里还有什么地位可言?一旦遇到了所谓的大事,她会听你的吗?她已经养成习惯了。要是素质高还可以,要是素质不高,你就无法改变自己在家庭中的地位。"他说。

我忽然想起上次紫鹃说要亲高阳的事,居然至今嘴上还不认错。这件事情本身已经不重要了,重要的是她对这明显不应该的事情还理直气壮。你要面子,不肯认错,我就不是人了?我的面子往哪里放?将来如果有家庭,我还有男人应有的地位可言吗?

"过分的宽容忍让,其实是一种无能的表现。"他的话让我一震。

我现在想,如果我真的喜欢她,在包容她的同时,也应该修剪她的枝叶,那些很可能影响将来幸福的枝杈,而不是一味的包容放纵。

可能我现在对她的爱又逐渐趋于理性吧,也可能是自己最近心情不好的缘故。我绝对不会把气撒在她的身上,却有些厌烦她无聊的试探,和因此而来的脾气。如果真的有事情,不论是哪一方的原因,我都会耐心缓解,可她现在的举动实在有些无聊。多想好好地相处,为什么非要搞出些不愉快来,这完全可以避免。而且不是一次两次。

你如果爱我,就在你想发脾气之前考虑自己对在哪里,考虑一下我的感受。我爱你,所以我要修剪你的枝杈,哪怕会让你一时不舒服,总比将来你早已被我宠坏,却依旧不知谁对谁错,让我们为此付出不应该有的代价要好。

No.48 第一次

"亲爱的紫鹃!不知道你什么时候能回来,虽然相隔五个小时的车程,却有种若远若近的感觉。"我自言自语。

"真的很想抱着你入睡。"我说。

"我也好想啊。"紫鹃小鸟依人的语态让我顿感怜惜。

"你是穿着那件透明的内衣吗?"我说。

"是,可惜你没眼福。"紫鹃鼓起嘴。

每次入睡后,紫鹃都会偷偷地吻我,还会嗅着我的脸睁眼闭眼,用睫毛挠我痒痒。那种感觉真的很酥痒,总是撩拨得我心中一阵醉意。

紫鹃每次强行摸我,我都装作很无力的样子被她侵入,她总喜欢装作粗蛮的样子,故意爽朗地得意大笑。每次想起来,我就觉得她实在太可爱了。她学动画片里的蜡笔小新给我画大象,还唱道:"大象——大象——你的鼻子怎么这么长?妈妈说鼻子长才是漂亮——"回去后我用劲洗了很久,还是依稀有些印记。自己又总是因为这事忍不住偷笑。

记得我第一次超过三次纪录是在一天我献二百毫升的血,又紧接着和她温存了八次。她每次都会说:"老公,你好棒哦。"我也会很自豪地一笑,为自己能给她快乐而高兴。自那以后我从一百五十二斤锐减到一百二十二斤,足足瘦了三十斤,一直想减肥没有成效,直到遇上了她。

还记得第一次想要摸她的手,那是我们五个人在KTV里唱歌,她说:"你觉得小燕子怎么样?我觉得你和她很般配。"其实她说这话的时候,只是在试探我到底对别的女孩有没有意思。我当时觉得好笑,我不是那种见谁好看或者如何就会轻易喜欢别人的人。

我马上反过来说:"你看高阳如何?你们也挺般配的嘛。"她一时无语。

之后我们闲扯几句,她说:"小时候体弱多病,得过什么疮,等老皮掉了后,就长出了现在的新皮,你看嫩吧。"这个时候我忽然有种想要摸她手的感觉。

现在想来,我可能是感觉到她对我不敢透露的爱意,才会有这样的感应。也或者我也喜欢她这样的女孩,只是自己没有察觉到罢了。

记得第一次摸她的手,那是在湖边,有些冷,我们坐在一起看夜晚中的黑流。我说有些冷,把手伸入她的手臂与膝盖之间,隔着衣服感觉她的体温,那种柔柔的感觉传了过来。

而第一次牵手,是在电影院,我犹豫了很久,越想越有些不敢,倒没想过什么被拒绝,而是有些抑制不住的激动使得心血迭起,有些僵住了。但我还是鼓起勇气说:"你的针眼在哪?我看一下。"

那是她发烧后打吊针留下来的,她把手递了过来说:"喏,你看,还青了呢。"我的手指交叉开来和她的手相握,相信那时的她心里也是一阵激动,但我们又都太善于伪装自己,不会太多的表露。

第一次给她送肉泥汤,她说很好吃。她第一次回送肉泥汤给我,幸好当时有兄弟在场,要不然我一定会在她看不到的时候忍不住吐,实在太油腻了。之后她又给我送过鸽子汤,同事看到时,和我一样的感触说:"像个湖边浮尸。"然后又一起感慨,现在能做菜的女孩已经不多了,虽然做得不怎么样,但已经很难得了。

第一次为了她去学做菜。好在我有这么大岁数,生活经验也不少。她说要吃尖椒肚条煲,我问过一个开过餐馆的书店老板(本来想买本餐饮书),之后就去买猪肚、剥、洗、蒸弄了半天,下锅后又被老娘截留了一些,还不敢说是给她做的,只说是给龙刀做的。她吃过以后赞不绝口,虽然是第一次做,连我自己都觉得味道不错。

她第一次生气,当时她说想看照片,而我很累想睡觉。她想发脾气,说要回去,我当时冷冷说:"如果你要走,我是不会因为这件事向你道歉的。"她低头立在床前,泪水涟涟。我忍着性子安抚她,她扑在我的怀里幽咽不停。

事后她对我说:"你的那句话一出口,我就知道你并不爱我。"惭愧,的确我那时只是喜欢她,并不像现在这样爱她。不管我们之间发生了什么,我的感情变换都很慢,却也很深。

她第一次发火,我那时已经在慢慢学会如何哄她。她最终大声问:"你为什么不能像高阳那样哄我开心?"本来我想说:"你去找高阳好了。"可我知道这样的话不是男人应该说出来的,而且我也怕她冲动之下真的会那样做。我默然无语。她问我:"你为什么每次哄我只哄到一半,每次哄到一半就不理人家了,让我心里憋死了。"我说:"我哄了你半天,你不理我,我还以为你想清静一下呢。"

125

爱情不是
一个味

她第一次正式提出分手，是在一个雨水淅沥的日子，不知道又为什么得罪了她，她说要分手，我问她为什么，她说没有原因。在这之前她也说过类似的话，每次听到后心里都是一团糟。她执意要离开，我的心里也有气，我下定决心任由她。她走到门口，我跟到门口；她看我一眼，我毫无表情；她开门，我拿伞，她不要，门被她重重地带上。正当我在床头冥想时，她电话打来，那柔弱的声音说："我们分手吧……"

"你在哪？是不是在楼下？我马上……"电话被挂断。我急匆匆开门下去，到了五楼的时候，看见她无助地挨着墙壁，脚步疲软。这一刻，我的心彻底软了下来，自那以后我就再也没有翻身的日子，每次不论她做错了什么，我都会向她道歉，直到我感觉再这样下去她会违背游戏规则时。

第一次为她掉眼泪，是在她说要分手的那天，回到房间后我们冷战了一小时，她中途笑过说："你看我干什么？"我却还是一言不发，我的沉默可能对她也是一种伤害。她把手机往床上一甩，说："我们分定了。"她又再次离开，要回去。我依旧不拦她。在房间里转了一会，看看窗外，雨还在下，想想还是给她送把伞。跑下去时，她已经到了很远。我追上去后，她又掉转头回来。其实我只是不想她被雨淋着，我不敢奢望她会回来。之后我们又继续冷战，我越想越觉得委屈，泪水喷涌而出，说："你好狠哪，你好狠哪，居然可以一而再再而三地说分手。"如果不是因为她说得太多，我也不会下定决心随她便。她也忍不住哭了，抱着我相互泪湿衣服。她却在哭停之后又把我推开。其实在这一刻，我们都已经原谅对方了。

唉，和她在一起有这么多值得怀念的第一次，谈个恋爱还真不容易。

No.49　暗示

看了看和她接触没多久时的日记，发现自己真的变了很多。

以前那副对情感无所谓的态度，已经被她完全打破。我不会轻易忘记一个人，同时也不会轻易爱上一个人。她用她的聪慧、顽皮、倔犟、热烈融化了我心中的冰层，并且让停滞的情感河流再次流动，形成新的旋涡。

有她在的时候，真的感觉甜蜜。不论是物质生活、情感生活还是性生活，都十分和谐。她不会计较谁为谁花钱，我也如此；她聪明、懂事、顽皮且热烈，能够听懂我所说的话，能够融化我的冰，能够激起思绪的浪花，让我每每想到她就思念不已；她为我付出一切，并且能配合我的要求，事后抚摸我的背脊，我就感到一阵融合的陶醉。

有时候我在想，万一我们将来真的分开了，我还会不会碰到这样的女孩，就算碰到了，我还能不能再爱。

那次我问她，如果我们分开，你会不会再找一个像我这样的人。她说不知道，可能不会吧。我想也应该不会，我就是我，只有一个，她也如此，如果我错过了她，可能我这辈子都不会再遇到这么适合我的人了。

在没遇见她之前，有两个女孩或者说改变或者说引导了我。

一个是现在读博士的香香，说不清是崇拜、倔犟还是爱，我一直以她为榜样，努力改变自己，去思考，去锻炼，直到自己渐渐成熟，才发现，虽然爱的感觉消散，但因此而来的改变成果却是显而易见。有几次她放假回来，我也考虑，我们是不是真的能在一起，她的生活习惯我会习惯吗？她的想法我能接受吗？她可能爱我吗？我们在一起真的会幸福吗？想来想去觉得儿时的梦想已被现实改变，这样的女人不适合我吧。

第二个女孩是同学兼同事唐艳姿。她长得不漂亮，虽然也很聪明，但性格却很倔犟。而且最初时她瞧不起我那时的孤僻。可我却发现自己很想和她在一起。毕竟是青春期，而且身边就这么一个女孩，对她产生性冲动十分正常，可我却为此郁闷苦恼，觉得自己很奇怪，明明不喜欢她，明明喜欢那个像神一样的香香，为什么还会想和这个女孩在一起？曾经还为此想过调离工作岗位，可是后来又想，如果我连这件事都不能面对，那我还能面对什么，还能做什么？我花了三个月的时间，做到了不主动和她说话、不看她，渐渐达到了不想她，虽然她每天都在我眼前晃过。当我平静下来后，分析自己，知道了性冲动其实也是一种爱。既然性是必须面对，那就面对，坦然地看待和说出自己的感受，欲念反倒坦然了。压抑只会使情感更强烈。后来我对她说，我们只适合做好朋友，不适合做夫妻，你的脾气太倔，我受不了。现在想来，还有两个关键因素，我们彼此之间没有爱的感觉，就算没有脾气，相处时也会毫无生气。

亲爱的紫鹃！第三个女孩就是你了。

你的爱融解了我心中的冷酷，虽然它还能再次冷酷，可我却不忍拿它对待你，因为我也爱你。说来好笑，这还算得上是我的第一次谈恋爱。

香香有自己喜欢的人，而且看我也是俯视。我从来就没向她说过什么，她虽然知道，却也从来没有说破，都是聪明人，我知道说了反而会增加距离。因为我从来就没说过什么，她也就没有所谓的拒绝，

艳姿爱着比她大四岁的男人，还挤走了他的女朋友。她把我当好朋友看，我也

是如此。自从离开那个岗位后,我就很少和她单独聊天。一是避嫌,免得引起不必要的麻烦。二是对自己控制情感的能力也没有太大信心,毕竟情感就是情感,不是理性,不是理性能够随心所欲控制的范围。所以在男女交往中,我还是习惯防微杜渐,在行为上做到了应该做的,就不可能有什么意外。

其实在男女交往方面,我希望我的女朋友能稍稍注意些,有些行为也许你是出于很自然的想法,但在另一方眼里却未见得就是你的想法。比如牵别人的手,伏在别人背上,电话里面亲别人。如果那个人是绅士或者结巴,他会怎么想?如果你养成了习惯而又浑然不觉那怎么办?如果高阳的想法有了变化,那又该怎么办?

男人和女人的思维方式不同,女人认为无所谓的小事,在男人眼中可能就是一种暗示。

No.50　宣泄

如果真爱,就会在乎;如果在乎,就会猜疑;如果猜疑,就会伤痛;如果伤痛,就会想要不在乎;想要不在乎,就会想要不爱。

可是又想爱,又觉得爱着痛。爱,就是甜蜜中有丝丝痛苦。甜蜜是主流,痛苦是不能抹去的次流。没有人可以只享受爱的甜蜜而不承担爱的痛苦,除非你不爱,而爱过后又想要不爱,依然是那么痛苦。

我还是觉得,有爱比没有爱要好。虽然有时会觉得痛、难过,但毕竟是很小一部分。疼痛就像一个卫士,告诉我们有不对的地方。告诉我们不该用某种方式去爱。就像我们活着,如果没有疼痛,就会不惧怕死亡,而一旦死亡,一切就没有了意义。所以身体的疼痛是在警告我们,该如何活着。

爱情也是如此,而且爱情的疼痛是两个人的事情。也许是她错了,也许是我错了,也许我们都错了,所以才会感觉到疼痛。所以才会知道,我们的某种行为不对,可能会让爱情死亡。

感到了爱的痛苦的人们,那是爱的必然体验,就像生病一样。不要逃避,勇敢地面对,我们还可以挽回爱情。

刚才到萱萱家送书,她和我从初中起就是同学,一直到在一起工作后,才互相用正眼看对方。在中学的留言簿上,她总是写上"到美国来找我",现在可方便多了,只要到社区找她就行了。

她的小孩三个月了,头发很长,想想以前还是个妙龄少女,转瞬间就变成了坐月子的大肚婆,时间还真是过得快。

闲扯中我聊了一下自己的近况,顺便向她讨教女人的心理。

"女人是不是没事就喜欢试探一下男人的底线,看看他到底会为什么事情生气?"

"是啊,有时候就是莫名其妙地想惹男人生气,看看男人的承受力到底有多大。"

我笑说:"如果我可以包容她的一切,只要不违背爱情的基本原则。她觉得只有违背这一原则才能惹我生气,而假装要违背这一原则。而我一旦认定对方违背了原则,就会放弃,那怎么办?"

她想了想,说:"那就看你自己的了。"原来她们女人对待感情时,脑子并不清醒,留下这么大一个难题给男人。唉,做男人还真"难"。

看来我得想一些方法,我要在她面前变得小气一些,让她只会针对除了爱情原则以外的事情试探;还是变得更加大度,让她觉得怎么样试探我都不会生气,从而觉得试探索然无味,而停止这种试探。我想我可能会选择前者。如果是后者的话,一来我需要隐忍更多才能做到。二来她如果觉得不能和我有个互动,包括她有情绪时,在我这里发泄就像往井里吹气,而不是往气球里,不能让她有种发泄的快感,她是不是会厌倦我?会想要找一个虽然小气,却可以让她有宣泄快感的男人做男朋友呢?

对,女人有情绪时,去刺痛自己的男友,就像往气球里吹气一样,有难度的吹气球,可以让自己得到宣泄,顺便看看自己男友究竟能承受多少她的气。如果男友变成了一口井,就不会有宣泄的感觉,索然无味,而且那黑漆漆的井口会让女人没有安全感,感觉看不清自己的男友到底有多深,能不能把握。

看来我决定当气球了。

No.51 是退出还是弥补

情人节之前我就在猎寻礼物,看中了一个白金链子和坠子,打折后合计一千多元,对我这样的工薪阶层来讲,价格不菲。紫鹃打电话问我干什么,我如实回答。她坚决不要,因为她妈已经给了她一些首饰,而且寝室里不方便放。想想也是,那就买

爱情不是一个味

花吧,她还是不要,说浪费。

……我提出了许多东西她都不要,我也不敢再讲了,打算做好了以后给她惊喜。

我问紫鹃喜欢些什么歌,然后在网上下载下来,又买了一个音箱和肯德基全家桶,再买上两支蜡烛。

情人节那天,我放着紫鹃最喜欢的歌,点上蜡烛,摆好肯德基等她来。她拿出一盒巧克力给我,并摊手说:"我的礼物呢?"我一时间愣了,这些不都是礼物吗?这样的氛围就是礼物啊。她看我没有礼物给她,脸色骤然变了,从吃肯德基开始一直闷闷不乐,我很想下楼给她买朵花,或者别的,但又怕她跑掉。就在这样沉闷的气氛下我们共度烛光晚餐。我心里头也不太舒服。后来两人的谈话又多了些,逐渐开始玩闹起来,忽然间她又不知发了什么脾气,嚷着要回寝室。我躺在床上不愿阻拦,她这么闹的次数太多了,何况本来我的心情也不舒畅。

黑暗之中就听一声闷响,她拿起送我的巧克力盒子往地上砸去!

我立时跳了起来,郁积在心中的怒火终于爆发,我对她的忍让已经不是一次两次了,我大声说:"你想要干什么?你到底想要干什么?"她不理我往门口走去,我一下子就把她摔到了床上,她的眼神中充满了诧异,因为此前我从未对她动粗过,她起身又要向门口走去,我又是一甩,把她摔到了床上。

我大喝一声,回身一脚踢到大衣柜上。

门框碎裂!

……

平静,我们都要平静下来。

我喘着气,心头的平静从未如此清晰。紫鹃怯意中带有怜惜地说:"你先把衣服穿好嘛。"我动手穿着衣服,然后收拾桌上的碗筷垃圾,心里头很静,说话也很轻,可能怒火发泄之后的人就是这个样子吧。

她对我说:"我可以把睡衣拿走吗。"

我轻声说:"拿吧。"

"杯子呢?"

"拿吧。"

"我把小灵通放这了。"

我心头一颤,说:"你以前说过,如果你想要离开我时,就会把我的东西都还给我,你现在这么做是什么意思?"

她笑说:"没有啊,我不想带在身上嘛。"

我冷言说:"为什么？"

她笑说:"没有为什么啊,就是不想带嘛。"说着便往门口走去。

我拦住她说:"你把小灵通带上,有事我们好联系。"

她仍是笑说:"不用了,你不用多心嘛。"

我心中涌起奇怪的感觉,如果是以前我对她这样的话,她除了哭之外就是发脾气,如今却是笑意盈盈,一定有问题。回身看看衣柜,已经裂了,她一定是怕我打她,所以一心想要离开这里。可我绝对不会这么做。

我要她带上小灵通,她却就是笑着不答应,我也自然不会放她走,她越是笑得灿烂,亲得温柔,我就越觉得她会一去不返。

她离不开这里,却没有哭,更证实了我的想法,我冷冷地说:"你别装了,如果你想哭或者想骂我,你就哭吧、骂吧。"

她上前亲吻说:"不会啊,你别多心了,我真的有事。"

"把小灵通带上。"

她笑说:"那好吧,我带上。"

"你要去哪？"

她笑说:"去清蒸鱼那里。"

我转身说:"我也该回去了,走吧。"

她刚走了两步,我又把她拉回来,说:"你去把台灯关了。"她不肯,我不依,我只是不希望走在她后面,所以要她把台灯关了。

她这时却说:"好吧,我不回去了。"又过来帮我脱衣服和袜子,这是以前想都别想的事情,每回都是我帮她打好洗脚水、洗脚、剪指甲,可以说她能做到这一步实在让我吃惊,但我的脸上却依旧平静。

两人躺在床上,我说了不少话,现在有些忘了。

她的坚强逐渐融化,猛然拿起我的手臂狠狠地咬着,我的手一阵辣痛,我虽极力忍住不叫,却还是忍不住呻吟起来。她放下后,我缩回手,居然没有破皮!

两人疯狂做爱,她像只八脚章鱼般缠住我,泪水再也忍不住地流出。

她幽咽说:"我刚才真的好想哭。可我怕哭出来后被你看穿了。"

我平静说:"哪有什么我看不穿的。"

她紧紧地搂着我说:"我们还像以前那样好吗？"

"好。"

虽然事情已经告一段落,但她变得越来越骄横,而我,也在考虑是退出还是弥补。

No.52　对方是否爱自己

自从情人节之后，我们的战斗越来越激烈，她终于提出分手，我借着喝醉酒把她叫来，又在高阳的安排下，借着给小桶介绍女朋友为名，大家又在一起吃饭，之后回去做爱。她很得意，因为是我先向她打电话的。她自认为自己吃软不吃硬，我试探着要她做些事情，她坚决不干，并且以分手相威胁。哼，我岂是能受女人胁迫之人，不行就拉倒，而且我说到做到。但感情既然已经产生，就不要轻易放弃。忽然间觉得男女相处也是一场特殊的斗争。

大家的共同目标是征服对方并与之融合。前期时，大家都谨慎小心，通过各种途径了解试探对方的想法、习性，看看对方是否有自己想要的东西。与此同时，又在隐忍自己的陋习而把好的东西展现出来，以此吸引对方，并且不急于表达想法，以此为退路。

一番远距离交锋后，如果双方都认为对方适合自己，或者有自己想要的东西时，关系就迅速升温。达到亲密无间，了解对方习性后，就会开始慢慢把自己的陋习暴露，并以此作为对方是否爱自己的标准。

这个时候就是把握爱情的一个分水岭。

人类有很多特点：

1. 对未知事物的好奇心，也会出于自我保护而隐忍缺点；
2. 对想得到而未得到的事物，会首先付出；
3. 对身边的事物永远不满足，其改造的欲望是无止境的。

根据以上几点来看，作为男人，献身于女人之后：

一、不要急着放纵对方，还是要让对方觉得有些距离，而让她继续隐忍陋习直至成为习惯，军队里常说的一句话，习惯是可以培养的；

二、不要急于付出太多，什么端茶倒水之类，尽量让她来做，而且她会因为为你付出而高兴。如果这些事情都是你来做，那她做什么？她只会不断地提要求，这是女人的本性。你一开始就把自己能做的都做了，剩下的就只有自己不能做的了。我现在就为这事头疼得要命，她现在总是提出我做不到的事情，我只能好好反思最初的策略是否把握不当，不过也不能完全怪我，毕竟是第一次谈恋爱嘛。

如果恋爱初期就能把握这两点，就能够让女方养成好习惯，把坏毛病在长时间的隐忍过程中改掉,让女方不断提出要求时,虽然曲折但你总能满足两个中的一个愿望,她会有种奋斗成功的快感。如果给得太快,又有求必应,就会让她形成心理惯性,只要她提要求,你就得满足,如果不满足就是不爱她,而且她的要求会越来越过分。人只有碰到难题才会后退,你一直都能满足她,她只有提出你不能做到的事情后,才算碰到难题。如果在一开始,就没有把握好这两点,那就惨了,就像我现在这样。不过我想到了一个办法,行不行得通就只能试一试了。其原理还是刚才那几条。但也挺难实施,因为对方的习惯已经养成,并且心态也发生了转变,她认为她已经掌握了你这个人的特点,就算一时不如意,最终还是会回头,并且动不动就拿分手作要挟。如此:

一、让她觉得无法掌握你。但又不能是那种强硬的态度。早期要用工作、事业之类非常大气的理由。要让对方并不觉得你是在和她对抗。等对方那种"你必然听命于我"的心理定势发生变化后,就用朋友、交际之类的理由,并且逐渐表现出无所谓的态度。这时她必然会不甘心失去你,但依旧会有些强硬态度。这时就是最难熬的阶段,谁熬得住,谁就是赢家。

二、当她感觉到无法掌握你后,心理就会产生变化。你对她而言,就变成了一个未知事物,但又了解过你最好的一面。这样一来,就又回到了最初的心态,并且又多了一种心态,舍不得的心态。如此,你再见机行事好了。

No.53　她讲道理吗

她要我给她买手机,不管我有没有钱。她希望我能买辆摩托车,因为她以前的男朋友经常骑着摩托车带她兜风。她的父母、姐姐、姐夫都是有钱人。她如果不跟我,要什么有什么,她以前的男朋友会给她她想要的一切。

我听到这些话后,心头只有那么一点点不爽。

……我这是怎么了,为什么在听到这些话后还不发躁?是男人听到一个女人总是拿自己和她以前的男朋友比,而且还断定自己不如以前的男朋友,都会发躁的。

我又开始喜欢玩电脑游戏了,我又开始喜欢出去喝酒了。

是我的适应能力太强,还是我太过懦弱。我总认为,如果我改变不了她,我就改变我自己。

她提出分手,我同意。她提出不分手,我也同意。我无所谓了。

该怎么面对她呢?我有些不想面对。当一切都无所谓的时候,我还爱她吗?

她不说的事情,我会在乎。她把事情都说出来,我就只能不在乎,否则会很痛。当她把所有不该说的都说出来之后,当我把所有该在乎的都变成不在乎之后……

我还爱她吗?

我这是怎么了?只因为被伤害后,学会了自我保护吗?还是令人鄙视的懦弱。

我拿到第一笔书款后,给紫鹃买了部小灵通,买得起也用得起,其实紫鹃对我也是相当舍得,五百元的衣服说买就买。虽然很感激她对我的大方,但还是教育她以后不要给我买这么贵的东西,毕竟那抵得上我半个月的工资。

在她过生日之前我问她想要什么,她说想要一部手机。很多理由,诸如她寝室的人都用手机,她要和家人发短信等等。我一再暗示她不要这么虚荣,毕竟这不是生活必需品,如果把钱花在学习、发展上我会毫不犹豫地掏钱,可花在这上面我觉得不合适。

昨天终于给她买了手机,一千七百八十元。一时间囊空如洗。她总问我是不是不高兴,连高阳、洛洛都看得出我状态不对。那状态的确不对,心里不舒服。她从省城购物回来,去时二百元,回来欠别人一百元,什么东西也没给我带。其实我也不明白为什么会因此不舒服,我以前并不看重这些事情。她居然还总问我,介不介意没给你带东西?

心里头当然不舒服。

我很想尝试着让自己不在乎,不对她抱有希望,可我很难做到。真的不舒服。

算了,可能我还需要修身养性一段时间吧。这是我再次感到迷惑、迷惘的时候。很久没有这种感觉了,可这种感觉让人悲哀,十分消极,甚至有种对过去全盘否定的不妙感觉。

我面对她的虚荣催促出来的窘迫;她面对我的多疑反击而带来的伤害。我被迫满足她,我的心理怎么能平衡下来?

我有些不想面对她,我需要一些时间理顺两人的关系。

她的高消费习惯有两个因素,一是家庭形成,二是虚荣心。想要改变这两点的任何一点都很难,一个是根深蒂固的习惯,一个是周遭环境攀比之风不可能消失。

和她讲道理吗?

首先我和她是正面接触,我的话她会有抵触,弄不好会适得其反。侧面呢?暂时又没有合适的人选。

靠她自己觉悟？

一般情况下不可能。除非她碰到了某些让她思索的事情。但该如何让她有所思索呢？除了对她绝望，我还能怎样？

买完手机后，我没有留下，回到厂里捶背，但却没有精神和小妹妹聊天。回家后玩游戏一直到凌晨三点五十。这是否意味着什么？

我这些天不想再看见她，看见她就会想起这些不开心的事情。但我会找些合适的理由，可能过了这段时间就会好吧。

No.54　紫鹃的生日

紫鹃的生日就快到了，我和高阳筹划着该如何给她过这个生日。发现高阳虽然总是喜欢说歪理，但处理起这些礼仪、场合等问题确实比我经验丰富。我不好出面，由高阳牵头和蔡俊、龙刀、雯雯商量如何把这个生日大办特办。

忽然接到紫鹃电话，医院的表姐也要给她过生日，我们只好将计划提前一天。

这天天下着蒙蒙细雨，我们四处冲杀终于找到一个花店，除了洛洛，另四人每人买了束鲜花，我的是十一朵红玫瑰表达一心一意的爱情，其他三人则是十朵红玫瑰外加两朵表达友谊的花。

由花店员工分次将花送到紫鹃上班的地方。我的花自然是要第一束送到，同时还把小礼物和表达爱意的卡片随花送去。高阳、蔡俊、龙刀也在写卡片，我们都写完了，蔡俊的卡片还没写完，他先打了个草稿，然后问我们合不合适再誊抄上去。

"可爱的紫鹃，你是我们的小公主……"高阳看后对蔡俊说，"不合适，把'们'字去掉。"

蔡俊"哦"了一声就要去改，我叫说："'们'字能去掉吗？那不成了你的小公主了？"

高阳在一旁手舞足蹈地唱道："俺的小公主，俺的小公主。"

蔡俊气急而笑，"我这都是为了谁啊，我这不都是为了小磊能把紫鹃的生日办好，你不出主意还捣乱。"龙刀愣愣一笑，雯雯浅浅一笑。

最后一束花是蔡俊的，他又表现出与众不同的想法，他决定要自己送花到医院去，并问我合不合适。

我笑说："当然不合适了，我们都是让员工送花去，你非要自己去。"

蔡俊想了想说："我只是想表达一下自己的想法，用自己的方式祝她生日快乐，

135

这难道有错吗？"

高阳一脸嬉笑说："让他去让他去，这样就会有更多的小护士知道紫鹃的男朋友是谁了。"我和高阳用眼神扇了蔡俊无数个耳光，又用眼神在他脸上踹了一脚，蔡俊还是没有反应。

我只能洞晓情理说："你最后一束花，亲自出现在医院里，就算你再怎么解释，谁会相信你说你不是紫鹃的男朋友呢？"

蔡俊想了想，失望地收回了自己的想法。而紫鹃这边则是兴奋不已，她原本是在寝室，听说后面还有N束花送来，又跑到了上班的地方，那一束束鲜花、一份份礼物、一张张卡片放在眼前，那个爽啊！

晚上我们在一家大酒店给紫鹃过生日，洛洛的任务就是买个蛋糕。

紫鹃带着她的好朋友来到酒店，一看桌上的尖椒肚条煲马上说："这是我最爱吃的菜，是谁点的？"

我不失时机地说："是我。"她的朋友们都用羡慕的眼光看着紫鹃，其中还有女孩说了句更让紫鹃开心的话："这还用问嘛，肯定是你男朋友点的了。"紫鹃的这点虚荣心得到了更大的满足，相信她这个生日一定会很开心。吃完晚饭之后，我又带着他们去唱歌。不过唱歌时有些不愉快，我从小受人欺负，所以唱歌成了种宣泄的途径，其风格粗犷不羁，能够让自己身心愉悦却不能取悦大众，倒是高阳的声线唯美，唱到哪里都迷倒一片。

紫鹃怕我丢她的脸不准我唱，我觉得很是郁闷。

之后紫鹃又要和高阳跳舞，我就更是郁闷，夺门而出。

这过的是什么生日，简直是受气日。紫鹃看我的表情，自然没有和高阳跳舞，但也没有出来哄我，毕竟今天是她的生日。

我在厕所转悠几圈，心情平静之后又回到包厢继续唱歌。

No.55 错误的吻

曲终人散。

紫鹃依偎在我的怀里，她告诉我，她在第一次看到我时就喜欢上了我，那时我听着MP3，不怎么与人说话，斯斯文文中又透着些神秘。

的确，那时的我，所思所想和周围人确实有些不同。从那以后她就总是抢着照顾我师娘,可我却看都没多看她一眼。

我笑着说:"你们都戴上了口罩,谁知道哪个是哪个。"在老卢请她们吃饭时,她特意问有几个人,老卢说只有四个人,她说当时好难过。结果却又看到了我,当时她一直把头扭在一边,现在说来是怕我嫌她长得丑。我笑笑。

她越说越显得沉缓:"我和高阳接吻了。"

天塌下来了,心口像是被一块石头堵住,脑子里轰鸣不止:"什么时候?"

"在老卢家里,那时候你根本就不喜欢我,高阳又对我那么好,他说如果你不说话就代表默认,当时天又那么黑,我心里头好难过,就把他当做你。"

我心里头更难过,难道因为自己难过就可以找其他人来代替吗?无力,十分的无力,我静静地躺着。紫鹃将背对着我说:"我把所有的事情都告诉你了,再没有任何事情隐瞒你了。"既然他们接吻是紫鹃和我牵手之前,虽然从理性上来讲我可以理解和接受,可是从感情上来讲,我真的很难接受。而且高阳又不是其他人,他是我最好的朋友,会一直在我眼前晃悠,我还能不能面对他呢?

我又回想起紫鹃说要亲高阳,和他唱情歌,送他戒指之类的事情,怎么样都觉得不舒服。很不舒服。

今天又挨爸妈的骂,小灵通二月份花费六百多元,还有被踢坏的大衣柜,加起来两千多的外债,父母的唠叨,事业上不如意……

我要紫鹃过来陪我,她支吾着不答应。我买了根不可口的雪糕,气得往地上砸,见什么就想踢什么,但还是忍住了。

她打电话要我过去,我心里很不舒服。以前她要我过去,我感觉她心情不好,就算是在上班我也会过去,不问理由。

可反过来呢?她为什么不能在我最想她的时候过来呢?我质问她,虽然她承认自己错了,但我还是不舒服。再加上每次想起高阳亲她的样子,我就会不舒服。真是难受。

而且昨晚上唱歌时她嫌我唱得不好听,不让我唱。原本唱歌对我来说就是宣泄,连这点宣泄的方式都被剥夺了,心中的气怎么能不大?她还要和高阳跳舞、对唱情歌,我怎么能不难受?

我该怎么办?

……

这么难办,说明我在乎,在乎就不可能轻言放弃。而且牵扯到高阳,现在连个商量倾诉的人都没有了,其他人又不好说,我怎么可能不难过?

No.56 找打的女孩

我昨天在她的强烈要求下,打了她五个巴掌。觉得很爽。

事情是怎么开始的我也不记得了,因为恋爱中争斗的起因都是不起眼的小事。

她一再打我耳光并且鼓励我还手。我曾经对她说过我不会动手打女人,但她也不能以此为扇我耳光的倚仗呀。

我说:"你打了我的耳光,我知道很痛,所以我不会打你。"

"真的有那么痛吗?我真的很想让你打我耳光。"

我摇头一笑,女人是什么动物?

我们玩闹起来,越闹越激烈。她终于得手又给了我一耳光,毕竟我也有尊严,在她连续打我脸并且劝告无效后,她这一记耳光激起我的愤怒,我回手给她一耳光,但觉得下手太轻,干脆又给了她一记重的。她愣在那里,又玩起老招数,拿了床被子在地上睡。上次她在地上躺着时,我差点拿酒瓶子砸,她才上床。这次呢?等过了十来分钟,我估计她气消了,便要她上床睡,她就是不肯。

我火了说:"信不信我再给你一个巴掌?"

"不信。"她不屑一顾。我就给她了一记耳光。

"你再打!"

啪!

"你再……"

啪!!

她真的愣在那里。老实说,如果她再叫我打,我不会犹豫,看看到底谁能撑到最后。

我们整理好床被,她说:"要么你走,要么我走。"我二话不说离开了。

街道的春风有些醉人,我并没有喝酒,心却总觉得有些醉了。我真的变了。原先所不屑、不齿的行为全都做了。因为她,我到处借钱;因为她,我混沌度日;因为她,我动手打女人;因为她,我挥霍明天。

哈,该怎么办呢?早先老卢告诉我,女人就是要打,打一巴掌再给个甜枣儿,绝对没事。

我打电话给高阳,高阳问说:"你还想不想和她在一起?如果不想,你直接回家,就什么都结束了。如果你还想她,就一定要回去道歉,然后,嘿嘿,你们就疯狂地做一场,化解一切恩怨。"我没多说什么,要是能和她做爱,恐怕她就不会因为经期脾气暴涨而打我了,看来我是要哄哄她了。我买了个水果篮求她原谅,在我出去后她的气也消得差不多,所以她才质问起来。我承认一个男人不该打女人,但同时也对她的质问据理力争,女人有尊严,男人同样也有尊严。

她终于搂紧我哭说:"我是不是很贱,被你打了五个巴掌还想死心塌地地跟着你。"

我搂着她,心中想说:"为什么非要逼着我打你呢?这就是女人吗?"

以前我表姐夫打我表姐时,我非常不屑,作为一个男人,讲道理就可以了,为什么非要用武力来征服女人呢?可我现在明白,女人不喜欢和心爱的人讲道理。我有个朋友总是沉迷电脑游戏,我也经常告诫他,要把时间用在事业上。可我现在明白,他没有用武力征服自己的女人,而女人又不和他讲道理,那就只有投身于虚幻的网络中,忘记因此而来的烦恼。

看来,将来打她的时候肯定还有。

我向她保证将来不会再打她,她却不能保证将来不打我的脸。

而那时,我又该如何?

No.57　我怕我会疯

紫鹃,我的宝贝!

曾经以为,自己绝对不会先提出分手;曾经以为自己能够忍受所有的一切,但现在发现,有些事情我不能容忍,有些话我不能听,有些事我做得很辛苦。我们之间最大的问题,在于不能很好地沟通。确切地说,在于你不愿和我讲道理。不讲就不讲吧,如果是小事也就无所谓了,可是当你把所有的事情都看成小事时,当你不断碰触我的底线时,我就必须告诉你这不对,可你根本就不愿听。为什么你会把男女接触看成小事呢?你在电话里要亲我的好朋友,而且他曾经和你接吻过,我怎么会不难过?

你动不动就问我,如果你和以前的男朋友在一起,我会怎么样,而且还在我面前和他以短信联系,什么"想你"什么"快点回来",我看得不难过吗?岂止是难过,甚至有些恶心,真的,生理上的恶心,一阵一阵的。为什么你就不能在这方面把握好分寸呢？也许你什么都没做，只是想问问我，可我不希望两人恋爱快一年了，还是停留在你愿不愿和我在一起的问题上。我希望是我们一起面对这个社会，一起面对生活，而不是不停地考虑对方会什么时候离开。

你还愿不愿意和我生活？如果你不愿和我一起面对外面的世界，那就趁早离开，免得浪费你的青春。要知道女人的青春转瞬即逝，如果你觉得我不够好，不如你以前的男朋友有钱、风光，不如我的好朋友温柔、体贴，不如你的父母会满足你所有要求，那你还和我在一起干什么？如果你真的想离开，就不要说这些，离开就是了。这不是激你，真的，说实在的，我也累了，我伺候不起你。放下男人的架子伺候你倒是无所谓，但我无法忍受你动不动就扬言离开的痛苦，和你前任男友的故事的骚扰。

除了这个恋爱的规则外，另一个我很难忍受的，就是你不顾我的经济承受能力。当我有钱的时候，你要什么我都可以买，可我没有钱的时候你却一点都不体谅我，我已经为你背了一千元的债，你现在又伸手要五百。我的经济暂时由父母代管，他们要考虑我将来的生活，如果你的钱是用在生存、发展上，我不会有任何异议，可是你的钱都是用在享受上。给你买了个小灵通，你却非要手机，因为别人有，所以你也要有。

如果你在男女交往上能有所注意，让我心情好，买了就买了，我也不会思考值不值的问题，但我和你在一起，总是会因为这些事情扰乱心情，一想到你跳到别的男人的背上，牵着别的男人的手，亲着别的男人的嘴，而你还认为没什么；一想到我为你做了所有不愿做的事，忍了所有不能忍的事，你还觉得我付出得不够；一想到我对你的所有意见你根本就听不进去，而且这样的日子还不知道要熬多久时，我就害怕，我怕我会疯掉。

我想过如果我被车撞了会怎么样，你会改变吗？

我想过开赌场收保护费筹钱，你会在我入狱后反省吗？

我想过下定决心抛开一切离开这个城市，你会立即找个新的男朋友吗？

我知道你爱我，可是你却不知道什么是对，什么是错，更拒绝我和你讲道理。

我也和你动过武力，可没想到你还是这个样子。

我已经无法再改变了，你呢？你愿意改变吗？如果不能，我还能做什么？

除了分手，我想不出更好的方法了。

No.58 真的好烦

写完这封信,我的心情更加复杂。

我把小灵通关了,和家人朋友断绝联系,窝在爸爸办公室里反思。

不知道紫鹃看了这封信会有什么反应。

也该和她联系了,小灵通刚一开机,就传来三十多个未接电话,其中一半是亲朋好友的,一半是她打的。

我妈告诉我,说紫鹃急死了,连龙刀等人都纷纷来电话,说她急得要哭了。

我们在通话中都哭了,她估计到我要提出分手,我把信的内容说了出来,可她还是那么倔犟,嘴上就是不肯改变。

说不定她过两天就会去面试,也许会离开这个城市,也许会跟我和好。

刚才她又打电话过来,说是在我表妹楼下,如果我不过去,她会一直等到我过去。过去是肯定的,只是去了之后会有什么样的结果呢?

她离开武汉已经有好几天了,我一直在玩电脑游戏。其实还有一大堆的事情等着我去做,比如说公司推荐我参加评比市里的优秀团员,要我自己写材料上报。阳阳老师给我一张申请加入武汉作家协会的表,还有几个章子要盖,有些地方要跑,可我一拖再拖就是没动静。

在不断玩游戏的间隙中我总是想要退出,又总是许诺自己再玩一盘就收手吧。忽然想起以前锻炼身体时,也总是激励自己再多做一组练习。由此得出一个结论,通过改造身体,每面对一次突破和挑战,就是一次意志的升级。而玩游戏时,每面对一次诱惑而接着玩的时候,就是一次意志的下降。前者可以让你的意志一路飙升,强大的意志可以支持自己做任何事情,拥有无比的信心。我曾经就一直拥有这样的感觉,我把每天锻炼的具体数目都记录下来,两年之内除了意外受伤就没有停过。而今呢,沉溺玩游戏时身体素质下降,精神变差,自然无力面对其他的事情。再者由于不断地向诱惑屈服,不断地假以借口贪图玩乐,在做事时自然也会形成习惯找借口推脱。

又想起当今各国的发展,一次看到网上贴的朝鲜之旅照片,还有我爸刚从越南回来的见闻,有一种强烈的危机感。国与国之间的发展,不会因为对方停滞不前而

放缓自己的发展速度。

那么人与人之间呢？我所在的城市发展很慢，但别的城市呢？也许是受这个城市的影响，身边有危机感的人并不多，但这并不代表自己可以什么都不去想。

难道真要等到哪天翻然悔悟不该这样昏昏沉沉，那时我又将失去多少机会？

身体越练越强，意志跟着变强。游戏越玩身体越弱，意志跟着变弱。

何去何从……

终于办了两件事。一是递交推荐我为武汉市优秀团员的推荐表材料，二是递交加入武汉作家协会的申请表，如果成功的话，我就是武汉市最年轻的作家了。不过昨天就倒霉了，不仅办得不顺利，而且钱包还丢了。这是长期不锻炼，敏感程度下降的缘故。算了，反正身份证马上要重新办理，至于钱丢了也就那么回事吧，这东西丢了就是真正的丢了，算我倒霉好了。

紫鹃走了虽然才五天，可我发觉自己每天都会想她。刚才午睡时梦到了别的女人，但所说的话都是她曾说的话，唉……

她从昨天开始就没给我电话，手机也关机了，心里有些担心。主要是担心她的安全，其次担心她不过来了，对于她过不过来我有些矛盾，不知道到底哪种结果更好。

我的紫鹃，我的紫鹃。我现在真的很想知道你的消息。

No.59　小龙女和杨过

她走的这些天，我总是回忆和她的过去，忽然想起很多有趣的事情。

曾有一段时间，她执意要我另外找个女朋友。我狐疑是不是她想离开，她表示绝对不是这个意思，只是想看看我到底有没有魅力和能力。

我仔细想了想，发现自己越想越开心，这么大方的女朋友真是难得，居然鼓励自己的男朋友去再找一个女朋友，而且答应不吃醋，如果我想甩掉那个女孩，她会出面帮我。不过最好不要勾搭处女，那样就很难甩了。

然后我那几天都沉浸在想象的幸福当中。难道女人都喜欢从别的女人手中抢男人来体现自己的价值？难道非要我身边有很多女人时，她才会感到自豪，因为自己的男朋友很有魅力，从而证明了自己是个很有魅力的女人？之后我就和蔡俊商量这件事，他一口答应给我安排。老实说，我平常的精力都放在所谓的事业上，除了靠这些兄弟们介绍外,还真找不到什么女人。

刚好蔡俊新交了个女朋友,是茶楼的。我和蔡俊还有他的战友小兵一起去茶楼。等了一会儿后,蔡俊的女朋友带了个女孩来。蔡俊的女朋友叫小鹿,不怎么说话,静静坐在那里。而她带来的女孩叫小凤,小凤身上油漆虽不太显眼,却让我感觉不太好。

她拿起酒水单就说:"今天谁请客,如果是蔡俊呢,我就点便宜点的,如果是别人呢,我就点贵一点的。"

我和小兵面面相觑,我说:"你这么说,不是逼着蔡俊请客吗,那就只有他请客了。"小凤熟练地点了些东西,我们就开始聊起来。小鹿比较静,而小凤则比较疯。我的口才不赖,再加上小兵的女朋友还没下班,场子里基本就是我和小凤在唱主角。

不一会儿我的电话已经响起第三次了,我的紫鹃敦促我一定要搞定一个,而那小凤也很有意思,要和紫鹃说话。我和紫鹃按说好的那样,说是我的姑姑要我找女朋友。小凤和紫鹃在电话里扯得热乎,两人还达成一致,就是等会儿去紫鹃上班的地方接她下晚班。不一会儿小兵的女朋友也来了,据说他们认识不到三天就牵手接吻,而小兵的女朋友是因为自己以前的男朋友在结婚前和一个老女人结婚了,所以才这么开放。

桌上点了一大堆东西,我把蔡俊拉过来说:"你带了多少钱?"

"四十多。"

"我靠,四十多就想……我这里也没多少,看桌上该有一百多块,我这里给你五十,等会儿你叫小兵一起上厕所,叫他把余下的钱补上。"蔡俊点头。

结账后我们出去了,我回头上厕所时,碰到小兵的女朋友,她在洗脸,我说:"怎么?刚才哭了?"

她一脸惊诧,说:"你怎么知道?"

"嘿嘿,我是作家嘛,有察言观色的能力。"

"你是作家?"

"嗯,对,经常坐在家里。"我莞尔一笑,她礼貌一笑。

我们六个人一起往医院逛,快到内科时,看到紫鹃走出来,我老远就说:"姑姑,你下班了。"

小凤一看,说:"你姑姑真年轻。"

"是啊,人小辈分大嘛。"我本来想和她直接回家,她却坚持要送蔡俊和他的朋友们。

大家三三两两地走着，紫鹃忽然牵住我的胳膊。

小凤满脸狐疑，我忙说："我姑姑最疼我了。"又走了几步，紫鹃又亲了我一口。我心中一阵苦笑，这哪是叫我去泡妞，分明是想找个傻妞故意气她。

果然小凤面有不悦地说："她不是你姑姑。"

"不，不，她是我姑姑。"

"我知道，是小龙女和杨过的关系。"

待小凤走到前面时，紫鹃悄悄对我说："她吃醋了，她喜欢你。"

"不会吧，这才刚认识。"

"不，我感觉得出，凭我们女人的直觉。"我无奈一笑。

大家来到一个夜宵摊，点了点东西后，就坐那等菜。蔡俊和小鹿、小凤一桌，小兵和她女朋友在比较远的一桌，我和紫鹃在蔡俊侧面一桌。

这时似乎一个什么东西丢了过来，紫鹃朝小凤那边看去，小凤说："对不起。"

我说："怎么了？"

"她拿东西砸我。"

"为什么？"

"我也不知道。"我心中一阵无名火起，顿时对小凤没什么好感。

饺子上来后，紫鹃又悄悄对我说："我的手机在小鹿手上，她可能打的是长途。"

"她问你借的吗？"

"不是，是小凤借的，她说美女，把你的手机借一下，我只好借给她了。"

时间分秒过去，十多分钟了，小鹿的笑声不断，是不是她只有在打电话的时候才会放纵地笑呢。我实在觉得不舒服，把蔡俊叫来说了这个事，他马上到小鹿旁说："唉，你用我的小灵通打吧。"小鹿这才依依不舍地和那边道别。我心中感慨不已，蔡俊的朋友中小人多，君子少，可能因为他本身不错，却又没什么威严的缘故吧。

快吃完时，紫鹃说："估计又是你付账。"我摇头一笑。

回到家后，她得意地说说："幸好我跟出来了吧，这些女孩素质这么差。"

我苦笑说："是啊，是你挽救了我。"她这才满意地睡去，其实她并不是真的想要我找别的女孩，只是想让别的女孩吃醋，没想到蔡俊带出来的女孩是这样的素质，她就可以更好地臭美一番了。不过那些女孩的素质确实不怎么样。

我的紫鹃和她们相比，自然是不知好到哪里去了。

No.60　女人如钞票

昨天到蔡俊那里去,他有些想甩掉茶楼的女朋友,又说很难甩掉,我本想调侃说他一定把那女孩豁了,却因高阳在而忍住没开玩笑。

蔡俊的妈要给他介绍女朋友,怕蔡俊在外面结识不三不四的女孩,我问他跟小鹿相处得如何,他觉得小鹿很闷,根本无法沟通。但两人已经发生关系,而且还把被褥清洗干净了,但那被褥是上次紫鹃带过来的,我和紫鹃在蔡俊的新房留宿,怕被子不够,居然给蔡俊糟蹋了。

高阳一旁笑道:"你们这些人好淫荡。"指着蔡俊的主卧室说:"你是睡那张床吧,我是绝对不会用你的床了。"

我说:"如果她不是,要分不就分了,如果她……"

蔡俊苦笑说:"我看她应该是。"

高阳说:"如果真想分没有分不了的,你要不好说,我来。"

我说:"问题是蔡俊是不是真的想分,说不定他也舍不得呢。"

蔡俊说:"先看看再说吧,看看妈妈安排的相亲怎么样。不过这段时间要和小鹿少来往了。"

我不由想到依婕,要是依婕没有狐臭说不定也会和蔡俊发生关系,发生关系倒没什么,只是一发生关系就想把别人甩掉,实在是我做不出来的事情。和高阳回去后,我阐述了自己的观点。

高阳却不这么认为,他说:"人家是自愿的,又不是被迫的,再者,如果两个人真的不合适,就不能被所谓的第一次羁绊了。否则就是害了人家一辈子,害别人一辈子不如害别人一时。况且这是不是害别人也不是定论。大家都是自愿的。"

我摇头叹息说:"可能我的骨子里还是比较传统吧。"

其实在早先和紫鹃相处时,我就已经想好,如果她以前跟过别人,那么我也无须承诺什么,她要承诺,就去找那个要了她第一次的人要承诺。反之,只要她愿意我会对她负责。再么就是干脆什么都不做,当然这样下去的结果可能就是一早分手。

我的情况是第二者。我想,一个年轻的女孩并不是因为急于证明自己的魅力,又或者急于成为女人才把贞操给你。她是因为喜欢你,或者说爱你,才会这么做。既然别人是因为想要和你在一起才把贞操给了你,那你又是因为什么而获得她的贞

操呢？

一个女人，犹如一张钞票。崭新的钞票谁都想留着，脏破的钞票谁都想花出去。女人也是如此，处女谁都想要，而当自己遇到一个不是处女的女孩，上手后就想把她推出去，这是人之常情。问题是，当一个女孩因为你而不是处女时，她在别人眼里就成了旧钞票，大多数人只想用一用，而不想保留。

试想谁愿意自己的老婆曾经在别人的胯下呻吟，大多数男人都无法忍受这种想象。所以，女人是否因为自己而不是处女，对大多数男人来讲都尤为重要。

既然如此，就应该对献给自己贞操的女人负责。除非她无所谓，再或者就根本不要破坏她的贞操。

唉，也许我的想法过时了，可我就是这样的想法。奉劝所有处女，在面对第一次该给谁时，一定要考虑清楚了，除非你考虑过，就算他只是想和你做爱，而你也能接受这样的事实，并且考虑过，你一定要嫁给别的男人时，如何不让他知道你的过去。

之后蔡俊彻底和小鹿断绝来往，这令我和高阳都有些气愤，以占有女性身体为目的的交友，是我们所不齿的行为。而蔡俊居然对我们的劝告置若罔闻，根本没有对小鹿进行和好或者劝慰，而是躲避。

No.61　相思很苦

前天我们乐团作为合唱团的伴奏，参加市里歌唱大赛。

下午三四点钟的时候，雷雨阵阵，快到我们登场时，雨珠瓢泼而下，因为是在露天公园演出，会场宣布休息十分钟，结果这一休就一下午，大家都躲到舞台下面避雨，场面混乱。最后宣布，剩下的参赛者在二十九日继续比赛。

这一天的雨似乎总是停不了，妈妈回老家，我在二姐家吃饭。吃完饭后徒步回家，给爸爸送饭。

打开电脑，碰到豌豆公主，正想和她聊聊，因为紫鹃还没有回来，心中有些落寞。豌豆公主刚刚回了句话，紫鹃就打电话过来，来电显示说明她已经回来了。我一阵欣喜。

她说在表妹家楼下等我，我问："你怎么提前回来了，不是你姐五一订婚吗？"

"我过几天再回去，我妈不知道我过来了。"

我一听，心中有些着急，怕她这么做会让她妈担心："你怎么也要给你妈打个招呼啊。"

"没事的,我告诉她我到同学家去了,如果雨大就不回来了。她也知道,我一向很疯,不会担心的。"

我还是觉得有些不妥:"你表姐知道你是偷跑出来的吗?"

"不知道。"

到了表妹家楼下,她显得瘦了些,茫然四顾一副等待的样子。她把我紧紧搂住,似乎很怕失去我,我们长长的一个热吻,心中一片安详。如同潮水退落的心情,陷入了看似平静的湍流。

相思确实很苦,只有相见了,两个人的心才不会总是潮起潮落搅乱心智。

第二天,蔡俊提出大家AA吃龙虾。紫鹃原本最怕和他相处,这次却很积极,可能是决定要和我的朋友打成一片吧。紫鹃只吃了一小点,她要减肥。这也怪我,在前段时间,只要她一生气,我就买很多吃的给她,把她给养胖了,就连只和她吃过一次饭的蔡俊的女朋友也说紫鹃胖了。晚上高阳提出去唱歌,紫鹃坚决支持,但我和蔡俊、高阳的经济比较拮据,结果不了了之。在离开蔡俊家之后,紫鹃坐上高阳的摩托车,要和他谈些事情。我开始有些不高兴,但转念又不愿多想。今天我上班,下午三点钟,紫鹃打个电话给我,说让我晚上晚些过去,她有事情要办。

快下班时,高阳打电话找我。

高阳说:"紫鹃走了吗?"

"没有。"

"没有?她不是说下午一点钟走吗?还说走了有可能不回来了。"

"不对啊,她刚才还给我打了电话,走是绝对没走。"

"你出来谈吧。"

我们到厂门口见面。高阳把昨晚他们谈的内容原原本本说了一番。

大致是紫鹃没有护士证,那么在这里上班就没有钱,必须等到有实际工作经验一年后才可以考护士证。为此她妈给她找了家医院,是她姨妈的外甥开的。不仅发工资,很可能是要紫鹃嫁给他。而紫鹃这次回来就是彻底收拾东西,然后回去,一年后再说。我的心情有些起伏,却不大,紫鹃说话从来没个准,我并不是完全相信紫鹃所说的。而高阳也没有欺骗我的必要。我还打电话给洛洛证实了一下,紫鹃也对她说了类似的话。

高阳说:"我听她说得很伤心的样子,而且还哭了。"

"你看到她是什么表情吗?"

"没有,我们在车上,天又黑,反光镜看不清。"

我说:"至少她现在没有走,也许是赶车晚了,也许是一时间舍不得我。也许有其他的原因。"

我忽然想起她这些天的表现,确实有些不太平常。按理说我们之间又不是没有分开过,最长也有一个多月的分离,而她姐姐五一结婚,而这次的分离也没多久,她为什么这么急于见我一面呢?还表现得很活跃,和她以前不愿接触的我的朋友都能接触。再者她回来这件事,如果她不是依照家人计划回来,她的姐姐不会过问和怀疑吗?而且她妈妈就真的一点都不担心吗?

唉,她这个年龄,不论是自身心理,还是外部环境,都有着太多的未知数。未来究竟会怎么样?我今晚去时,要不要问一问呢?

我的心有些疲惫……

No.62 可能她太小了

她的态度有些暧昧,不知道她到底怎么想的。

心,仿佛回到相遇之初,微微涌动却不起波澜。我们的相爱,竟像许多世俗电影一样,大都因为家庭、工作的关系而迷雾重重。这些都是我能预料到的。而预料不到的,就是投入情感后,情感和理智的较量让人总觉得快要崩溃。

在相遇之初,我并没有投入感情,我的感情来得慢,去得也慢。也因为总是告诫自己不要自作多情,总以为身边的女孩对自己有意思。只有这样才能不至于尴尬。不投入感情,自然可以豪言壮语地指点情场,在陷入情感旋涡的人面前,总觉得没什么不好解决的问题。

而当自己不知不觉投入感情时,理智就像大堤,总是被情感的浪潮冲击,一浪又一浪,一次又一次地席卷冲击而来。

如今,不知是潮水累了,还是堤岸增高增厚。面对再次分离,好像信心十足她会回来,又或者好像有些无所谓这样的离别。

不论将来如何,我真的爱过一场。虽然今年二十三岁,但却真正算是我的初恋。也许她将来会嫁给我,也许我将来还会碰到别的女孩。但总之,我变了。这样的改变是迟早的,也是必须的。而这样的改变是独一无二的。

因为,我遇到的是她,她遇到的是我。

今天爸爸提到考公务员的事情。我决定尽力试一试。前两天挨了紫鹃的骂,心情不好。

现在状态恢复过来,从现在开始不能再玩了。再玩下去恐怕真的会荒废。在家的时候写小说。上班的时候看公务员方面的书。平时注重锻炼。现在就这三件事情最重要。至于紫鹃嘛,到时候再说吧。先求生存、发展,再说享受。自己的精神状态通过锻炼调整。以后就算受了气,也不要通过游戏来发泄,而该通过锻炼。以前不也正是这样才得以发展的吗?我不知道一个人从家里逃出来,跑到另一人那里算不算私奔。我的紫鹃在五月六日跑了出来,到了我这里。

她的家人四处打听,打电话给紫鹃,她就是不接。她跟定我了。

我们决定不在表妹家住,那里离女子医院太近了。如果被紫鹃表姐的人发现,将前功尽弃。

晚上我们来到厂里,蔡俊邀请我们到他家喝茶。期间高阳又把蔡俊骂一顿。前些日子在我和高阳的劝说下,蔡俊决定缓和一下对小鹿的态度,但最终还是决定分开。蔡俊被高阳骂得满脸倦容,直想打瞌睡。我的二姐刚巧搬了家,留下间两居室的房子,问题就是没有床。从二姐家借来可以铺成床的沙发,只要再添上些用具,就可以住了。紫鹃买了个简易衣橱,她带了三十多件衣服过来。

我们把大部分事情安顿好后,紫鹃和我一起做了顿龙虾吃,是她剥洗干净的,以前她从来不愿干家务的。吃完之后我就和她商量未来的事情。我希望她按我的步骤去做。第一,和父母或者表哥发短信,告诉他们过些日子回去。第二,在武汉住上些日子。第三,待到时机成熟,向父母提出在武汉工作的要求,其他一切好商量,包括答应不和我谈恋爱(那都是废话,只要她人在这里,就一切都好办)。

但紫鹃坚决不答应。她不想在医院工作,因为我和她的事情在女子医院传得比较开,她的压力很大。我也坚决不同意她放弃这份工作,如果说压力,谁可以不承受压力而享受生活呢?再者,在一个工作单位中,工作干得好不好才是关键,而自己和谁谈恋爱又关他们什么事?又不是勾三搭四造成医院内部争风吃醋影响工作,正常恋爱嘛。

但紫鹃就是不同意,她还说:"你不要逼我做我不愿做的事情,谁都不可以逼我做我不愿做的事情。"

我很生气,说:"男女朋友之间的原则,就是性。夫妻之间也有个基本问题,就是生存。如果我们连生存都做不到,那还谈什么爱情?如果我月收入有三四千或者家

底非常好,没有问题,我可以养你,但我一个月一千四五的收入,不能养活一个家。将来孩子生出来后吃什么喝什么?电视上总是报道因为喝劣质奶粉而变成畸形的大头婴儿,如果他们父母有钱,就不会不买牌子货。没有钱,我们拿什么过日子?"紫鹃也很生气,她一个人背离父母抛下一切跑到我这里,却没想到我不能事事依着她,心中也是非常难过。

她又说要回去。两人都在气头上,自然谈不拢。

高阳和雯雯闻讯赶来,高阳把紫鹃拉到一旁说:"你既然有这份工作,你自己决定放弃,那就是你的不对了。你这放弃的不是几百块钱的问题,是放弃你孩子将来的幸福。如果没有钱,小孩谁来养活?"

紫鹃不理会,说:"让他爸妈养活。"

"他爸妈?那你想想,你小时候是谁带大,你父母又是谁带大的?就算让他爸妈养,要是你和他爸妈关系不好,那不是苦了小孩了。"

"那就算小孩命苦。"

"你不能因为你一时的冲动,就让自己的小孩受苦啊。"这些对白是高阳后来告诉我的,我那时正在和雯雯谈话,她对我的想法表示理解,也对紫鹃的心情表示理解。

我说:"我以为她这次跑出来,是因为她妈不同意她在这边工作,要我一起想办法解决这个问题,没想到她自己不愿在医院工作,现在这世道很艰难,找工作哪有那么容易?"

雯雯说:"是啊,可能她太小了,等大一点就懂了。你可以先答应她不工作,等过段时间再说。"

"绝对不行,到时候她又会说我欺骗了她,有些事情,嘴上是不能松口的。"

No.63 为什么总要赌气

恋人之间有很多东西无法正面沟通,因为带有情绪。

有了高阳和雯雯的劝说后,我和紫鹃的情绪才缓和下来。大家收拾东西,打的到周家大湾。我们忙前忙后,终于把一个临时的家安置好。这时候,高阳提议去吃龙虾、麻辣鱼庆祝一下。

其后的几天里,我都尽量克制自己不去提工作的事情。

紫鹃来到新居,立即进入了女主妇的角色,买了很多家庭用具。刚巧这两天父母回老家,我和紫鹃也几天没洗澡,决定到家里洗个澡。但紫鹃怕我父母并没有走,突然回来,她提议先在我父母家里做顿饭,请雯雯和高阳吃饭。

酒足饭饱,大家抢着玩电脑。紫鹃在那洗衣服,非要我陪着她,我好些日子没玩电脑了,有些爱理不理地坐在电脑旁。她气得把椅子一摔,然后拿起包就走。只听到大门声响,雯雯和高阳都叫我快点去追,但我心中却很厌烦。

"怎么总是为这点小事情发脾气?"我磨蹭半天不愿动,没有听到紫鹃的动静,想想还是追了出去。四周空荡荡的,却怎么也看不到她的人影。

我又去周家大湾,先到新家看了看,没有。于是我从湾子东找到湾子西,还是没有。我只好在车站等着。同时打电话给高阳、龙刀、蔡俊让他们帮忙找。蔡俊那天上班又碰巧没接到我电话。

我和高阳在车站时,高阳大声说:"可能在水果湖,我们到那里找找。"

我将手指竖起放在嘴边。

他依然大声说:"怎么,有熟人?"

我说:"小声点总是好。"

高阳说:"这有什么关系?"

这时小区的一个保安忽然说:"么事?找女朋友?"

高阳连忙说:"没有没有。"

我心里暗骂,这个该死的大嘴巴总是不注意,说了还不听。要是保安刚好认识我,那事情不一下子就传了出去?

上了高阳的摩托车后,高阳悻悻说:"现在好心人真多。"

我们仍在四处寻找,龙刀忽然来电话说:"找……找到……找到没有?"

平时和龙刀相处没觉得他那龙刀有什么问题,今天差点被他龙刀呛死,还以为找到紫鹃了呢。

我和高阳在父母家楼下聊天。他也有些生气,觉得紫鹃这样发脾气不应该,发短信给紫鹃:"如果你不想我们找到你,我们就不找了。"

我们分析起来,高阳说:"谁不想为自己谋个好出路呢?为什么她有这样的工作机会还不珍惜。这不符合逻辑。"

我叹气道:"要么她真的不懂事……"

"这不太可能。"高阳摇头说。

"要么在医院有些她不愿意面对的人或者事。"我说。

高阳转脸问我:"你是说她可能有别的男人?"

我说:"不知道,也许这是个理由吧,要不然她为什么不愿意在那待着。"

高阳说:"而且她和那个男人的事情在医院人人都知道,所以才不愿去。"

我叹气说:"没有证据的事情当然不足为由,但现在我看不到一点希望,所有坏的可能我都不得不想。"

我打电话给洛洛,让她帮我查一个叫胡俊的男子,那是紫鹃私奔过来后我们谈不拢时她吐出的名字。

洛洛告诉我,是有这么个人和紫鹃关系不错,但不像是有暧昧关系,而且胡俊也已经调走了。

紫鹃的电话终于打通了,她在我们的新家,让我把家里的电视机和装机工具带过去。

高阳骑着摩托车把我送到新家,他拍拍我的肩膀,说:"有事电话联系。"

紫鹃穿着一件睡衣在家里等着我,我默默地装电视机,两人的情绪都在调试中趋于平和。

闭路电视终于接好,还可以看到凤凰卫视。

No.64　到底该怎么办

我们的液化气罐已经接好,可以自己开火了。

雯雯当了我们两天的保姆,一直帮忙做菜,高阳则嫌麻烦不愿出来。

当天上午,爸爸找紫鹃谈了次话,我也在场。在爸爸的办公室里,终于听到紫鹃的打算了。她打算五月底回去,那时她父母的气头应该已经过了,到那时再看该怎么办。而前途问题有这几种可能:

一、在医院实习一年,拿到护士证再买转正式护士的指标,要三四万。

我爸爸温和笑说:"如果这样的话,我也可以出一点嘛。"

我也笑说:"我还有点存款。"

二、去上本科的护士专业,四年。那就不用考护士执照了。

我反对:"一来四年后是个什么行情谁能知道呢,二来用一年实习时间换取工作,当然比四年后还不知道怎样稳妥。"

三、去别的医院实习(如重庆之类),在那里实习可以拿比较多的钱。

我依然反对:"如果相距太远,很多事情就没法谈了。"

虽然这些提案有两个是我反对的,但我至少清楚了她对这个问题的想法,心中踏实很多。

晚上紫鹃、高阳、雯雯、龙刀、蔡俊欢聚在我的新家。紫鹃、雯雯两人忙着做菜。以前和她在一起都是我做菜,现在她忙前忙后,颇像个家庭主妇,而我的心情也特别好。也许将来还有很多事情要面对,但至少现在是快乐的。

而且这样的日子也不多,五月底时又是个什么情况谁又知道呢?

小雨淅沥。刚才爸爸打电话过来说:"重庆来人了,就在楼底下,我怎么说?"我让他先等会,给紫鹃和雯雯打电话,大家的心都有些慌乱,我得镇定下来好好想一想。忽然想起昨天让医院的珊珊帮老卢老婆插管子,难道是这边露了消息?

紫鹃打电话问我情况如何,我告诉她:"我现在不可能打电话给爸爸,必须避免和你父母碰面,哪怕是电话。"以我对爸爸的了解,他首先要平定紫鹃父母的情绪,也就是装作很诧异的样子表示不知情,然后帮助她父母一起分析问题,在她父母情绪缓和后,再伺机行事。我打电话给紫鹃,让她打的从湾子西边的小巷子来新家,等她和雯雯先把东西放到新房,我们再作决定。我怕车站有人拦着她。

刚才爸爸打电话过来,他很生气为什么紫鹃不给家里一个音信,这是造成被动局面的一个原因。他说紫鹃的父亲不怎么说话,主要都是她妈说话。这是我意料之中的,在她家她妈妈掌权。我爸告诉他们,我和姐姐去了汉口玩,估计晚上会给家里电话。紫鹃妈要我爸转告我,要我转告紫鹃给家里打电话,还说到深圳面试的事情。爸爸特别提醒我,要紫鹃咬定自己没见过爸爸,这样爸爸才能在将来适时进行调解。

晚上大雨滂沱,紫鹃的姐姐发短信给她说:"父母在火车站等你。如果你这时去火车站还来得及,就不用让父母又冷又饿地等着了。"

紫鹃发短信回复说:"爸爸妈妈又不是没钱,候车大厅那么多人,怎么会冷?再者我根本就不在武汉,让我怎么去火车站?"

她姐又发短信说:"除非你去外面的公用电话打电话给我,证明自己真的是在重庆。"

我提议让紫鹃找个可靠的重庆朋友,进行三方通话,但找来找去没找到。

紫鹃发短信给她姐姐:"外面雨这么大,我才不出去呢。"

我们去爸爸的办公室查了重庆地图。

紫鹃给她妈妈打电话说:"我是在重庆没有来武汉市。"说着说着已是泪水涟涟,雯雯过去搂着她,安抚她不住颤抖的身体。

紫鹃妈妈说:"你必须在二十九日之前去深圳儿童医院面试,我们已经找了熟人。"

当晚我们决定,过几天我送紫鹃回家,就说在重庆接到她,然后再争取她来武汉工作的事情。

结果第二天紫鹃又变卦了,说要到深圳去。

她指着我从网上下载的深圳地图说:"你看深圳多大啊,我真的很想到外面看看。"

这是我意料之中的事情,紫鹃的主意一天三变,她到底打着什么主意,我心里没底,只是把大部分的可能都考虑进去了,所以她有别的主意也是意料之中。

No.65 "赵押司"是我爹

昨天高阳得知紫鹃要走的消息,决定再请紫鹃吃顿饭。我有些不太愿意,一来老这么请客不是个事,二来心情也提不起来。

高阳提出让大家AA,我只好说:"就别叫蔡俊和龙刀了,他们因为紫鹃的来来去去已经和我们A了很多次,估计都A伤了。"

高阳说:"那我还是得叫,毕竟紫鹃这次回去和以往不同,很可能就真的不过来了,怎么着他也要告诉他们,他们来不来是另一回事。"

情况不出我所料,蔡俊开始答应得好好的,后来又找了个理由说来不了。龙刀嘛,一直没联系上,天天在上班,比驴还忙。我、紫鹃、高阳、珊珊四人先去肯德基吃炸鸡,然后去汉口吃烧烤。珊珊是紫鹃请来给老卢老婆插管子的,为了防止珊珊把我和紫鹃的事情到处乱说,在那天给老卢老婆插管子时我们就假装不是情侣,这会儿也不例外。我的心情一直都提不起来,吃烧烤时顺便到超市里买了点家居用品,我决定等紫鹃走后仍然住在这个新家,可以静心写点东西,做些事情,如果要上网,这新家离爸爸的办公室也很近。

高阳和珊珊很谈得来,而且珊珊确实有些糊涂了,不能确认我和紫鹃的关系。

之后我们又去卡拉OK,由于大家都很有兴致,而我又很想吼两嗓子发泄一下,高阳提议每人唱一两首,其他人把自己的歌调到优先即可,大家都没有被冷落。我们从十点一直唱到快凌晨一点,那两女孩才意犹未尽地跟我们出来。一买单三百六十元,在有钱人或武汉这样的大城市这并不算什么,但这样的消费对我们偶尔为之尚可,长期下去就不会有一点积蓄了。

猛然间又痛恨自己,为什么自己至今还是这么个活法,如果有钱,紫鹃就不会想要去重庆,因为我可以养她;如果有钱,我和紫鹃就不会有那么多矛盾,我不必因为满足她的要求后而背债过日子(如今我还欠四百元外债,不敢还得太快,怕又有什么倒霉的事情。比如没用IP打长途,电话费六百,硬盘用了三年报废了,花了六百五十买了个新硬盘,就这两项一个月工资又没了,只能靠三百多一点的奖金过日子);如果我很有钱,就可以让紫鹃得到更浪漫的爱情。这是我长这么大头一回强烈地感觉到钱对人生有这么现实、重大、迫切的意义。

第二天晚上,石买这只铁公鸡终于拔了一回毛,带我们又去吃"霸王别鸡",这在武汉可是出了名的,据说中央某领导的侄子都来吃过,凡是本市出名的特色菜紫鹃都想尝试一下,毕竟要走了嘛。一顿下来,又是三百元。回去的时候,莉莉坐高阳的摩托车回去,我和紫鹃打的回去。我和司机商量好到湖边公园下车十二元,然后转公交车二元回家。

一路上司机不断冲窗外吐痰,我悄悄对紫鹃说:"这个人吸毒。"

紫鹃一脸诧异,我又悄悄说:"他总是朝窗外吐痰,一个人哪来那么多痰?"

"谁说一个人痰多就一定是吸毒的?"

我忙赔笑说:"哦,哦,你是学医的,你懂得比我多。"

到公园时,那司机没有零钱找,提议我再加十块送我们到周家大湾,我说那我还不如坐两块钱的公交车回去。司机又提议那就一气十五元到周家大湾。我们一算,只比公交车贵一元,就答应了。中途那司机又让四个酒气冲天的老混子上了车,收了他们四元,我本来想制止。但想,一来司机拉车不容易,又是顺路。二来那四个人看起来不好惹,要是我一个人倒无所谓,主要怕他们一发怒对紫鹃不利。

到了周家大湾我给司机五十元,没想到他只找给我三十元。那几个混子看我们争执不下,就想先下车醒醒酒然后去赶场子打牌。

我心情十分不爽说:"要么你再还我五块,要么把车开到公安局。"

我对紫鹃说:"你下车记一下车牌号码。"

一个混子幸灾乐祸说:"对,找赵押司去。"赵押司这个称号是进过公安局的混子们给我爸起的称号。爸爸从来不刑讯逼供,更不敢有一件冤假错案,他总说自己干的是得罪人的工作,但也帮了不少人,这是为了给自己的子女留条后路。我不知

道这些人是否与我爸有过节,也没心情考虑这些。

"赵押司是我爸爸。"我说。

那混子一愣,又回身把那刀疤头挤上来看我说:"赵押司是你爹?好啊,到公安局去吧。"

另一个瘦瘦的混子说:"哎哟,走了走了,打牌了。"

那司机还在犹豫中,我拿出一张五元给他,要拿他那张十元。司机把手缩回去,把车发动,紫鹃还在车下。

我说:"你这是干什么?"

小灵通拨给我爸。

"喂……"

司机把那张五元接到,给了我一张十元,然后说:"车子掉个头。"

回到新家后心情依然不爽。用不了几年我爸就要退休,到那时我还能借着他的地位权力来解决这些不公平吗?这是件小事情,如果大一点的不公,我爸也无能为力。

如果我的这次恋爱因此结束,就只会让我更加坚定地现实起来。

我和紫鹃不是因为感情不和,不是因为性格相抵触,不是因为生活习惯无法调和而分开,而是因为金钱、权力、地位?

No.66 也许……

紫鹃明天就要走了,电脑放着赵传的《爱要怎么说出口》。

小凤嗖嗖地吹着,她躺在床上酣然而睡,安详无比。

两年之前我们彼此不认识,两年之后我们约定,明年此时再见。

我不知道我的未来是什么,等她走之后,我要在这个新家待下去,多则一年,少则三个月。

因为这里不能上网,对我来说没有太多的诱惑。

长这么大,我没有离开过父母独立生活,更没出过什么远门,我想,独处是一个人成长的必经之路。至于紫鹃呢,到了重庆后就是全新的生活。

刚才她还对我说:"我一定会回来的,希望你能守住自己的贞洁,洁身自好。"

我也对她说:"如果你在那边交了男朋友,我就不会把你当女朋友看了。"

她眼睛贼亮贼亮地对我说:"你真的能狠心做到吗?"

我不敢看她的眼睛,喃喃地说:"只要你能狠心在那边交男朋友,我不管你嘴上说没有发生过什么,我都不会把你当女朋友看了。"

其实一年的时间很长也很短,短到仿佛眨眼间就能到来,长到可以改变很多原以为根本不可能动摇的东西,比如说爱情。

这次分别,将是我们的第四次分别。

也许分别的次数太多,我都有些漫不经心了;也许重逢的次数太多,所以那种分离的感觉不会太强烈;或也许三四个月后,我们的通话会越来越少;也许四五个月后,她会告诉我她有了新男朋友,我们中断了所有联系。也许七八个月后,我们没了任何联系;也许她告诉我她不会再回来了;也许我们都会成为对方记忆里的一朵浪花,想起时,也许能让自己心血涌动,但最终还是被现实平息。

也许,我会在某个时候去深圳看看她,而见面后,就什么都能感觉到了。

她走之后我该干些什么呢,另外找个女朋友吗?

可能不会,我比较懒,除非别人来追我。

不过,我想我大部分时间还是会静下心来完成自己的武侠小说。毕竟拖的时间太久了,我不能再拖了,也拖不起,更不愿再拖,再拖下去会将我所有的锐气湮没。

她的睡相很霸道,可我却很喜欢这种霸道。

遇上这样的女孩,是我始料不及,而未来呢?

我把各种可能都想了想,对我来说这样就不会受到太大的刺激了,包括不了了之的结局。

No.67　与未来岳母通话

紫鹃终于到家了,七点半的时候她打电话给我,并说她妈妈要和我通话。第一次要和未来的岳母通话,这让我很紧张,尤其是紫鹃的描述让我对未来岳母印象不是很好。

一个声音传来,我略加分析,确定那不是紫鹃和我开玩笑。

老实说,自从第一次听到她讲关于她妈妈的事情,我就知道我和她妈之间一定会有一场持久的较量。

从紫鹃第一次被妈妈以"受伤"为名骗回家,到上次她妈妈亲自登门到我家找

紫鹃,我们不知道较量了多少回合,每个回合都很惊心动魄,我稚嫩的心灵一次又一次经受着慌乱的冲击。至少我在每一次的冲击后,一个人躲在角落里安抚自己惴惴不安的心,重复地分析她妈妈的心态、想法、性格、行为,分析她妈妈在家里的家庭地位,行事风格。而她妈妈呢,也通过各种渠道暗中调查我,了解我,甚至小心翼翼地验她的女儿是否怀孕。

我们一次都没碰过面,却在暗中较量过多次。虽然不曾见面,却已经尽力去了解。

这些想法在大脑中如电光石火般闪过,闭上眼睛,就有一团刺眼的光亮在移动。

电话里,她妈妈的声音很亲切,这在我妈妈那里是感受不到的,明显地透出一丝喜悦的语气,而且有点地方口音,比紫鹃的普通话差一些。

"小磊啊……"她妈妈甜美地唤我。

"哎,阿姨好,阿姨好。"我忐忑不安地回应,就如好不容易捡到一件古董的民工,双手小心捧着,生怕一不留神将自己一辈子的幸福摔碎。

一阵发自内心的笑声传来:"哎,你好,紫鹃回来了。你和你爸爸说一声,告诉他紫鹃自己回家了啊。"她妈妈的笑声中掺杂着一丝得意,有一种凯旋之后的傲气。

我按住心里的酸涩,尽量不让悲伤涌上喉咙,沉着地说:"噢,一定一定的,回去就好,我听我爸说了这个事的,当时我心里也挺着急的。"

"是啊,当时你不在啊,你爸说你到汉口玩去了哦。"她妈妈笑道。

"是啊,我到汉口江边玩了一趟。"我说。

"哦,怎么样?好玩吗?"

"嗯,还不错,我很少去汉口,对那里也不熟,汉口很大,中途迷路了,呵呵。"我不知道怎么说好,还是耐着性子和她乱侃。

那边也是呵呵一笑,说:"是吗?"

我有点紧张,赶忙底气十足地说:"是啊,当时我就打电话给紫鹃,她一会儿告诉我在武汉,一会儿告诉我在外地呢。"

那边略微停顿的声音让我有些慌乱,这种停顿代表怀疑。

她妈妈说:"哦,是吗?唉,这孩子永远长不大,就因为我骂她几句就跑了。"

我马上说:"嗨,阿姨,她还是个小孩子嘛,将来总会好的。"

那边的声音又是充满母女重逢后的欢快,说:"她呀,恐怕永远也长不大。我要谢谢你把她叫回来。"

我也勉强地笑说:"其实呢,亲人之间有些事情反而不好面对面,需要第三人传话才行的。"

她妈妈有点高兴地说:"就是就是,我还要谢谢你爸派车送我们哪。"

我尽量以亲切的口吻说:"哦,阿姨您不用客气,那是我爸举手之劳嘛,对了,阿姨什么时候再到武汉来玩啊?我们一定盛情款待。"

她妈妈笑着说:"好啊好啊,你什么时候到重庆来玩啊?"

我想了想说:"嗯,我现在还没什么作为,没脸见你们啊,等我有了成绩后,我一定去拜访阿姨。"

那边笑声立即传来,亲切地说:"好啊,我和你爸爸聊天,说你很不错呢,年轻人看重事业,有想法,也有干劲,很好啊。"

我呵呵笑着说:"我是他儿子,他肯定是夸我了啊。我知道自己还有很多不足之处,但我会努力的。"

整个谈话进行得很顺利,不管她妈妈是真的因为女儿回去开心,并且真心感谢我把她女儿叫回去,还是心知肚明故作感谢,都是最圆满解决她离家出走的结局。

我想,至少可以为我们将来重逢作一个好的铺垫。

No.68　夜晚的思念

紫鹃才和我别离几天,听说她明天要去深圳上班了,我就有些想要让她回来的冲动。

是否过惯了两个人的日子,就很难再过一个人的日子?

我问她:"能不能不去?"

她说:"我也不想去,你是不是舍不得我?"

我说:"是。"

她说:"我也舍不得你。"

我饱尝过单恋的思念之苦,还没尝过天各一方的痛苦。也许两个人的痛苦,会让两个人都承受着双倍的痛苦。

注定要有一段时间不适应。注定要有一段时间难以平静。这段时间,又该如何度过呢?

今天早上她打来电话,我们都没说什么,也不知道该说些什么。之后我再打过去，她关机了。再之后我打过去的时候，是她爸爸接的电话。我才知道，她已经把电话卡还给了她爸。

思念……

有时候总是幻想，也许一开门，她就会出现，娇滴滴地喊一声"老公"，可是每次都没有，于是失落感油然而生。

尽量劝慰自己不要去幻想了，虽然她总是给我惊喜，可是这次却不同了。我想，这一年，确切地说这半年之内，她是绝对不可能出现在这里的。我的幻想只会加重我的失落感。有了失落感，才有这样落魄的心情，又怎么可能完成历经三年还未完成的书稿呢？

所以，我不能再对这件事抱有任何的幻想。

现在不是当诗人的时候，而是要当一个政治家。无情的政治家才是真正成功的政治家。因为感情是理性的对立面，它会扰乱我们的心智，让我们无法作出正确的判断。

还记得当初如何摆脱小凤的困惑吗？就是不看、不想、不说、不听，只要做到了这"四不"，就算我们身处一室又能怎样？视而不见、充耳不闻之后的结果，就是感情慢慢淡化，理智逐渐占了上风。

我劝自己不再去回忆，现在的回忆并不能看清楚。就像我们刚刚走到山脚时，怎么可能看清楚山的全貌呢？也许局部会很清晰，但却不能整体回顾。只有离这座山远了，才能更好地整理思绪。

今天特别想紫鹃，每次打开家门前都会幻想她开门时顽皮的笑容，随之而来的是次次的失落。到晚上八点钟，实在忍不住给她妈妈打了个电话，她妈妈说她下午五点时已经到了深圳，至于将来能不能回来她妈也不知道。

之后不久她终于打电话过来了，她明天就要考试，如果考不好就回武汉的女子医院，我一阵高兴，觉得她还有回来的可能。

我们又通了几次电话，她确实想到外面闯一闯，并说一年后还会回来。虽然她说得很肯定，可我却不敢肯定未来的变化。

忽然间不是那么难过了，也许只要偶尔通话，就可以解相思之苦吧。而且我的态度也有反复，一开始希望她考不好，这样她就会回到这里。之后我又打电话祝她考出好成绩。从感情上来讲，我希望她回来。可是从理性上讲，我不知道她就这么回来到底意味着什么。

她的事情，我又能作什么样的考虑呢？

她已经在深圳儿童医院工作了。她电话打得很勤,几乎一天三四个。

我问她:"在那边签了合同没有,是什么内容?"

她说:"没有。"

"为什么?"

她说:"不知道。只是这里吃住都全包了。"

我仔细想了想,其实紫鹃并不是想在外面的世界闯荡,因为她临走时拿了我的房间钥匙,就是不打算抛开这里,又不是很关心那边的未来,再加上对她脾气性格的了解,她十有八九只是想在那边玩一段时间,等玩累了就会回来。

从现在开始,我就要为自己找些目标,作一个具体计划,好慢慢地忘记她。

No.69 又一封信

这些日子一直和紫鹃通电话。经过一段时间的分离后,很多东西看得更清楚了,她又在电话里惹我生气,我决定写封信给她。

我朝思暮想的紫鹃:

你曾经问我喜欢什么样子的女孩,那时我回答不知道,也确实不知道。就像问我喜欢吃什么水果一样,如果我从来没吃过水果的话,又如何知道自己喜欢吃哪种水果呢?

如今我知道了。如果我和你真的分手了,我要重新找女朋友的话,必须符合三个条件:

一、有责任心。

二、很爱我。

三、聪明。

责任心是第一位的。一个没有责任感的女孩,不会对自己的言行负责,不会对自己的未来负责,更不会对身边的爱人、孩子负责。什么是对自己负责?如果连生存的问题都懒得去想,都任性的人,能叫对自己负责吗?我希望你有份稳定的工作,但也不是你没有工作我就不要你。关键是你自己怎么看待这个问题,有没有一个对自己负责的态度。

从实际情况来讲,第一,我的经济能力有限而你的花钱能力却很大。第二,就算

我们不为自己着想,也要为我们的孩子着想。就算我们可以不对自己负责,也要对孩子和将来需要我们赡养的老人负责。从你的情况来看,只要你认识到工作的重要性,懂得去争取去努力,就算一时没有工作,我们还是有希望的。因为你在努力,你知道要维持家庭的幸福就必须有收入。反之,你整天就知道玩,所有生活的重担落在我一个人身上,并且又不知道体谅我,还那么爱乱花钱,我又如何能够和你在一起生活?又如何有幸福感可言?只要你一天没工作,我就是一天都在撑。如果你想要有工作,我撑的日子就有个数,有了希望的生活就算苦点也无所谓。可你根本就不愿争取工作,我就算想撑又能撑多久?一年?两年?十年?一辈子?如果把这样的一个重担压在你身上,你不会觉得想想就害怕吗?有没有工作是一回事,想不想要一份工作又是一回事。如果你不想要一份稳定的工作,那你想要什么?

我不希望你将来指着我的鼻子说:"我年轻时不懂事,你为什么不阻拦我?为什么不告诉我工作有多重要?我真后悔嫁给了你!你这个不负责任的男人!"等到那时一切就都晚了。也许我还可以再找别的女人,可你呢?一个离了婚的女人又如何寻找幸福?

前些日子依婕打电话给我,至于你还没还她那五十块钱,你也没个说法。数目虽然不大,但你知不知道,你的一句"忘了"使得别人对你的印象有多差,欠钱不还不也正是你最讨厌的人吗?既然你都讨厌这种人,又为什么会成为这样的人?你对自己的言行负责的话,会出现这种情况吗?你有过负责任的概念吗?

临走前我问你更换注肠器的事情,你对我吼:"不要你管!"结果呢?也许你有这样那样的理由,可我只有两个理由:

一、这是你答应了的事情,还接下了买器具的钱,并且是一个植物人家属的钱。

二、这件事操作起来并不困难。更何况老卢的老婆相当于我们的亲人,如果没有她,我们不可能走到现在,就算是出于感激你也应该帮她一把。你有为自己的行为考虑过影响吗,你想过老卢会怎么看你吗?

我表妹家的DVD、席梦思被我们弄坏了,这些东西的主人已经把东西搬走,整个房间一片狼藉。那是别人的东西,我们是拿来借用,把别人的东西弄坏了他会怎么想?他又会怎么看我们?还记得我们养的来福吗?我们为了这只狗总是吵架。我对狗深恶痛绝,都告诉过你"有我没狗,有狗没我",你不听非要让我养。我并不反对你养狗,可你那是什么心态?你来享受逗狗的快乐,逼我承担养狗的烦恼,你这样是一种负责的态度吗?只管享乐,不管劳动,只想索取,不想奉献。我那时候就说你没有责任心,你还很恼火,现在看来一点都没说错。你就是那种没有责任心的人。

我听说你离开女子医院是因为在那里得罪了很多人,混不下去了,待不住了。这种话我不相信,因为没有证据。但这样的话能够传到我耳朵里,必定有其原因。是否你在医院工作时,也因为不负责的态度而得罪了很多人呢?你总说别人偷拿你的东西,别人有多么多么差劲,是否你在别人心目中也是如此呢?这是不是你不愿在医院上班的真正原因呢?如果你在那里没有绯闻,工作又认真负责,同事关系处理得又好,而且还有转正式护士的可能,为什么又非要离开而且坚决不再回去呢?

你总是不愿回答我的问题,是真的有什么难言之隐还是在使小性子?

你说:"如果我同意了在女子医院工作,就等于改变了性格,而你喜欢的是我的性格,到那时我就不是我了,你也不会喜欢我了。"这简直是扯淡!我明确地告诉你,我对你的爱是怎么一回事。

我爱你的聪明睿智,感动于你对我的信任和付出的别人无法攀比的爱,也习惯了你的存在,同时还包容着你的任性,但却十分憎恶你的不负责任。你的缺点不少,比如虚荣、大手大脚、任性、不爱学习、不求上进。但这些我都可以容忍,这些缺点在一定时候还可以变成优点,但"不负责任"在任何时候都是缺点,是绝对要改掉的缺点。当你的不负责任和任性组合在一起时,我就真的有些讨厌你了。甚至想到一些事情就觉得恶心,想吐。这绝对不是用编造出来的事情骂你,是我真实的感受。

但反过来说,你的优点也是令我一直不能割舍的原因。你是那么的爱我,能够为我做很多别人做不到做不出的事情,包括离家出走,你又为我付出了那么多感情、精力、时间、金钱,我从你那里得到了比男人应得的所有的快乐还要更多的东西。你又是那么的聪明,许多事情我只需说一遍你就懂了,甚至根本不用我说你就能明白。我喜欢这种默契,有了默契的夫妻才是幸福的夫妻。

你知道吗?你对我的爱,和你的聪明睿智,是我决定付出感情的根本原因。而不是你的任性。从我们多次的交锋中,我妥协了,我可以包容你的任性,可以为你做很多事情,可以替你承担你的不负责任带来的后果。但是当你的不负责任危及到我们的将来,危及到将来的家庭时,我该怎么办?雯雯曾劝我,先答应你不到女子医院上班,其他的事情以后再说,可我却坚决地告诉她,不可能。这不是一般的小事,这是生死存亡的大事。我不能因为贪图一时的快乐,而毁了两个人甚至是一个家庭的幸福。如果结局真的是这样,我宁可孤独难过一阵,也不要这样的结局。也许你会觉得我狠心、无情,可如果我在这个问题上心软,就意味着对未来家庭的心狠,或者说因为无能和昏庸而导致家庭的不幸。

你一定要把"责任"两个字好好想一想。你现在可以不要工作,将来就可以不养

孩子,到最后就可以不要老公。有什么东西能拴住你的想法? 没有。一来别人无法拴住你的任性。二来你自己又毫无责任感。我也不再试图改变你的任性了,但如果你连责任心也没有,我还能奢望有什么稳定感? 我还敢要你吗?

我不希望将来总是生活在担心你是否会离开的念头里;不想生活在你对孩子、家庭毫无责任感的任性里;不愿生活在捉襟见肘的困境里。

我对你已经一再妥协了,我再也没有可以退步的地方,再退,就只有退出。我不试图改变你的任性,也不试图改变你花钱的习惯,也不试图改变你的不爱学习只爱玩乐,也不试图改变你的其他方方面面。

但你能不能具有做人最起码的一点——责任心?

再让我告诉你一遍。我爱你的聪明睿智,感动于你对我付出的巨大的爱,也习惯了你的存在。我愿意包容你的任性。

我爱你。

你的磊磊

No.70　痛苦

紫鹃还没有收到我的信,今天去女子医院找莉莉买管子,她竟然关机。可能又以为是骚扰电话吧,她上次挂我电话也是这么解释的。正犹豫间碰到洛洛。她帮我找了几个注肠器,可惜小了,还是回头到药店再买吧。

洛洛问起紫鹃的情况,我告诉她:"少则两天一个电话,多则一天四个电话。"

"哇,那你们联系得还挺勤的啊。对了,医务长没有退掉紫鹃的床位,估计紫鹃还会回来。"

"哦……"我若有所思,原来紫鹃并非完全把女子医院的路割断,关键还是看她自己怎么想的。

晚上乐队排练,紫鹃打电话过来,我问她床位的事情。

她说:"我不想待在女子医院,怕到时候军训受不了。"

原来她害怕三个月的军训,所以才不愿待在女子医院?! 也不知道真的假的。说实在的,我倒是希望她在外面锻炼一下,要是我有机会去军训的话,只要工资奖金照发,我一定会去锻炼一下。但这样的话我没有对她说,我告诉她可以通过钱和关系买通领导,不去军训直接进入正式护士系统。她表示怀疑。

其实我心里没底,不过爸爸还是有点路子的人,不管行不行先稳住紫鹃再说。

紫鹃说:"我到底是回去还是不回去?要是不回去我就叫我姐不要留床铺了,每个月还要五块钱呢,从我表姐那里扣。"

"当然回来啦。"

"想我不?"

"想你啦!"

"有多想?"

"好想好想。"

"老公,我好想你呀。"

"我也好想你啊,老婆。"

我的生日快到了,我们约好她在我生日前一天回来。这个生日嘛,其实对我很有意义。

昨天中午紫鹃告诉我,深圳那家医院的老板在追她,通过短信向她表达意思。想起前些天晚上十一点多,她不接我电话,并且在第二天不告诉我缘由,还为此两人吵了一架。

也许他们交往已经有一段时日了,直到那老板向她提出恋爱要求时,她才告诉我。

作为一个男人,不大可能一见面就提出恋爱要求,一定是相处了一段时间才比较合理。而对一些问题,她既不想骗我,又不能告诉我,就只有不说。

听她说那个老板年龄比我小,可能深圳那边年轻有为的人多的是吧。

虽然她说自己肯定不会答应,但心中还是有些不安和忐忑。

唉……最近挺忙的,乐队排练、准备演讲、看考公务员的基础书、修改武侠小说的第二部。没有她的日子很匆忙、孤独、疲倦,有她的日子很忙乱、温馨。

昨天又通了四次电话,她希望我过生日时能过去玩,她在那边和另一个女孩住两室一厅的房子,等我过去后可以让那女孩到别人那里挤一下。

其实我挺想去的。

一来想见她。二来想看看大海。在小说里写过那么多的海的场面,却没有真正站在海边过,不能不说缺少了一种生命的体验,而我又是那么喜欢尝试和体验的人。那里的海是什么颜色呢?夕阳下的海景是否会让我伤感,是否会激起我心中的梦想呢?

可惜就是时候不太好,正是盛夏,七月中旬,恐怕无法体会海的伤感了。

还有一个月多两天,日子要快也快,要慢还真是慢。

她的电话卡余额不足,一整天都没电话来,我难过极了,直到刚才我们又通了电话,只有十三秒时间,心情才好了一些。

刚才在爸妈家时,我把她的相片都收了起来,不愿再看,越看就越难过。

真的很难过,原先我以为,和自己喜欢的女孩天各一方是件最难过的事情,那么现在我要改口,两个深深相爱的人天各一方才是最难过的事情。

我的生活缺少了她,就变得灰暗。忙的时候还好说,一旦空闲下来,就觉得浑身都难受,已经好几天都是这种感觉了。除非能够听到她的一点音信,这必须是动态的交流,否则看到以前的东西,就会伤感。打电话、写信、上网都可以,就是不能看以前的照片。

老天啊!为什么要我承受这样的痛苦呢?

我都这么大的人了,为什么还会这么痛苦呢?

躺在床上,不断地抽动,全身酸胀无力,心中仿佛有一团巨大的乌云压迫着呼吸,喘不过气。

痛苦……

No.71 我的生日

亲爱的紫鹃:

没有你的每一天,没有过安然入睡的夜晚。最近越来越难受,浑身发软,心里发慌。真的很希望你能回到我身边,我止不住地想你,一想到你并不在我身旁,就难过得要命。很多时候我都在想,要是我出点什么事,生场大病,你一定会赶回来。可是我又想,要是这样的话,你一定会瞧不起我。

每回深夜爬起,望着月色下的走廊,走过洗手间时,就会想起我们一起在小屋洗澡的情景,温润的水珠从你细嫩的身上滑下……忽然觉醒,这样的温馨却不在了。每次到公园看书,就会想起我们在这里的许多故事,我枕在你的腿上,你给我掏耳朵,一起放烟花,一起骚扰老师傅,还有你做的肉泥汤,我迟到后你生气的样子,你无助地靠在我怀里。上次我回表妹家整理东西,看着空荡荡的房间,有种时空错乱的感觉,我们那么多个夜晚的温存,怎么忽然间就变得冷冷清清?床还是原来的床,桌子还是原来的桌子,为什么就没有了等待你回来的安详呢？也许我和你的认识只是个梦吧？但是这个梦又如此的真切,刻在心中,一阵一阵的乏力酸痛。

漫无目的地在街上走着,很难过。我以前难过的时候,你会陪我一起喝酒,第一次是你先喝醉,第二次是我先喝吐,那今天呢？我很想醉,可是连醉的时候都会想起你,而你又不在我身边,我醉了又有什么用？除了难过,还是难过。我从来没想过我会有这么难过的时候,比你惹我生气时还要难过百倍、千倍。感觉就像第一次吃特辣鸭脖子,吃吧,一浪接一浪的辣劲让我既有快感又很难受,不吃吧,口中的辣味却久久不能散去,越是不吃,就越是细细体会到口中留下的辣味,难受无比。

有时候我在想,你出去看看也好,也许就不会那么不顾及自己的言行,不会那么任性了。可是这么多天后我又在想,你怎么能那么狠心把我一个人丢在这里,你口口声声说真的很爱我,又为什么能忍受得了和我的分离？我真的受不了这样的分离,真的。从我们相识到现在,虽然还不到一年,却像让我经历了无数个世纪一样,让我承受了无数次的难受。这是你我第六次的分离,我在短短一年之内承受着六次离别,我真的不知道自己还能承受多少……也许你比我更坚强,你比我更狠心,你比我更能承受这样的痛苦。

我不知道感情会不会冲垮我的理智,也不知道这样的缘分究竟会毁了谁。现在我还可以承受,还没有倒下,等我支撑不住的时候,也许我这一生就再也没有振作的那一天了。我不知道你到底把我当什么,只要是你想要的,你都要得到；只要是你想做的,你都要做到；我在你心目中,和你想要做的事,想要得到的东西相比,哪个才是最重要的？

也许我倒下以后,你会把我忘得一干二净,可我想,我这辈子都忘不了你,忘不了我们的故事。

想起你咬着自己的手指忍痛和我做爱的情景,想起你每天晚上非要我陪着才能安睡,想起我们几乎是每天都见面的琐碎,想起这些,我很难明白你为什么还是要离开,出去看看外面的世界吗？还是你为了让我妥协的另一个手段呢？如果你一天不回来,我就难过一整天；你一月不回来,我就难过一整月；你一年不回来,或许我垮了,或许我更坚强,或许我找了别的女人来忘记你。你过生日那天,你得到了你想要的所有的东西,我能做到的能想到的都做了,我不能做到的不能想到的也做了。你却在你最快乐的时候告诉我一个让我最难过的事情。这是否是你一贯的风格？

想起你和我恋爱后你过的第一个生日,再想想我即将面对的生日……我只要

一个礼物,就是你回到我身边,难道这也算过分吗?难道这样的要求你都不能满足我吗?

从来没有这样难过,都是因为你的离开。我甚至觉得这就是失恋,这样的分离和失恋又有什么区别?

六月十二日凌晨,我彻夜难眠,把信寄出去后去夜大上课。

课堂上毫无心思,豌豆公主陪我一起翘课,向我讲了她当年和男朋友分离时痛哭了一场的事情,听得我更难过了。去了三个电信缴费点,还是无法帮紫鹃交电话费,可能她用的是什么"动感地带"的充值方式。

一个人站在街头,人流如洪。

依然是那么难受,想念她的心情无法抑制。高阳打电话问,随后开着摩托车来接我。

高阳见面就问:"是不是很想见紫鹃?"

我垂头丧气地说:"很想。"

"很想那就去见她嘛。"高阳说。

我们商量了具体去深圳的事情,然后着手准备。一想到可以见到紫鹃了,沮丧的心情立即消失。

高阳笑说:"瞧你刚才那个熊样,现在不就好了吗?你呀,就是一团面,紫鹃想怎么捏你,就怎么捏你。"

我赔笑说:"对对,我就是一团面。"

我心中暗想,只要紫鹃愿意回来,就算她不工作也可以。唉,原本的原则在她这里全都没了,但我顾不得许多,不是我不想讲原则,而是用情太深后的难受使然。真正的生理上的难受,头晕,浑身乏力,注意力很难集中,全都在想她,回想起开心的事情就为现在的孤独难过,幻想出来的背叛则让自己更是难过。所以,只要能见到她,一切都可以放下。

每月十三日才能领工资,可我想见紫鹃的心情无比迫切,我决定下午就坐火车去深圳。

在这边有三件事要我去做,一是厂里的演讲,不过没说明具体时间。二是厂里的乐队排练,月底要演出。三是夜大的作业要交,算平时成绩。不过这些事情相比见紫鹃而言都是小事,都可以放下。

还有三个更现实的问题。

一是我长这么大,从来没有一个人出过远门,更别说到深圳了。

二是我的工资卡掉了,就算到了深圳也拿不到钱,高阳只有五百元借给我,最多够来回火车票的钱。

三是我的身份证随着工资卡一起掉了,要一些日子才能补办到,没有身份证弄不好会给当盲流抓起来。我回到父母家,想把爸爸的工资卡偷出来。结果爸爸妈妈都躺在床上睡觉。我问妈妈要工资卡,说是一个同事他爹过世了,妈妈没多问,可能还没睡醒,就把卡和密码给我了。我偷偷拿了两件换洗的衣服,用塑料袋装着出去了,顺便把自己夜大的学生证带在身上。

高阳把我送到火车站,因为等车的候车室有两个,结果弄错了候车室还差点误了火车。

找到自己的铺位后,开始了自己人生第一次的长途旅行。

在火车上认识了一对老夫妻,他们的女儿在深圳,几乎每年暑假都去一趟带外孙。

满肚子疑惑,紫鹃到那边到底是怎么了?她说她和一群男孩去海边游泳,就她一个女孩,还呛了几口海水。说医院的老板很年轻,在追她。我给她写了封信,要她对自己言行负责,她看后打电话来发脾气。这些事情我越想越不安,越想越难受。再加上我对深圳人生地不熟,紫鹃的手机充值卡余额不足,打不进电话,我的小灵通出了市区就没信号,而且紫鹃被调入了另一家医院,又没有告诉我地址、电话,包括她前面待的那家医院也只有个通信地址,没有电话。

深圳那么大,我到哪里去找她呢?如果找不着,晚上住宿肯定要身份证,我又该怎么办呢?

心中七上八下。

还好火车直接进了深圳。第二天一早,两夫妇指着一栋大厦告诉我,这是深圳最高的大厦,叫"地王大厦",有九十八层,可以看到香港,五十元一个人,到时候可以和你的女朋友一起去看看。

No.72 第一次出远门

出了火车站,先买张 IC 卡联系高阳,没想到他竟然关机了。可能现在是早上六点的缘故吧,这个懒虫。

紫鹃的电话还是那个懒洋洋的腔调:"您所拨打的电话,储值卡余额不足……"

怎么办？我只能按照她待的第一家医院的通信地址去问了。

问刚才卖IC卡的老头，到龙岗区油条镇怎么走，他告诉我坐X路公交车。X路司机告诉我车子不到油条镇，要先到馒头镇或花卷镇后转Y路车。这一坐又是近两个小时的车，罗湖区的堵车现象比较厉害。我没吃早饭一路光喝水，结果上车没多久就想上厕所，憋了两个小时。

到了馒头镇后，赶忙找个餐馆上厕所。顺便把一些想法录音，我一路都在上车转车前后录音，怕自己走迷糊了。

到了油条镇后，问摩的"稀饭门诊部"在什么地方，那的哥不是很清楚，说是知道有一家新开的门诊部，但不知道是不是我想找的那家。一路上许多硕大的牌子上写着各式各样的门诊部，就是没有稀饭门诊部，摩的拐了个弯，猛然看见"稀饭门诊部"，心中雀跃不已。

开门见山，直接找紫鹃，导医让我找主任，主任见我不是看病，爱理不理让我到二楼办公室去问，办公室没人，我又赔着笑脸掏出学生证，主任看都不看打电话让人到二楼办公室，我又噔噔噔跑上二楼。

说明来意，那小伙子一听我是找紫鹃，说："紫鹃，我知道，你是她男朋友吧。"

我赔笑说："是啊，过来看看她在这边工作怎么样。"

我怕他不信，又把我和紫鹃去L山时的照片拿了出来。

他拨了个电话："喂，紫鹃在吗？……哦，你就是啊……你男朋友在我这里……你等一下，我让他听电话。"

我接过电话，果然是紫鹃的声音，紫鹃的声音有些软，像是激动过后浑身发软连声音都软的那种感觉："你怎么过来了？"

"想你不就过来了吗？你赶紧把电话充值，我好联系你。"

"哦，你等会就走是吧？"

"什么？我等会到你那去。"

"哦，你怎么来啊？"

"我不知道，等你告诉我。"

"我也不知道，是他们接我们过去的。"

"那我问刚才给我电话的这位大哥好了。"

"好，你什么时候过来？"

"现在。"

那小伙子给我写了坐车的地点，我又直接杀到饺子镇。上午十一点终于在饺子镇摩的带领下,来到"饺子稀饭门诊部"

紫鹃早已迎了出来……

紫鹃所在的地方是饺子镇的工业园,有一家很大的私企,员工三千人,而且都是年轻人。那里一切都像是刚刚建起来,只有一家三层超市,其余的超市都是小店铺,而且只有一家医院,有了这三千员工,足够带动其他产业了。

因为今天是她上班的医院开张的第二天,所以请不到假,而且是加班加点,晚上还要跑到镇上发传单。

我先前所有的忐忑在见到她之后都消失了,她在电话里总说自己变瘦了,其实还是那么胖。其实她以前的身材挺好,因为有一米六四,所以显得比较挺拔。自从我们谈恋爱后,我越来越瘦,她却越来越丰满。蔡俊就曾说我是个打气筒,把她弄得那么胖。

紫鹃没什么时间陪我,我只能自己安排。我决定先去看海,直到日落再回来,然后第二天看海上日出,至于待多久嘛……到时候再说。

那天下午,我被几个摩的宰得不成人形后,终于见到了大海。

大海果然和东湖不一样,潮水拍打岸边沉缓有力,犹如一位心胸豁达而深邃的长者静静地呼吸。望着海边嬉闹的人群,望着面对海面的巍峨山脉,望着遥海相望横居海面的长长岛屿,心中变得平坦许多。

第二天紫鹃陪我一起洗澡,她住的地方是两室一厅,四个女孩一起住,和她住同一间房的被紫鹃赶到另一套房子那。那里设施还算齐全,有液化气但没有液化气灶,伙食都是三楼的厨师统一做的。而且我后来才发现,液化气是热水器加热时的能源。

晚上十点,她终于下班了,我们一起逛街。

我很希望她和我一起回去,她也很想回去,可她觉得在这里做得很开心,有种被重用的感觉。她在这里是当导医,导医必须对各个科室都比较熟悉,来了病人后不仅要能进行良好的沟通,并能根据他们所说的情况把病人带到相应的部门就医。

我不想为难她,虽然在我来之前曾想过无数个理由要她回去,可我现在只有一个理由,只要她能开心,怎么样都可以。而且我相信她对我的情感比我对她的情感还要深,毕竟她连一个月都没做满,就这么让她回去,谁都不甘心。

也许我一个人回去后还会难过、不开心,可我不希望她为我放弃梦想,我对事业的追求让我明白放弃事业的痛苦,可能和失去心爱的人一样不相上下。

No.73　在深圳

清晨，紫鹃把我送上由工业园开往馒头镇的车，她希望我多住几天，可我却只想离去。难过的心已经得到平复，想见她的冲动也得到慰藉，留下来只会干扰她的工作和生活，况且临走时一大摊子的事情等着我。

来到罗湖区，忽然下起暴雨，但我还是决定先去一趟地王大厦，到了九十八层，门票六十元。里面虽然没什么好玩的，但毕竟是深圳市最高的建筑物。等到雨停后，笔架山和其他几处山峦都是云遮雾绕，花四元买了两个硬币用望远镜看，还是看不太清楚，留了个硬币做纪念。

呆坐在椅子上，让淋湿的鞋袜透透风，忽然觉得自己有所变化，为了紫鹃，我做了很多原先所不愿、不能、不敢做的事情，不管是为谁也好，我喜欢这样的变化。人生是需要动力的，很多想法在现有的状态下很难实现，当生命中闯进来一个足以让我改变的女孩时，应该是件值得高兴的事情。

我很早就想搬出来住，却碍于种种条件不愿动，因为她的离家出走而实现了。很早就想到外面看看，读万卷书，行万里路，因为她的远去而实现了。就这两件事，就使得我有勇气做其他的事情。今年准备好考公务员，明年无论如何也要到各个大杂志社去推荐一下自己的武侠小说。在深圳火车站等车，到检票处被拦了下来。

昨晚我在医院等紫鹃时，医院门口放的影碟是周润发、梅艳芳演的片子，他们想要从越南回香港，被检票处拦了下来，用斧子劈开所有行李，看有没有违禁品，双方打起来，差点闹出人命。

检查人员捏遍我的裤子中缝，笑笑说："有身份证吗？"

我把夜大学生证拿出来，说："只带了这个。"

他看了看，又翻我两个塑料袋，笑说："你是学生啊？"

"是啊。"我担心下一步会不会检查我后庭，因为很多毒贩子都把毒品藏那，据说这叫后庭花劫。幸好他没有做进一步检查，放行了。

第二天上午到公司。

错过了演讲比赛。早餐时碰到乐队指挥，让我第二天去排练。上午夜大打电话，要我尽早交作业。中午一位姐姐打电话，因为我帮了她一个小忙，所以想晚上请我吃顿饭。

吃饭时,高阳把他新认识的女孩带上,叫珏儿,听说是练武术出身。

No.74 邻家女孩

珏儿终于搬到我隔壁了。

珏儿是高阳新认识的女孩,因为原先租住的地方失窃两次,所以一直想找个新居,刚巧我隔壁那间房一直空着,上次高阳趁我去深圳时,带着珏儿到我家做饭,珏儿就说想租这里。我的新家是由两个把头的单间加上过道组成的两室一厨,没有厕所、客厅。一道大门,两个相对的室门。我也是半开玩笑说愿意把另一间租给她,而我自己不会搬回去。没想到她呼哧一下就搬了过来。

房间布置得挺整洁,东西也不多,和我一样打了个地铺当床,反正是夏天。

我对高阳说:"她百分之九十是为了你才搬过来,否则打死也说不通,上班的地方离这里那么远,而且隔壁还住着一个只见过两面的男人,你说她不是为了你是为了什么?"

高阳笑眯眯说:"房租便宜嘛。"

我本没想过收房租,在她的要求下我收她每月二十五元的水电房租。

"不可能,再便宜也不可能和一个陌生男人住一起,绝对是因为信任你所以信任我。而且她还把手机号换了,彻底脱离她以前的圈子,那还不是为了你啊。"我说。

紫鹃听到这样的消息后,吓得要命,拼命发短信向高阳询问情况。

紫鹃打电话给我,说她明天坐飞机回来,然后又打电话给我,说主任同意增加休息时间和加工资,一时不能确定能否马上回来。然后又打电话问我那女孩的情况。

"那女孩长得漂亮吗?"

"没你漂亮。"

"身材好不好?"

"嗯……"练武出身的身材能差到哪里去呢,我转念一想,又对她说,"一般般,没你身材好。"

紫鹃自称体重一百一十六斤,几乎快赶上我了,主要是在那边伙食太油腻,又

能吃。

"她长得什么样？"

"脸上有两颗痣，一颗在眼皮底下，一颗在嘴唇上面，我看得就想躲。"

"长毛没有？"紫鹃可真够缺德的，居然还希望对方的痣上长毛！

"长了。所以我看到就想躲嘛。"

"你晚上睡在哪里？"

"当然睡我们家了。"

"她呢？"

"睡我隔壁。"

"她是不是长得很漂亮？"

我笑说："不是说过了吗？长得很丑。"

紫鹃很紧张说："你越是这么说，我越是不放心。"

我哄说："哦哦，长得很漂亮。"

紫鹃嗔道："那我更不放心。"

高阳拿出手机，上面有十六条紫鹃发过来的短信，来来回回就是那么几个问题：小磊对珏儿好不好？珏儿对小磊如何？高阳晚上是不是和珏儿睡一起？然后又警告，高阳要是不和珏儿睡一起，以后都别进我家的门。接着又问我能不能听听珏儿的声音？珏儿现在是不是和小磊在一起？珏儿长得漂亮吗？她有工作吗？她怎么没和你在一起？

我和高阳相视而笑，估计紫鹃用不了多久就会回来，她肯定忍不住的。

No.75 不要折磨我

天将降大任于是人也，必先苦其心志，劳其筋骨，饿其体肤，空乏其身，行拂乱其所为，所以动心忍性，曾益其所不能。

这段古人格言我一直铭记在心，在十五岁到二十岁之间一直以此激励自己，直到感觉自己已经有所修为，曾益了许多的原先所"不能"，结果到了今天，我又要拿出这段话来激励自己了。

紫鹃昨晚上又说不回来，说那边的工作比我还重要，也有可能永远不回来，而且听语气很认真。我的心情顿时变得很差，自从深圳回来后，就不太去想她回不回来的事情,但她自己却嚷着要回来,刚刚让我燃起希望之火时,又紧接着把我的希望扑灭。

宠辱皆惊,宠为下,得之若惊,失之若惊。

她总是心血来潮地给我一得一失的心血来潮,让我努力想要保持的平静瞬间波澜惊起。我在电话里头说了半天,她就是不听。我真的很生气,我和她之间的大争执,从来都是以她的胜利我的妥协而告终,那么这次呢?如果这次我还是妥协,那不就等于事实上的分手?她希望我能在这里等她一年半载,换了是几天前她还没有嚷着说回来的时候,我或许会答应。可现在这种状况,我怎么能够答应?我狠狠地骂说:"你浑蛋!"挂断电话。

下午她发短信给高阳,让我打电话过去,她的语气很无力,我又说了一番道理,可她还是不听。挂断电话后,我又打了三四个电话过去,估计这个月电话费又要超支了。说到后来,她同意七月十日回来,我坚决而又肯定地告诉她,要她在六月二十六日回来,我会在火车站等她……

在我的软磨硬泡之下,她终于答应在六月二十六日回来。

忽然间我又觉得自己"曾益其所不能"了,耐心、策略等等之类。

晚上用高阳的手机给她发短信,结果她告诉我她们的寝室被撬了,东西被翻得乱七八糟,掉了很多东西,幸好身份证和钱没掉,后来仔细查看后,还是发现掉了一百九十块钱。有个女的更惨,前脚刚被抢了,后脚发现寝室也被撬了。

她哭哭啼啼说害怕,我安慰她一阵后边思索边说:"那边是新建的工业园,都是外来务工的人,素质参差不齐,而且只有几个派出所,治安差是理所当然的了。只要你回来,就一切都好了。"

她又哭哭啼啼说:"我知道。"

No.76 美璇的死

"美璇死了。"

"什么时候死的?"

紫鹃呜咽起来,说:"我说了叫她不要回去午睡,她就是不听,她应该下午四点半接班,我看她还没来,就去寝室叫她,结果……"

美璇是紫鹃的室友,她们睡一个房间,两个人的床只隔了两厘米,当时我去深

圳时,美璇就让出床位到别人那去睡了。看她的气质和举止,像是从不太发达的县、镇考入卫校,然后由学校联系到深圳来的。

听紫鹃的语气不像是开玩笑,我继续问说:"她是怎么死的?"

"是被勒死的。"

"有没有被强奸的痕迹?"

"我不知道,我什么都不知道。"

"警察找你问话了没有?"

"还没有,他们等会儿过来。"

"你如果能回来,就尽快回来。这几天一定要注意安全,不要一个人行动。"

"嗯,好了,我不跟你说了,警察来问话了。"

电话挂断。今天帮老卢干了一天的活,刚刚到他店里头吃饭,高阳、蔡俊都在。我想想觉得还是不妥,又用高阳的手机给她发短信,告诉她要尽快回来,一切都是次要的,你的平安才是最重要的。我和高阳先离开了,我把这件事告诉高阳,高阳也觉得很恐怖,他说他要回去告诉珏儿,让她以此为戒多注意自己的安全。

我思索说:"如果真是这样的话,紫鹃一定会被调查,她一时半会儿是回不来的。你说她有没有可能故意编这样一个故事,来拖延回来的事情呢?"

高阳说:"你刚才和我讲这个事的时候,我就这样考虑了,但你不提出来我是不会说的。"

我们仔细分析了一下,紫鹃平常虽然爱开玩笑,但不至于拿这种事情来编谎言,如果真的为了不回来而撒这样的谎,那也太卑劣太愚蠢了。

晚上我要上班,来到单位越想越不放心,如果当时休息的是紫鹃,那会是什么样的情景呢? 会是什么样的人能进她们的房间?

第一,要能够进得了楼洞的防盗门,这个门的开启方式有两种,一是密码,二是钥匙, 只有这个楼洞的人才可能有钥匙, 或者与楼洞内有关系的人也可以配到钥匙。至于密码,也有可能有人无意或有意看到别人开门的密码。再者,如果停电,防盗门能不能不用钥匙或密码就可以打开呢?

第二,我不知道紫鹃房门的锁修好没有。这次美璇之死,房门锁是完好的,还是被撬开的? 因为紫鹃精神状态不太好,又不时有人找她谈话,所以我们的通话没有谈到这些。我猜想昨晚撬门盗窃的人,和今天杀死美璇的人很可能是同一伙或一个人,而这伙人或这个人很可能是这栋楼里的人。这栋楼里居住的人我不是很清楚,只知道三楼是主任和厨师,四楼有一个老护士长,六楼就是紫鹃和其他几个护士。

这是一个单元楼,每一层有四套房间,每套都是两室一厅,每一室住两个人,紫鹃和美璇住一室,另一室暂时只有一个女孩住。如果盗窃和杀死美璇的人是同一个人,而且又是内部的人,万一就是另一室的女孩呢?也许上次盗窃之后没偷到多少值钱的东西,这次又准备行窃,结果被美璇发现,情急之下杀人灭口?

但一个女性把另一个女性勒死,似乎从力量上来讲欠可能。而且被盗的那天晚上,医院的主任请客过端午节,护士们都应该在一起。

二十一点十二分,刚才紫鹃打电话给我,警察已经查出美璇的阴道内有残留的精液,是奸杀!而且很可能是三楼的一个厨师,他已经潜逃了。

听到这样的消息,我一直悬着的心总算落下来一半,至少潜在的危险已经少了一大半了。

我对她说:"你明天就回来,能不能拿到工资都不要紧。"

"那怎么行?我室友刚死了,我就要走,别人会怎么看我?"

"只要公安部门不将你列入嫌疑对象,把你管制拘禁,你就可以走。况且你可以趁机向他们说明理由,这里治安这么乱,谁知道将来会出什么事,多待一天就多一天的危险。"

过了会儿她又给我打电话,主任不让走,这个嫌疑犯还没有被抓住,其他人暂时都不能走,更何况是她室友。紫鹃还告诉我,美璇的家人接到消息后马上坐火车赶过来。

唉,真的觉得我和紫鹃之间的事情太过戏剧性,从最初的相识,到后来发生的那么多事情,那么真实、残酷,又总让人恍惚,觉得像是电影中才有的情节。

老卢的老婆出车祸,变成植物人到现在都没醒。之前和紫鹃恋爱都是她从中间撺掇的,之后又遇到紫鹃父母反对,我们分分合合六次,到现在居然碰上了人命!

这样的经历恐怕没几个人能遇上。

No.77　祸不单行

刚才紫鹃用她同事的手机连打了我几个电话,我没有打回去。昨天和她争论了很久,她就是不肯回来,原因有很多,她的室友被奸杀后人手更少了,医院希望她留下来直到新的护士过来。她的父母大概七月中旬要过去看她。

最后一点,她怀孕了,想把打胎的钱挣回来。七月十五日发五百元奖金,再加上

自己的一点钱,凑足八百元打胎。

无论我说什么她都不肯回来,我和那家医院到底谁重要?

如果她真是那么在乎别人看法的人,就不会离家出走,这次父母去看她不成为理由。

至于打胎,如果她回来打胎我还可以照顾她,她在那边做,万一有个什么闪失呢?况且要等到下月十五号才有钱做,多拖一天,手术的危险和难度就大一分。寄钱过去她又不要,让她新建立个龙卡账户,我打钱过去,她也不要。

昨晚高阳骑摩托车带我去兜风,心情平缓下来,算了……

我说:"不去在乎别人、紧张别人的感觉真好。很久没有这样轻松了。"

高阳说:"对,这样的感觉是最好的。"

我交代高阳说:"以后她发信息给你,让我回电话,除非她说有急事,否则就不要告诉我了。"

"好。"高阳说了一大堆安慰我的话。

其实我已经不需要了,当我真正把一个人从心里的主要位置放到次要位置时,一切安慰都来源于不重视、不在乎。

之后我去理发店捶背,高阳去陪珏儿。

忽然小灵通响了,是紫鹃用同事手机打的,她的手机早就没钱了,只能发发短信。我没回电话,可能是有些累了,心太累了。

电话又响了起来,还没吃早饭,有些有气无力的。想想还是回了个电话。

紫鹃一接电话,马上哭哭啼啼说:"你爸在这边公安局有没有熟人?"

"没有。怎么了?"我心想,难道是那边把紫鹃作为怀疑对象调查了?

"你送我的手机掉了。"

"什么时候?"

"昨天晚上,我本来把闹时定在四点半,结果一觉睡到七点钟,发现手机不见了。"

我说:"算了,发生这么多事情是必然的,那里是个城乡结合部,乱的根源一时断不了。你赶快回来吧,我再给你买个新手机。"

"不,我就要那个手机,那是你买给我的生日礼物,我一定要把它找回来。"她的哭腔中带着坚决。

我叹气说:"这怎么找得到呢?掉钱掉物是小事,你的室友把命都弄掉了,只要你回来就什么事情都没有了。"我心中暗想,真不知道这样下去还会发生什么事情。

紫鹃的回答还是那么坚决肯定,她说当时门窗都是关着的,一定是内部人干的,而且医院也有了怀疑对象,并且答应紫鹃会处理好的。

我叹气……

爸爸打电话过来,问紫鹃有没有把室友被奸杀的事情告诉紫鹃的父母,我说没有。

爸爸说他来告诉紫鹃父母,我说千万不要,你这样说不是会激化矛盾吗?况且她不告诉她的父母是不希望她父母担心。

唉……我好累啊。

No.78　紫鹃骗了我

刚才打电话给紫鹃的门诊部,我们之间一直是通过这个电话通信的。

不是紫鹃接电话,那女孩说:"她不在这里。"

"不在这里?你是说暂时离开,还是不在这里工作?"

"她跟你讲了那些事没有?"女孩问我。

我不知道这个接电话的女孩是指美璇被奸杀的事情,还是紫鹃掉手机的事情。

我说:"讲了一点。"

女孩说:"她到警察局登记去了。"

我试探说:"掉了手机要登记吗?"

女孩肯定地说:"是啊。"

我急问:"哦,她什么时候回来?"

女孩说:"她可能等会儿就会回来。"

我又问:"谢谢,你贵姓哪?"

女孩说:"我是和她住在一起的。"

我曾想起紫鹃说过她现在和小熊住在一起,于是我问:"是小熊吗?"

对方说:"不是,我是美璇。"

我心中咯噔一下。

"美璇?你见过我对吧?"

"是啊。"她说。

"哦,好,等会紫鹃回来,你叫她打电话给我。"

她说:"好。"

挂了电话我越想越气,最没有可能的猜想变成了现实,她根本就是因为不愿回来才故意编造这样的谎言!太可气,太卑劣了!

我又打电话过去,还是美璇接电话,反复询问了一些情况。虽然只和美璇见过四次面,但她的声音还是有些印象的,而且我在深圳那几天有些事情只有她才知道,别的护士是不可能知道的。

我让美璇转告紫鹃,告诉她她欺骗了我。美璇问我什么事,我忍住没说,只说让她自己去问。

平静了一点,忽然想到紫鹃所谓怀孕的事情很可能也是假的。

她为什么这么做?用这样低级的伎俩和手段。

从我和她接触这么久以来,她总是为了达到自己的目的而不择手段,以前的手段还算顽皮,最多赖皮之类的。可是这次呢?美璇要是知道紫鹃拿她被奸杀作为不愿回武汉的理由,那美璇又会怎么想?这件事情我父母、老卢、高阳等人都已经知道,如果让他们知道这是紫鹃的一个谎言,他们又会怎么看紫鹃?而且就算我质问她,她又真的会觉得自己做得不对吗?她一定会找一大堆理由辩解,而我不想听这样的辩解。

况且,我真的该考虑一下自己了,该为自己考虑考虑。这近一年来,我为她至少瘦了十斤,加上其他的事情总共瘦了三十斤,为她花的钱我没有算过,只知道以前是我借钱给别人日子过得还挺滋润,现在是我向别人借钱日子过得还很紧张。不知道为她哭了多少次,一个大男人气得无奈地哭;不知道为她担心过多少回;不知道自己究竟还是不是那个做事冷静、原则性很强的男人。

我又打了个电话给门诊部,还是美璇接电话。

我求她不要把我们两人通话的事情告诉紫鹃。美璇非常奇怪,她说看紫鹃的样子很爱你,你们要是有什么事情还是明说比较好,憋在心里不好。我又问了问美璇那边有什么事情发生,她说有天发现脸盆里有条不知道是谁的毛巾,毛巾上有血,大量的血,很怕人。

也许紫鹃骗我的灵感就是从这而来的吧。我问美璇多大,她说比紫鹃大两岁。

"哦,我比你大三岁,处理这样的事情我有经验。"美璇答应了我的请求。

我不想让紫鹃知道我已经知道了她的谎言,我不想又逼她编出一个新的谎言来,我不想让自己活在质问和谎言中。

该怎么办呢？我真的不太清楚。

不过有一点我明确了一些,那就是为自己着想。只有这样,才不会让她伤我伤得更深。

No.79　堕落一念

紫鹃的反复无常以及对我一次又一次的欺骗让我心中怒火难平，我需要发泄心中的怒火。

怎么做？最好的方法就是另外找一个女人,让我不再那么思念,不再那么在乎她,否则我真的要疯掉了,或者冲到舞厅找个看不顺眼的人打架,再不然就冲到深圳质问她。脑子里乱哄哄的,我找了张报纸,把一本过时的旧书包好,然后不停地向墙上砸去,边砸边骂,心绪渐渐得以平息。而紫鹃那边似乎对自己的欺骗行为没有感到惶恐,她只是想不回我这里,又找不到别的理由,就临时编了个室友被奸杀的故事。而美璇被紫鹃一哄二逗也不去计较了,虽然是拿她说事,可毕竟被欺骗的又不是她,她被哄哄自然就好了。可是我呢？

我和高阳商量,想打个电话给紫鹃的妈,告诉她紫鹃的室友被人奸杀,让紫鹃挨骂。

高阳想了想说:"不合适,弄不好紫鹃会反咬一口,说你逼着她回来,她不愿回来所以编了这个谎话。毕竟她们是母女,不会为你一个外人发生矛盾;再者,还不知道紫鹃怎么在她妈面前解释这件事呢,弄不好妈还认为是你的不对。"

我冷静下来,心也凉了。

我拿起电话漫无目的地翻看人名,看来我必须借另一个女人来忘掉紫鹃了。

找个什么样的呢？如果只是临时性的慰藉,这个人必须和我有些交往,对我有些好感,还要离我的圈子比较远。

想来想去我想到了陈子超。打了个电话给她,她说自己有男朋友两年了。

我心里堕落地浅笑,这样的条件就更好了,和她互相充当情人最合适不过。

去车站接她,她的腹部有些凸起。

她甜美地一笑,说:"我怀孕了。四个月。"我笑着接她,心由堕落的蓬勃变成萎缩的蔫叶儿。

言谈之中发觉她很爱现在的老公,我的心情却更是落寞,原本的想入非非全都烟消云散。

不知道是老天特意安排还是我根本就不适合去做出轨的事情,总之,在我最想出轨的时候却不知道该怎么去做,或者说世界的变化让我有些手足无措。

陈子超听我讲述和紫鹃的故事,陪着我散步,劝慰我该如何去做。

虽然没有按自己想象的那样去出轨,可是心情却又明显好转,不再那么难过了。

No.79　往事

陈子超初次看见我的时候,我站在走廊上望着她。她说我皮肤黑黑的,但是有清亮的眼睛,微笑的嘴角也是她喜欢的,于是她想她就这么爱上我了。我们每次都是站在自己班门的口和同学一起说笑,然后不忘把目光多给彼此一点点。我知道我是喜欢上她了,所以每个让我们休息的课间十分钟我就不再抱本小说啃了,而是到走廊上来"呼吸新鲜空气"。我大口大口地呼吸着这些冒着泡泡的甜蜜气息,感觉到我小小的满足就这样在春天暖暖的空气里膨胀开来,一点一点胀满我怀抱里幸福的瓦罐。

终于有一天,我接到她托高阳转给我的字条:"我爱你……"我紧紧地捏着叠成心形的字条,好像捏着我一辈子的命运转轮,生怕不小心打乱了刚刚出现的契机,直到手心出汗才敢打开。蓝色的字迹散发着淡淡的油芯香味,我沉浸在这蓝色的诱惑里,眩晕,眩晕……

闭上眼睛,我伸出我的手臂,我知道我要开始我的飞行了,带着她给我的翅膀,我义无反顾地投入情海温柔的蓝色怀抱里,学习着最初的飞翔。透明的翼上面有阳光彩色的香味,而下面是脆弱的蓝色,我小心翼翼,害怕还没有感觉到这种美丽,它们就会逝去……

不是的,不是的,才刚刚开始的爱情,我怎么可以这样咒我自己。我只好更加小心翼翼地呵护着它们前行,希望走得远一点,再远一点,希望找得到幸福的方向,希望在它们离开之前,学会爱的飞行技巧。

虽然已经接到她爱的讯号,但是我还没有作好恋爱的准备,我也不知道要做些什么才好,于是我还只是每天在人群里寻找她的目光,然后就那样带着我心里的小甜蜜幸福地看着她。每天我坐车回去的时候都会坐在窗边的座位,只是希望可以多看一会儿等在旁边的她。因为每一次她都会等我走了以后才开始骑着自行车往家走。我们会笑着给彼此招手,那一刻真的是最简单的幸福。

只有一次,在我们告别之后,我下了车竟然发现她已经在前方倚着车站着了。我向她走过去,想要问问她这些问题,还有为什么她会跟着来,可是走到跟前我又不知道怎么开口了,只好又笑着说:"我回家了啊,你也快回去吧,天黑了,这一路不好骑车的。"连头都不敢回一下。我想我真是一大傻,连话都不敢说,这叫谈恋爱吗?

之后的日子还是平淡如水,我还是满足于每天看到她,即使她看不见我。

渐渐地,夏天开始持续的闷热,而似乎我们的爱情也开始闷得发出霉的味道。我不再总能看到她了,于是我才开始有点急。看不见她的时候,我只有想她的样子,想她倚在车边的样子,但是我也发现和她在一起的这些日子我们的话都没有超过十句,更不要说牵手了,我不知道她住哪儿,也不知道她的电话号码。

她给我的不过是我始终无法把握的眼神,忽然地,我就害怕会失去她,或者我从来就没有拥有过她。

但我的担心终于还是应验了。

一次我听见班里的陈娟说陈子超已经知道我在追一个女生,那个女生也是高一的,人长得漂亮,学习也是一级棒。我每天等她放学,还给她写很肉麻的情书……于是她伤心绝望了,每天病快快的。

我觉得我的头好像被重重击了一下,我又装作好奇地问:"她?追她?她是谁?"

陈娟说:"是呀,我们都知道,那个女孩叫紫鹃。"她肯定的语气刺痛我紧缩的心。

我笑笑说:"没有的事,我们只是刚认识,并且大家都是好朋友,谈不上追不追的。"

后来我竟然吃惊地看到,陈子超和三班的一个男生在一起,可以看得出来他们的关系已经超越了普通朋友的关系。我想我终于看到结果了,只是结果来得太快,我却来不及跳开。她的目光终于不再记得我。

我想如果我是爱她的,我就会给她祝福,只要她幸福,我就没有关系。于是我只有退下去,退下去,退到他们看不见的地方,独自伤神,独自抚慰我折断的翅膀。

是老天听到了我夜里在梦中呼唤她直到沙哑吗?为何雨来得这么及时这么猛烈?

因为有暴雨的掩饰,我不必担心她们看出我脸上的痕迹,可是我的眼睛还是红了。冰凉的雨水沿着我的头发我的脸颊迅速下滑,我分不清雨水和泪水的界限。我想喊,把我的声音埋没在雨和空气的罅隙里,可是我张不开嘴,也发不出声,所有的痛原来都积在了心底……暴雨连着下了很多次,我也每一次都淋得浑身湿透。在每一个暴雨的夜里,我站在空旷的球场上,看着玫瑰色的闪电一次次划破夜空,也把我的心划得伤痕累累,就这样一点一点变得麻木。

原来我甜蜜的爱情还没有等到秋天,就早早地落下来腐烂了。

让我死了心的还是当我写信给她说分手让她以后不要再让我看见她,果然她就没有再让我看见她,连解释都没有解释一句。于是我明白了,我不过是她眼神的一个站点,她从来不曾喜欢过我。

于是我想骂,骂我自己傻,骂她无情,但是一切还是淹没在雨水里了,从此以后只要是夏季的暴雨我都不打伞。我爱上了暴雨,也记住了她,因为她毕竟是我喜欢的第一个女孩。

我告诉自己要记住这个人,因为她毁灭了我全部的爱情,虽然我知道这并不值得,但我知道我从此不会再相信任何人了。

我无数次地幻想过和她再见面的样子,希望可以是两个人站在路的两边,当望见彼此的时候,路边的人、路中间穿梭的车都好像定格一样,那一刻心里会想什么呢?我知道我会想"终于可以再看见她了",而她呢,她看见我会高兴吗,会知道我曾经真的爱过她吗?

可是幻想终归是幻想。

直到见到她的那一刻,我才解放了。我终于明白,我已经不再爱她了。在这三年里,我已经淡忘了她的样子,连她的名字也不会再轻易想起了。

那一刻我的心那么平静,没有问候没有停留,我只是笑了笑,淡淡笑了笑。我知道,我不再囚固在对她的爱和回忆里了。我才发现我原来早已忘记了她和我的过去,虽然那只是一场我自以为是的爱情。当我怀抱里的瓦罐被雨水和泪更替了小心积攒起来的幸福的时候,我知道,我再也回不去了。而这淡淡的原本只充斥着游离的眼神和虚弱的诺言的回忆,也在我微微一笑间灰飞烟灭了。

我擦得干我手心里的汗,却更改不掉这些细细的纹路,而这一场无始无终的爱情,真的是爱情吗?我还是不知道答案。我唯一清楚的就是,我的这些被我小心翼翼攥在掌心里的爱情,两年前就已经死了。

我不再爱她了,也不再恨她了,就像我不再爱若涵了,也不再恨若涵了。

我曾经说,陈子超伤害了我的爱情,而若涵却杀死了我的爱情,不留给任何人以机会。

直到我和紫鹃在一起,我又发现自己最爱的人其实还是紫鹃。尽管我以前也觉得我最爱的人是陈子超,是若涵,但是她们都消亡在我的世界里。

是的,我爱紫鹃,因为她把我的爱情养活了。

No.81　谁的衣服

高阳去接珏儿,我用 IP 卡给紫鹃打电话,不敢用小灵通了,否则话费不知道会超成什么样。紫鹃说她这个月底回来。

我说:"你等到月底又会编出个什么理由告诉我下个月再回来?"

紫鹃"嘿嘿"笑着说:"是啊,你怎么知道?"我无奈地一笑,可能已经疲惫或者习惯了,拿她没办法,一切顺其自然,想她就给她打个电话,尽量不要再想她了。

紫鹃又说:"我下个月发了工资就回来,回来就给你买张床。一定要结实一点的床。"

我们都笑了起来,我的笑中还是带着点无奈。

晚上高阳和珏儿在隔壁聊天,我在自己屋内玩电脑。高阳对珏儿的事也很犹豫,珏儿每次接电话都不让高阳出声,珏儿接的电话可能是她以前男朋友的,而且有两个不同的号码。我总是开高阳的玩笑,说他和石买是一路货色。

高阳却一脸正色说:"说真的,如果我真的得到了,反而会受伤。谁都会有过去,可我不能容忍我将来的女人心里还有别的男人。"

我总结了一下男人的感受:我们可以容忍自己的女人有过去,却不能容忍她心里有过去。更何况珏儿还一直和过去保持着联系,这也是高阳犹豫不决的原因。

高阳说:"从你和紫鹃的事情我更加看清了你,你对她算是有情有义了,跟你这样的人做朋友,我觉得很舒服。"我觉得高阳和我也是类似的人,既然珏儿心中还有别人,高阳就不愿也不敢倾注感情,更不会碰珏儿了,我们不是石买那种人。

今天一早去公园看书,必须尽快把这些日子落下的进度补上,还指望着明年初考公务员呢。

看得差不多后到爸爸办公室帮忙弄电脑,他提出要去我的房子那看看。自从我

搬出来后他一直说要来看看,可就是没时间,我住的地方和他办公室就隔了两三百米远,只不过不是他的必经之路。

爸爸到屋子里看了看觉得还不错,还说:"要是你和紫鹃过日子应该还可以的。"

我和珏儿之间的过道改成了厨房,爸爸站在厨房抬头一看,说:"这是谁的衣服?"

"嗯……"

"是紫鹃的吧?"

"是啊,她走了以后我一直没收。"

爸爸一摸,说:"怎么还是湿的?"他望着我。

"放在衣橱里太久了,我拿出来洗了一下。"

爸爸说:"哦,厨房里怎么晒衣服呢?来,拿出去晒。"珏儿已经失窃了两次,所以不敢把衣服拿出去。

我说:"叉子在那间房。"

"把房子打开呀。"

"钥匙放家里了。我回头再晒吧。"

爸爸是军人出身,他到隔壁阿姨家借了个叉子让我把衣服拿了下来,我没敢把珏儿的胸罩和内裤拿下来,否则爸爸会怀疑,怎么还把胸罩内裤也拿出来洗呢?

等爸爸走后,我给高阳打了个电话,高阳笑着说:"要是你爸下次再去看到衣服怎么办?"

"没事,我就说被蟑螂爬了;要是再去,我就说被老鼠咬了;要是再去,不巧珏儿又把衣服晾在厨房,我就说我太想紫鹃,抱着她的裤子哭,结果鼻涕把裤子弄脏了,就又洗了一遍,要是爸爸再去,他就会习惯了。"

高阳笑得喘不过气来。

No.82　心潮拍岸

现在是凌晨零点四十七,紫鹃没有打电话来。以前她总是在零点三十的样子打电话过来说想我,可能是我今天说了叫她不要打的原因吧,其实我还是想听到她的声音。理智告诉我,应该怎样怎样如何如何,可感情却使得澎湃的心潮拍岸而来。

如果是冷静的时候,没什么情绪的时候,我很清醒地知道哪些是对哪些是错,也很清楚自己该干些什么做些什么。可是当心潮低落或者澎湃时,我就开始怀疑,所谓的理智到底有多理智?

如果分开后,并不能使我安心地追求事业,那分开就算是理智吗?

感情是一道洪水,只有决口了,才算投入感情,而一旦决口之后,再厚实的大坝也只是决了口的大坝。

无非说,厚实一点的大坝不会瞬间被冲毁,还有修复的可能。可大多数厚实的大坝建立起来,都是因为有道力量强大的洪水需要挡住。

就像现实生活中的人,平时越是理智的人,他的感情就越深厚和丰富。理智不单单是靠知识铺垫的,而是靠面对情绪时的一点一点增长起来的抵抗。

理性的人不会为小的情绪、感情所动,而一旦不理性起来,就是因为经受着浩瀚难耐的情感和情绪。

感情是一道洪水,只有决堤时,才能看到。

心情还是那个死样子,闷闷不乐。高阳和我说了一大堆如何调解心情的话,可我却觉得,感情投入后,理智就很难占上风。

高阳和珏儿带了个女同事出来一起吃烧烤,那同事据说比我小一岁,可我和高阳都感觉她比我们大十岁,可能女人到了二十二三后都显得老吧。一趟下来,自己并没有开心多少,只觉得自己像个三陪男,陪钱、陪吃、陪笑。我以为暂时的笑可以让自己真的开心起来,可是心情却像迷雾笼罩,偶尔的阳光总是瞬间消散。

高阳和梁婧的话语如出一辙,紫鹃在那边待得越久,回来的可能性就越小,到时候她真的不回来了,最痛苦的还是你自己,倒不如现在找一个。要是她不回来,你就不会因为等待、失落而痛苦,如果她回来,你自己可以重新选择,也许她们两个都会生气,但你用心去哄其中一个,一定没有问题。我不知道自己做得到做不到,也许紫鹃根本就不会给我什么二选一的机会,也许她真的不会再回来了。

我尽量保持冷静地想了想,紫鹃离家出走到我这里来,我却因为她要放弃工作而让她回去,这是对她的伤害,也是对她的激励。她很想在外面证实一下自己的实力。人生价值的自我实现对每个人来说都很重要,紫鹃已经满了十七岁,虽然还没满十八岁,但也到了想要实现人生价值的年龄,特别是被我多次训斥教导后。

如果紫鹃在下个月不回来,那她很可能就真的不会回来了,而且我也不会强求她回来,如果她心有不甘,就算跟我回来了也不会快乐,她不快乐,我和她在一起自

爱情不是
一个味

然也不会快乐。如果我真的不顾她的感受强求她回来,上次去深圳时就会强烈要求她回来。所以,如果她在下个月假装答应我回来,到时候却又继续待在那里时,我和她的缘分就会是寒日飘零,气若游丝,而且不论我做什么都毫无意义。

我不想要一个不甘心和我生活的女人做妻子,虽然这样的不甘心有一大部分原因是我催发的,是我让她懂得思考,变得成熟的,但我也没什么好后悔。人,总是要长大。就如当初我对她说的,也许等你再大一点,就会觉得我不适合你,或者我并不是你真正想要的人。

至于我自己嘛,难过是肯定的。可这个世界上没有谁离了谁就不能活,没有永远的暴雨阴天,晴天的时候还是居大多数的。

我可能做不到总是去见一些新的女孩,展开一段新的恋情,至少在下个月中旬之前。如果我和别的女孩见面聊天,不论是在市里还是厂里,到处都会有紫鹃的身影,只会让我触景生情,这样反而会使我更加思念紫鹃。

但散心是一定要的,否则闷在家里更难受。最好能存点钱,在心情烦乱的时候到外地走走看看,或者去看风景……

No.83 想起若涵

不可否认的是,自己是一个极其安静的人。或者说是一个极其喜欢安静的人,这样可能更为恰当一点。

非常喜欢黑夜,并不是迷恋所谓的都市夜生活。告别了一天中的喧嚣与烦躁,夜幕一点点降临时,随之而来的,就只是安静的天空。尤其是在午夜时分,周围所有的一切都是那么的寂静。这时就有种飞起来的感觉,飘飘的,舒服极了。

有时候又常常在想,在这个喧闹复杂、物欲横流的都市中,为什么自己却依然孤独着。不过,我却喜欢这种孤独。我认为孤独和寂寞不一样。寂寞会让人空空的,而孤独时,我就会越发地清醒过来,便于清楚地明白自己所处的位置。所以我常常尽情享受这种孤独感。或许这是一种自恋的倾向,可是我却并不讨厌。

有人说,时常回忆的人,说明他已经渐渐地老去,而我却不认为这样。我觉得,回忆是一种心情,只有当你的心情在最最平静的时候,才可以去回忆。回忆过去的苦,过去的甜,过去的酸,还有过去的辣。回忆其实是一件令人愉快的事,心中那些尘封已久的,都会一点点浮现出来,然后细细品味,这,或许又别有一番滋味吧!

然而在回忆的时候,我却又只是回忆一半。并不是说另一半已经忘却或者不愿提及,只是希望用自己的想法、自己的意愿来编织一个较为完整的结局罢了。毕竟,导演一部戏要比导演人生简单得多,也精彩得多。

生活与梦境毕竟存在着很大的差别。好比我和若涵,最后未必会相守;两个相守的人,未必会相爱。从相识到相恋,再从相恋到相守,看似简单,看似平凡的过程,但真正转回到现实生活中,又会有多少人能够走得如此圆满?很喜欢看夕阳下的两位年迈老人相互搀扶着,那是一幅怎样的画面啊!不得不让人为之感动。

更相信 relationship by fate(缘是天注定)。所以但凡什么事都会秉着顺其自然为好。于是有时本该水到渠成或者本该如此却因为想着"缘分"两字又变得复杂了许多,曲折了许多,也悲伤了许多。若涵不光有着极为安静的面容,且连骨子里也渗透着那种超乎想象的静。于是自然而然地我们两个单独的个体便走到了一起。很奇怪的是,我们在外人看来是很神奇的组合,由于我们之间的言语少之又少,却依然彼此牢牢相互吸引着。

或许终归是或许,人生中没有那么多的或许。于是,她成了我生命中的一名过客。其实每个人的一生中都会遇到形形色色的过客。世界本来就是孤独的,所以人们就会不断地去寻找,去发觉事物,包括人和物来替代这种孤独。当然,能够最终拥有是最好不过的了,但若不能天长地久也不必太过于强求。人生中的数名过客也只是为了稀释孤独而来的。两颗孤独的心相遇了,或许带来新的孤独,也或许真的就带来快乐了。试想一下,多年之后,想起这些过客们,如果忘记了,那么也许就真的消失了。如果依然清楚记得曾经的某个支离的碎片,这名过客大概就升华到你的回忆里了吧。

一直喜欢听忧伤的情歌,看悲惨的电影,读令人伤心的故事情节,凡是一切能够让我撕心裂肺的悲剧,我都喜欢。我常常会躲在这些悲剧的背后,来掩饰我偶尔不快乐的心。明白其实自己并不是世上那个最不幸的人,只是偶尔有些小小的悲哀缠绕在身边而已,或者也只能算是一种无病呻吟罢了。其实自己所追求的,只是想刻骨铭心一些。我不想来到这世上一趟,到临走时没有留下任何一点痕迹。大概只有这些丝丝的遗憾能够称得上是一种痕迹吧!于是便开始有意无意地制造出一些悲剧来。并不敢奢求在别人的记忆中能够刻骨铭心,但又有谁不渴望在即将离去时,能够留下一点或多或少的印记呢?

喜欢黑夜是因为它容易让人产生错觉。在亦假亦真的苍穹下,孤独的眼眸里总灵动着一种平静而刺激的东西。

有人说那是灵感,有人说那是渴望,还有人说那是过去。夜阑人静时,总会在不知不觉的幻影里去追回那段魂牵梦萦的过去,有时会带着冷却的伤感去憧憬未来。我有点恐惧,因为这恰恰是我向往而又最不敢接近的东西。

或许在我接近死亡的瞬间,突然想到自己依然清楚地活在某个人的记忆深处,我想,我会发出幸福的笑。

那么大概我留下的属于自己的最后的定格,就应该是这安心的笑容了吧!

No.84　紫鹃是袖子

时针刚过九点,这是另一种生活的开始,至少对某些人来说是这样子的。

今晚的我有些反常,往往都是和高阳一起回家,而今天却选择独自步行。

其实我也不明白,或许只是想就这样静静地走走。身边来来往往、匆匆飞驰的车辆一个接一个。我直视前方,眼底倒映出夜幕中的霓虹灯,有些刺眼。经历了和紫鹃的两地分离,使得原本憔悴的我更显脆弱。不久前,我接受了这种独自一个人的生活,走着自己不痛不痒的路。

世上并没有完美,生活方式许多种,我只是选择了其中一种罢了。有了这些想法,我倒也过得心安理得。甜得发腻也好,酸得流泪也罢,只愿紫鹃过得比我好,我就无怨无悔了。这世上真有同样重量的心吗?我自己反问。其实我也不知道,这也不过是自己的一相情愿罢了。

我永远无法明白紫鹃到底在想些什么。日子依然像从前那样,只是很平静,平静如水,平静得连一点涟漪都没有。

我于是又回到从前,我开始失眠。失眠的时候就开始胡思乱想,开始回忆,开始问自己:"你说,人是不是真的很复杂,复杂到你根本就不了解它到底是一种怎样的心态?"明白不可能完完全全了解本质,但至少可以感觉到某些东西也好。然而呢?我也一直以为,在经历了大风大浪之后的爱情是最坚不可摧的,可是呢?一切的一切似乎就好像是一场幻影,时隐时现。

原来人的心真好像是一个无底洞,"穿梭于一段又一段感情中,爱为何总填不满又掏不空,很快就风起云涌,人类的心是个无底洞。"贴切的词句,把如今一些人肮脏、可怕、贪婪的心灵剖析得淋漓尽致。人的心究竟可以分成几半?想到这里,我笑了。

突然有种冲动，突然鄙视自己，鄙视到了极点。竟然为了一种莫名的感觉，妥协了。其实从开始，我就非常清楚很多事情，很多紫鹃认为做得很隐秘的事情，只是我不想去碰触，那些隐秘是块无形的缺口，虽然小，可毕竟是缺口。如果碰触，它将迅速爆裂，之后便会变成永远跨不过去的坎。

我不知道紫鹃在我高中那会儿转学时说她有了男朋友到底是不是真的，不过我在一次去找她的时候亲眼看到过一回，只是一个背影，我没有看清那个男孩的脸。

于是从开始，一次次的躲闪，一次次的欺骗，直到此时徘徊在决裂边缘。

猛然间，我觉得紫鹃像是自己在某天逛街时看上的一件衣服，挂在橱窗里，却早被人订购了。可是我仍然伸出手去，将她偷回家，却只能贴身穿着，成为我的一件睡衣，永远无法示人。或许睡衣还不算可悲，可悲的是，费尽心思偷来的睡衣也仅仅只有其中的一条袖子而已。

想到这里，我忽然站住了。不，我要的不仅仅只是一件睡衣的袖子，我要全部，要一件可以向所有人展示炫耀的外套的全部。此时的我想微笑，可是眼泪却汹涌而下。

于是不敢低头，便高高仰起。

希望的季节，种下一粒新的种子，是不是来年的这时，就能收获到美丽的果实了呢？

这是一个飘雨的黄昏。整个城市被迷蒙的烟雨笼罩着，汹涌的车辆依旧穿梭在公路中央，它们似乎并没有因为这样的天气变得温柔起来，反而更加猖狂，在行人走过的时候偏要故意地溅起几朵泥花才罢休。路人们有的骂骂咧咧诅咒这该死的天气，有的干脆撑起一把小伞把自己罩在那个无雨的空间，便开始在雨中惬意地漫步……背景中的夕阳被雨水稀释得只剩下一片模糊的灰黄，在天边映照出一片黯然的光，慢慢地失去了色彩。

我不知道伞内的世界到底是怎样的晴朗明媚，也不知道绣在行人裤角的那几朵小花到底有多么可恶，单看着一片安逸的黄昏在这个有雨的城市中被路人修饰得如此生动，就有一种难以言传的感动。

不知不觉间衣服已被雨水淋湿，街边又亮起了路灯。不知道自己该去哪儿，也不知道自己究竟要到哪儿去，就这么在雨中走着，走着，直到街上再没有另外一个行人。

突然有一种若有所失的感觉，或许本身就没有得到，却偏要在自己的故事中去定义一份莫名的失去，只是无缘由地多了几分怅然。有时伤心也是一种凄美的意境，你可以不去理会周围的一切，在自己的世界中去仔细回味那个几经波折的开始，那个荒诞可笑的经过，还有那个残缺的结局。也许那并不叫爱情，而只能当做一段故事去欣赏。生活在城市中的每个人都会在寂寞时那样不经意地宣泄自己，当一切恢复正常，才发现原来在这个世界上有许多东西是不能用理智解释的。

明天的明天的明天依然是明天，我们似乎无暇设想，生活就这样安排好了我们，不愿面对却又无法逃避。只有在这样的夜晚才会去估计心中的那份哀伤，不必去说那些不想说的话，也不必去面对那些不想面对的人，任凭凌乱的发遮住眼前的视线而可以不去介意别人的眼光，就这么走着，走着，或者奔跑着……试图能以瞬间的顿悟来化解人世间的哀伤，试图能以停滞的速度追回那些真切的感受，快乐的，悲伤的，可以不需要原因的微笑与哭泣。

夜，已经这样深了。

有人说只要在自己的世界里静静地待一夜，一切都会想通。可我没有，只是麻木地看着夜幕里流动的一切，忽然感觉有些悚然，想找回来时的路，却不知已被困在了茫茫的夜色中。

有些东西让人害怕，他们说其实开始也很美。

想紫鹃了。突然。

No.85 忘记你可能吗

紫鹃希望能挣足买新手机的钱，在那边买了便宜手机后再回来。

她一共掉了三部手机，一部小灵通，还有什么MP5，钱也掉了很多回。其中一部山寨版手机和一部五百元的小灵通是我买给她的，手机是被偷，小灵通是和别人打闹时掉到湖里的。我希望她回到我身边后再去挣钱买手机，如果她认为手机比我更重要，那就随她便。

紫鹃说："你比手机更重要，可是这边手机很便宜，一部三星的手机，在你那里要三千多，在这里只要一千五。"

我说："我以前用过一部手机，是爸爸用旧的老式手机，用到只能说话不能听声音时我才换了小灵通，现在小灵通用了快三年，按键都不灵了，可我还是舍不得换新的。你知道为什么吗?"

紫鹃说:"知道,是为了我。"

我说:"其实这些只是通信工具,小灵通不论是买还是用都很便宜,为什么就不能用小灵通呢?"

紫鹃说:"如果我要到外地呢,小灵通就不能用了。"

我说:"你还打算到哪里去?我们到外地的机会也不多。"

紫鹃笑着说:"这哪说得准哪,也说不定我暂时不回来呢。"

……我沉默。

她说:"你又怎么了?"

我懒懒地说:"没什么,只是想听听你的声音。"

本来想寄钱给她买手机,让她早点回来,可我现在又不愿坚持这样的想法了。还以为她在深圳能长大一点,明白点事理,没想到还是这个样子。我不敢说今后不会很想她,至少这些天想她的劲头已经过去了。

原本就是孤单一人惯了,她的出现让我体验了很多,感悟了很多,明白了很多也糊涂了很多。如果她真的想要在那边待着,那就待着吧,我不会再等她,七月十五,还有两个星期,足够她变换好几回想法了。我只能作她不回来的打算,至少这样不会失落。

在以前和她相处时,我总是想看看自己到底能为一个女人做到哪一步,到底能够容忍她到哪一步,我觉得自己的容忍度已经拓宽了许多,也许还可以再宽些,可我觉得没有拓宽的必要了。只要她不回来,一切都毫无意义。既然如此,倒不如看看自己没有她的时候,能不能调整好,活得更好,看看自己需要多少时间才能恢复正常状态。

恋爱就是一场较量,在投入感情后还能否理智地面对?能理智到什么程度?对于感情对自己的控制和影响能否争取积极的一面,排除消极的一面?两个人之间的理智和情感冲突时,能不能很好地处理?这些就是恋爱中的较量。

想要摆脱思念带来的失落、失望、失意,就要控制不去思念,如何不去思念?

首先,重新确认两人的关系,她曾经是我的人,可现在不是,她没有回来的义务,我也没有要求她回来的权利。

其次,既然她和我没有关系,就不要去想她,让别的事情填充自己的大脑,就算想也尽量想她的缺点。

最后,给自己定个目标,看看自己是不是真的不能没有她。既然能够容忍她那

么多过错,为什么就不能容忍她的离开?一个大男人,是不是非要女人的慰藉才能活?

我相信,只要我想做的事,就一定可以做到,包括忘记紫鹃,不爱紫鹃。

No.86　你会背叛我吗

现在是凌晨一点,昨天下午给紫鹃的账号上打了五百元过去,本来是够的,可她又看中了另一款手机,而且讲不下价来,她希望我再打五百元过去。

我说:"钱我去想办法,但你回来后一定要听我的话。"

紫鹃说:"知道啦。"

我问她:"回来后你打算玩多久?"

紫鹃说:"一个月……半年。"

我说:"然后就去女子医院上班?"

紫鹃说:"我真的不愿去那里上班,你不要逼我,你要是逼我,我就偷偷地溜回深圳,所以千万不要在我身上放钱。"

心中一阵难过,不愿多扯,挂断电话。

过了一小时,我决定再打电话过去,也不知道该说什么,我以为她会感动,会长大,可事实呢?扪心自问,这样不听话的女孩她能和我一起生活吗?算了吧,放弃吧。

电话打过去。

紫鹃竟然甜甜说道:"老公。"

我一时不知说什么好,只是叹气。

她关切地问我说:"怎么了?"

我说:"筹钱有些难度。"

紫鹃说:"幸好我没买,手机我不要了,那五百块我过两天给你寄回去。"

听到这话,心里反而更不舒服:"你怎么了?我如果在乎钱就不会一次次地给你。"

紫鹃娇嗔道:"那你是什么意思?"

我说:"钱并不是最重要的,重要的是你怎么想。"

紫鹃说:"那好啊,我说了我不要手机了。不就是手机嘛,等我有了钱以后自己买。"

我急忙问："那你还回不回来？"

紫鹃说："回来，我十五号就回来。"

我说："我不是因为手机的事难过。"

紫鹃问我："那你说的是什么事？"

我说："我是说你回来以后的事，你说什么要偷跑回深圳，我听了以后很不舒服。"

紫鹃说："开玩笑不行哪？"

我惊讶道："开玩笑？那你早点说嘛。"

……

我接着说："我问你，你到底是怎么想的，你是不是真的很想待在那里不愿回来？"

如果她说她是因为我而放弃那边的发展，其实她并不舍得那边的工作，我不愿勉强她，我会下决心彻底忘记她。我说了，我不愿要一个不甘心和我在一起生活的女人。

紫鹃说："不是，我想回来，发了这个月工资就回来。"

我怀疑地问："真的？"

紫鹃肯定地说："真的。"

心中欣慰了些许，我说："只要你肯听话，我会满足你的一切要求。但你在大事上一定要听我的。"

紫鹃突然问："你为什么对我那么好？你就不怕我回来后背叛你吗？"

我想了想说："你问问你自己，你会背叛我吗？"

紫鹃说："不会。"

我说："那不就行了。"

……

我过了一会儿说："手机还是按你想的买吧，你先问主任借，借不了就先等一等，我会弄到钱的。一来因为你喜欢。二来那边的手机便宜，还是不要错过了。"

通话完后，心中有些感慨。如果她肯放弃买手机，说明她还是懂得取舍的，只要她懂得谁更重要，我就不想委屈了她。

紫鹃在深圳每周工作七天，每天工作时间十二个半小时，原先接电话还精神爽朗，现在却总是有气无力，而且伙食标准下降不少，很少见荤腥了，即使是这样，工资能不能涨上去还是个问题。我问她体会到资本家剥削人的感觉了吧？她说体会到了。

能体会到生存的难处,自然会或多或少地明白挣钱有多难,钱有多重要,稳定的高收入的工作有多重要。

希望紫鹃在深圳短短的两个月能够有所体会,从而有所变化,变得懂事。

No.87　为什么总怀念过去

下了一场雨,温度不可思议地下降,这两天天气感觉有点冷了。

我渐渐习惯捧一杯热茶坐着,直到它不烫,温热,冰凉。倒掉吗?毕竟捧了这么长时间,舍不得。于是我把它喝下,从嘴角一路凉下去,凉透全身,我始终无法抹去那种冰凉的感觉。

爱情在二十三岁之前对我还很陌生,直到我在遇到了紫鹃,就是初次在周家大湾那家练歌厅里狂吻了紫鹃后,才发现我的爱情真正来临。虽然那么短暂,可我却爱得如火如荼,值得我终生回忆,每每想起紫鹃,想起我们过去在一起的点点滴滴,我总会情不自禁地发呆。

紫鹃热情又大方,像一枝独傲枝头的梅花,艳丽而不争宠,高雅而不娇贵,清香而不落俗套,是众多男孩心中的偶像。

我常在紫鹃面前说:"你还小,要好好的,不要对不起父母。"

紫鹃总是反击我:"你不要因为感情而晕了头脑,也要好好的,要对得起自己的父母。"每次紫鹃都是一脸的真诚,但我无法读懂她那深邃的眼神。望着紫鹃远去的背影,一股淡淡的哀伤涌上我的心头。因为紫鹃的出现,让我凄楚的心得到了一些温暖和慰藉。渐渐地,紫鹃在我的脑海中又是另外一个紫鹃了,原来她是那么的温柔、善良、漂亮。或许人在受伤的时候听到别人安慰或鼓励的话最易被感动,在以后的一段日子里,我真的把自己融入了工作之中,把那种失落沮丧的情绪藏在心底,不曾告诉别人。

那次简单的谈话让我感到前所未有的心明眼亮,我突然感觉到紫鹃的可爱。慢慢地我变得像是电影中一个匆忙的泡影,若有若无地出现在紫鹃的世界里。我凭着特有的灵犀去寻找各种契机。终于,我从紫鹃无意的话语中体会到了她那天的眼神。该是缘分的缔造,一切都是那般的自然。尽管都没有表白,但我能把握住她的每一颦,每一笑,每一个眼神。

不知不觉,我们在这温馨的氛围里已度过了两个月。我再也按捺不住内心那股存在已久的强大冲劲,我觉得我再不向她表白,那实在是很痛苦了。终于在一个周末,我提出来要和她去看电影,她问我是什么电影,我说,是一部很好看的电影,叫《巴黎野玫瑰》(Betty Blue)。

紫鹃问我:"谁演的?"

我说:"好像是王家卫。"

紫鹃问我:"好看吗?"

我说:"不知道,没看过,看过就不看了。"

紫鹃说:"那你还叫我去,万一不好看怎么办?"

我说:"可能还不错,介绍里面有几句对白,我觉得很有意思。"

紫鹃感兴趣地问我:"什么对白?"

我想了想说:"比如说'我距离她最近的时候,只有零点零一公分,五十七个小时之后,我爱上了这个女人',还有'如果记忆是一个罐头的话,我希望这一个罐头不会过期,如果一定要加一个日子的话,我希望是一万年'……别的我也记得不清楚了。"

紫鹃说:"不是你说的这部电影吧?怎么听着像是周星驰的话,这不是《大话西游》里的话吗?你别蒙我。"

我说:"蒙你干吗?我觉得我们应该去看看,不过我说的是另外一部电影,《巴黎野玫瑰》放映之后又接着放一部电影,这部电影听说很经典。"

紫鹃诡秘地笑笑,伸了伸舌头,睨着眼瞅我。有哲人说过,鱼儿只要有适当的水和空气它就能活动,感情也是这样,只要有适当的环境和氛围也会不期而来。于是,我告诉紫鹃,晚上六点半在宅区大门外相见。紫鹃欣然应邀。

那晚,我刻意把自己打扮得很帅,西装革履。手捧一束火红的玫瑰花,在宅区门外静静地等待。那是一个热闹至沸腾的夜。微风拂来,皎洁的月光洒在河面上,与各色灯光的倒影交相辉映,荡起阵阵涟漪,给人一种惬意的感觉。

那一刻,我的心怦怦直跳。

大约十分钟后,紫鹃姗姗来迟。我上前献上玫瑰花,饱含深情地对她说:"紫鹃,愿意接受这颗真诚的心吗?"紫鹃先是一愣,然后垂下头去,羞涩地接受了玫瑰花。那时我的心就要跳出来了。

在电影院里,紫鹃蹦蹦跳跳向前走着,不时地跑过来拉住我的手,让我快点。

等到电影放映的时候,没看一会儿,紫鹃就说没意思。

我说,那我们说会儿话吧。

紫鹃说,你想说什么?我顿时语塞。

我说,总不至于没话说吧?

紫鹃轻轻地将头靠在我的肩上说,我不想听。

我问,为什么?

紫鹃说,我知道你想说你爱我的话,我都知道,没意思。

我哑然,呆滞。等我醒过神儿来的时候,紫鹃已经靠在我肩膀上睡着了。

No.88　佳明,与紫鹃有关

我以为我不会见到死爱着紫鹃的男孩佳明,可是偏偏在武汉见到了他,而且就在我们公司楼下的过街天桥上。当时他正搭着一个女孩的肩膀眉飞色舞地走过,那女孩很妖媚。

紫鹃很喜欢给我讲她和佳明的故事。

她给我说她与佳明的故事的时候总是拿着我送给她的蓝格子手帕,上面有我的名字:小磊。

我不喜欢听,但为了让紫鹃高兴,我还是安静地听了。

那是一个明朗的日子,那个叫佳明的男孩给了她一个没带包装纸却带有无数星星的绿色盒子。她接过盒子深情地、温柔地看了他一眼,然而那男孩却像风一样跑掉了,十八岁的生日是这个叫佳明的男孩陪她过的。紫鹃小心翼翼地拆开盒子在心里默念:"生日快乐……"她已经记不清那上面还写了些什么,只记得在电力的作用下,那只黑色的蝴蝶不停地旋转着,就像佳明的影子在她心里无休止地旋转萦绕着。

认识佳明是在那一年的夏天。

紫鹃是一个不信缘的女孩,可是当那个似风一样的男孩在她眼前一闪而过时,她确信这一季节在瞬间改变了她,接下来的日子很平淡。紫鹃只是默默地关注着佳明,她爱看他夕阳下潇洒的身影;她爱看他走进教室时把头发甩起来的样子。她喜欢他磁性的声音,深邃的眸子,还有他那种坏坏的感觉。紫鹃说,佳明看她时有那种无法掩饰的专注,那种温存,那种忧郁。

紫鹃暗恋他是一种甜蜜,也是一种苦,苦不堪言。

日子总归是日子。终于,紫鹃的付出没有白费,她得到了她所期待的某种东西。

就在那个星光灿烂的夜晚,她激动地抱着佳明写给她的一封信,久久不肯放下,吻了那张纯白的信纸,悄悄地把它收好,抬起头来,双手合十,她许下了平生第一个虔诚而美丽的心愿。

在那些拥有佳明的日子里,紫鹃总觉得自己是世上最幸福的女孩。就这样,他们一起爬山,一起听海,她帮他拎着衣服,拿着单放机,他给她拨开挡路的杂物……紫鹃默默接受着佳明所给予她的一切,他的温柔体贴,他的无微不至,他的每一个含有温情的眼神,这一切的一切都使紫鹃沉浸在一种绝对的幸福中。

花开花落,云卷云舒。

"你到底爱不爱我?"佳明这样问着同班的小妹,这不经意的一句话却被紫鹃听到了。

从此,紫鹃那薄如蝉翼的心实在难以承受这一切,而变得抑郁、消沉、颓丧、悲观。她像一个孤独的幽灵不分黑夜和白天地到处游荡,累了,她就去学校的草地里,回忆着她所付出的一切,她不怕路途的遥远,不畏寒风的刺骨。

为佳明准备了生日礼物———一朵玫瑰,紫鹃看着自己已被冻得发青的双手和那张微微带紫的脸,觉得这一切都是那么值得,只要佳明高兴。

紫鹃想起了在那个秋雨飘飘的季节,独自站在学校大门外翘首远望,她是多么希望有一辆车停在她的面前,然后走下一个熟悉的身影。她苦苦地等待,一遍遍地拨着佳明的电话号码,可是始终杳无音讯。

紫鹃还是痴痴地站在那儿,任雨浇透她的衣服,浇透她的心,七个小时,她已是瑟瑟发抖,雨泪满面。

紫鹃远远看见佳明和那个同班的女孩在一起,她对自己说,一定要挺住,潇洒地走过去,然而当她走到他们跟前时,书包却不由自主地突然滑落。这一切,佳明都看在眼里,什么也没说,什么也没有做……

落叶依旧,残花依旧。

秋雨洋洋洒洒地飘落着,紫鹃站在一棵仅剩几片枯叶的大树下期待着佳明的出现,终于他还是来了,依然迈着那么潇洒的步伐。紫鹃把早已准备好的信递给他看。信上写着,他永远是她的唯一,她的所有,她的一切。

"对不起!都是我的错,当初不应该……但我想我们最好的结局还是做朋友。"她等来的却是这样的答案——一个能让她肝肠寸断的答案。佳明没有回头,没有道别,没有留恋,带上紫鹃唯一的梦和那颗支离破碎的心远去了。

事情已经结束了,但紫鹃却说这是一场噩梦,这不是真的,不是真的,她一遍遍

呼唤着佳明的名字。

　　她不相信,也不愿接受这个残酷的事实。秋风毫不留情地掠走了大树上唯一的一片枯叶,一棵树无奈地伸着枝丫,再怎么留恋,叶子还是随风而去,永远也不会回来,而可怜的树的枝丫伸了那么久,而且会一直伸到断裂。

　　紫鹃也不知自己是怎么走回家的,只记得妈妈要带她去看病。

　　冰封冰融,雁去雁归。

　　他们俩不期而遇,坐在公车里,他们变了很多,然后是沉默,又谈了很多,又是沉默。

　　回来的路上,再一次不期而遇。谈话依旧,沉默依旧。

　　"要知道伤心总是难免的／在每一个梦醒时分／有些事情你现在不必问／有些人你永远不必等……"

　　哀伤的音乐弥漫在空气里,紫鹃的心一片空白。

　　她下决心给佳明打了电话,说:"佳明,我们分手吧!"声音很清脆,是当着我的面说的。

　　因为佳明,紫鹃常常在我面前哭泣。那时我坚信佳明还会回来,因为紫鹃从来没有放弃。我在紫鹃的面前表现得很轻松,但内心却受着残忍的煎熬。有时候我恨紫鹃,恨那个叫佳明的男孩。我甚至希望那个叫佳明的最好是死了,再也别回来。

　　终于有一天,我的这种想法彻底被打破。我去接紫鹃放学,因为饿了我就在校门外的餐厅吃饭,紫鹃几乎是迫不及待地跑到我面前恍惚地说:"小磊,佳明,他来了。"我说:"什么?佳明?"紫鹃点点头说:"是的,佳明,他来了。"她递给我手机,让我看佳明给她发的短信。我没有再问,从她的手里拿过手机看着,我说:"快去校门口吧,他也许等久了,会着急的。"我的心开始慌了起来,我放下筷子紧跟着她。紫鹃直接冲出餐厅,下楼梯的时候被台阶绊了一下险些跌倒。我从后面扶住她说:"我陪你去吧。"

　　我看到那个叫佳明的男孩站在校门口的汉白玉墙壁旁,背着背包。佳明说:"紫鹃,你要和我分手,你能不能再想想?"紫鹃果断地摇摇头,一言不发。"为什么会这样啊?为什么?"佳明大叫着。紫鹃一个劲儿地说对不起,对不起。

　　佳明突然狠狠地盯着我的眼睛,让我感到凄冷,我紧紧挨着紫鹃,站在她的身后。他怒气冲冲地对着紫鹃吼道:"你和我分手是不是因为他?嗯?是不是?!你看看他,他都那么老!你怎么会喜欢他?!"佳明的手指着我。

　　紫鹃生气地对佳明说:"你干什么!"说着用力地打下了佳明指着我的手指,"你别乱讲啊,我们的分手和他无关。"我看到佳明的眼泪说掉就掉了下来,他突然上前用力地抱住了紫鹃,紫鹃并没有反抗,这让我感到有些不知所措。紫鹃也哭了,我心里很难受。紫鹃的眼睛不好,常常感到疼痛,我知道这是她经常流泪造成的。

我心里暗暗地骂佳明:"TMD,你也该知足了吧,我的紫鹃眼睛坏了,都是因为你!"

我听到紫鹃在佳明的耳边啜泣着说:"对不起,我真的努力过了,我甚至还想过和你一生一世都在一起。可是不行,真的不行,我无法背叛自己的心,再那样下去,我就不再是我了,所有的错都在我,我把爱情看得过于简单,我知道我犯的这个错误过于庞大,我不敢祈求你的原谅,可是你不要再难过了,好吗……"校门口出入的人络绎不绝,他们站在那里却旁若无人地哭着。

最后,紫鹃要我陪着她去送佳明到火车站,我照办了,并且帮佳明买了票。我乐意这么办,因为我要亲自将这个叫佳明的家伙送走,我不能容忍他进入到我和紫鹃的世界。

"怎么会这样?"紫鹃自言自语地重复着这句话。我看到紫鹃又开始垂泪,上前去抱住了她,我说:"紫鹃,一切都过去了,我们回去吧。"紫鹃显得很茫然,她摇摇头,问:"你说什么?"我摇着她的肩膀,大声说:"紫鹃,一切都过去了!"

一切真的都过去了吗?那个时候我不知道。其实那个时候我也知道,也许这一切才刚刚开始。

No.89 你想让我伤心吗

离十五号还有多久?感觉时间太长、过得太慢。翻看电子日历,刚好是下个星期四,还有一个礼拜。这几天通话中,紫鹃还不时冒出"即使离开深圳也不回武汉,想要在重庆待一阵"的说法,我问她这又是为什么,她说:"我想多挣点钱,工作不是那么容易找,反正我都是你的人了,我跑不掉的啊。"一会儿她又说,"我姐姐十三号举行婚礼,我妈可能十五号过来,我得去重庆,不想让她们伤心。"

我心碎了,心里说:难道你想让我伤心吗?

许多朋友已经给我建议了,有人劝我继续去爱,爱是万能的,可以改变一切的。有人劝我放弃,既然对方这么不懂事又无法调教,再这么耗下去受伤的只有自己。

不爽。一想起这些事就不爽。

201

本来想打个电话问候一下紫鹃妈,看看她是不是真的这个月去深圳,但却害怕紫鹃又在骗我,竟然不敢揭穿这样的谎言。

人在面对利益的诱惑时,不愿过多地思考那是否是个陷阱。

人在投入后,就更不愿过多地思考如果真是个陷阱该怎么办?

人总是试图让自己的心情好起来,既有积极的一面,也有自欺欺人的一面。有些事情骗骗自己也就那么回事了,有些事情不敢面对的话,就只能让自己一痛再痛越陷越深。

刚才紫鹃一通电话打过来,大发脾气一番。

最后她哭着说:"我就是不想在女子医院上班!就是不想在武汉找工作!"

我问她:"为什么,为什么就可以在深圳找工作?"

她说不出理由,耍赖说:"反正我不管!你要是不答应我,我就不过来,就待在深圳。"

我只好敷衍她说:"行哪,只要你不嫌我钱少。"

她听了就马上挂掉电话。

过了一会儿,我又打了个电话过去问:"你到底是不想过来,还是不想在这边找工作?"

她好像很难为情地说:"我不知道。"

"嗯?"我加重了语气。

她慢吞吞地说:"不想过来。"

我耐住性子问:"为什么?"

她懒洋洋地说:"不知道,我在洗澡,等会儿打给你好吗?"

我只好说:"好。"

趁着等电话的时间,我要好好想想紫鹃到底是怎么回事,如果她真的想在那边发展,我该如何作答呢?我对她的性格太了解了,可对她的一些心思却怎么也想不通。

一小时后,她打来电话:"我不知道自己到底是怎么想的,既舍不得深圳的工作也舍不得你。"

我厌倦了,我早就知道会是这样的情况。我挂了电话。

去他妈的,我不是蔡俊,不会那么没出息。没有她不是更好?我可以开始新的历程,可以毫无羁绊地生活。其实这么久了,我也逐渐适应了一个人的生活。轻松、自由,虽然还有牵挂,但那牵挂是因为她。

又过了一会儿,她突然打电话来说:"我想再干一个月,等到八月十五再回来。"

我听到这样的话忍不住冷笑起来,心里想:"笑话,你说这样的话早在我意料之中,不过是想拖延的一个理由而已,等到你找到新的恋情时,就会毫不犹豫地把我抛弃,而且你还会找出一大堆理由。"

我不会傻到让她牵着鼻子走,因为我不是牛,已经够宽容了,已经够放任了,还要怎样?还能怎样?我发誓以后不再主动给她打电话,也尽量不要接她电话。

紫鹃质问我说:"为什么非要我留在你身边,蔡俊和他女朋友也是分开的,不也过得很好吗?"

我说:"他过得很差,每天失眠,黑眼圈又深又重,酗酒,颓废,他死乞白赖地求他女朋友,他女朋友可怜他才和他在一起。我不是他,也不会像他那样没出息,而且你不要说得那么难听,说什么我非要你留在我身边,我是喜欢你才希望你和我在一起,不是为别的。"

我不打电话给她,甚至不接她电话,她会有什么反应呢?

其实谈恋爱和做生意是一个道理,谁求着谁,谁付出的代价就大。我越是求着她,她越是觉得筹码大,可以要求我这样那样,不会在乎我,因为她以为我不会离开她。

一旦我决定离开,就是真的离开。任由她怎样,和我无关,不再受她的欺骗,不再在乎她的一切。她要是真的在乎我,就会回来,反之,继续待在那里。如果她真的待在那里,我还能怎样?我不会对一个不爱我的人付出感情,不会对一个口口声声说爱我却不能为我取舍的女人付出感情。

紫鹃,就在今夜,我决定了,决定执行我一直以来的想法,不再理你,不再在乎你,不再想你。

如果你真的爱我,你会回来。如果你已经不再爱我,我无所谓难过。

这就是缘尽。

No.90　急切的盼望

昨天成功地控制心绪,一天没有给紫鹃打电话。果然,她上午、中午、下午、晚上共打了四个电话过来,每次谈话不超过两分钟。

事情要慢慢来,既然可以一天不给她打,就可以两天不给她打。两天后再打一次,然后再三天试试看,循序渐进。自己这边要物色新的的朋友,只有这样才能逐渐摆脱她。昨天和她通话时的状态很好,可以控制节奏。今天不要主动通话,明天嘛,视情况而定。只要在战术上不为所动,就能实现战略目标,那就是,逐步不在乎她。

这几天基本上都是紫鹃主动打电话过来,我也偶尔打过去,一口气吃不成个胖子,重要的是如何调整心情。

我让高阳、珏儿帮我物色女孩,我自己也联系请我和高阳、珏儿吃饭的大姐,让她帮忙物色。至少,我愿意和别的女孩接触了,只要有时间。

记得紫鹃刚刚离开的时候也有人要帮我介绍,我对她说:"有些事情需要过程,不是想做就能做到,特别是感情的事。至少我现在心里还有她,我没办法做到和别的女孩深入接触,就算跟别的女孩见面,也是无精打采,还不如不见。"但是现在,我告诉自己,就算紫鹃真的回来了,我也不会像以前那样爱她、信任她,因为她已经把我对她的信任以及爱全都糟蹋了,更何况我根本不相信她会回来。

今天她打电话冲我发脾气说:"你快死到深圳来!"还没等我说话,她手机就没音了。

去她妈的,什么玩意儿。我六月份时,在没钱、没身份证、没边防证、没她的地址、没她的电话、没出过湖北省的惶恐下去了深圳,结果她还是不想回来,其实在那一刻我的心就已经释然,只是因为珏儿搬到我隔壁使得紫鹃想回来,我才燃起了希望。

她又说要给我惊喜。其实我已经厌烦这一套,不过又是借口晚点回来的前言。

正在我想要关机的时候,紫鹃突然又给我打电话,她说:"我在火车站,我怎么买到武昌的火车票啊?"

我本来有点怀疑,但我听到了候车室里独有的广播声,我心里一惊:难道她真的要回来吗?还是又在骗我?我想她的本事再大,不至于连候车室里的广播都能编造出来吧?我估计就算最快,她也要到明天早上才能到,心里索性就想,那就看看是真是假吧。

终于还是不放心,我于是打电话到深圳她所在的门诊部。

接电话的是美璇,她说:"我先出的门,不知道紫鹃到底是在宿舍还是在火车站。"

"你那里有什么录音机或电视吗?"我急问。

"没有啊。"美璇说。

我心想：这也就是说紫鹃极有可能在火车站。

"美璇，紫鹃昨晚为什么向我发脾气？"我试着问。

美璇顿了一下说："昨晚有个二十六岁的女人打了她一巴掌。"

我惊问："打了紫鹃？是在众目睽睽之下吗？"

美璇说："也可以这么说吧，就是在我们医院门口。"

我有点不明白，就问："那女的打完人就走了？肯定还说了什么吧？"

美璇说："嗯，说了。说什么'你跟他说了什么？'之类的话，我听得不是很明白。"

我疑惑着问："哦，有没有说什么谁抢了谁的男人之类的话？"

美璇一听，"扑哧"笑了，她说："没有吧，我没听到。"

我追问道："那还能为什么？除了男人，就是钱，要么就是工作。"

美璇说："可能是因为工作吧。那你会不会来深圳？"

我说："最近这段时间不会，公司太忙了。"

美璇说："可是她说你会来的，说你今天八点钟下班，她会等你。"

我情绪低落地说："我不会去的，那次我去看她，她也没回来，后来问过几次，她都说不回来，我就没做她回来的打算了。"

美璇说："哦，她昨天结了工资，昨晚就把东西收拾好，说是等你去接她，她现在在哪我也不清楚。"

我说："那谢谢你了啊美璇，真不好意思打搅你了。"

美璇笑笑说："你客气了。"然后就挂了电话。

烦闷之际，紫鹃又打电话过来，周围的声音还是那么嘈杂，我想就算她不在火车站，也是在闹市区，她说："卖车票的人吃饭去了，要十二点以后才会来。我早上没吃饭，转了两趟车还吐了。"

我耐住性子尽量平和地问她："那你现在还在排队吗？"

紫鹃说："是呀。"

我说："那你暂时还买不了吃的了，只能买了火车票以后再买吃的。"

快到中午的时候，紫鹃告诉我只买到了十五号上午十点出发去武昌的火车票。这就意味着她得在火车站附近过夜。如果回医院得坐两个多小时的车，而且明天还要过来，实在麻烦。

我让高阳发信息给紫鹃，让她打听一下飞机票的情况，如果坐飞机价钱在三百

至四百元的话,还不如坐飞机。她发信息给高阳说"八百五十五元"。

不得已,我把这件事告诉爸爸,看看他在深圳有没有什么熟人。爸爸手机落在办公室,他骑上小木驴带着我去了办公室。联系来联系去,当联系得差不多时打电话给她,居然没人接,我说:"电话是不是放在行李箱了?"

爸爸接到紫鹃电话,告诉我说:"不用我们忙活了,她说她住在一个老师那里。"

紫鹃告诉我,她联系到了住在罗湖区水库旁的老师,是个女的(也不知道是不是怕我不放心特意强调的)。我让她到了老师家就打个电话给我,尽量不要用手机(她的手机又快没钱了,怕在火车上联系不上),也不要用老师家的电话,免得影响不好,用IP打给我。爸爸又提到她过来以后的问题,还特意叮嘱我要紫鹃告诉父母美璇被奸杀的事情。我尽量打起精神不让爸爸看出我心中的疲惫,要是让他知道美璇被奸杀完全是紫鹃编造出来的事情,一定会让对她的印象变得更坏。

"怎么说呢?紫鹃回来后该怎么办?"我心里又惊喜又不安起来。

我会在适当的时候提醒她去上班的事情,如果她执意不去就算了,我是不会勉强她的,但同时我也不会勉强我自己,我不再会对她认真,她不需要我的责任心,我把责任心加在她身上只会让我们都难受。就像逼着小孩读书一样,谁都认为自己是对的,可又谁都难受。

工作是生活的基础,连生存都解决不了又何来爱情?对待工作的态度,就是对待生活的态度。

只要积极去争取,就算一时间没找到工作也不要紧;而动不动就放弃机会,也会导致没有工作。虽然两种态度在一定时期看似一样,但实际上是两种截然不同的生活理念。如果你喜欢放弃,我也只能放弃。

No.91　曾经感动过

紫鹃是一个很叛逆、很固执的女孩,她从不会为了任何人、任何事而改变自己。她喜欢摇滚乐,常常在上课时塞着耳机,低着头哗啦哗啦翻着摇滚杂志。她不喜欢学校,但她在上学;她讨厌数理化,但成绩却好得出奇,一切都是为了她的父母,她总是这样想。她习惯放学的时候独自一人回家,脚把地上的落叶踩得咯吱咯吱响,让声音荡遍整个树林,偶尔累了,便停下,给自己唱好听的歌,望着天……

紫鹃钟爱蓝色,喜欢它的"冷",喜欢它的"傲",很像她的性格。在学校时她没有朋友,因为她另类,曾经她很努力地去接触别人、了解别人,试着融入他们中间,但都以失败告终。于是她决定放弃,开始学会沉默,远离别人。她知道一切沉默的人都是善良的,她想做一个善良的人。

2006年的冬天格外的冷,尤其是在武汉,湿冷湿冷的,傍晚路灯下的行人,一个个都显得疲惫不堪。她出生在冬季,不怕冷,却出奇地讨厌夏天,总觉得夏日的阳光会穿透身体,融化自己。生日那天,她穿上了蓝色的T恤,出门的时候望着天,天空很晴、很蓝,她微笑,然后翘课去"蓝调"为自己庆祝。

到了"蓝调"还是那样安静,一种寂寞的感觉。她记得第一次来这儿,是父母叫她随着姑姑来武汉读书的第六天,因为"蓝调"就在她姑姑的楼下,她就进去了。那时吧里就那么安静,那么寂寞,直到后来一点改变都没有。她坐在吧台前点了很多饮料,一直喝,一直坐着,想努力地回忆从前,但是什么也想不起来,只知道自己流了好多好多的眼泪把袖子都弄湿了。

到了晚上,我也恰巧来到这里,那时候,只要约不到高阳,我一般都会一个人来这里坐坐,咀嚼满怀的心事。那时候我看到了角落里的紫鹃,也是高阳说的,她是在诸多女孩中最小的那个新来的女生。当时我本来就抱着追求她的想法,于是就厚着脸皮站到身边,很有礼貌地问她:"我可以坐这里吗?"她抬起头看了看我,便点了点头。

我坐下后,要了一瓶啤酒对她说:"经常来吗?"

"是!"她回答。我对她的回答有点意外,我本想以"不常来"而展开谈话,却被她的一个"是"弄得无话可说。

我沉默了很久,脑子里却不断出现高阳对我说的"加油啊兄弟"这句话,还有他鼓励的眼神,于是我鼓起勇气说:"喜欢喝饮料?"

"不。"她乖乖地摇摇头。

"那为什么要这么多呢?"我看看她桌子上的几杯饮料说。

"想!"

"哦……"我又是一阵沉默。

突然我看到她低下头嘴角轻轻抽动着,不知道是想哭还是想笑。

我看到桌上的蛋糕问:"哦,今天是你的生日?怎么一个人过呢?"

她抬起头说:"是,今天是我生日,我喜欢一个人过。"

我突然有了想法,站起来放下手中的瓶子:"你在这儿等一下,好吗?"

她看我一脸的认真,微笑,又乖乖地点了点头,然后一直在喝手中的饮料。我很快地跑了出去,很像个孩子。我去精品店给她买了一个礼物,是一个有简单条纹的指环,进来的时候,她还在低头喝饮料。我把盒子递到她面前说:"过生日怎么能没有生日礼物,请接受我真心的祝福吧,祝你生日快乐!"从她的眼神里我明显感觉她的心又抽了一下。她放下握着杯子的手,慢慢地接过去,打开看到了这枚有简单线条的指环,她的脸上绽开了愉悦的笑容。

"喜欢吗?"我的话打断了她。

"谢谢你。不过……"她放下指环,喝了一口冰水,试图遮掩住自己紧张的情绪。这个时候我才发现紫鹃的手上竟然也有一枚一模一样的有着简单条纹的指环。

"你手上?是……"我看到她手上的尾戒,很吃惊地问。

"呵呵,我男朋友指环年送我的。"她笑笑说,将手指藏起来。

"哦,男朋友?"我问。

"曾经。"她回答,"他走了,我们分手了。"

"哦,对不起。让你想起了往事。"我说。

她在空中划了个微笑,不知是给谁的。

"年初我就再也找不到佳明了,我去学校找他,给他发伊妹儿,打电话,怎么也找不到他,佳明就像从人间蒸发了一样……"她低下头,泪水顺着面颊流过,"所以姑姑让我来武汉读书,我就来了,因为我不想留在重庆那个让我伤心的地方。"

我递给她纸巾:"对不起,我不应该问你的,我……你别太伤心了,其实有些事情是要慢慢遗忘的。"

"忘?呵,你觉得可以忘得掉吗?"她喝了口冰水。我觉得自己有些失态,开始不说话,最后的半瓶冰啤酒被我灌到肚里,那冰凉的感觉渗透了全身的每一个细胞,不禁打了个寒战。

"如果你愿意,或许我……"我转过身很郑重地对她说。

"谢谢,不需要了。"紫鹃很平静地在空中划了那晚最后一个微笑,她想转身离开。

"能做朋友吗?"我叫住了她,只留下了她给我的伊妹儿。

从那以后,她再也没有去过"蓝调",怕再遇见我。她开始做一个很乖的孩子,穿着休闲服,背着纯色的双肩包穿梭在校园里,很认真地做老师布置的作业,心依然寒冷,手依然冰凉。

第二年的夏季,我给她发了一封邮件,没有发件人,没有地址,只有几个被放得很大的字:你要幸福!

我不知道她会不会看到,但是我开始对自己微笑,对自己说,学会忘记,那样我就会活得很好。

快到暑假的时候,我去公园玩,却又发现了独自坐在公园花坛旁边的紫鹃,我看见有很多漂亮的大鸟从头顶飞过,很快乐的样子。

突然听到有个男孩站在她身边叫她的名字,我躲了起来,就在离他们不远的一根柱子旁边。紫鹃看着他的眼睛,也许是泪水模糊了她的眼睛,她好像什么也看不清楚,她微笑着摇头:"你认错了吧,我不认识你。"

"紫鹃,我是佳明啊,我来武汉找你,好不容易从阿姨那里打听到你的地址,你姑姑说你喜欢去公园,我就在这里找到你的,怎么?你怎么会不认识我?"男孩焦急地摇晃着她的身子,她还是没有发出声音。

最后我听到那个叫佳明的说:"对不起,我认错了,你和我爱的那女孩太像了。"接着他转身离开。

当时我就看到紫鹃转过头一直看着他的背影远去,低头哀嚎。

我从柱子后面出来,想走近她,但又不敢在这个时候惊动她,于是我也离开公园了。当走出门口的时候,听到她嘤嘤的哀哭声,我鼻子一酸,感觉到有一股液体从面颊流过,一片潮湿……

No.92 能不能不打人

凌晨零点。我查看了火车时刻表,如果没什么意外情况发生的话,紫鹃只要补票,就可以乘火车于十六号零点到达武汉。

不管紫鹃来不来,我的生活都很紧张,她来了,就更紧张了。

听爸爸说市文联打了招呼,我的小说创作座谈会在近期会召开。据我估计,快的话就在八月初,而我在座谈会中发言的稿子还没写。这些事情都需要精力,谈恋爱更是耗费精力。

不知道紫鹃会对我有什么样的影响, 估计还是老样子, 在我最忙的时候要哄她,在我最困的时候要哄她,在我最烦的时候嘛……一般这个时候是她哄我,但万一两个人都烦,那就够呛了。看吧,我始终对她能否回来还持有怀疑。不想信任她,只因为不想再次失望。

不抱希望,不会失望,就不会难过。我调节心情的能力不如高阳快,所以我不能有很坏的心情。

七月十六日零点三十分的样子,终于接到了紫鹃。

一上车她就对我说:"七百元的工资只剩下四十元了,你不会怪我吧?"

我摇摇头说:"不会。"

紫鹃变得瘦了些,不过整体上还是很结实的。

当晚接到她姐姐的短信,紫鹃的妈妈已经买好了十七号的火车票去深圳看她。我有些头疼,一时间诸多矛盾堆积,难以消化。看紫鹃的意思,还是不愿谈找工作的事,我也不愿多说,免得大家都不高兴。但她怎么和她妈说呢?想和我在一起却又不愿在这里工作,矛盾。一时间头晕不止,心理生理都有。

晚上她给她妈打电话,结果她妈害怕深圳刮台风,又把火车票退了,母女俩都是一样变幻无常。

我对紫鹃说:"该不会你妈想给你个惊喜,故意这么说,等回头又给你打电话说,闺女,俺在深圳,你来接我吧。"

紫鹃鼓着嘴不理我。

紫鹃回来三天了,我没有向紫鹃主动提起她工作的事情,她一会儿像是乐得当家庭主妇,一会儿像是很不满现在的状况,嚷着要去深圳。

忽然想起一个故事,两个懒汉在一起生活,谁都不愿做饭,两个人就比谁先饿得受不了,谁就去做饭。

是大人活得辛苦还是小孩活得辛苦?当然是大人,大人有责任压在身上,有很多事情要他去想、去考虑、去做。但如果是一个什么也不想的憨巴呢?那当然活得轻松了。我觉得自己就是在试图向懒汉、憨巴靠拢,不去想,就不会有烦恼;不去做,就不会很辛苦。

紫鹃既然不愿考虑将来,不愿面对现实,不愿对自己的未来负责,甚至不愿和我谈论将来,那我也只能让自己变得懒变得憨,只有这样才不会替她干着急、上火。也许是紫鹃那次欺骗的缘故,我居然能够做到比她更憨,我可以不为她的将来着想了。这是不是说明我对她的情感已经变了呢?

觉得有点像最初和紫鹃在一起的时候,一切无所谓。

紫鹃一共真正打了我两次,两次都是来例假的时候,不管是什么理由,只要不是正当防卫的打人,就是自控能力极差的表现。

她第一次打我的时候,我忍了几个巴掌后终于还是还手连给了她五个巴掌,打得她愣在那里。这一次她打我,比上次更凶狠,又是扇耳光又是踢我,而且下手很重。我不想像上次那样还她五记耳光,搞得好像是我欺负她一样。既不能让她继续打我,又不想还手。我把她压在床上,按住双手,希望她平静下来后再放开,可她像是发了狂的母狮子,我一松手她又扑上来打我。

我累了,心也累了,扑在床上任她打,她连打了我十几记耳光。

我的泪水止不住地流了出来,不明白这是为什么,我真的很想抓着她的头发往墙上猛撞,可又觉得毫无意义。她打完我之后收拾东西,说是要回深圳,向我要一百块车钱,我窝着心中的火不理她,如果这时候她再动手,我不会不还手了,我很可能会把她从四楼扔下去。

觉得真是好笑,女人打男人就可以,男人还手就不对?

第二天和爸爸通话,问他我可不可以还手,爸爸语重心长地说:"你绝对不能还手。"

"为什么?难道就让她这么打?"

"唉,人家一个十七岁的小女孩,再打能打成什么样?"

"她下手很重。"

"再重能重到哪去?她还小,不懂事。既然她要回去,你也不要做得太绝,钱不够问妈妈要。"

"不是我绝,她打了我一顿,我还拿钱给她,我觉得太窝囊了。"

"算了,她太小了,做不成夫妻还可以做朋友嘛。"

又过了一天,大姐打电话来,她说:"那天爸爸和你通电话我全听到了。算了,你就让她回去吧,我早就说过你们不合适的。"

我还在半睡半醒之间,忽然听到犹如炸雷,大姐嘴巴最长,她知道等于全世界的人都知道。看着还睡眼蒙眬的紫鹃,不由得苦笑起来。

紫鹃问我什么事,我说没事,她又抚着我温存起来。

No.93 死了都要爱

其实也明白。有时候,我们喜欢的,不是现实中的那片风景、那个人,而是回忆里的景象。生活里,我们爱的常念念不忘的又何尝不是回忆里的那些事、那些人呢?

回忆里的某个人有着极温柔的爱抚,回忆里那片风景飘浮着如兰馨香,即使现实里那人已伤你极深,即使现实里的那片风景不过是一片浮云。

我和紫鹃的进度如蜗牛爬行一般慢。

在二中时面对我们的感情,我希望能快一点,再快一点,但内心又怕这样会影响到她的学业,我一直在克制自己的冲动。紫鹃却很沉着,她越是清淡,我就会表现出非常急躁的情绪。而紫鹃对我讲话时,始终都是不急不躁,听不出什么情绪上的变化。她的话语总是很体谅人的那种,好像能看透我想的东西。我一直都以为自己很理智,可以对一切作出正确的判断,所有出现在我的世界里的事物,都在我的意料之中,但在紫鹃面前,我知道我失败了,我不能判断紫鹃爱我或不爱我,总之我说不清楚我们之间到底是什么关系,如果说是单纯的朋友,又似乎超越了朋友这层关系,如果说不是朋友关系,那又会是什么?紫鹃对我说过:"不要总是怀疑我。"

我和紫鹃在二中时常在一起,紫鹃的朋友都称我为"大男孩",不论在哪里,在谁的面前,紫鹃总是把我提到前面,耐心地介绍我,介绍我是多么多么"坏"。每当这个时候,我们都会心地给彼此一个含情脉脉的眼神,心中那朵极为细小的玫瑰就这样在不经意间静静地绽放。

有紫鹃的日子,星星总是很好。她知道,我是个爱做梦的"大男孩",于是,常常陪我在星空下闲坐,安静地听我那些没完没了的幻构故事,仿佛永远不会厌烦。紫鹃会偶尔俏皮地摸一下我的头,其中好像包含着许多含义,鼓励、珍惜、怜爱、呵护。她总喜欢展开手掌,和我的手掌贴在一起,大小相差悬殊,每当这时,她就会幽幽地唱道:"我知道我的手太小/太野的你我抓不着……"而我就握紧拳头,将它放在她的掌心,再将她的手指一一按下,然后有点固执地说:"瞧,这不是抓住了吗?"此时她像打了胜仗的将军,得意地晃着脑袋,顿时,两个人笑作一团。紫鹃一直都喜欢那首《最熟悉的陌生人》,于是,常装作很忧伤的样子问我:"我们会不会变成这样?"好像真是恋人分离时的那种气氛。我说:"瞧你,胡说什么呢,小丫头!"同时,轻轻地叩一下她的脑门,她笑了起来,开心得像个孩子。

我知道,紫鹃是了解我的,似乎我们可以这样彼此凝视着对方,牵着手等着真爱。但很可惜,我们没做到这一点,我大概不算个善于表达情感的人,而我发现紫鹃不知道从何时起,对于愈是喜欢的人口中却愈是说讨厌,有时也会想说出心里话,可话到嘴边又咽下去了。

在开玩笑的空隙,我也曾经试探地对紫鹃说,紫鹃,我爱你。她却顽皮地吐吐舌头,做着鬼脸,还给我四个字:我不爱你。

也许,正是这种所谓的冷漠,将我的爱情火焰渐渐冷却。证实这一点,从那句话的改变开始。

记不清哪一天,我展开双臂抱紫鹃。第一次,她没有躲开,很娇媚地迎合着我,第二次,她躲开了,痴痴的眼神望着我。

"你爱我吗?"紫鹃问我。

我很明显地顿了一下,沉默。

只有星光,我看不清她的脸,只知道有一种让我痴迷的东西在她的眼睛里。

"你还想佳明吗?"我问紫鹃。

"我不想。"紫鹃说。

"他很爱你。"我握着她的手。

"那么,你呢?小磊。"

"你知道。"我说。

"我是知道,我希望你亲口说出来,很认真地说出来。"紫鹃说。

"小丫头,要好好学习,现在我们不谈这个。"我说。其实,我心里却说:"紫鹃,我爱你,真的,我真的很爱你。"

"死了都要爱。"紫鹃说得斩钉截铁,这是她第三次说这句话了,我很喜欢英国诗人奥登的这一句话,不过,紫鹃说出来的时候感觉更不同,声音很好听,更多的是语气柔和,感觉很抒情。

"紫鹃,你知道吗?你和佳明在一起的时候,我感觉你从我的世界里消失了,不留痕迹地,好像一场梦,梦醒了,只有记忆中有一点模糊的印象。我用尽各种方式找你,甚至在你常出现的地方守候一整天,结果都是徒劳。"我说。

"那时候你怎么想的?我确实曾经爱过佳明。"紫鹃说。

"我没有多想,因为我不知道我们的世界里还有一个叫佳明的人。开始,你给我讲你和佳明的故事,我当时不大相信,我以为那也许只是一个故事,因为你身边并没有出现过和你暧昧的男孩子。后来,我从你的朋友口中得知,你现在和一个叫佳明的男孩在一起。我当时不相信,你不会这样。我总是以为他们太不了解你了。我也固执地认为,你或许是因为怕影响学习才故意躲着我,或许是你在吓我,或许你会突然有一天给我一个惊喜,可是,我却始终没有等到这一天。"

"你后来是怎么知道我和佳明的?"紫鹃问我。

"第一次是我徒步去公园,你身边有个男孩笑得灿烂,但是你们好像发生了什么不愉快,好像是那家伙想甩了你吧,你一直在哭。当时我想上去揍他一顿,但怕你

伤心,怕你说我粗鲁,所以我也走了。第二次是他来武汉找你,在校门口,我看到一个男孩的背影,但我不能确定那是不是佳明。我准备躲开你们的时候,你却注意到了我,你先是惊诧,后来就愣住了。那男孩很奇怪地看着我们俩,紧紧地抓住你的肩,怕我抢走你似的。你回过神来显得有点尴尬,给我介绍说,'这是佳明'。我才知道是真的,你忘记了吗?后来两次没有准备的相逢来得如此突然又毫无道理,很多的感受一齐涌上心头,令我招架不住。"我一口气说了很多。

"呵呵,当时你是什么感觉呀?是不是吃醋死了?"紫鹃笑着,拍着我的肩问我。

"你为什么不给佳明介绍我呢?"我问她。

"小磊呀,我的小磊呀,你真搞笑啊。"紫鹃又笑了起来,"我当时看到你很勉强地笑了笑,脸色很难看呀,然后你就潇洒地转身,给我留下一个轻松自如的背影。我没有介绍你的机会,我当时就想,你怎么了,你不是一向都很支持我和佳明的吗?那天很失常。"

"当时我强迫自己,绝对不许回头。"我咬牙狠狠地说。

"我很纳闷,回家后想,小磊是不是喜欢上我了,嗯?"紫鹃俏皮地瞅了我一眼。

"不是爱,我当时感觉很嫉妒,因为你是我的朋友;这么多天不来找我,原来是和他在一起。"我说。

"哦。可是小磊,佳明走了以后,我把眼泪和笑容都给了你。"紫鹃说。

"我知道。"我淡淡地说了一句。

我不再言语,在回去的路上,耳边总是萦绕着紫鹃的话:我这样的女子,是让你欢喜让你忧,是带给你快乐也带给你痛苦和无奈的小妖精,尽管我知道你习惯了温婉,习惯了于岁月匆匆中听凭花开花落,笑看缘起缘灭。

紫鹃,我自梦中恍然呼痛,却没等发出任何声音就被落花击中;紫鹃,我痴迷地想要捉住你,却发现其实你早已不在我的包围里。爱你也许是我今生唯一的犯罪。

紫鹃,我以火焰的方式爱你,我以呼吸的方式爱你,我以我的方式爱你。

No.94 再一次别离

这几天她又嚷着要回去,要我给她回深圳的车钱。

我把所有的问题都问了,比如你来是干什么的?到谁重要?你到底有什么打算?

紫鹃说:"你只是我生命中的一个过客,那边的工作比你更重要,只是因为特别想你,我才过来看你。"

我说:"你只不过是因为在那边挨打受气才过来的。"

她说:"是啊,一时冲动,现在后悔了。"

"就算你回去也会后悔的,而且你将永远都生活在后悔当中。"我说。

心情在麻木与麻乱间蔓延。

送紫鹃去火车站的路上,忽然想明白了爸爸要我绝对不还手的原因。在他看来,紫鹃并不是因为深仇大恨而打我,所以我的生命不会有危险,而我作为一个成年男子,要应付一个未成年女孩的攻击是绰绰有余的。但反过来说,一旦我真的被激怒而还手,不说把紫鹃打成残疾,重伤是一定的。

爸爸担心我把紫鹃打伤不好向她及家人交代。

我把这个推理告诉紫鹃,紫鹃听后也是点头。

我不想继续说下去,只希望紫鹃能明白我的暗示,不要借着无法控制经期时的情绪再去打自己的男朋友,否则倒霉的是自己。

上午打电话告诉我,她已经到了深圳。

她来我这里八天,我什么事情都没做成,包括看书。

谈恋爱真的很耗费时间、精力、金钱。其中任何一项超支了都会让人受不了,而我则全线超支。甜蜜的笑容已经成为记忆,虽然也有偶尔的欢愉,可对我而言,大都是疲惫。疲于四处借钱,劳于琐碎家务,忙于陪她无聊。

有人说,为什么在刚开始接触的时候没有看清别人?现在把女孩的身体弄到手之后就发现这么多问题,这是什么心态?天地良心哪,哪个人在刚开始和人接触时就刻意暴露自己的缺点?还不都是尽量显现自己的优点。谁都不是神,有时连自己的优缺点都不是很清楚,更何况看别人。

再者我也并不是不负责任的人,而是面对一个已经成为我女朋友的十七岁女孩,恍然明白我无法改变她的不成熟。

她嘴上说,希望今年年底回来,回来就和我订婚,问我同不同意。我笑笑,嘴上当然是好好好。

也许她现在是真心这么想,可对我而言没什么意义。半年后的事情谁也说不准,我不会抱着这样的承诺羁绊自己。

我已经适应了她不在身边,并且放下心中所谓的责任,如果有机会,我一定会去认识新的女孩。这半年时间对我未来的发展太重要了,六十万字的武侠小说正修

改到中部，还有第三部的后半截没写，考公务员需要扎实的基础知识，这些都需要时间和精力。如果她在身边我肯定一事无成，根本就没时间和精力去做这些事情。恋爱需要时间、精力、金钱，事业也同样需要时间、精力、金钱。

恋爱是人生的享受，尝试过就可以了。事业是人生的发展，有事业才能有一切。

紫鹃临上火车时，我老生常谈教她如何用钱。

消费可以分三个层次，生存、发展、享受。满足了生存后，发展是最重要的，决不能把享受摆在第一位，只能根据自己的经济条件适当地改善生活。

紫鹃说："都是我姐姐教的。"

我问她："什么？你姐姐也这么教你？"

紫鹃却说："不，她教我买东西该买什么牌子的，吃东西要吃哪个店里的。"

我哑然失笑。

No.95 反复无常

今天邵明回来了，他要在三十号结婚，想想过得也真快，初中时还是益友，数着星空谈古论今，如今都成有家室的人了。

邵明说他在深圳发展得一般，但信心很足。他建议我出去闯一闯，住的问题他可以解决。

邵明现在做医院的策划，他可以把我的小说推荐给一个总编，也许那个总编不见得会认同小说的故事情节，但只要认同我的文字功底就可以了。医院明年年初可能会招聘文案，如果我的文字功底被认可，就可以直接过去上班，而紫鹃也可以调到那家医院去，说得我心痒痒的，认为这是再好不过的计划了。

年初考公务员，如果考上了，就要求紫鹃去女子医院上班；如果没考上就去深圳尝试一下，这边的工作先休他个一年半载。

邵明问我为什么选择深圳，是因为紫鹃吧。我说哪里，那不是深圳有你在嘛，其他的城市我又没熟人。

紫鹃听到我的打算后，又想跳槽到邵明所在的医院，我答应帮她问问。

紫鹃提议："等到明年年初你考公务员，要是考上了我就老老实实回武汉，请表姐帮忙让我转正式护士，然后老老实实去军训三个月。要是没有考上公务员，你就老老实实到深圳来，我们一起工作。"

我说:"好啊,我尽力。"

紫鹃,你在那儿过得好吗?他是否像我一样深爱着你呢?

紫鹃,我真的真的好想你。

和紫鹃的通信几乎很少有断的时候,但却觉得没什么好记的。她的那些想法、习性我已经很了解,她太小孩子气、不考虑后果、控制不住脾气、不愿别人管束。优点嘛,聪明、学东西快(好东西学不快)、会哄人、大方(很多时候都太大方了)、没心计不知道防人(所以手机掉了一部又一部)。在她临走前我把她的手机留了下来,怕她在深圳那边又弄丢了,她回去后说不想要手机了,用IP打电话也挺好的。

不过这两天又吵着要买手机,接近两千,我才不会答应呢。

紫鹃说:"我们分手吧。"这话成了她的家常便饭,我懒得辩驳。

我说:"好啊。"

紫鹃说:"那你不要给我打电话。"

我说:"我不会给你打电话的。"

紫鹃说:"你打了我也不接。"

我说:"要是你打给我呢?"

紫鹃说:"我也不会打给你。"

我又问:"要是打了呢?"

紫鹃说:"打了我就是畜生。"

不知道她会不会变畜生,希望她不会吧,可我觉得会。

前些日子她告诉我:"我要去河南我姐夫那儿,可能会经过武汉。"

过两天她又告诉我:"受不了每周八十小时的工作,我要回武汉。"

过一天她又告诉我:"我好想你,真的好想好想。"

过一天,她说:"我要在广州找工作。"

过一会儿,她说:"好想回武汉,其实还是两个人在一起的日子好。"

过一天,她说:"我要改行当文员。"

过一会儿又问我:"邵明有没有帮我联系深圳的另一家医院?"

过两天又告诉我:"我不会回武汉,我要在深圳好好发展。"

过一会儿又告诉我:"我好想你,想起枕在你胳膊上睡觉的夜晚。"

其中每隔一次都会提出和我分手,要我不再打电话。但我们的通信还是没断,有时候是我先打过去,有时候是她先打过来。如此反反复复,没有尽头。

217

十七岁的女孩,是不是真的不适合我?我自问。

今天去领导那里请示工作,他惊讶说:"你怎么这么瘦了,用了什么方法?"
我支吾着说:"嗯,首先要注意饮食。然后……不眠不休辗转反侧。"
下午去见了一年没见的陈子超,她身边有个一岁多的女儿。
她也惊讶说:"你老了好多,好像头发都掉了很多,是头发理短了的原因吗?"
我苦笑摇头:"能不老吗?整天被骚扰。是过去帅还是现在帅?"
"过去嘛,显得很结实,很青春活力。现在嘛,显得成熟些、沧桑点,唉,其实只要身体健康胖瘦无所谓。"她说。
我和高阳一致认为,以紫鹃这样精力旺盛又没什么顾虑的人,一定会再来武汉骚扰我,而且一定待不长,骚扰过后就会走,要么回深圳,要么去河南,不过去河南的可能性大一点。因为深圳的那家医院又不是紫鹃开的,一般辞职的人是不会回到原来的单位,除非条件比以前更好。
高阳说:"以你这样的性情、交际圈子、经济状况、时间来看,是不太可能在这段时间找个新的女朋友,而你一旦找了新女朋友后,紫鹃肯定会来搅局,到那个时候你怎么办?"
唷,彻底疲倦了。
晚上,紫鹃这个"畜生"果然打电话来吵醒我。陪她上网,总是谈不到一起。她根本不愿考虑未来,没有任何打算。她不想受约束,但深圳那边也有约束,又想回来又不想我约束她。
这几天和阿凤接触、蹦迪、看碟,还准备约着一起去肯德基、烧烤。
不管我和阿凤会发生什么,至少和她在一起的时候我不会想紫鹃,这就够了。我需要借着这次分离的机会彻底脱离她,是精神上的脱离。只有这样才能更加看清一些事情,更好地把握一些事情。至于我会不会和阿凤或者我最近积极联系的其他女孩有什么事情发生,那只能说顺其自然。

No.96 讨价还价

这几天她又是反反复复地问我去不去深圳接她回来,我是不太愿意去。
上次去没有把她带回来,心中虽然给自己找借口,只要她开心怎么样都可以,但实际上自尊和感情被伤害是真的;然后她骗我说美璇死了拖延不回,又一次伤害我的感情;等到她回来之后又跑回深圳,再一次伤害我的感情。几度伤害反复折腾后,让我对她的情感冷却下来,其实没有她我一样可以过得很好,随着有意识地将精力、目标转移,不再主动联系,自然而然就会淡忘,除非她不断联系我。而事实就是她不注意我的感受也就注意不到我的变化,还以为我会像以前那样对待她,也许她感到了我对她的冷淡,却没有因此让她觉得不好意思,照样和我打电话,哪怕背着"畜生"的赌约。

她一会儿说不要我去深圳接她,一会儿说她会自己回来;一会儿说她再也不想回武汉,一会儿又求我去陪她在深圳玩几天然后再回武汉。

我经不住她磨,口头上答应了。此时此刻我正琢磨着到底怎么办,说实话,再去趟深圳也没什么,无非就是请假、花钱而已。但回来之后呢?如果她又像上次那样,回来待了八天之后又跑了呢?把我这里扫荡一空不说,会彻底让我丧失对女人的耐性,让我的性情要么变得阴冷城府,要么变得轻浮暴躁。

我画了一张图表,从生存、发展、享受三个方面规划她的未来。如果她到了我这里还是一味享受,不肯为生存、发展而努力,估计不用我赶她走,她自己都会因为闷在家里无聊而跑掉。而这种可能性又是最大的。

上午高阳就对我笑说:"她来了多好啊,我们又有得混吃混喝了。其实紫鹃的要求也不高,你只要给她在市政府找个工作,不用去上班,月薪两三千、出入有奥迪,咳,主要是这的路面不适合法拉利。她想玩什么宠物,你替她养着,她想逛哪的商场,你替她付账。每天招七个人分两桌轮流陪她打麻将,你再付给每个人两万块输给紫鹃。那生活,那滋味,多有乐趣啊。"

"我呸。"嘴上呸高阳,可心里头还是觉得高阳的玩笑很可能变成现实,其实这也就是现实。

"紫鹃干什么事情都没个长性,她不可能在这里待多久。"高阳说。

我说:"你估计她在这最长能待多久?"

"一个礼拜吧。"高阳说。

其实不讲道理的女人不止紫鹃,珏儿也常常向高阳发脾气,是不是谈恋爱的女孩脾气都大?不过珏儿还是比紫鹃懂事,至少她知道工作的重要性,至少她不会把男朋友当成旅馆,想来就来想走就走。

我问他:"你说这女人要到什么时候才能懂事呢?"

高阳也无奈说:"那哪儿知道啊。"

爱情不是
一个味

如果紫鹃想要在武汉生存,最好的选择是去女子医院,但她已经干腻了护士,坚决不去。那么就只有去百货商场或是酒店了,她怕碰到熟人(也可能觉得丢人)不愿去。再就是找些电脑文秘之类的工作,但她能不能拿得下来,找不找得到这样的工作也是个问题,还有紫鹃也不见得愿意。最后就是重新学习,那就更加渺茫遥不可测了。

"你说我要是突然告诉她,我不仅不想去深圳接她,而且在她不愿回女子医院的前提下就不愿意她回武汉,她会有什么样的反应?"我问高阳。

高阳又是那副腔调:"那哪儿知道啊,她这么变幻莫测的性子。"

紫鹃昨天哭哭啼啼打电话告诉我,实在不愿在深圳待了,那里太累、钱少、人情冷漠(这一点我不是很相信,自从她用死人的事骗我之后,我对她的话都不是很相信),如果不到武汉的话,她自己也不知道要去哪里。说得很凄惨,可我感触不到,自找的,活该,谁叫她不听我的劝。是不是觉得我心胸太窄?窄就窄了,随便拉一个人放在我这种处境下,未必会比我好到哪里去。

算了,既然答应了,就要做到,还是好好想想到深圳需要些什么东西吧。

夜雨滂沱。我本来预计好今天去深圳,在那里待上三天再回来。

昨天紫鹃和我通电话,她问:"你到底愿不愿意来深圳?"

其实我已经做好了准备,如请假、财物之类的,但我也搞不懂紫鹃是怎么想的。

聊了几次后我明白过来,紫鹃要我去深圳时心情相当糟,自然很冲动,等冷静下来后发觉这样实在不划算,来回路费要五百多元,还要到什么欢乐谷之类的地方玩,总之就是花费太大。所以左思右想,觉得也不是非要我到深圳去了。

我对她说:"你有两个选择,要么我就这么去深圳,我出路费你出门票。要么你直接回来,我把路费折现给你。"

紫鹃问我:"哪个好呢?"

我说:"我去深圳当然浪漫了,不过也很浪费。你直接过来当然实惠了,不过……我还是比较喜欢实惠。"

紫鹃想了想说:"那就实惠好了。"

我问她:"你什么时候过来?我去车站接你。"

紫鹃说:"我们主任去开会了,可能十四号下午的火车,你什么时候把路费给我?"

我说:"什么?你想得倒美,你不是有工资吗?那五百块钱是等你过来后再给你。"

紫鹃娇嗔:"好哦,老公。"

昨晚洛洛请我吃烧烤,我们又说到将来的事情。洛洛的看法和高阳相近,紫鹃绝对待不长。

洛洛学着紫鹃的声音说:"老公,我发了五百块钱工资,用得一分都不剩,你不会怪我吧?"

我还没回答,洛洛又学着我的声音说:"哦,不会不会。"

我们都是大笑,只不过我的笑有点苦。

No.97　欲罢不能

雨后天晴。

昨晚我挣扎了很久,想了各种各样的可能,我想让紫鹃再在深圳待上一两个月,这样一来我的工资可以用来还钱和交下学期的学费,二来可以毫无干扰地看书学习。但我不知道如何开口,也不知道她会有什么样的反应。

我打电话给她说:"你是不是真的很想我?"

紫鹃说:"一般想一般想啦。"

我说:"我值得你这么跑回武汉吗?"

"咦,我又不是为了你回去,我是去读书的。你说过要供我读书的。"紫鹃说。

我曾答应过要让紫鹃在武汉读书,凡是有助于发展的事情,我都会掏钱。

之后,我和洛洛来回发信息,我甚至对我和紫鹃的未来没有一点信心,已经是心力交瘁了。我已经做好了打算,紫鹃如果这次回来后,又因为什么借口跑掉,我恐怕再也不会对她抱有任何希望,其实现在也已经不抱希望,只是随她便好了。

洛洛表示不知道该怎么劝我,感情的事情很难说清楚。

当我们对某件事或者人投入精力后,就会对该事物或人产生如下心理:

第一,占有。

第二,对自己有好处。

第三,对相对事物或人有好处。

占有与投入之间会形成一个循环,越是明确了占有关系,就越是增加投入,这样对双方都有好处。越是加强了投入,就越是要明确占有关系。在前段时间,我一直把紫鹃当老婆看,一想到她会和别的男人在一起,就难受无比。十分在乎她的言行举动,既希望她能顺从自己,也希望她能过得更好。占有和投入无限循环,又怎么可能轻易分手呢?除非这个循环被打破。紫鹃一而再、再而三伤害我的感情(她自己浑然不知),反反复复欺骗、殴打、辱骂我,使得我产生了放弃的念头,占有她的欲望越来越弱,她只属于我的想法越来越淡。

正如高阳和紫鹃所说的,我只是她生命中的一个过客。在她不断给我气受的情况下,我逐渐不主动给她打电话。减少对她精力上的投入,主动联系洛洛去吃喝玩乐,让紫鹃在我脑海中的时间越来越少。

不论是占有还是投入,都逐渐减少,这使得我平心静气地思考。紫鹃的很多习惯是我无法适应的,除非我能成为百万富翁。而紫鹃本身的条件也就那样(不考虑情感只考虑利益时,想法自然就刻薄市侩)。

两个人也试着在一起生活,但在大事上她从来都是独断专行而且愚蠢至极,这样下去不会有幸福。

我也试着去改变她,但她十分反感我的说教,心情好时还会听一听(绝对不会照着去做),心情不好时就说:"你怎么跟我爸一样,我最讨厌别人管着我。我讨厌表姐管着我,所以我不去女子医院;我讨厌爸妈管着我,所以不会回老家;我讨厌你管着我,所以又回到深圳。"

我也不再对她抱有希望,如果重新燃起希望,必然带来更大的失望。

减少了精力上的投入,自然就会淡化占有欲。没有了占有欲,她的一切就无所谓了。

既然无所谓了,就是没有爱了。

紫鹃于凌晨由深圳二度返回武汉,加上我寄去的二百元,她总共还剩下五百元,还算不错。

她回来之后我们又在一起生活,但因为她不肯答复我工作的事情,我也不太愿意让着她,好几次不是我离家就是她出走。

这期间她妈妈打来几次电话,她已经和紫鹃失去联系,因为紫鹃在之前曾说要读书的事情,所以她妈妈已经打听重庆读书的事宜,希望紫鹃能在二十日之前给她个电话。

我问紫鹃怎么办,她说二十日再说。

打架吵嘴不可避免,当一个男人不再愿意让着女人的时候,除非女方能让步,否则什么都是不可避免的。但火暴的冲突似乎并没有减弱紫鹃对我的爱恋,还是一如既往地跟着我,就像个小孩子一样可以把昨天的打斗忘得干干净净。

我早已疲倦,就等着她说分手,但同时我也在做她长期待在我这里的打算,考虑如果紫鹃不去女子医院该怎么办。工作、生活、学习以及未来……联系好学校后,我又一次表达自己的观点,一边工作一边读和工作有关的专业是目前最好的选择。一来理论联系实践,工作和学习相辅相成,二来有一定的收入,三来白天有事情做不至于整天和我吵闹。

她要么做鬼脸不听,要么生气说:"我最讨厌别人和我讲大道理。"

我怒说:"不讲道理讲什么?讲武力?"

"好啊,你打我啊。"

我第 N 次夺门而出……

No.98　拜见"丈母娘"

她妈妈又打电话过来,听说我打听好学校,但还是拿不定主意读什么学制和专业,决定过来一趟。紫鹃不希望她妈过来,我却非常想她妈过来一趟,有些事情必须当面谈。

爸爸听说后也说要和她妈谈一谈,毕竟现在这样不是个事。

紫鹃的妈就在小屋里,高阳问:"怎么样?第一次见丈母娘紧张吧?"

我笑说:"这有什么好紧张的,难道她长了四个眼睛?"

高阳先进门喊阿姨好,我也紧跟其后问候。

紫鹃的妈妈没有我想象的那个样子,我所幻想出来的紫鹃妈是我根据紫鹃的样子想象她二十年后的样子,显然紫鹃妈比想象中要老,穿着一般,没什么特色,显得较有亲和力,也不像我想象中的那样跋扈。

我们闲扯一会儿后提出上街吃饭,我和高阳先去订位置,等会儿由洛洛带她们去。

一出门高阳蹲在地上笑说:"你完了,你完了。"

我急忙问:"怎么了?"

高阳笑道:"她妈一见你就笑得合不拢嘴,她认定你这个女婿了。这叫丈母娘看女婿,越看越爱看啊。"

我说:"你先进门的,她妈一定是看中了你,要是她妈真的看中了你,这个女婿的宝座我就让给你了。"

高阳说："晕吧，紫鹃不是介绍过了吗？又想让我认个便宜丈母娘。"

我们按照紫鹃的情报，说是她妈喜欢吃辣菜，结果点了满满一桌辣菜时，紫鹃才告诉我她妈不喜欢吃太辣的，是她喜欢吃。唉！又上了紫鹃的一次当。

我、高阳、洛洛、紫鹃妈轮流对紫鹃进行说服教育工作，每个人都从不同角度不同事例来论证边工作边学习的好处。我喜欢用生存、发展、享受的关系来论证；高阳喜欢用金钱与社会地位，如何才能以正当途径满足物质欲望为突破点；洛洛则拿发达城市和小城市对人才的要求作比较，来证明小城市内更适合紫鹃发展。

紫鹃妈感动得不得了，举杯敬我们："你们是紫鹃的福星啊，有你们在紫鹃身边我就放心多了。"

我心里想："阿姨啊，我们都希望紫鹃能过得好，如果我们不教紫鹃如何正确面对人生，那我绝对是受害人了。"

紫鹃在经过我们长期思想熏陶，再加上深圳打工经历之后，对我们的话也有所思考，但因脾气性格所以总是回避这个问题。在亲朋好友多方攻势之下，也终于同意了我们的意见，参加十月十六日的成人高考，报考业余的高护专业，并在考上之后回女子医院。

她妈走后第三天，给我寄来一千元，供紫鹃这段时间补习和伙食费之类的，但希望我不要告诉紫鹃，以免她知道后乱花。

今天下午回家搜刮吃的给紫鹃，爸爸打个电话来说："公司宣传股长要你打电话给他，号码是……"

"喂，小磊吗？"
"是啊，股长。"
"你在哪里？"
"外面。"
"街上？"
"哦……不，我在公司里……"
"你到我办公室来一趟吧。"

我拔腿就往保险公司跑，跑了半个钟头赶上电梯。

到了股长的办公室，他正在和一个兼职记者聊天。等他聊完后，我坐到了股长的对面。

闲聊了一会儿后,股长步入正题。他说曾经想要把我调到宣传股当个干事或者是编辑之类的,但是由于公司要改制,宣传股也要裁人,总公司领导明确答复不能再从基层调人到宣传股,所以没有办法。接着他又问我愿不愿去电视台,但是电视台将来也要改制。

我说当然愿意去了,一来接触新环境,二来可以和自己的爱好挨上边。

如果这件事能成的话,我的命运就会有一个大的转折和改变。

真是感叹自己这一年的经历太丰富了。

No.99　高阳的情感危机

和紫鹃的日子过得"叮叮当当",一会吵一会和,一会打一会缠,像是个夫妻样儿,但我觉得自己应该抽出时间思考。

和高阳聊天,高阳的处境和我的差不多。珏儿的脾气很大,总是折磨高阳,不让他睡觉,和陌生电话联系不许高阳在场,还总是半开玩笑地打高阳的脸。

高阳总结说:"有那么几天我站着都想睡,整个人属于极度缺乏睡眠的亚健康状态。"

我说:"都差不多。我想了个办法,趁着她想睡的时候折磨她,这样她第二天就没什么精神折磨我了。"

我们俩一人一句回忆起来。

高阳说:"唉,要不是她几次遭窃,又和她一屋的人不合,就不会想到要搬出来。"

我说:"要不是紫鹃那阵子去了深圳,她就住不到我这来。"

高阳说:"要不是在你那里洗澡不方便,刚巧我爸妈又回老家,她就不会来我这洗澡。"

我说:"要不是在你家洗澡洗晚了,就不会在你家住,而且一住就上瘾了。"

高阳说:"要不是她住在我家,我就不会忍她那臭脾气,可是她待在我家里,她就是发再大的无明火我也得忍了,而且她现在没搬出去,我就不能提出分手。回头一说分手之后,她还要来搬东西,还要在我面前晃来晃去,你说我这是多么大的奢望啊。"

我们直摇头说:"都怪我们当时太冲动了。"

高阳说："如果我和珏儿分了,我决不会再做这样的傻事,把人给招到家里来。你还好,要是有矛盾你还可以回父母家。我连个去的地方都没有。"

我说："我好什么呀,第一次我气得回父母家,第二次我又回去后她就跟过来找我,要我回小家睡,不回去就一哭二闹三上吊。"

高阳附和说："女人哪,就是麻烦。"

我说："真不明白她们为什么不让男人睡觉。"

……

"人之初,性……本善。"紫鹃死活就是不去上补习课,念起三字经的同时撩拨着自己日渐发胖的腰身。

"性……相近,习相远。"她想色诱我,让我放她一马不去上课。

"苟不教,猪不闹。"她又笑着说。

"什么?"我瞪着她问。

"狗不叫,猪不闹。教之道,贵以传。哎呀,你就不要让我上课了。人家好想陪你哦。好想……好想……"她又唱起《情深深雨濛濛》的调子。

"子不教,父之过;教不严,师之惰。"我纠正她的错误。

"我呸,你又不是我爹。"紫鹃喷笑。

"我是你老公。"我说。

"老公又怎样?"紫鹃问。

"在家从父,嫁夫从夫,夫丧从子。这就是三从,就是说你现在必须从我。"我笑道。

吱呀,对门开了门。

珏儿从里面出来,羡慕地说："你们俩真好。"

紫鹃又咧咧嘴说话,我却能体会珏儿的心情,她和高阳闹翻了,搬回我这里住。大前天闹翻的,那天我上晚班,被高阳拖出来陪他喝酒。高阳很苦闷,从他那得知珏儿的脾气很坏,一想到将来还要这样生活,就觉得难以面对。他说珏儿不会为了他而改变性格,珏儿是个很要强的女孩。而且他不清楚珏儿的过去,如果自己不是她的第一个男人,到那时又该怎么办?我无言以对,谁都希望会和自己生活一辈子的人脾气好一点,谁都不希望自己的老婆曾失身于别人。

前天珏儿向高阳提出和好,但高阳硬是咬牙没答应。

高阳说："我也很想抱着她答应,也很想就这么和好,可是我不想去赌。如果她不改变,如果我不是她的第一个,我该怎么办?明年我就二十五了,我很累呀。每天早上送她上班,晚上接她下班。要是去晚了一点她就生气给我脸色看,她有没有想过,我有时候等她加班一等就是四五个小时,我都没有抱怨过一句。"

我缓和他的心情笑说:"那不是指望着你的摩托车嘛。"

高阳说:"是啊,谁叫我买了摩托车。一周七天,就算我惹她生气看她脸色一天,还有四天是她从外面受气后拿我撒气。如果一周你要受气五天,还有四天是被当做撒气筒。"

"这个……"我不知道怎么说了。

高阳说:"你想说,这个重要吗?"

我说:"不是,我是说你平时可以和她多沟通嘛,这样她才可能改变。"

高阳说:"谈不拢的,而且我也不愿去说了。"

我说:"我觉得最大的问题,就是你们过早地和父母住在一起了,很多问题不能疏导,才累积到现在这个局面。你觉得她是不是不甘心和你在一起,所以才总是无缘无故地发火?"

高阳说:"可能吧。我记得有一天我们像平常一样,她玩游戏,我看电视。她说,'是不是我们以后都是这样过日子。'也许她是无心说说,但我心里却不舒服。"

我长叹一口气说:"如果一个女人不甘心和自己过,那就没有在一起的必要。如果她不甘心,就会乱发脾气,而且不会为你改变。"

No.100 事出有因

珏儿居然带了个男的到家里来!虽然隔了一个厨房,可毕竟是在一个大门之内,更何况她和高阳之间这样的处境,再者还有紫鹃在我房里。

我火冒三丈,紫鹃劝我不要生气,这一次就算了,如果还有下次她都会去说珏儿。

我打电话给高阳说这个事,高阳显得很消极的平静,还替我疏导。其实我的气有一半是替高阳生的。

在我气消得差不多后,高阳说:"你该怎么说她就怎么说她,不要顾虑到我,还有,在她面前你就当做没有把这件事告诉我,她也不过是想气气我,但我不想面对这种气法。"

等那个男的走了后,我把珏儿约出来聊天,并且不让紫鹃在场,只有单独谈才方便。才聊一会,紫鹃不愿一个人待在家里,嚷着要一起聊。紫鹃来了之后气氛反而打开了,珏儿和紫鹃像是找到知音似的扯了起来。

珏儿家道中落,爸爸开办养鸡场,结果一场鸡瘟弄得四处欠债,而珏儿的爸爸也因此一蹶不振,在家只知道发脾气,欺负珏儿的妈妈。珏儿本来可以被招去当空军,却因为这些问题去不了,早早出来工作,性格倔犟独立。这也使得我明白为什么珏儿对待高阳是这样的态度了,珏儿绝对不能允许自己的老公有一丝不顺从,她不愿重蹈母亲的覆辙。

第一次沟通,她的态度还是很强硬,等着高阳来道歉。

过了几天,我的二姐因为所住的地方噪音太大,怕对婴儿听力造成破坏,搬到小屋。而这里的住所本来就是二姐借给我的,二姐得知房间借给了珏儿住很不高兴,毕竟没有经过她的同意,但此时珏儿和高阳又在闹情绪,我只能暂时让珏儿住在这里了。

夜晚,我又和珏儿在长长的阳台坐着聊天。

紫鹃一会儿窜过来,一会儿跳过去,或者一屁股坐在我的肩头。

珏儿说:"你的脾气真好。"

我说:"其实高阳的脾气更好。"

珏儿说:"他就不会允许别人这么对他。"

我笑说:"那是他注重面子,我不要脸而已。"珏儿也是一笑。

我接着问她:"你对高阳说,你绝对不会为他而改变,这是不是气话呢?"

珏儿点头说:"这当然是气话了,谁会明明知道是错的还不改呢?但我就是不愿当面认错。"

事后我和高阳聊天,高阳摇头说:"我不愿意去赌,如果她不能为我而改变呢?而且我们之间不仅仅是这些问题。"

No.101 什么时候长大

从上个月到现在发生了不少事情。

因为我二姐嫌自己住的地方太吵,怕对小孩影响不好,所以搬到小屋来和我们一起住。珏儿虽然找到了房子,却因原来的租房者迟迟没有搬走而搬不进去。碰巧我那动过大腿骨手术的外婆又住到我爸妈家,所以我就没地方去了。

我只有在高阳家、蔡俊家、爸爸办公室暂住和上晚班。

珏儿迟迟没有搬走,我也不好撵她走,不是拉不下情面,而是她没地方可去。高阳已经决定要和她分手,我只能暂时承担她的住宿问题。

爸爸多次提出要我把珏儿赶走,我都给顶了回去。但过了几天后二姐找我谈话。

"你赶紧叫那个女孩走,她在这里住很影响宝宝。"

"她已经找到了房子,但那个人还没搬走,所以她搬不进去,你就再忍几天吧。"

"反正你二姐夫是很不高兴,那女孩白天不在就把门锁上,这天气这么热,人又多又不通风,而且她每次回来时都弄得很吵。"

"我已经说了,总不好撵她走吧,这不好说。"

"这没什么不好说的,房子不是你的。再说十月一日是你二姐夫生日,他肯定是要在这边过的。"我心中想发作,姐弟之间居然说出这样的话。

我找高阳商议这件事,高阳说:"再过两天就是十月一日她的生日,她可能是想挨到那一天看看我会不会去跟她和好。"

"赶得真巧,我二姐夫也是十月一日过生日。如果是我爸要赶她走,我可以顶回去,一来和他没关系,二来房子不是他的。但现在房主人要我赶人,我一点办法都没有。"

"你这样吧,问问她能不能到武汉的亲戚那里先住着,或者问问她要不要打电话跟我商量一下,但你别说我知道这件事。"

"好吧。"我拨通了珏儿的电话,她正在洗衣服。

我把情况大略说了一番,她很为难地希望我再等两天。我也很为难地告诉她绝对不行。希望不管那边的房子能不能住进去,在十月一日之前她一定要搬出去。

九月三十日晚,我和高阳参加武汉迎国庆的演出。

间隙我给紫鹃打了电话,她告诉我珏儿已经搬走了。

之后几天我的心情都不是很好,原先不太考虑住房问题,但我现在很希望有一套自己的房子。

虽然那些日子因为房子而心情不好,却也因为紫鹃的事情而有些乐趣。

因为小屋没有热水,我和紫鹃一起去我二姐家洗澡。我来到楼洞下,正要开门,紫鹃一把按去,把整栋楼的门铃都按响了。

不同的男女老少的声音交错,都以为是在找自己,我慌忙把紫鹃拉进楼洞,这种恶作剧虽然算不上什么大事,但被人发现总是不好。

洗澡的时候紫鹃唱起我教她的日语歌,边唱边洗,我一时兴致来了,也陪着她唱:"土豆哪里去挖?土豆郊区去挖。一挖一麻袋?一挖一麻袋!"

《樱花开》的变调子合着歌词,估计又是整栋楼都听到了。

哇啦哇啦歌声起:"土豆哪里去挖?土豆郊区去挖。一挖一麻袋?一挖一麻袋!"

两人阵阵放肆地笑。

出门后我在反锁门,紫鹃正要下楼。

我拉住她说:"你下去后别再乱按门铃了。"

"咦,你怎么知道我想按?"

"我还不知道你?"

我刚把门反锁好,正要去追紫鹃,整栋楼的门铃又响起来了。又是一阵男女老少的问候声。还是小朋友聪明,她告诉整个楼洞的人说:"叔叔、阿姨,可能有人乱按我们的门铃。"我等到声音渐渐平息下来才敢下去。

骑单车在回小屋的路上,我有些生气,紫鹃真是小孩子脾气,不过也是,她毕竟还没满十八岁。

我瞥眼看了一栋楼,气呼呼地说:"你去把那栋楼的门铃按了。"

紫鹃笑说:"是你说的,我下去按了。"

"对,我说的。"紫鹃冲下去,我骑车冲向路口,这里逃跑比较方便。

门铃骤然齐响,回首望,问候声起,偶有人头楼上出;砰然一巨响,我心道,完了完了,果然紫鹃摔倒在地上。

紫鹃号啕大哭,我却是哭笑不得。她刚刚洗完澡又穿着裙子,本就是十七岁的皮肤,哪里经得住柏油石子路的磕碰,顿时豆大的血珠从膝盖处涌出。路上行人,被按了门铃的住户纷纷向紫鹃这边看来。

我搀着紫鹃到自行车旁,哭笑不得。紫鹃泪水猛淌,咧着嘴也是哭中带有颤动,估计也想笑自己,可实在太痛又觉得很冤,所以又笑不出来。

慌慌张张把她拉起来,扶上自行车,溜回小屋。一路哭声惊动路人,到了顶楼后,二姐、二姐夫已经迎出门来,边问缘由边扶着紫鹃。

紫鹃咧嘴哭说:"划不来啊,划不来……"

二姐命我赶快去找红药水和双氧水。

二姐夫听闻缘由,忍住笑,上班去了。

我到处打电话问别人要药水,回来后二姐帮忙擦洗伤口、上药,我问紫鹃说:"以后还敢不敢乱按门铃了?"

"我还要按,呜……轻点……"

No.102　"坐歇"座谈会

紫鹃在十七日结束了成人高考,在昨天下午七点坐火车去了河南她亲姐姐那里玩。

我和紫鹃的妈妈通了电话,一致认为让她在上班之前玩一趟是可以的,算是满足她的要求,让她上班后没有借口提别的要求或者不好好工作。

我咨询了省人事部的一个叔叔,他告诉我中央的公务员招考和地方的不冲突。一连报了三个单位,连着被审定为不符合条件。不知道最后一个我自认为符合条件的报考能不能通过。要是还是不能,就只能指望地方的公务员招考了。

市文联和我们保险公司联合举办了"赵小磊长篇武侠小说《黑虎掏心》创作座谈会",市内文艺界的前辈一下子就来了二十多个,加上公司领导,一共四桌饭(开会很重要的,招待周到更重要)。

我也摇头晃脑侃侃而谈,对小说的描述和领导的感谢各占一半,按照爸爸的意思:"这是领导对你的支持,自然要把感谢放在重要位置,至于你的小说则是第二位的。"背完预先准备好的胡侃后,他们也挨个来点评。

两位"坐歇"主席首先对我的小说进行了点评。

主席说:"赵小磊同志是武汉第一个出了长篇武侠小说的人,前途无量,是个奇才。在武汉读武侠小说的人都不多,更别说写武侠小说了,毋庸置疑,小磊同志开辟了武汉武侠小说创作的先河,为我市文学艺术事业作出了一定贡献,我们将一如既往地坚持百花齐放的文艺方针,全力打造本市文学新人,使之成为国内甚至国际文坛巨星……"

副主席说:"赵小磊同志对武侠小说的把握已经达到了登峰造极的地步,颇有金庸先生的风格,但是,小磊同志生活在这个年代,懂得将现代文明穿越时空地应运到古代文明,真所谓是古今结合,在我看来在某种程度上更胜金庸一筹。他的文笔极具质感,想象力天马行空……"

我有点眩晕,只好心里说:"可惜赵小磊同志到现在还是工人一个……"

怎么能这么想呢？可能是紫鹃不在身边的缘故吧。

我既不希望紫鹃整天在身边吵闹，又不希望她突然离我这么远。最好是像以前一样，她在女子医院上班，我们虽然会天天见面，却不必她天天待在家里，弄得我一回来就被她吵。现在好了，只要她从河南回来之后就回女子医院上班，心情可能就会稳定下来。

紫鹃这段时间骚扰依旧，反复如常。

什么缺钱啦，什么妈妈病了要开刀啦，什么又不想回武汉，什么女子医院很难进人啦，诸如此类的话，还有比如我出名了或者考上公务员会不会就不要她，还是哭着问的，弄得我又有些心烦。

事物的发展是波浪式前进，螺旋式上升。

反复是必然的，看来我要作好长期斗争的准备。

No.103 分分合合的日子

我和紫鹃的妈妈通了电话，她告诉我转正式护士是绝对可以的，因为转正式护士的权力在紫鹃表姐那里，只是紫鹃表姐说这段时间女子医院不招人，所以去了也没工资，建议等到明年六月份考到护士证后再去，直接转正式护士。

紫鹃妈告诉我，她已经联系好妹夫的亲戚，在西安开厂子，需要三个人，试用期一个月七百元，转正后每月一千元左右。我打电话给紫鹃，她表示愿意去，我也同意她去，只是希望她去之前能回武汉和我见上一面，但她怕坐车太累，从河南到西安比到武汉要近。打了几个电话，紫鹃都表示不是不想回来，而是嫌坐车太麻烦了。

我的心渐渐平静。

真的很想和她见一面。按照紫鹃妈妈的意思，如果紫鹃明年没有考到护士证那该怎么办？又转不了正式护士，又浪费了半年或者说拖累了两家半年，倒不如现在找个事情做。

她妈妈说："如果紫鹃明年考不上正式护士，而西安的条件要是还不错的话，那就干脆让她在西安稳定下来好了。至于你们两个的事情嘛，你们还年轻，还不要这么着急吧。年轻人事业第一嘛。"我一笑。

如果成人高考查询系统没出问题的话，紫鹃的分数可以说低得出乎想象。如果以这样的分数来看，她想要考到护士证实在危险。如果真如紫鹃妈担心的那样，到那个时候确实有很多事情很难办。

唉,这样的分分合合是第几次了?我记不清了,大概有十次了吧。

紫鹃在河南那里我并不操心,因为是在她亲姐姐家里玩。但这次她要去西安,我的心就不安起来。既怕她在那里喜欢上别人或者被别人追,又怕她像在深圳那一样,来回扫荡我,也怕她工作、学习、交际上出什么问题。

这样的担心可能会让我无法做好自己的事情。按照她妈妈的意思,等到明年三月份开学时,让紫鹃回来(保佑紫鹃能考上)。如果是这样的话,就等于让紫鹃从十一月上旬到明年三月初待在郑州,也就是五个多月的样子。如果成人高考没被录取,那就待到明年六月份回来或者在那里考护士证。要是明年六月份护士证没有考上,恐怕我们就彻底没戏了。

就算她一切考试顺利,也有很多问题。比如过年、情人节和她三月份的生日。

妈妈的,又替她想这想那……长舒一口气。

说实在的,我也需要一个时间段把两件事完成,一是考公务员,二是武侠小说的完成。有她在这里也确实对我有很多负面影响。但她要是在西安那边弄出点什么事情来,让我整天担心她,也同样会有很大的负面影响。走一步看一步吧。我和她约定好,她在那边用心做事,等到明年三月份时,我到西安去接她回来,顺便在西安看看那里的名胜古迹。

她的手机关机了,可能是没电,可能是怕钱用完了就不方便和我联系,总之,我到现在还没有和她联系上。我这里起雾了,漫天的大雾里什么都看不清。经过公园时,迷雾让乔木林变得更加神秘,就像我和她的未来一样。记得去年的这个时候总是和她蜷缩在被窝中,她的身体很暖和,我很喜欢在冬天抱着她的感觉。如今这一去,就要跨过一个冬天,而明年呢?我们真的会在一起吗?晚上七点的样子,我和紫鹃联系上了,她应该已经住进了她姨父的亲戚家,我还听到了小孩的声音。紫鹃也不知让我这样担心了多少回了,到现在我还做不到无所牵挂。

刚才上网查了一下紫鹃的分数。分数很低,刚刚超过分数线,总算稍稍松了口气,至少因为这一点,她明年就可以在开学时回到我身边,否则就要等考了护士证以后,那可就是八个月以后的事情了。我打算为自己买部手机,说实话我给紫鹃买了两部手机一部小灵通,就是没有为自己买过一部手机。买手机是为了可以和她发短信,我真的感觉这样的分分合合恐怕还会持续很久。

在和紫鹃的通话中,她告诉我给我搞了部手机,是她姐姐不用的。

"真的?能不能发中文信息啊?"

"能,是诺基亚 8250。"

"老婆真厉害。"

"那当然了。"感到一阵欣慰,她这也算是送我一部手机了。就希望她寄过来时不会有什么差错。

No.104 互联网时代

紫鹃不在的日子,渐渐变得无聊,偶尔去爸爸办公室上网,无意中碰到一个很投缘的女孩,从摄像头截下的图片看,样子还挺漂亮的。

我们约好去市里最好的迪厅蹦迪,她硬是点了一百多元的东西,她长得比摄像头拍的要难看得多,摄像头的角度有限,拍到她的眼睛觉得很漂亮,但下巴实在难看,简直一个地包天。

紫鹃好几个电话打过来,要发短信息给我,但手机在家里充电,没法互发短信息,她一阵不高兴。

坐在吧台里,听着陈楚生的歌,看着轻快点击水果的"地包天",心中想的却是紫鹃的情况。

很想回家,很想和紫鹃通话。

很想很想……看来我不适合在一段恋情没有结束前去寻找新的恋情,至少我的心告诉我,我不适合。

"地包天"去洗手间,左等右等也不来。下定决心,告诉招待我的小姐等"地包天"来后解释一下,便冲出迪厅。

已经到了车上,"地包天"打电话给我,随便找了个理由胡诌一下,估计她以后也不会再约我了。

终于到家,紫鹃向我诉苦。她到了郑州上班,住在很旧的房子里,床会发出吱呀的响声,地上还有老鼠。我忍不住哭了,可是她诉了老半天的苦,还是不愿回来。也是意料之中,但我实在是难受。我不知道自己到底做错了什么,还是自己的心太过于感伤,总会忍不住难受。

紫鹃想到外面挣点钱,证明自己的实力。受了委屈向我倾诉,却仍然坚持不愿就这么回来。从理智上我可以理解,可在感情上我不能接受。我真的无法接受。

这段时间该怎么过呢?去郑州找她?从去深圳找她的情况来看,她是绝对不会回来的。对她的事情不闻不问不管不理？从历次情况来看,我要想做到这一点还很难。不过,就算再难我也要适应,除了适应,我别无选择。

刚才洛洛过来,她说了很多有意思的话。

"作为你的朋友,我认为你去见女网友是很正常的事情,但作为紫鹃的好朋友,以她的立场来考虑肯定会不舒服,所以这件事不能告诉她。紫鹃向你哭诉的事情,只不过就是哭诉,因为找不到可以哭诉的人,所以找你哭诉。但她没有想到这对你是种伤害。"洛洛说。

说实在的,我不希望紫鹃有什么事情不告诉我,但她一告诉我,我又会非常难过。

真是矛盾。

感觉一切都很平淡,每天上班、吃饭、玩电脑、写小说、晨运、上课……总之觉得一切都很坦然。

紫鹃的举动我已习惯,没事哭诉一下有多苦,哭诉完了还是乐颠颠待在那里生活,似乎我会永远等她,似乎一切都在她那乐观的预料之中。

我已经无所谓了,只是有了前次见网友的教训,我可能不会轻易动念头去找别的女人,不仅麻烦,还可能吓出心脏病来。

也好,最近把电话线走了起来,过些日子就可以上网了。

本来住的地方没有电话线上不了网,但上网费还是每月五十,爸爸出钱,爸爸又不知道怎么退网,就让二姐夫拉了根电话线。在能上网的前一个星期我都在早上锻炼,戴着MP3边听音乐边跑步,感觉挺好。

结果网络一通,我第二天就起不来,一直到现在。

上网除了查阅一些信息外,主要就是两个功能:游戏、拉肉碟。

肉碟看多了没意思,来来回回就是那么几招,无意中看到一些小说。这些小说写得还真是带劲,看来幻想还是要比现实来得更刺激。小说中的女主角个个都很美、很清纯,里面的情节都让人浮想联翩,不一会儿就会让我起反应。

估计大多数男性网民在家上网的时候都干这几件事,玩游戏、找肉碟、看A书。

小说大多数都是网民自己写的,他们在小说的结尾都会写上:我是某某地区的健壮男子,希望某某地区的女士能和我做伙伴,我的QQ号是……暗语是:我是寂寞的男人……之类的话。大多数小说的留言都是男子,但偶尔也有寂寞女子写点小

说,希望找到一个强壮的男人陪她度过不眠之夜。

想来搞笑,我看到一篇 A 书写得极其淫荡,文笔算是不错,落款居然是个女的,她说:"欢迎大家×我,我的 QQ 号是……暗语是:来×我吧,我快受不了了。"非常好奇,我决定加她为好友,说不定也能有意想不到的一夜情呢?

QQ 资料上显示是个男的? 哦,当然,QQ 上的资料能说明什么呢,既然是这样一个女人,当然需要点伪装了。

我又仔细看了她的个人资料,我靠! 我立即傻了眼。

资料显示:"我前两天刚弄到一个 QQ 号,没想到一开 QQ 就有那么多人加我为好友,好开心哪,结果那些人都说要×我,弄老半天我才知道,原来是有人以我的 QQ 名义在什么叫××的论坛上发了篇黄色小说。拜托各位大哥,我是个男的,我也想×别人哪,以后要是要加我为好友,千万不要再因为那篇小说啦!"我看的时候正在喝茶,茶叶喷在屏幕上。

事后我把这事告诉 IT,他说:"不如我们以部长 QQ 的名义发篇小说吧。"

我说:"他知道了一定会杀了我们的。"

IT 又分析道:"那个男的一定很年轻,不然不会弄到一个 QQ 号就那么高兴。"

我摇头笑:"他的留言实在太搞笑了,要是我们这么害部长,不知道部长会在 QQ 资料上写上什么。"

IT 很肯定地说:"他会换个新 QQ。"

我说:"不,他会摇身一变成为妙龄女郎,专门骗那些男人的钱。"

IT 大笑,停下说:"要是一个不小心被人通过追踪器找到家里来,那不是要后庭开花了。"

一阵狂笑。

No.105　帅哥抱抱

游戏里两个石头兵发现了蓝色农民,他们正在采集果子,不管三七二十一,先下手为强。蓝色的正常生产被打乱,他还没有士兵,派了七八个农民把我的两个石头兵打死。嘿嘿,没有关系,我的兵营就在敌人家门口,此时四个石头兵、两个弓箭兵已经悄悄从另一侧绕向敌人的老巢,而我的一匹探马凭借广阔的视野正在搜查敌方的地盘。

敌人发了句："靠！"表示对我的战略不满，我不管许多，只要打赢敌人不论用什么方法都可以。对方的弓箭战车出现在我的腹地了！这怎么可能？他的经济一直被我骚扰着，哪来的食物升级为铁器时代？而且我的腹地被一片广袤的森林包围着，又有长城围堵，难道是哪里的缺口被敌人发现了？还好，我的弓箭战车营也全部造好，只要再坚持一下就可以大规模出击了。

……

刹那间千军万马杀向敌阵，对方的军队阵容也很强大。

打头阵的是镰刀战车，这种战车在车轴上装有镰刀，快速前进时，镰刀随着飞速旋转的车轴产生强大切割力，对我军战马有极强的杀伤力。

第二排是黑骑，他们的造价很高，移动速度极快，可分为长刀黑骑和弓箭黑骑，只要一声令下就能从两翼进攻，摧毁我的攻城步兵。

第三排是步弓手和攻城车，这两者的攻击距离都很远，攻城车杀伤力最强，但是移动速度慢，而且防御力差，一旦遭到近距离攻击，几乎没有还手之力。把步弓手放置在攻城车旁是最好的搭配。

转眼间尸横遍野，盔甲、旗帜还有淌着鲜血的马……

盟友的重装弓箭黑骑已经冲到敌阵的腹地，大肆杀戮正在耕作的农民。敌人慌忙调转士兵前去支援……

靠，天天玩"帝国时代"，满脑子都是这些小人跑来跑去。

有一次竟然从下午两点玩到第二天晚上八点，实在熬不住才一觉睡到第三天晚上八点，然后再接着玩。

整个生物钟全乱了。

可是不玩这个我又能干什么？

我什么都不想干，又不愿让脑子停下来。

虽然我知道这样很颓废，虽然我也很瞧不起这种生活这样没有自制力的人，但我依旧在不愿多想的世界里玩着游戏。

为了摆脱游戏的困扰，我到处约人玩。

其中少不了和洛洛到处去玩，我只想借着玩闹忘掉烦心的事情，也只有洛洛有空。

中午还在午睡，正想给洛洛打个电话时，洛洛的电话却先打过来，她腔调有些颤抖，问我："在哪里？"

"在家,我还正准备打电话给你呢。"我说。

"你能出来吗?"她问我。怎么听见她好像在哭?

我平静问:"可以,你现在在哪?"

"我在街上。"她说。

"好,我马上就赶过去。"我立马收起电话。

一路上我都在想,是什么事情会让她这个样子,以前从来没见过她用这样的腔调打电话给我。难道是被人强暴了?不对呀,这应该马上去医院,而不是在街头等我呀?难道失恋了,除了失恋恐怕没什么事情能让她不紧不慢在街上等我。

见到洛洛,她的状态似乎没什么异常,两人逛了会街,她才淡淡道自己失恋了,希望我能陪她逛会。

我把刚才的遐想告诉她,她笑骂说:"滚,要真是被强暴了也不会找你啊。"

我说:"是啊,我也是这么想的,那肯定是约我到医院去了。"

晚上去周家大湾吃了烧烤,我们一起回到我的小屋。平时洛洛来得就多,紫鹃在的时候她就过来玩,还帮着做菜。

有一次紫鹃打了老半天电话要她过来吃饭,洛洛洗好澡换好新衣过来,却发现两双饿得眨巴眨巴的眼睛看着她等她做饭,当场没把她气晕过去。

她和紫鹃一边做饭一边说:"我都成你们保姆了。"

紫鹃走后洛洛也经常来玩,而我一个人就更不愿动,很多时候都是在洛洛的带动下,合作做饭。我们在看《变形金刚2》,看到后来我先躺在床上了,洛洛坐在床边的椅子上看电脑。

我们闲聊着,也可能是玩劲过去了,也可能是深沉的夜让人心绪落入低谷,洛洛对我说:"帅哥抱抱。"

我一开始还没听清,她又说了一遍:"帅哥抱抱。"

我下床,轻轻地拥着她。我知道,失恋的人是需要安慰的。

洛洛在我的怀中哭了,她说本来想忘记失恋的事,可不知怎么的又想起来了,真的很难过。

我轻轻地抚着她的背脊,这还是头一次。忽然欲念陡然升起,我很想吻她。

她在我怀中哭泣,我在欲念中挣扎。

我在欲念中挣扎,她仍在我怀中哭泣。

我轻轻叹了口气,说:"刚才我真的很想吻你。"

洛洛满脸泪水仰面望着我,我又差点忍不住想亲她。

她说："如果这样的话，我们的关系就不对了。而且，我会觉得对不起紫鹃。"

不知道为什么，我的心忽然宁静起来，静静地搂着她，希望她能好过些，而欲望，也不知道跑到哪里去了。也许是感受到一种信任，也许是心中除了欲望外还有一种纯真。其实人在很多时候都是善恶并存的，如果我真的和洛洛发生了什么，那么我面临的将是更加复杂的问题，洛洛很可能还是个处女，她要是让我负责，我又如何面对？

早先曾对紫鹃说过："你想要什么样的爱情，我就给你什么样的爱情。"而这样的话，我不可能在没有和紫鹃结束关系之前对另一个女孩说。而一旦紫鹃知道，这对紫鹃的伤害又会有多大？如果把这种不理智不道德的行为和理智道德的行为比喻为恶与善，那么我后来和洛洛在一起的日子，最少有两个礼拜是要在善恶之间来回挣扎。洛洛在我这里哭过之后，心情变得好很多，而我的心情却变得难以控制，毕竟是男人，毕竟是天生的性进攻型动物。之后洛洛还是一如既往地把我当好朋友，我却曾在一段时间里无数次地后悔或者肯定自己那晚什么都没做。

这件事情我到现在都难以下个肯定的评价，不知道自己到底做得对不对。

如果从常理来讲，我那么做肯定是对的，可想想人生一世，又有多少选择会是对的呢？很多事情等到多年以后都不见得会有一个明了的说法，特别是情感、欲望。

还好，洛洛失恋的劲头已经过去了。我的欲望也越来越淡了，不过这不是因为洛洛，而是被紫鹃折腾的。

No.106　继续观望

昨天紫鹃又吵着和我分手，我早已习惯她的疯疯癫癫。
她短信汹汹："我们分手吧。"
我懒懒地发短信："你要是觉得骗我错了，就认个错。"
她短信又软说："我认了。"
我回短信说："既然认错了，就要改，以后不要再骗我了。"
今天又打了三百元到她的卡里（其中二百元是向别人借的，奖金还没发）。
上了宽带后锻炼中止了，整天通宵达旦地玩游戏、拉 A 片，生活相当颓废。虽然麻木，却似乎比思念她的痛苦要好些。当痛苦到一定程度时，适当的颓废也是种缓解。

就像止痛药一样,但同样的,我很清楚颓废的代价,它会让原本不该忘记的事情,不该躲避的压力统统遁形,直到抉择的时刻来临。

为了考公务员,我看了很长一段时间的书,可以说真的有些收获。这对武侠小说的第三部有很大的帮助。不管成绩如何,是有必要安排下一步的计划了。

首先,公务员考试结束后,面临着夜大考试,那些书还是有些意思的,可以看一看,就拿到上班的地方看吧,估计在家里也不愿意看。

其次,夜大考试结束后,就可以全力以赴安排写作计划,包括对生活的调整。一月二十四日这段时期变数太大,很可能紫鹃会回来报名读书。

假设她不回来,我的生活方式不会有太大的改变,写作、看碟、打机,如果她回来,那就会有很大的差别了。

算了,还是等考试过了再想想清楚吧。

参加公务员考试,上午《行政职业能力》测试,120分钟135道题目,结果我连答题卡都没填完就被迫交卷了,可以说我连第108题以后的题目是什么都不知道。

考场上有个男的没带身份证,只有个什么护照,然后监考要他出去,他要监考证明自己的身份,吵了半小时,把我们都吵晕了。有人在我们身边吵架,声音那么大,哪能不受影响?叫他出去,他死活就是不出去,就差打起来了。

下午有个人写了份材料,我们集体签名,寄到省委组织部,要求给个说法,虽然知道没什么效果,但大家还是踊跃签名。

《申论》考试结束后,我和洛洛一对答案,才明白自己又犯了申论考试的大忌,就是理论性太强,趣味性太弱。估计这次公务员考试的成绩会很不理想,总之这次考试只能说是一次经验吧。

洛洛倒霉,手机在考试途中掉了,之后她用我的小灵通给自个手机打电话,忽然好兴奋地说:"你好,你捡到我的……"然后又撇嘴看着我说,"她说,您好,您所拨打的电话已关机,我刚听到她说你好,还以为捡到我手机的人是个女孩呢。"

我笑倒了。

心情有些落寞,紫鹃不回来是一个原因,自己的心愿至今尚未实现也是个原因吧。

我需要看些韩剧,让自己的心绪彻底沉静。

韩剧总是把一个个美丽的爱情撕碎,让你痛苦不已。而痛苦,是生活中、生命中不可缺失无法忽视的一部分,与其压抑痛苦,不如好好地享受痛苦。紫鹃还没有长大,不懂得体会和珍惜我的爱和思虑,也许这一切还需要时间,但我不愿在浮躁中等待痛苦,我想静下来细细品味痛苦。我不害怕痛苦,因为疼痛总在我身旁萦绕,或穿透心房,迫使我抉择而去;或微微战栗,忍住寒意漫卷身躯;或颓废忘情,虚拟厮杀混沌;或振奋坚强,深深吐纳全部哀怨。

今天紫鹃告诉我,她过年不回来,我说好。之后打电话向她妈妈了解,得出相同说法。真不知道是什么感觉,激动早已被习惯抹去,气愤也被理性控制,似乎没什么感觉,又似乎有些感触。

我的心境,似乎又恢复到刚刚认识她的时候,不能说一点想法和希望都没有,却总是告诫自己不要有想法,不要自作多情。这样就不会有痛苦。

我问她妈妈要了地址,明天就把紫鹃的录取通知书寄过去。

虽然没什么好期望的了,似乎一切都和我无关了,但我还是写了封比较理性的信,希望紫鹃妈能仔细考虑紫鹃将何去何从,至于她妈到底会是什么反应,我也不愿多想。

再过段时间把她所有的衣物也寄过去。

嗯,就等到她过生日吧。如果到那时,情况还是和现在一样,就该是了结的时候了。

No.107　西陵"幽灵"

我和紫鹃的相识,是因为老卢老婆的意外。从开始到现在,已有一年半了,老卢老婆的生命就是靠管子输入流食和注射药物支持。老卢为了老婆的病已经是精疲力竭、仁至义尽。而我为了紫鹃,也可以说是精疲力竭、仁至义尽。

每次被紫鹃的事情弄得心烦意乱时就会胡思乱想,想我们的相识,想我们可能的结局。因为师娘的车祸而相识,算不算是孽缘?这样的缘分从一开始就包含了死亡和毁灭的阴影,如果师娘过世了,是否我和紫鹃的缘分就算到了尽头?

站在宾馆门前,西装革履发烟给来往的宾客,做伴郎的主要职责就是发烟,融入喜庆的氛围之中,却看到高阳接到一个电话后,小声平静地对我说:"老卢老婆过世了。"

一直以来的胡思乱想变成现实,心情低落沉缓,还在想紫鹃要是不回来两人的

关系就算结束了,正在犹豫时却得到这样的消息,一时无语。

本不想把这个消息告诉紫鹃,独坐电脑前越想越难过,还是给紫鹃打了个电话,她也十分震惊,觉得这是不可能的事情。但她也知道我不会像她一样拿死人的事情骗人,何况老卢老婆是我们俩缘分的起点,又怎么可能不信?

她问我要老卢的电话,我说还是明天再打吧,老卢现在一定有很多事情在忙。

明天……老卢和他老婆从同学、相爱、结婚、生子,一个陪伴自己半生的人永远地离开,从今后只能靠回忆体会感情,每一次的回忆都会被现实的痛苦覆盖,回忆的事情越幸福,回忆的心绪就越痛苦。而人生的每一年都是不可能重来的,又如何忘记几十年的记忆呢?可能我还算是年轻吧,生离经历着,死别也看着,同时还被一对对新人的幸福感染着,马上到来的鸡年是无春年即寡妇年,不少人赶在年前结婚,我今天是在第四家喝喜酒。

在痛苦与幸福、生离与结合、死别与新生之间来回冲击,这就是现实生活,我的生活,令我……颤抖不已的生活……

清早,我和高阳赶到318国道,这是指定的葬礼地点。我们去的任务主要是守灵,也就是说要在那里待到第二天,然后遗体才能下葬,我们又要帮忙打点。

想起前段时间在网上猎艳,就有一个武昌的女孩。当时我看到她的个人资料上还写了电话号码,就打了过去。

一股冰冷的幽冥之声传来:"喂……"

我一个寒战差点没挂电话,我镇定其事,做出欣喜状说:"这号码是真的?"

冷冰冰的话:"要不然你以为呢?"

我问:"你这是在哪里啊?"

她说:"西陵。"

我说:"哇,怪不得我觉得好冷。"

她笑笑说:"是吗?有空来李家坡玩啊。"

我赶忙说:"不了不了,我一般不去那种地方。"

她说:"来嘛,我可以给你打折。"

我说:"是火化打折还是骨灰坛打折?"

她说:"只要你来,都打折。"

我怎么听怎么像妖孽勾人,然后把我生吞活剥。

看了她的相片,也是摄像头拍的,一张角度好一点,显得还算漂亮,一张拍得正一些,可以说我看了就想吐。

她说:"怎么样？漂亮吧？"

出于礼貌和习惯,我说:"漂亮,跟仙女一样。"

她说:"嗯,我自己也觉得挺漂亮。"

我吐了一地。下线后立即把她从好友栏中删除,把电话号码也删除。

高阳听到这事,提议去找,我说没法找,当时也没想到这么快就来了西陵,早把她号码删了。

两人在西陵四处逛着。每一块墓碑都写着些亡灵的故事,比如说得了白血病的小女孩劝父母不要卖房子给自己治病,还有义犬为了救主吃下有毒的肉,也有革命烈士。

在这里,生与死显得如此分明又如此不分明。

到了夜晚,蔡俊、龙刀等人都在灵堂内打牌,我和高阳沿着殡仪馆院内的转盘散步,回想起太多的事情。

高阳听我把孽缘一说,笑说:"你昨天在婚礼上见到的,你打算和哪一个有深入接触？"

我笑笑说:"应该和你希望的不一样。你呢？"

高阳说:"我会和你想接触的那个接触。"

我问他:"到底是哪个？"高阳笑而不答,看来我们的眼光都差不多,婚礼上的伴娘是芊芊,还有一个显得很活泼的女孩是琪琪。

高阳问我:"如果紫鹃和你分手了,你会不会去追琪琪？"

"那哪儿知道,你知道我在这方面从来不多想的,只会让自己很被动,再说了,万一我追琪琪,琪琪喜欢的是你,我们不是很被动？"

高阳笑说:"对,吸取以往的经验,我们……"

"以女方的意图为主。"我们异口同声道,果然是兄弟,想法都一样。

笑声憨憨。

高阳说:"回头新郎和他老婆离婚了,你就可以对琪琪说,我们分手吧,我们是因为这桩婚事认识的,既然他们离婚了,我们就应该分手。"

我笑笑,心绪又回复低落。是啊,我和紫鹃该怎么办呢？前些日子给紫鹃妈寄了封信,强调紫鹃回武汉读书的重要性,只是不知道紫鹃妈看后会如何决定。因为事情不像我们原先设想的那样,开学时间就在这个月二十五号,如此一来就必须让紫鹃放弃郑州的工作,也就是说紫鹃三个月的工作很可能只是赚到了路费而已。

高阳说:"看一个人人品怎么样,很大程度上是看他对待自己最亲的人怎么样。

可以看得出,你算是个真正值得交往的人。"

我说:"你也一样。"

高阳说:"不,我不如你,我哪有你那个耐性。"

我说:"不,我不如你,我哪有你那么坚强。"

我们俩又在互相抬举对方,这是我和高阳相处十分快乐的原因之一。

灵堂守了一晚,第二天我和高阳又到处去买合适的骨灰盒等用具。

下葬之际,电话响了,是紫鹃妈打来的。

一阵寒暄后步入主题,她已经收到我寄去的信和紫鹃的录取通知书,紫鹃妈看过之后也有同感,叫紫鹃在大后天回武汉报名。紫鹃妈也觉得以紫鹃这个年龄来讲,读书还是比收入微薄的工作重要。

我只是应承着,却并不多想紫鹃会回来。

墓碑是以老卢儿子的名义立的,估计老卢还要再找一个伴,毕竟太年轻了,儿子又太小。

所谓的一生一世,大多数时候都会向各种现实原因低头。

No.108 闯祸天使

蔡俊的生日,我又遇见了琪琪,她似乎不太喜欢这样的场合,话不是很多,但还是觉得很好相处。

说实在的,还真没想到会再见到琪琪,既然是有缘,就把她的电话号码要来了。

蔡俊在开宴之前,举杯讲了个故事。

有两只老鼠同时掉进一杯奶里,第一只老鼠坐以待毙,淹死了。第二只老鼠蹬起双腿,不停地搅拌,终于把奶搅拌成了奶酪,活了过来。我,就是那第二只老鼠。

虽然大多数人不知所云,但还是举杯祝贺。其实蔡俊这段时间一直跟商人学做生意,他所说的故事应该是指自己不甘沉沦,努力争取幸福的意思。

生日进行到一半,我中场告退,跑到女子医院招待所,紫鹃和她妈妈在那里等我。我和紫鹃的妈妈达成一致看法,就是希望紫鹃好好读书,争取在六月份时考到护士证。到那时候有了工作,才可以算是真正的稳定下来,其他一切事情就都好商量了。

紫鹃的妈妈已经相当认同我这个未来女婿,我则只能尽力而为。虽然冥冥之中总感觉自己最终会和紫鹃结婚生子,却又在处理现实问题时,不去抱太多的希望,这样才能更坦然些。私底下和紫鹃妈通话时,我们都感慨紫鹃还没长大。

紫鹃妈说:"小磊啊,虽然紫鹃爸对这件事不太赞成,但是从我和你的接触来看,我知道你是个什么样的人,我知道你会对紫鹃很好,我就怕将来紫鹃会拖累你,甚至害了你。"

我呵呵一笑,说:"紫鹃的坏毛病是不少,可是她毕竟年龄还小,还可以改的。"

一声欷歔,紫鹃妈的语调凝重:"就怕改不了哦,这也怪我,过早地让她离开父母,才弄成这样的性格。"

我也有些感慨:"其实决不决定结婚,就是看婚后生活质量是不是比单身生活质量要高,否则就不要结婚。现在紫鹃还没满十八岁,我还有耐心去教她。如果等她性子定了下来,而那些我无法容忍的坏毛病依然改不掉,我想我就只能放弃了。"

紫鹃妈说:"嗯,我可以理解,你也尽力了。"

紫鹃躺在床上看我玩电脑,这些日子我依旧沉迷于电脑游戏。公务员考砸了,洛洛却在她报的职位中面试第一名,真是让我感到羞愧,之后就是在游戏中麻木。

我和紫鹃总是争夺电脑使用权,她要玩劲舞团,我要玩魔兽世界。

"你能给我三千块钱吗?"紫鹃突然说。

我盯着张开血盆大口的紫鹃说:"什么理由?"

"你就不要问人家啦。"紫鹃说。

我一声冷哼:"怎么可能不问呢?养小白脸?"

"没有啦。"紫鹃吐吐舌说。

"不说我不会给你的。"我说。

"说了你就给?"紫鹃歪着头问我。

"你想得真美,要看是什么事情。"我说。

紫鹃犹豫了很久说:"我想买台笔记本电脑,我们俩总是抢电脑玩。"

我思索着说:"是可以买一台,你知道该买什么牌子的吗?你知道主板、内存、CPU、硬盘、电源都该选什么样的吗?你知道电脑城那些JS都用什么伎俩来宰人吗?你知道什么样的性价比是最适合我们的吗?"紫鹃直摇头。

我说:"要买我也不会把钱交给你买啊,你一点电脑知识都不懂。再者,我去年一年也只存了三千块,等到三月份的时候夜大开学,要两千块交学费,我又不愿向父母要钱,都这么大的人了。"

紫鹃直哼哼,嚷嚷着要钱,我就是不答应。

爱情不是
一个味

紫鹃犹豫半天终于告诉我实情,她在郑州把她姨父亲戚的笔记本电脑弄丢了,那亲戚要她赔,电脑价值一万二,要她赔三千。

我仔细问过事情缘由,紫鹃说是在那边很无聊,那亲戚投其所好把公司的电脑借来,结果第二天紫鹃一觉醒来就发现房间失窃了,那亲戚也是火冒三丈,要紫鹃写下了三千元的欠条。因为紫鹃在很多问题上一直在骗那亲戚,具体骗些什么我没理清楚,反正是方方面面。这是紫鹃一贯的习惯,骗人从未感到有何不妥。

据紫鹃所言,那个亲戚也不是什么好鸟,把她的室友包了,还对紫鹃呵护有加。

我越听越气,早就对紫鹃和紫鹃妈说过紫鹃一旦出去只有惹麻烦,可这娘俩就是不听。紫鹃不敢把这件事告诉她妈妈,而那亲戚也扬言要是不还钱就不放过紫鹃。

我夺门而出,打电话给家里要钱。

不就是钱嘛,如果能浇灭心中的怒火,多少钱都无所谓。

妈妈问我一下子要这么多钱干什么,我叫她别管。

之后爸爸打电话,语气温和地问我缘由,我把事情大致说了一下。

爸爸说:"你也知道你堂哥最近结婚,我这个做叔叔的不能不管,正四处借钱,现在家里很紧张。再说她那个亲戚,如果真如她所说的那样有钱包二奶,这三千块对他而言算不了什么。"

"他说不会放过紫鹃。"我气呼呼地说。

"怎么个不放过,是冲到武汉来还是去重庆?如果是到重庆,他怎么说也是紫鹃的亲戚,会为这点钱撕破脸?要是到武汉来就更好办了,把他拖到公安局,头敲碎、腿打折、肋骨打骨折。"我爸爸说。

顿时心情好了很多,但钱还是要想办法凑上的。我们找洛洛借了一千块,暂时应付着,想想就有气,她掉了不知多少值钱的东西,简直就是散财天女,如今居然又掉了一台电脑,怎么不把她人也掉了呢?"

我答应从洛洛那里借钱也不是无条件的。我让紫鹃写检讨,一共写了两封,一旦她将来又犯相同的毛病,我将视情况而定把这些检讨寄给她妈妈。检讨里写了美璇被奸杀的骗局,写了所掉的大件财物事情,写了她不听劝阻非要到外面闯荡的不理性行为。

不过紫鹃也够精的,检讨里总是避重就轻、文过饰非,把一切都说得像是为了我才这么做的。我看过一遍后也懒得让她重写,继续玩游戏,只有玩游戏,才能让我把怒火平息。

No.109　贱女孩

对于那个什么,接二连三的夜晚,她发现我对她没多大兴趣,每回都是她死缠烂打我才勉强去尽义务。

今个晚上我又趴在电脑面前,盯着一个个士兵厮杀,她好不容易把我弄上床,可我却感到困顿不已,只想早点睡觉。

"你知道吗？当夫妻俩长期不做爱,说明他们的感情有问题。"

我不理她,继续装睡。

她把我的头扳过来,说:"你听到我说话没有？"

"你继续说嘛。"我气愤地说。

紫鹃见我这样的态度,一本正经地问我:"你是不是不喜欢我了？"

"谁说的,我爱死你了啊。"说完我转头继续睡。

紫鹃鼓着嘴说:"不准拿屁股对着我。"

于是我趴着。

"不准拿屁股对着天。"

于是我躺着。

"不准拿屁股对着地。"

于是我只好又面对着她。

"来嘛。"紫鹃又捣弄我老半天,我略微有些反应。

忽然听到幽幽的哭泣。我冷哼一声,紫鹃常年装哭,早已领教,所以我继续装睡。

紫鹃用手拍我的脸,我知道她又在为打我耳光子做试探性的活动。

"如果你不和我做,我就去找别人做。"紫鹃常年说这样的话,什么如果你惹我生气,我就给你戴绿帽子,我懒得和她计较。

她越说越放肆,我只是甩了一句:"送你一个字。"

紫鹃问我:"什么字？"

我想了想说:"算了,我还是不说了。"

紫鹃摇着我说:"你说嘛,说啦。"

我说:"说了你会生气。"

紫鹃说:"我保证不生气。"

我说:"贱。"

紫鹃扬手给了我一记耳光。不知道是早已习惯还是身心疲惫,我又重复了一句。

紫鹃又给了我一记耳光,我把头埋在枕头里,任她厮打,只是想早点睡觉。这些天和她的斗争中,发现一条规律,凡有争吵,必是两败俱伤。我第二天还要上班,长此下去,上班不出错才怪呢。

紫鹃折腾我半天,看我一点反应也没有,就像面对一只死去的狗一样,谁又有兴趣踢打它呢?紫鹃的哭声幽幽,我相信她这次是真的哭了。

紫鹃问我:"你为什么对我这么好?"

我说:"你是我老婆,我当然要对你好,早点睡吧。"

紫鹃说:"以前每次都是你求着我做,没想到现在我求你,你都不做。真怀念以前的日子。"我闭目神游。

紫鹃说:"如果我回老家后,和佳明在一起,你不会怪我吧?"

我说:"不会,不过你也别回来了。"

紫鹃说:"我发现你对我态度真的变了。"

我长叹一口气,望着她说:"我早就跟你说过,要你早点回来,你就是不听。你还记得我发给你的短信吗?"

紫鹃说:"不记得。"

我说:"思念一个人是很痛苦的事情。如果想要不痛苦,只有两个方法,要么大家见面不再分开,要么不再思念。你不肯回来,我就只能选择后者了。"

紫鹃说:"我现在不是回来了吗?"

我说:"是啊,你是回来了,可是我的心态转变需要时间哪。我不可能做到你一走就立即不想你,也不可能在不想你之后,你一回来又立即想你。你只要给我些时间,我会像以前那样爱你的。"

紫鹃哭着搂着我,我却没有太多的感动。

No.110　命运

把紫鹃送上汽车,她要回家过年了。

今天琪琪打电话说是要请我吃饭,没想到老婆一走就有美女请客,心情顿时大好,只是有些疑惑,不知是什么原因。琪琪说明意图,蔡俊曾告诉琪琪,说小磊早就有了老婆,而且要比小磊小五岁。琪琪十分好奇我和紫鹃的爱情故事,同时也想听听蔡俊的爱情故事,上课实在无聊,把她都给逼疯了。

我和蔡俊一起出发,途中蔡俊问我:"琪琪为什么请客,难道只是想听故事那么简单?"

我心中觉得好笑,这种事情有什么好多想的,难不成还看中了谁?

我说:"女人请男人吃饭,无非是图财或者图色,你有财吗?"

蔡俊说:"没有。"

我说:"那就是图你的色喽。"

蔡俊摸摸下巴,笑眯眯说:"难道我这么吸引人?"

公交车还没开,我就吐了一车。

蔡俊虽然风度翩翩(不过很多人都认为很做作,包括他自己也问我是否做作),但他个子不到一米七,而且有个软塌塌的小肚子,却又总是喜欢穿紧身马甲。

蔡俊拿出手机聊天,他以前是用小灵通,所以我随口问了句哪买的。他告诉我这是他的一个好朋友抵押在他那的。因为欠了他两百块钱,手机抵押在蔡俊那一年,一年后的现在手机就归蔡俊所有了。他的那个好朋友我也认识,去年上大四,今年该找到工作了。

蔡俊见我没有对手机一事表态,问说:"是不是觉得我做得很绝?"

我干笑一声道:"我落伍了。"

自从那次他和苗苗发生关系又马上分手,而我和高阳劝说无用后,我对蔡俊的态度暗暗改变,不愿再对他的为人处世指指点点。既然是朋友,怎么可以因为两百块而把别人的手机拿来做抵押?如果蔡俊做得没错,就真的是我落伍了。

茶楼里,琪琪听我讲述着和紫鹃的故事。

琪琪问我:"你到底想要一个什么样的女孩?"

我说:"只要能让我不挨打、能吃饱、睡好觉,我就满足了。"

琪琪十分惊异我对女朋友的要求,我便举例说明:

"比如我和紫鹃去吃早点,我点了碗馄饨,她点了碗粉丝煲。本来我一碗馄饨是够了,但她每回都要从十五个馄饨里捞出四五个吃,弄得我每回上班一到中午就饿得发慌。头两回吧,我当她撒娇,没说什么。第三、第四回吧,我就提议她改吃馄饨,或者点一碗粉丝煲两碗馄饨,这样大家都能吃饱,她总是说不用,我又不好制止她从我碗里捞食,只能忍着。等到第五、第六回,她已经把从我碗里捞馄饨当成习惯

时,我已经忍无可忍,让老板上了两碗馄饨。紫鹃也发火了,一个人把粉丝煲和馄饨全吃了,表示对我发脾气的抗议。"

琪琪听后笑意盈盈。

蔡俊不知道怎么说到算命,就提议给琪琪算命,看到蔡俊细细抚摸琪琪的掌心,我也在想着命运这回事。

No.111　为什么会是这样

她是北京女孩,也不知什么原因来到武汉,在武汉一家送水公司工作,名字叫祎琦。看到她,我会想到若涵;想到若涵,我往往陷入无休止的回忆当中,有时候竟通宵失眠。

她不光媚,还有点冷,这正如深藏在我心间的若涵。

我第一次说她像若涵好像是不得已的。那次,龙刀介绍我认识祎琦,当时我见到她的时候就想起了若涵,因为有时候一些眼神和表情上,她非常像若涵。第一次见我,祎琦就喜欢上了我,因为我从她的眼神中可以读懂,那是一种我多么熟悉的眼神啊。龙刀似乎也看出来点苗头,一直蛊惑我追求她,言语间还不时撮合我们。因为心里一直记挂着紫鹃,我没有动过心思,为了不让她尴尬,我随口说干脆认个干妹妹吧,当时她也非常高兴。后来一次,洛洛要我陪着去黄冈,我有公事在身,就请祎琦替代,用意只在她能帮个忙。不过,祎琦还是未去。洛洛就有些不高兴。其实她是对的,她若去了,洛洛会更不高兴的。可惜祎琦读不懂我,既然我认她做干妹妹,就不会再有别的想法。天长日久,日久天长,我也不会对她有什么感觉,有的只是亲情与友谊。

后来,祎琦也不珍惜这份真诚,反倒冷冷清清地离去了。我并没有责怪她,只觉得她还小,不懂事,甚至撒我一身油渍,竟连声"对不起"也不说就转身跑开时,我都未说些教训的言辞。谁让我是"哥"呢?后来,公司的另一个女孩帮我将工作服洗了,这个女孩叫薇薇。

薇薇是一个朴素大方又漂亮的女孩子,微黑的脸蛋、大大的眼睛。我很喜欢她,却又上升不到爱的高度。

像若涵的那个女孩其实是喜欢我的,我却不敢爱她。我怕她终有一天会像若涵一样远走高飞,当然我还怕紫鹃会对我感到失望,毕竟紫鹃甚至比她还要小,脾气反复无常,我不好对付。

那一天,我休假,祎琦则请工假,打电话约我去光谷广场玩。她想得知我是否愿意去北京,用了许多套话。我隐隐约约感到她的心意,暗示说我喜欢武汉,又问了句,难道你不想留下来吗?她说她喜欢北京。我笑了笑说,你不喜欢武汉吗?她心一紧说,最烦的就是武汉。我就不吱声了,只见从广场西天际飘来一抹残云。

这之前,龙刃常与我开玩笑,其实是用些隐蔽或者直白的话撩拨我。我本来有些内向,在龙刃的带动下不再拘束,学着撩那些女孩,但从来都控制在一个限度之内。只是从不撩祎琦。祎琦也觉察到自己的特殊,感觉到我似乎对她有意思。

这之后,我仿佛把祎琦与其他女孩等同了,开始与她玩笑,但从不用言语,只用举措。比如要抚弄她秀发,只伸出手去,却没有实质性的碰触,或者见面时,故意挡道。她知道我不可能轻易喜欢她的,所以全然不在乎,顶多说句:"别闹了,别人看见了。"我则微微一笑,与她擦肩而过。

她总怕别人的眼光,也怕别人的议论。

她和我第二次约会时,问了句令我费解的话:"洛洛是不是总说我坏话?"我从这话当中听得出她有疑虑。这就不难理解她挽着我的胳膊逛大街,为什么总伴有躲来躲去的目光。我觉得她活得很累,我不想活得这样累,既然不能光明正大,何必在一块呢?祎琦不知我心里的感觉,所以没法体贴。我倒想得开,萍水相逢,普通朋友,又能指望她理解我多少呢?

祎琦知道,我在保险公司有份较为稳定的工作,也知道我父母家人都在武汉,我不可能离开这儿,她也知道我的准老婆紫鹃,更知道我非常爱若涵,但是她不知道若涵离开武汉已经三年有余了。

终于,紫鹃要回来了,我也早早地告诉她,我要走了。

她表现得极为平静,心里却挂不住了,压抑得受不了。听到紫鹃要回来了,她的心隐隐一丝疼痛。是爱我吗?可是我爱她吗?我有紫鹃啊,这都叫什么事呀,怎么能这样荒唐呢?

我还真想见祎琦最后一眼,可不知为什么她有意躲着我。

我刚刚离开,她意识就陷入混乱之中,徘徊在我与龙刀之间。我是太优秀了,那是龙刀没法比的,然而优秀的人却不是上帝赐给她的,她有一些不甘,不甘又能怎样呢?我与她都是食人间烟火之人,都有被爱、被关注的欲望。她瞬间决定要去一次北京。

走的前一天,她去上网,希望在网上碰见我。居然如愿了。我们聊了很久,却又

不入正题。通过视频,她听我温和的声音,看我微笑,分明感觉到我内心深处的处女情结,很大程度上,她是因为这才不敢去爱我的。

忽然,我粗暴起来,说了句:"净说废话。"

她想了想说:"什么叫废话啊?你生病了吗?"

我不再回话,取消了视频。

她将电话号码通过QQ传送过来,说:"我的号,你好自为之吧。"

我依然不回信息,玩我的网络游戏。

她本来怀有一线希望的,眼下却被遮天蔽日的沉默摧乱了。

想到那天晚上言语粗鲁,该拨个电话给她,聊表歉意,看看将近零点了,想必她已休息了吧。不过,我还是鬼使神差地拨了,没想到竟通了,只是好大会儿才有人接。

"喂,你找谁?"一个男人喘着粗气的声音,之后手机仿佛被人抢去了似的,弄得我耳膜一阵不舒服。

再往后,我听到她细微的声音:"我现在在北京的朋友家里,你找我有事吗?"

我定格了半晌,说了声:"对不起。"就匆匆挂了。

而后蒙头便睡,睡得很沉,醒来已八点多了。记得八点半要上班,于是匆忙起床,穿衣,洗漱……

No.112　到底谁冰清玉洁

龙刀又到我家刻录肉碟,话题自然少不了向这方面走。

他问我有没有和紫鹃发生那种关系,我想笑又忍住不笑,这种事情还要问吗?但我不愿在他面前袒露什么,又不知怎么说,随念一想,便说:"我和紫鹃之间,可以说是冰清玉洁。"

"为什么?"

我故作正统,说:"她还太小了,这样不好。"

"结巴"想了想,又磕磕巴巴问说:"那你有……有没有……偷看她洗澡?"

我这回真的忍不住笑了,我摇头看着"结巴",说:"你呀,做人怎么能这样呢?要尊重人家,想看女人,看肉碟不就行了?什么肤色、身材、年龄的都可以。"

"结巴"摇头说:"不,不,那不一样,那是电视,这是真人哪。"我笑笑。

"结巴"又问出了一个非常具有逻辑性的话:"你和她在一起这么久了,你都没有跟她'那个',你说,她会不会认为你不爱她呀?说不定她认定你不爱她,想要离开你哦。"

我还从未想过"结巴"的智商有如此之高,一下子被问住了。

我吸了口气,思索着说:"对哦,那好吧,那我什么时候就和她那什么吧。"

"结巴"连忙说:"不……用不用,你按……自己的想法做,就行了。"

我呵呵一笑,但是骚扰并没有结束。

大姐对我说:"你要不要套,我可以在车间领,不要钱的。"我望着大姐,她总是那么出语惊人,上次还当着我大姐夫面问我和紫鹃到几垒了,弄得我有些尴尬。

这次幸好没有第三人在,我说:"我和紫鹃之间用不着这个。"

当然用不着,我这个人对各方面知识都肯花工夫钻研。

"什么?我不信。"

"真的。"

"狗屁,你和她一屋同住,一桌同吃,会没有'那个'啊?"

我摇头苦笑说:"我和紫鹃冰清玉洁,信不信由你。"

我大姐愣了会,问说:"你真的没有和她'那个'?"我点头。

"无能!没用的东西!我们家怎么出了你这样的人?"

我和大姐生活在一个屋檐下近二十年了,早就习惯了她的激将法,我只能做出无能的傻笑。

骚扰仍在继续,我的回答一律是:冰清玉洁。

不过回头我问身边的好友时,他们的回答也一律是冰清玉洁,弄得我搞不清楚他们到底和自己男友或女友到了几垒。

No.113 他太老实了

电话费单子出来了,其中有一半是打给紫鹃的长途,而另一半则是打给爱听故事的琪琪。

高阳告诫我不要这样,会出问题的,我则比较坦然,等到琪琪和高阳熟了后,和高阳的通话时间也是一路攀升,弄得高阳一度思想混乱。

我也拿出高阳对我的告诫,什么她一定对你有好感,否则怎么总是这么打电话;什么你长得这么帅,又没有女朋友(高阳当时说我就快和紫鹃分手),人家哪能不动心;什么琪琪的脾气性格都很适合当老婆,又靠得近,多难得啊。

弄得高阳一听到我说这些,就把话筒移开不听,他说他定力没我强,听不得这些话。

我在中南广场散步,等高阳来互相指点迷津。

琪琪电话打来,她正在和蔡俊喝茶,蔡俊已经发出N次邀请,但琪琪一直都没什么空,这次终于有空,把芊芊也叫上了。此时芊芊正在和蔡俊聊天,琪琪则出来和我通电话。

我和琪琪聊得高兴,冒了一句:"蔡俊喜欢你。"

琪琪顿时愣住了,说:"你别逗我了。"

我说:"是真的,你信不信?"

琪琪说:"我不信。"

"不信你问他,他肯定会说喜欢你。"琪琪被我逗笑,转移话题说了一会儿别的话。

她又问说:"你刚才说的那个事是不是真的?"

我见她态度有些认真,就说:"没有,我逗你的。"

琪琪说:"不,你既然当我是好朋友,就实话告诉我。如果真的是这样的话,我就要和蔡俊保持距离。"

我赶忙说:"千万别,我刚才是和你开玩笑的。"

又过了几天,高阳打电话给我,说琪琪让他陪她一起去蔡俊家喝茶,要我也一起过去。我晚上要加班,不太想去。

没多久琪琪又打电话给我,我仔细问了情况。当时蔡俊约琪琪到他家喝茶,琪琪问还有谁,蔡俊反问:"你还想叫谁呢?我们两个不可以吗?"我立即就在幻想蔡俊那副嘴脸,这个小子真的以为琪琪看上他了?所以一而再、再而三地邀请,现在倒好,直接邀请到家里喝茶。

高阳强烈要求我一起去。我说蔡俊又没邀请咱俩,再者我晚上要上班。高阳表示他也没有接到蔡俊邀请,所以陪着琪琪去有点尴尬。

高阳说:"而且我害怕本来是琪琪一个人被药迷倒,变成我和琪琪一起被药迷倒,事后蔡俊还把我和琪琪摆在一张床,账赖到我头上。"

我俩无聊憨笑,为高阳的想象力折服。

我还是向IT借口有事,让高阳把我接到了蔡俊家。

蔡俊准备了一大堆零食,泡上了上好的铁观音。这个家伙待客还算有一套。

我们四人闲扯,琪琪提议玩骰子问问题,猜骰子单双,输的人回答问题,然后和另一个人玩,赢的人可以等一局。而掷骰人则是琪琪,不参与答问。高阳和我对视一眼,知道琪琪想借机了解蔡俊。

第一局蔡俊输了,高阳问说:"你交了几个女朋友?"

蔡俊想了想,不好意思地说:"五个。"琪琪有些吃惊。

第二局又是蔡俊输了,我问他最喜欢五个中的哪一个,他说都喜欢。

第三局还是蔡俊输了,高阳问了个很强的问题:"你和其中几个进行了全垒打?"

蔡俊面有难色说:"这……这个问题这么隐私,我拒绝回答。"

我拉长腔调说:"不行,上回我问琪琪她和她的男朋友到了几垒,她都回答了,你怎么能不回答呢?"

高阳也说:"是啊,她都说到了二垒,你看琪琪还是个女孩都能回答,你有什么不好回答的。"

蔡俊摇头晃脑,狠下心来说:"两个。"

第四局我输了,蔡俊问我:"你和紫鹃有没有全垒打?"

"我们之间冰清玉洁。"

……

我又输给蔡俊:"你为什么和紫鹃没有全垒打?"

我说:"谁说我没和她全垒打?"

琪琪几乎和我同时说话:"他老实啦,哪像你。"

蔡俊没听清,高阳笑说:"冰清玉洁并不代表没有全垒打。"

我说:"我和紫鹃之间的全垒打是冰清玉洁的。"

……

蔡俊也不甘示弱,问起高阳有没有和三个女朋友全垒打,为什么?

高阳解释道,第一个时间短,没到那一步。第二个距离远,没见几回也分了。第三个就是珏儿,虽然曾有一段时间住在家里,但毕竟是和父母在一起,不像蔡俊那样有自己的房子,所以不敢有举动。而且家里只有客厅有空调,所有卧室房间都是打开共享空调,门都不关的。

蔡俊不相信。高阳却是信不信由你的态度。

……

高阳问蔡俊:"那两个全垒打的女朋友是谁先提出分手的？"

蔡俊说:"有一个是她先提出分手,有一个是我提出分手。"

……

又是蔡俊输了。

琪琪抢问说:"你当时分手的理由是什么？"

蔡俊说:"当时嘛,我家里人不太同意我和她在一起,而且我觉得自己还年轻,希望能有更多一点时间学习经验。"

"啪！"琪琪把摇骰子的杯子往桌上一放,说:"回家了。"

鬼都看得出琪琪在控制不让情绪爆发。

事后琪琪非常生气,对高阳说:"这种回答能不让人生气吗？他早先为什么不想好,和别人发生关系后又来说这一套,还说什么要学习经验,他要学习可以去买那种花钱就可以的女人呀,为什么非要搞那么纯洁的小姑娘。"

高阳连忙解释:"蔡俊所谓的经验并不是性经验,而是指事业之类的。"

但琪琪依旧生气。洛洛得知此事后,认为我这么做对蔡俊有些过分,应该让琪琪自己了解情况,而不是拆台。我仔细想了想这事,虽然这是蔡俊自己说出来的,可我总觉得有些不安,谁能没有隐私呢？我和高阳这么做,是不是有些不妥当？

高阳则不这么认为,一来,这是蔡俊自己招的,没有谁逼着他说。二来,如果我们真的把琪琪当朋友,就应该让她知道,否则等琪琪上当后再让她知道,你不觉得这是害了她吗？

我听高阳这么一分析,这才安下心来。

No.114 怎么管好老婆

在网上看到这样的讨论标题:"在求学或创业的过程中,如何处理好情感问题？"

内容如下:"最近本人还有一些身边的朋友都遇上了情感的问题,特别是现在求学或创业的过程中,这无疑会带来一些负面的影响,我们应该如何面对,如何解脱呢？欢迎大家畅所欲言！"

我就随便侃上了:"年轻就是经历挫折和失败的时候,所以经历感情上的问题是很正常的。我认为感情上的问题可以分为两大类。一是单相思类,即是你还在追求过程中,或者被追求过程中。这样的感情困扰我没有兴趣去谈,年龄大了。二是恋爱磨合期,恋爱初期自然是甜蜜的、温馨的,但过后就是两人的磨合期,烦琐、矛盾。这个时期最大的问题就是决策权的争夺。男方希望控制女方,女方也希望控制男方,谁愿意把自己的命运交由他人呢?谁不认为自己够聪明,为什么两个人的命运就非得由对方决定,而不能由自己决定呢?比如男方或女方想到外地发展,另一方出于某种原因不同意。那么到底该听谁的?再比如一方喜好交友,而另一方因此不爽,那又该听谁的呢?谁都觉得自己有道理。两个想要在一起生活的男女,在处理问题上必然存在着决策权的统一归属,否则还叫什么男女朋友?如果两人对很多问题都不能达成一致,很可能导致分手,那么决策权该归属于哪一方呢?自然是能力强的一方。根据中国人的传统,女孩最好找一个觉得可以托付终身的人,这样才可能把决策权也交给他,否则,就不要和他在一起。要不然,结果就是男人受不了女人的无理取闹或者能力太强。同时女人还要注意一点,不要盲目信任哪个男人是可以托付终身的,多些试探和了解是必要的。而男人呢,在面对女人的试探、了解时要有耐性和信心,如果连自己女朋友都无法应对,还有什么事情是可以应对的呢?"

这是我和紫鹃相处多时,再加上看《行政管理》得出的感悟,一时间跟帖的人纷纷褒奖表示要学习。

不知道在"三八"妇女节得出这样的理论,会不会迎来女性同胞的一阵歆歠。

"三八"妇女节,男人干活女人歇。我和IT、班长坐在班上闲扯,班长侃侃而谈御妻之道。

"这个女人哪,其实是一种很情绪化的动物,一旦她们生气,男人的日子就不好过了,所以呢,我们男人要察言观色,看准她们的脾气。比如说吧,我今天中午一回到家,发现老婆心情不太好,我就挥手豪迈而言:'老婆,你今天休息,我来做饭。'

"等我把饭做好以后,虽然我也比较累,但老婆开心哪,她一开心就什么都好办了,衣服也会帮你洗,家务也会帮你做。要知道,一个家庭里的家务其实是最琐碎最烦人的事情啦,你能哄得老婆去做,就是本事了。"

我比较喜欢问一些极端问题,向班长发问。

"要是你见老婆不高兴,你累死累活做完中饭后,老婆一高兴,要你尽义务,你一想这不能扫了老婆的兴致,又累死累活尽义务,折腾到一点四十五,又匆匆忙忙赶过来上班,结果受了领导的气,工作也不顺利,下午回到家后,发现老婆心情又不好,你会怎么办?她要是被你累死累活地分担家务搞得高兴后,为了奖励你,又要和你尽义务,不尽义务就是不爱她,你该怎么办?"

IT和班长都是哈哈大笑,班长点头道:"这个问题很难办哪。"

No.115 期待紫鹃真正长大

明天就是紫鹃的生日了,记得去年给她过了个面子十足轰动极大的生日,她在感动之余告诉了一个困扰我一年的事件,就是她的初吻给了高阳。

我当时在难过冲动之后,镇定下来,如果事情真如紫鹃所说,找高阳理论这件事情毫无意义,只能让两人尴尬。而且在时间顺序上来讲,我那时还没和紫鹃谈,算不上谁对不起谁。

只是整天见到高阳,而我的记性又不受控制,这件事不是说忘就能忘的。很多次被高阳勾起回忆时,总是强压下涌动的心血,缄口不语。

昨天我和高阳、琪琪、芊芊一起去唱歌,他们又玩起掷骰子问问题的游戏。

高阳见我只顾着唱歌,怕冷落了我,就邀请我和他玩一局。我就是不答应,怕会忍不住想问紫鹃所说的初吻事情,在高阳的一再要求下,我拿起骰子和琪琪玩了起来,没几局高阳替换了琪琪,我也不愿退避,该来的总要来。

我输了很多盘,几乎没有问他的机会。

他有一次居然问:"你第一次亲她的时候是不是好兴奋?"

心中气浪翻滚,强压下来。

终于我赢了一局,我缓缓问说:"你有没有什么事情,跟我有很大关系,但又不方便告诉我,而且告诉我对我反而不好?"

高阳见我面色凝重,想了想,笑说:"哦,有一件事,不过我好像告诉过你。这是很久以前的事情了,我也记得不是很清楚。唉,这个场合不适合说这些,对你我都不好。"

高阳忽然笑笑说:"不对啊,这也不能算是我对不起你,那是在你和她之前。"

夹在我们之间的琪琪醒悟了,说:"哦,知道你们说的什么事了,是不是说紫鹃……"

我挥了挥手示意她不要说出来,琪琪事后跟我说,她看我那表情以为我要打她,很恐怖。

我说:"我没有说你对不起我。"

高阳问我:"那你有没有做过什么类似这样的事情?"

我知道他指的是珏儿的事情,我说:"绝对没有。"

之后他们继续玩,我接到紫鹃的短信,就去厕所和她通电话,我告诉紫鹃我们在茶楼玩,并且我决定今夜就要向高阳问个清楚,既然他当时和紫鹃接吻了,为什么不告诉我?如果告诉我,我绝对不会去和紫鹃有什么发展。如果他们之间没有接吻,那么紫鹃又为什么要骗我?这些疑问在心中盘旋了一年,只因为高阳总是在我身边出现,所以无法把这件事忘掉,既然忘不掉,就问个清楚好了,免得总是为此事心烦。

紫鹃听闻我要向高阳发问,她说:"你不要问他,他是吻了我,这有什么好问的,都过去这么久了。"

出了茶楼,外面居然下起了雪花,这已经是今年的第四场雪了。

高阳和我商量,他送琪琪回家,我送芊芊回家,之后有事电话联系。

真是奇怪,难道老天知道我想解开谜团,却偏要阻止?

高阳见我面色凝重,他以为我和紫鹃之间出了问题,我没有表态,如果高阳真的不方便在雪夜跑来跑去和我聊天,那就算了,就当老天提醒我不该问的不要问。

高阳思索片刻,还是决定送完琪琪之后到我那里,他知道我一定有重要的事情要和他说。风雪无常,朔风凛冽。我静坐床上等着高阳过来。高阳到了之后,翻箱倒柜找吃的,他还是那么能吃。

几句闲扯后,他步入正题,说:"你找我到底什么事情?"

我把去年给紫鹃过生日的事大致回忆了一下,说:"离现在有整整一年了,我们当时是提前给她过的生日。她在生日当天晚上告诉我,说你吻了她,说她的初吻是给了你。"

高阳诧异说:"我是吻了她,但那是亲额头,绝对没有亲嘴、脸颊。当时有两三点钟了,我祝她晚安,然后就回去睡了,你是在老卢家睡的,而且这件事我好像告诉过你了。"

"是吗?"我也思索起来,听他这么一说,好像隐隐约约有些印象,因为亲吻对方额头的事情在我看来是可以接受的,因为那没有情欲的意味。也可能正是因为这样所以才不大记得他曾跟我说过。

"可是紫鹃告诉我的情况却不是这样啊。"我说。

高阳泄气说:"我还以为是什么事情,那么大老远地跑过来。我记得很清楚,绝对没有亲嘴。如果我和她亲嘴,我一定会告诉你的。而且,你想我会是那种冒失的人吗?和别人认识没几次就亲嘴?"

高阳见我思索,又说:"再者,如果我真的和她亲嘴了,你想我会放开她吗?我不

可能轻易放开她的。"

我说:"那就是紫鹃骗我,可她为什么要骗我呢?那天生日让她那么感动,做得那么得体,我究竟哪里做错了她要这么折磨我?"

高阳说:"打个比方,如果我在追琪琪,然后在她过生日的时候送一大束花给她,她很感动,决定把终身托付给我,她很可能就会把以前的事情都告诉我,因为她不想对我有什么隐瞒和欺骗。"

我算是理顺了一些思路,可还是有疑点:"为什么两人说得不一样呢?"

高阳又说:"或者是想要试探你的反应,看看你有多喜欢她。或者是她自己也不记得了,毕竟那是两三点钟的事情,她可能也是迷迷糊糊的。"

我的心在这一刻放下了许多,不管如何,高阳如果真的和她接吻了,是不可能轻易放过紫鹃的。

高阳骂道:"你当我是恶魔啊,不放过别人。"

至于紫鹃,我偏向于她记不大清楚这件事的可能性,这样想会让自己好过一点,否则我可能会用类似的方法对待紫鹃。

现在已经是二月某日的零点。

我要坐早上七点五十的长途汽车去重庆,带上一个半人高的布制大笨猪去给紫鹃过生日。因为紫鹃的家人还不希望我和紫鹃的事情被亲戚们知道,所以我决定事先不告诉紫鹃,想给她一个惊喜。我也希望在她将来回忆起我时,想到的都是我给她的幸福和惊喜,爱情是需要细心经营的,没有这些冲动、惊喜,又怎么算得上青春的爱情呢?如果做这些事情的人不是我,而是别人,她在回忆起这些重要日子时,心里想的不就成别人了吗?所以,我无论如何都要去陪她过这个十八岁生日。

高速公路因雪堵车,长途汽车改变路线从咸宁路行驶,绕道上高速。

迎面而来的是山上的苍茫雪景。

我期待着紫鹃真正长大,长大以后做我平淡生活里的妻子。

当然,只要她能不打我,让我吃饱、睡足,我就一定会娶她。

紫鹃,如果真的有那么一天,你在记忆中碎了,甚至碎到无法黏合,也许只有那样才能让我们不再彼此默念。

如果真的是那样,我唯一能做的,只有每隔一段时间的午夜,都情不自禁地走向咖啡馆,选一个安静的角落,握一杯暖暖的咖啡,静看窗外的风景,在成熟和老去之后他们继续玩,我接到紫鹃的短信,就去厕所和她通电话,我告诉紫鹃我们在茶楼玩,并且我决定今夜就要向高阳问个清楚,既然他当时和紫鹃接吻了,为什么不告诉我? 如果告诉我,我绝对不会去和紫鹃有什么发展。如果他们之间没有接吻,那么紫鹃又为什么要骗我? 这些疑问在心中盘旋了一年,只因为高阳总是在我身边出现,所以无法把这件事忘掉,既然忘不掉,就问个清楚好了,免得总是为此事心烦。

紫鹃听闻我要向高阳发问,她说:"你不要问他,他是吻了我,这有什么好问的,都过去这么久了。"

出了茶楼,外面居然下起了雪花,这已经是今年的第四场雪了。

高阳和我商量,他送琪琪回家,我送芊芊回家,之后有事电话联系。

真是奇怪,难道老天知道我想解开谜团,却偏要阻止?

高阳见我面色凝重,他以为我和紫鹃之间出了问题,我没有表态,如果高阳真的不方便在雪夜跑来跑去和我聊天,那就算了,就当老天提醒我不该问的不要问。

高阳思索片刻,还是决定送完琪琪之后到我那里,他知道我一定有重要的事情要和他说。风雪无常,朔风凛冽。我静坐床上等着高阳过来。高阳到了之后,翻箱倒柜找吃的,他还是那么能吃。

几句闲扯后,他步入正题,说:"你找我到底什么事情?"

我把去年给紫鹃过生日的事大致回忆了一下,说:"离现在有整整一年了,我们当时是提前给她过的生日。她在生日当天晚上告诉我,说你吻了她,说她的初吻是给了你。"

高阳诧异说:"我是吻了她,但那是亲额头,绝对没有亲嘴、脸颊。当时有两三点钟了,我祝她晚安,然后就回去睡了,你是在老卢家睡的,而且这件事我好像告诉过你了。"

"是吗?"我也思索起来,听他这么一说,好像隐隐约约有些印象,因为亲吻对方额头的事情在我看来是可以接受的,因为那没有情欲的意味。也可能正是因为这样所以才不大记得他曾跟我说过。

"可是紫鹃告诉我的情况却不是这样啊。"我说。

高阳泄气说:"我还以为是什么事情,那么大老远地跑过来。我记得很清楚,绝对没有亲嘴。如果我和她亲嘴,我一定会告诉你的。而且,你想我会是那种冒失的人吗? 和别人认识没几次就亲嘴?"

高阳见我思索,又说:"再者,如果我真的和她亲嘴了,你想我会放开她吗? 我不

可能轻易放开她的。"

我说："那就是紫鹃骗我,可她为什么要骗我呢?那天生日让她那么感动,做得那么得体,我究竟哪里做错了她要这么折磨我?"

高阳说："打个比方,如果我在追琪琪,然后在她过生日的时候送一大束花给她,她很感动,决定把终身托付给我,她很可能就会把以前的事情都告诉我,因为她不想对我有什么隐瞒和欺骗。"

我算是理顺了一些思路,可还是有疑点："为什么两人说得不一样呢?"

高阳又说："或者是想要试探你的反应,看看你有多喜欢她。或者是她自己也不记得了,毕竟那是两三点钟的事情,她可能也是迷迷糊糊的。"

我的心在这一刻放下了许多,不管如何,高阳如果真的和她接吻了,是不可能轻易放过紫鹃的。

高阳骂道："你当我是恶魔啊,不放过别人。"

至于紫鹃,我偏向于她记不大清楚这件事的可能性,这样想会让自己好过一点,否则我可能会用类似的方法对待紫鹃。

现在已经是二月某日的零点。

我要坐早上七点五十的长途汽车去重庆,带上一个半人高的布制大笨猪去给紫鹃过生日。因为紫鹃的家人还不希望我和紫鹃的事情被亲戚们知道,所以我决定事先不告诉紫鹃,想给她一个惊喜。我也希望在她将来回忆起我时,想到的都是我给她的幸福和惊喜,爱情是需要细心经营的,没有这些冲动、惊喜,又怎么算得上青春的爱情呢?如果做这些事情的人不是我,而是别人,她在回忆起这些重要日子时,心里想的不就成别人了吗?所以,我无论如何都要去陪她过这个十八岁生日。

高速公路因雪堵车,长途汽车改变路线从咸宁路行驶,绕道上高速。

迎面而来的是山上的苍茫雪景。

我期待着紫鹃真正长大,长大以后做我平淡生活里的妻子。

当然,只要她能不打我,让我吃饱、睡足,我就一定会娶她。

紫鹃,如果真的有那么一天,你在记忆中碎了,甚至碎到无法黏合,也许只有那样才能让我们不再彼此默念。

如果真的是那样,我唯一能做的,只有每隔一段时间的午夜,都情不自禁地走向咖啡馆,选一个安静的角落,握一杯暖暖的咖啡,静看窗外的风景,在成熟和老去的时光里,喟叹生活。

有人说人生这段路很长,但关键处只有几步。

在百转千回的道路上,也曾因为贪恋过一些漂浮不定的东西而迷失在错误的沟回里,迷惘、犹豫、痛苦、停滞,甚至绝望……午夜的平静让我找回了自己,也许这是每个人的必经之路。于是,便昏昏地睡去了。

清晨,又投入到那些琐碎而又无聊的生活里,试图可以在忙碌中去忘却状态中的自己,以为,这样就可以像一个正常人那样去生活,去忙碌,去悲伤,去欢乐……

也许,一块伤疤并不能代表什么,随着时间的推移它会变成一块没有任何含义的印记。

常常想起那段时光。爱紫鹃,是一个错误;不爱紫鹃,更是一种伤害。那段我无法跨越的距离,把眷恋和美丽高高扬弃。

耽于往事,是一种过错,而没有往事,却也是一种错过。没有朋友的日子,我千遍万遍地呼唤自己。

而紫鹃,静夜里我呼唤你,即使距离注定不给我回音,身边的夜色也一样将它传递到很远。

紫鹃,不知道为什么,唯一清晰和呈立体的只有你,只有你的深情、你的专注、你的陶醉,甚至你的沉默都开始发出了声音。

而此时,我只想找一个地方,想找一个可以大声呼喊的地方,任凭我的声音如何穿透时空,始终没有人知道。

我的内心又是那么寂静,这寂静让我已不想探究在你心中可曾还有我。于是我还想再找一个地方可以将你呼喊,没有人甚至连山和海都不曾回应,只有你听见。

于是,我便相信自己真的找到了这样一个地方将你深藏,岁岁年年。

紫鹃,是一场雪引我们越过一张日历的边界,告别了曾经年少轻狂的那个年代。

雪洁白了所有道路和土地,它使我们静处一种征服或欣赏的境界。我走出旧的房舍旧的日子,在雪中插一些设想,想在这片处女雪上种植一些脚印。虽然它注定要随雪消逝,但脚印毕竟通向远方。

远方对于我们永远是最新鲜的诱惑。

雪静静而下,雪使我懂得温暖的真正含义,我在雪中想起火炉和友人的手。微薄轻扬的雪足以使我们崇高和纯洁。

在雪中我们更能体会一些平凡细小的美,雪点红了梅,使之成为绝尘的图画的

种子，根深蒂固于我们的心中。雪使我们重新认识平凡，体会到自己的无知和卑微。

在雪中远行我们不会孤独，即使孤独也是悲壮的孤独。在雪中摔跤我们也只是拍拍身子站起来继续前进，而不会留在原地痛哭；雪中的饥饿感会使我们更懂得粮食和人民的伟大；在雪中行走，我们无法不认真对待自己。

告别青春，告别浮躁的心绪，岁月使我们逐渐成熟，曾经的情感经历也许只是人生路上的一个驿站，但我们的脚步还要前行，挥挥手，告别过去，又挥挥手迎接崭新的未来，我们依然在青春的岁月中轻舞飞扬……

2011年6月12日于太原创作
2012年8月18日于北京终稿